高等学校文科教材

GAO DENG XUE XIAO WEN KE JIAO CAI

中国文学史（修订本）

一

游国恩　王起　萧涤非　季镇淮　费振刚■主编

人民文学出版社

图书在版编目（CIP）数据

中国文学史.（一）/游国恩等主编；—2 版（修订本）. —北京：人民文学出版社，2002（2025.8重印）
（高等学校文科教材）
ISBN 978-7-02-003823-7

Ⅰ. 中… Ⅱ. 游… Ⅲ. 文学史—中国—先秦时代—南北朝时代 Ⅳ. ①I209

中国版本图书馆 CIP 数据核字(2002)第 048255 号

责任编辑 胡文骏
装帧设计 柳 泉
责任印制 张 娜

出版发行 人民文学出版社
社 址 北京市朝内大街 166 号
邮政编码 100705

印 刷 三河市宏盛印务有限公司
经 销 全国新华书店等

字 数 261 千字
开 本 850 毫米×1168 毫米 1/32
印 张 12.25 插页 2
印 数 313001—316000
版 次 1963 年 7 月北京第 1 版
2002 年 7 月北京第 2 版
印 次 2025 年 8 月第 40 次印刷

书 号 978-7-02-003823-7
定 价 16.00 元

说　明

本书是为高等院校中文系编写的中国文学史教科书，为了适应教学需要，本书在取材和章节安排上力求符合教学实际。在内容上，希望能给予同学以比较全面系统的文学史知识和正确的历史观念。本书的编者力图遵循马克思列宁主义、毛泽东思想的原则来叙述和探究我国文学历史发展的过程及其规律，给各时代的作家和作品以应有的历史地位和恰当的评价。但是限于我们的水平和能力，我们在本书中所已经达到的和我们企图达到的还有很大的距离，同时也要指出，运用马克思主义研究我国文学史还只有简短的历史，有关中国文学发展的若干重大问题，还有待于文学教学工作者、文学研究工作者长期深入细致地研究讨论，才能得到解决。

为帮助教授本门课程的同志进一步了解本书，这里特就全书的结构、材料安排的一些问题说明如下：

文学的概念是随着文学的发展而逐渐明确起来的，正确认识文学对象或划分文学范围，对研究文学史有实际意义。在编写过程中，我们努力依照各个时代文学发展的实际状况勾画出它们的面貌，同时还注意到各种文学形式的发展和相互影响，以及它们的源流演变。本书除有专章论述文学艺术的起源外，对各种文学形式的发生发展都有所论述，说明它们的发展线索和继承关系。也正因如此，同时注意到在文学发展最初阶段，散文中的文学作品和历史、哲学著作常常很难划分，就是两汉以后，在一般学术论著和实用文章中也有很多富有文学意味的散文，因此，本书在先秦文学中叙述了历史著作和诸子哲学著作，两汉以后叙述了少数对后世文学有影响的学术著作、历史传记和政论文。

文学思潮的论述是文艺思想史的专门任务，但因为一个时代的文学思潮，或表现为文学的创作，或表现为创作的风尚，或表现为理论的批评，都和各个时代的文学发展有极密切的联系，对文学创作有直接的影响，因此，本书对文学思潮的发展也作了适当的论述。

本书叙述上古至“五四”运动以前的文学，即通常所说的古典文学部分。至于分期，目前史学界尚有争论，有些同志虽然提出了一些新的分期办法，实际上做起来也有困难，因此，我们仍按照北京大学一九五五级集体编著的《中国文学史》分全书为上古至秦统一的文学、秦汉文学、魏晋南北朝文学、隋唐五代文学、宋代文学、元代文学、明代文学、清初至清中叶的文学、近代文学——晚清至“五四”的文学等九编。除末编按社会形态划分外，其余则基本以主要封建王朝作为分期的标志。在我国封建社会漫长的发展中，封建王朝的更替，往往是长期阶级斗争的自然段落，它或多或少为社会经济和文化的发展带来了若干新的特点，它也对文学的发展起制约作用，影响着一个时代的文学风貌。因此，尽管以主要封建王朝作为分期标志，不是严格的科学划分，但它也有助于我们掌握我国文学的发展，我们还是采用了这种办法。

本书由游国恩(北京大学)、王起(中山大学)、萧涤非(山东大学)、季镇淮(北京大学)、费振刚(北京大学)主编,并按历史顺序分别由游国恩主要负责先秦两汉部分、萧涤非主要负责魏晋南北朝隋唐五代部分,王起和季镇淮主要负责宋元明清近代部分。编写工作采用个人执笔集体讨论的方式进行,最后由主编审查定稿。参加执笔和集体讨论的还有廖仲安(北京师范学院)、孙静(北京大学)、李修生(北京师范大学)、沈天佑(北京大学),他们还参加了全部或部分定稿工作。此外吴文治(中国人民大学)、邓魁英(北京师范大学)、裘汉康(中山大学)和北京大学的研究生陈铁民、孙玉石、张菊玲、李银珠、李灵年、李有德、孙文光也参加了初稿的写作,图书资料工作由施于力(北京大学)担任。

冯至同志最后审阅了全稿,提出不少宝贵意见。还有一些同志也给予我们很多帮助。在这里,特向他们表示感谢。同时,我们也希望本书出版后,能得到更多同志的批评指正。在编写过程中,我们还参考了国内学者的有关论著,吸收了它们的研究成果,文内未一一注出,在此一并声明。

目　录

第一编　上古至战国的文学

第二编　秦汉文学

第三编　魏晋南北朝文学

第一编

上古至战国的文学

（上古—公元前221年）

概　说

我们中华民族发展的历史是非常长远的。北京西南房山县周口店所发现的旧石器时代初期的中国猿人骸骨化石,证明了大约五十万年以前我国已有人类居住。这些原始人类经过长期劳动,他们自身和生产力不断发展和进步。据文献记载,大概到了传说的五帝时代,可能已经进入氏族社会后期。我国儒家所乐道的尧舜禅让,天下为公,大概就是氏族部落会议以及氏族长和部落酋长推选制的反映。那时的社会没有阶级,生产资料公有,人人劳动,没有剥削。儒家经典著作中曾称赞它为理想的"大同"时代。

由于生产力的发展,少数人占有了生产资料,人类开始出现了阶级,社会更有了保护私有制的措施,氏族社会逐渐解体,国家组织也逐渐形成。我国古代文献多有夏禹"家天下"的传说,认为是"小康"时代的开始。按照这个传说看来,夏代可能就是阶级社会即奴隶社会的起点。但即使如此,只能看作氏族社会向奴隶社会推移的过渡状态,真正的奴隶制社会是到了殷商时代才完成的,这有许多文献及地下发掘材料可以确切证明。后来生产力进一步发展,生产关系起了变化,奴隶社会才逐渐向封建社会转化。这个转化的完成约在春秋战国之交。及秦始皇统一中国,建立中央集权的封建大帝国,于是我国封建社会制度由完成走向巩固。

我国民族文化的历史也是非常长远的。从在河南渑池县仰韶村发现的新石器时代晚期的文化遗存看,生产工具已相当进步,且有红色陶器,其时代约在公元前五六千年左右,我们一般称为“仰韶文化”或“采陶文化”。比“仰韶文化”稍晚、其时代约在公元前四千多年的又有“龙山文化”,这是山东济南的龙山镇发现的。其文化遗存有精致的黑色陶器、卜骨等。这些考古学上的材料,使我们看到远古时代中华民族文化发展的缩影①。

从野蛮到文明的重要标志之一是文字的发明创造。文字的发生一般是在奴隶制国家建立的时候。我国何时开始有文字,现在还不能断言,但自从甲骨卜辞的发现,证明至迟在殷商后期(约公元前十四世纪)已有初步的定型文字,同时也有了用文字记载的历史文献,标志着我国民族文化的进一步发展。后来文字的应用渐渐推广,史前时期流传的原始人民的口头创作如诗歌、神话故事等,有不少被记录下来,使我们得以从文献中窥见上古文化的一斑和文学艺术的萌芽。

但文学艺术并非起于有了文字之后,远在文字发明创造

---

① 自秦汉中央集权封建国家建立以来,论述中国文明起源多认为只有一个单一的源头,把黄河看成是中国文明的摇篮。而现代早期的考古发现如“仰韶文化”、“龙山文化”的发现,也强化了这一认识。但随着考古工作的深入开展,在黄河流域以外发现多处新石器时代的文化遗存,如浙江的河姆渡文化遗址、良渚文化遗址、辽宁红山文化遗址,表明中国早期文明的多元发展,这是中国文明起源研究的重大发展,值得我们重视。可参阅苏秉琦著《中国文明起源新探》(香港商务印书馆 1997)、李学勤主编《中国古代文明与国家形成研究》(云南人民出版社 1997)。

以前，文学艺术早已产生。上古时代文学的具体情况不能知道，所可推测的就是上古文学同现实生活结合得非常紧密，其中有同自然作斗争的神话，有和生产密切相联系的诗歌，也有表示愿望、趋吉避凶的咒语式的祷祝辞。还不难推测：由于上古时代人们的群居生活和集体劳动，决定它的文学艺术活动一般是集体的；又由于那时候既没有文字，也没有社会分工，文学就只有口头创作，没有书面创作；只有文学和其他艺术如诗歌和音乐、舞蹈那样互相结合的形式，没有单纯的文学作品独立存在。所有这些集体性的口头创作以及文学和其他艺术相伴随的现象，都是上古文学的特点。

文学艺术是现实生活通过人们头脑的反映，在阶级社会中又是阶级意识形态的形象的表现，它不可能超阶级而存在。但上古时代的社会还未分裂为两个对抗性阶级，所以那时的文学艺术没有阶级性。到了阶级社会形成以后，一切文学艺术就不可能不打下阶级的烙印，同时也揭开了两种文化斗争的序幕。

夏代有无文字，不得而知。文献所载有关夏代的历史多属传说性质，其诗歌、谣谚和散文可靠的也很少。但其中如“时日曷丧？予及汝偕亡”这样的语句反映了尖锐的阶级斗争，即奴隶坚决反抗奴隶主的斗争，相传为夏桀时人民大众的呼声，却是比较可信的①。

殷的先世本是游牧部族，向无定居生活。成汤以前就迁

① 此据《尚书·汤誓》引，与《孟子》、《史记》稍异。俞樾谓此二句乃韵语，疑是夏民歌谣。

徙过八次，成汤至盘庚，又迁都五次。那时牧畜业异常发达，从甲骨卜辞中可以看到祭祀时大量用牲的现象。中叶后由牧畜进入农业生产。《尚书·盘庚》屡次提到农事；甲骨文中有“禾”、“黍”、“稻”、“麦”、“稷”、“粟”等字，证明殷代确有很多种类的农产品。由牧畜发展到农业生产是很自然的。游牧过程中，既易发现农作物，又能驯服牛马。文献中常有殷的先公服牛乘马的记载，不难设想，役使牲畜减轻人力，是发展农业生产的重要关键。

殷代的主要生产者都是奴隶。甲骨文中有“奴”、“仆”、“臣”、“妾”、“臧”、“奚”等字，都是奴隶的名称。为了防止奴隶的怠工，镇压奴隶的反抗，统治者制定极为严酷的刑法来管制他们，所谓“商有乱政而作汤刑”（《左传》昭公六年），其目的就是为此。据《韩非子·七术》，“弃灰于公道者断其手”。这固然表现统治者的残酷，同时也反映了那时奴隶和奴隶主之间存在着激烈的斗争。

随着生产水平的提高，手工业和文化艺术都有很大的进步。就拿工艺来说，殷代青铜器中有各种各样的祭器、食器和兵器，有的上面还有铭文。近年出土的“司母戊鼎”重一千七百市斤，花纹精美，可见殷代的冶炼工业技术已达到高度的成就。而那时奴隶主贵族为了祭祀和享乐，音乐歌舞也极为发达。文献所载汤时的乐歌乐舞如“大濩”、“晨露”、“九招”、“六列”、“桑林”之类，或不可信。但“恒舞于宫，酣歌于室”的“巫风”早已普遍流行，以至悬为禁令[①]。直至殷末纣王之时，还

① 见《墨子·非乐》。“酣歌于室”四字据晚出古文《尚书·伊训》补。

使乐师作新声——北里之舞，靡靡之乐。周武王数其罪状，斥为“弃其先祖之乐，乃为淫声，用变乱正声”（《史记·周本纪》）。这些都证明殷代的音乐歌舞是十分发达的。不难想象，在此种情况下，必有不少诗歌配合演唱，但因年代久远，没有流传下来。

殷代宗教迷信之风最盛，鬼神权威至高无上。国王事无大小，必须请示鬼神，预测吉凶祸福，作为一切行动的指南。从事这方面活动的有两种专职人员，那就是巫和史。他们通过卜筮方法代表鬼神发言，凡繇兆、祝辞、神告、占卜的记录以及国王的讲话等，无不写成书面语言，或刻于甲骨，或书于典册，这些就是殷墟中的甲骨卜辞，《周易》中的卦、爻辞，《尚书》中的殷商文告等。

巫史在当时都是为宗教服务的，巫能歌舞娱神，史掌文字记录，他们对后来的诗歌、散文的发展有很大的影响。

周的祖先本是很早就散居在我国陕西泾、渭流域的一个部族。它最初的根据地是邰（今陕西武功），传到公刘时，人口渐渐繁衍，于是南渡渭水，北至于豳（今陕西鄠邑）。这时周部族虽然一面仍在迁徙，一面已有定居，似乎正处在由游牧生活过渡到初期农业阶段。到了古公亶父的时候，为另一部族所逼，不得已放弃豳地，翻过梁山，迁到岐山下（今陕西岐山一带）居住。他们在迁徙中发现一块肥沃的土地，名曰周原，是一个理想的庄稼地，就在这里建起城邑和房屋来，督率人民继续生产，奠定了一定的农业基础。由于农业生产的发展，迅速地充实和加强了周部族的力量，到了殷末，逐渐沿着黄河向东扩张，成为威胁殷国的劲敌。文王时，黄河西岸一带的部族都归他控制，于是自岐迁都于丰（今陕西户县），势力日益强大，不到十几年，文王之子武王遂一举灭殷，建立一个版图更大的王国，这是公元前十二世纪初期的事①。

武王死，子成王继立，年幼，武王弟周公摄政，平管蔡之乱，征伐奄国，镇压了殷人及其旧属的反抗。并制礼作乐，大兴文教，配合统治，使王朝政权日益巩固，为成康之治奠定了基础。大概周初鉴于殷纣的灭亡，对待奴隶稍宽，组织他们从事耕种，积极生产，因此人民生活比较好转，社会秩序相当安定，这是成康年代获致短期太平的主要原因。懿王以后，周室渐衰，外患渐起。传至厉王，贪财暴虐，禁止诽谤，被国人驱逐。宣王时，南征北伐，东平淮徐，号称中兴。及幽王立，荒淫昏暴更甚于厉王，人民怨恨，贵族离心，后竟为犬戎所杀，西周遂亡。

周既灭殷，政治经济等方面多所改革。从武王起，即分封宗室和功臣，立五等爵位，先后受封列为诸侯者，兄弟、同姓和异姓凡数十人，对保卫王室有很大作用。其后屡有封建，除土地外，还分给一部分劳动力，其实就是奴隶，帮助他们生产。例如分鲁公以殷民六族，分康叔以殷民七族，分唐叔以怀姓九宗，都是把殷商遗民和旧属当作奴隶来赏赐和使用。虽然如此，但一切土地人民仍归王室所有，而且从王公到仆台，把人分为十等，圉和牧还不在内。庶民或众人，实际上都是农民，

① 根据我国第九个五年计划国家重点科技攻关项目："夏商周断代工程专家组"所著《夏商周断代工程1996—2000年阶段成果报告》（简本），武王灭殷定为公元前1046年。该报告于2000年10月由北京世界图书出版公司出版。

更处于最下层，是最受压迫的阶级。所以说："溥天之下，莫非王土；率土之滨，莫非王臣。"(《诗经·北山》)这就是西周时代政治社会组织的一个轮廓。

西周文化在长期积累和损益前代经验的基础上空前提高，其主要精神在敬天事神，而更重人事。从此出发，一切典章制度颇为完备。例如礼有吉、凶、宾、嘉、军五种，尊卑、长幼、亲疏、贵贱各有差等。乐有"房中"、"雅"、"颂"之分，舞有"大武"、"勺"、"象"之别。这就是传说中周公"制礼作乐"的基本内容，表明西周初年的统治者为巩固自己的政权，在文化方面的变革和发展。至于《诗》三百篇和《尚书》中的《周书》更集中地反映了周代的高度文化水平，为后来儒家经典所自出。所以孔子说："周监于二代，郁郁乎文哉！"(《论语·八佾》)

西周的文学就是在上述的社会经济的基础上和政治文化的影响下产生的，它全面深刻地反映了那时代的社会本质和面貌。

从周初到成康，的确是一个比较安定的时期。贵族统治阶级在"绥万邦、屡丰年"的情况下，为了求福佑，敬祖宗，他们经常举行大规模的祭祀，创作很多颂歌，配合音乐舞蹈，在各种祭祀仪式中进行演奏，这样就产生了《诗经》中的"周颂"。其中如《清庙》祭文王，《思文》祭后稷，是歌颂祖宗功德的诗；《丰年》、《良耜》等篇是祭农神、庆丰收的诗。另外一部分周初的诗，虽不用于祭祀而具有同样意义的，如"大雅"的《文王》、《大明》、《绵》、《公刘》等篇除追述先公先王功德外，还保存一些周朝先世的传说和史迹。贵族统治者们每当祭祀结束，照例就是宴会："或献或酢，或燔或炙"，饮食歌舞，其乐可以想见。至于平时宴飨，如“小雅”的《鹿鸣》、《伐木》、《天保》等诗也表现了同样的愉快，而且祝福上寿，语妙形容，极尽颂祷的能事。这些都充分反映周初统治阶级安乐暇逸的生活。

但是这种日子是不长久的。夷、厉以后，至于幽王被杀，平王东迁，内忧外患，王室愈衰。春秋时诸侯争霸，战乱相寻，人民极端痛苦，阶级矛盾尖锐化。就在这种情况下产生了大量的所谓“变风”、“变雅”的诗歌。其中有人民对长期兵役、徭役的怨恨，对残酷剥削的愤怒和控诉，如《君子于役》、《何草不黄》、《伐檀》、《硕鼠》等。这时统治阶级内部亦矛盾重重，有如《十月之交》、《北山》、《雨无正》、《瞻卬》等，一片愁怨不平和追究祸乱原因的责难声充满了字底行间。总之，一部现实主义的《诗经》三百篇就是反映周初到春秋中叶五百年间社会生活的一面镜子。

西周的散文也正在逐渐发展。上述的《尚书》中的《周书》部分可为代表。其中可靠的有十几篇，主要是周武王至穆王时王朝史官所记的文告和策书，即所谓“诰”、“命”等，还有属于西周末的一篇，属于诸侯的二篇，这些都是周初到春秋前期的载在简册的散文。还有一种铸在铜器上的铭文，长者达数百字，文体与《周书》相近。从大量的西周彝器铭文看来，可知当时散文应用的范围极广。西周的“诰”、“命”和铜器铭文为春秋以后散文的发展奠定了基础。

春秋战国之交，约在公元前四世纪前后，我国社会发生根本变化。具体地说，也就是地主阶级的兴起和奴隶主贵族的没落。西周土地国有，由于生产力日益发展，诸侯大夫在公田外开辟了大量的荒地，成为私田。私田是不纳税的，后来私田过多，春秋中叶，鲁国才采取按亩征税的办法，以增加国家收入①。这在事实上就是承认了土地私有权。后来奴隶逐渐解放，铁的耕器普遍使用，农业生产力进一步提高了，私田就越来越多，诸侯大夫越来越富，私田的数量既超过公田，原来的土地国有制逐渐被破坏，因而促使奴隶制的崩溃，由奴隶制社会渐渐转入封建制社会。在这个社会急遽变化的过程中，私家经济力量远远超过公家，表现在政治上则是王室卑弱，诸侯强大；公室卑弱，大夫强大。这时不但周天子"徒建空名于公侯之上"，就是本来强大的诸侯也有"不保社稷"的，如田氏篡齐，韩、赵、魏三家分晋，都是空前的社会大变革。同时，吴起相楚，废疏远公族以养战士，又令贵人实广虚之地②。不久，商鞅变法，废井田，开阡陌，使人民得自由买卖：这一连串的大事件先后发生在这一历史时期，实在是必然的趋势。由此引起各方面的社会变化，也是必然的趋势。从春秋末年看，一般较有见识的政治家已经看到迷信天道鬼神的无益和争取人民的重要，例如子产不毁乡校，不听神灶禳火；晏子预知民归陈(田)氏，反对禳祭彗星。他们之所以比较明智，正因为社会现实告诉他们：当前政治斗争的努力方向是人事，不是天道；斗争胜败的关键是争取人民，不是乞怜鬼神。这一新的政治经验断断乎不是保守派的公族所能理解的。果然，情况的发展到了战国，就有许多统治阶级懂得这个道理，各国诸侯卿相争相养士，特别是几个贵公子，门下食客多至三千人，鸡鸣狗盗、

① 鲁宣公十五年，初税亩，见《左传》。

② 见《史记·吴起传》及《吕氏春秋·贵卒篇》。

引车卖浆之徒莫不宾礼。冯谖为孟尝焚券,孟轲劝齐王保民,得人者昌,失人者亡,这些宝贵的现实的经验教训促使执政者都要求历史家总结出来,作出新的历史记录以资借鉴。因此就促进了历史散文的发展,产生了《左传》、《国语》、《战国策》等新型历史著作,从古奥棘涩、佶屈聱牙的《尚书》"诰"、"命"中解放出来,形成一种新的散文风格。

奴隶社会的崩溃,更显著地引起人们思想意识的变化。西周以前的统治思想是神权至上、君权至上而又二者统一的思想。比如说,从前的天或帝是宇宙万物的主宰,世间治乱兴衰、吉凶祸福都由他决定;到了战国,就有人肯定地说:"治乱非天也。""从天而颂之,孰与制天命而用之?"(《荀子·天论》)奴隶社会是不把人当人的,春秋以来,人的地位逐渐不同了。孔子讲"爱人",讲"泛爱众";稍后,子夏讲"四海之内皆兄弟";战国时,墨子讲"兼爱";许行讲"并耕";而孟子不但讲"老吾老,以及人之老;幼吾幼,以及人之幼",而且进一步讲"民为贵,君为轻"。总之,这时社会的变革已经改变了人们的世界观和要求对一切事物的再认识,特别是上帝权力的动摇,人民地位的提高,个人作用的肯定和发挥等都在春秋以来儒、道、墨、法诸家的学说中体现出来。他们之间主张不同,互相对立而又互相影响,其中心思想最后总表现在政治上,成为某种主要倾向。

由于阶级斗争的激烈,许多政治家、学者都企图推行自己的"道";更由于统治者的争取,他们纷纷到诸侯各国进行游说,宣传自己的政治主张。例如孔子周游列国,席不暇暖;墨翟、宋钘为了反对不义战争,都去说楚王罢兵;孟轲先后说齐宣王、梁惠王；许行自楚至滕说滕文公；荀卿先游齐，后适楚。其他纵横法术之士，从个人利益出发，奔走各国之间，那就不必说了。当时各派学者因诸侯延揽而大量集中，最多者莫如齐国。据《史记·田完世家》载：

> 宣王喜文学游说之士。自如驺衍、淳于髡、田骈、接予、慎到、环渊之徒，七十六人，皆赐列第，为上大夫，不治而议论。是以齐稷下学士复盛，且数百千人。

值得注意的是许多学术派别不同、思想见解各异的学者，都以客卿的身分住在“康庄之衢”的“高门大屋”，虽然没有实职，却都可以畅所欲言地讨论国家大事，抒发各种不同的意见和主张。他们各人站在自己的阶级立场，代表不同的阶级利益，互相辩难，各不相下，著书立说，授徒讲学，这不但形成百家争鸣的局面，而且开始出现私家著述的风气。先秦的诸子百家，其中最突出的如《孟子》、《庄子》、《荀子》、《韩非子》等的散文，都是在这个特定的历史条件下产生的。

战国时代是诸侯兼并、互相攻伐的时代，也是合纵连横、激烈斗争的时代。由于长期分裂，长期战乱，造成对人民极大的灾难，人民迫切要求统一。战国后期，七雄并峙，以秦、楚、齐三国为最强，都有统一中国的可能。而楚国幅员广大，物产富饶，自然条件远比秦齐为优。自楚威王灭越，其地东至于海，北至于河，西有巴蜀，南有黔巫，几乎占有当时大半个中国。自楚武王改革军制，整顿军备，军事力量更加强大。所以《荀子·议兵篇》说：“楚人鲛革犀兕以为甲，鞈如金石；宛巨铁钝，惨如蜂虿；轻利僄遬，卒如飘风。”可见楚国的确又是一个名副其实的强国。后来楚悼王用吴起为相，再度富强。楚怀王初年，曾为诸侯盟主。如果长期任用得人，内政外交采取积极措施，争取人民拥护，统一中国的可能性要比秦国更大。这就是春秋以来楚国历史发展的基本形势。

远在春秋初期，楚国就屡次同北方诸侯接触，学术文化颇受其影响。楚国卿大夫早已熟练了“赋诗”见志的外交辞令。楚灵王的左史倚相能读《三坟》、《五典》、《八索》、《九丘》，后来又出现许多著名学者。其历史典籍则有《梼杌》、《楚书》等。齐梁时，楚武王、昭王墓中发现竹简，文字略近小篆。近年各地又先后发掘出不少的楚器和竹简，这些都足以证明楚国文化有悠久的历史，在长期独立的发展中，一面吸收中原文化，一面又丰富、提高自己的文化。江汉的民歌，沅湘的民俗，以及音乐、舞蹈等艺术都极为发达，而又各具特色。这就为伟大诗人屈原的创作准备了极其优越、充分的条件。屈原是秦楚争霸时被卷入斗争漩涡的中心人物，他坚决反对楚王及其周围的腐朽集团对敌妥协投降，同他们斗争到底，表现了崇高的爱国主义精神。诗人的失败就意味着祖国危亡的形势越来越严重。这样就产生了以屈原作品为代表的悲愤沉痛、缠绵悱恻而又具有浓厚的浪漫主义色彩的诗篇《楚辞》。

《楚辞》的产生也和战国时代的散文一样，都有革新的意义。它是《诗经》以后的一次诗体大解放。它汲取民间文学特别是楚声歌曲的新形式，把《诗经》三百篇特别是“雅”、“颂”中的古板的四言方块诗改为参差不齐、长短不拘的骚体诗，建立一种诗歌的新体裁，标志着我国文学史上诗歌的新发展。

我们可以肯定地说,先秦文学是我国文学史上光辉灿烂的第一页,它为我国长期的封建社会文学的发展打下了坚实的基础。

第一章　上古文学

第一节　文学艺术的起源

文学艺术起源于生产劳动。它的产生一直要追溯到人类生活的最原始阶段。原始人在其劳动的过程中，由于筋力的张弛和工具运用的配合，自然地发出劳动的呼声。这种呼声具有一定的高低和间歇，在一定时间内，或者重复而无变化，或者变化而有规律，这样就产生了节奏。这种简单的节奏就是音乐、舞蹈的节拍和诗歌韵律的起源。从文献来看，文学艺术起源于劳动是可以得到很好的说明的。例如《淮南子·道应训》说："今夫举大木者，前呼'邪许'，后亦应之，此举重劝力之歌也。"这几句话是根据《吕氏春秋·淫辞篇》来的，"邪许"本作"舆謣"。所谓"举重劝力之歌"，就是指人们集体劳动时，一倡一和，借以调整动作、减轻疲劳、加强工作效率的呼声。举重时是这样，舂碓时也是这样。《礼记》的《曲礼》和《檀弓》二篇都说："邻有丧，舂不相。""相"是送杵声，其作用与举大木者的呼"邪许"正复相同。再从现实生活来看，水手的摇橹和拉纤，建筑工人的打夯，码头工人的搬运，都可以听到集体的、个人的或彼此互相唱和的歌声，音调和谐而有节奏。从这些地方我们极其明显地看到劳动和文学艺术的密切关系，而且那种节奏是在劳动时的特殊条件下产生的、规定的。这就再一次有力地证明了文学艺术起源于劳动这一论断的正确性。

原始人在劳动中发出的有节奏的呼声，虽然只是一种声音，没有任何歌词，但那种自然而健康的韵律实际上就是诗歌的起源，也是文学创作的开始。关于这，鲁迅更说得很明白：

> 人类在未有文字之前，就有了创作的，可惜没有人记下，也没有法子记下。我们的祖先的原始人，原是连话也不会说的，为了共同劳作，必须发表意见，才渐渐的练出复杂的声音来。假如那时大家抬木头，都觉得吃力了，却想不到发表。其中有一个叫道“杭育杭育”，那么这就是创作。……倘若用什么记号留存了下来，这就是文学；他当然就是作家，也就是文学家，是“杭育杭育”派。
>
> ——《且介亭杂文·门外文谈》

但虽然如此，那种有声无义的韵律究竟不是诗歌。真正有意义的诗歌又是怎样产生的呢？原来原始人在长期的劳动中，由于大脑和发音器官的发达，逐渐产生了思维和语言。当然语言在最初也不过是简单的呼喊，后来才逐渐发展为音节分明、以至于能够作为人类的思想交流和社会交际的工具。这时候如果在呼声的间歇中随意添上一些语言，即使是最简单的语言，如《候人歌》那样：“候人兮猗！”（《吕氏春秋·音初篇》）只是在“兮”、“猗”的呼声上添了两个词。然而这种表意的语言一旦同具有节奏性的呼声或叹声结合时，便成为有意义的诗歌。当然，这仅仅是原始的诗歌形式。后来还有不少民歌保存这种形式，句末常常带有呼叹作用的声符，如“兮”、“猗”之类。但这个声符的作用已经不如原始诗歌组成部分那么重要。社会生活日益复杂，语言日益发展，这种诗歌形式，特别是文人作品中作为语助词的呼叹词，其作用几乎降到可有可无的地位。间有保留这种原始性的，有如梁鸿的《五噫歌》，每句末都用一个感叹词——“噫”字，那是很少的。这样的结尾形式，如果我们不从原始诗歌的发展上去探讨，那就不好理解。它并不是一种新形式，而是原始形式的遗留，作者有意识地加强诗歌句尾的节奏性和呼叹作用而已。《诗经》中的《麟之趾》、《驺虞》等篇以及曹丕的《上留田行》都是属于这一类型的。

不可想象，原始人刚刚学会说话，或者还没有创造任何记录语言的简单符号的时候，会出现什么单纯的文学作品。因此歌舞和音乐融合在一起就成为原始人艺术活动的一般形式。例如《吕氏春秋·古乐篇》的一段记载：

> 昔葛天氏之乐，三人操牛尾，投足以歌八阕：一曰“载民”，二曰“玄鸟”，三曰“遂草木”，四曰“奋五谷”，五曰“敬天常”，六曰“达帝功”，七曰“依地德”，八曰“总禽兽之极”。

又如《河图玉版》也有一段记载：

> 古越俗祭防风神，奏防风古乐。截竹长三尺，吹之如嗥，三人被发而舞。

由此可见，远古时代的歌舞总是互相结合的。“投足”是一种舞的姿态。三个人手里拿着牛尾巴，投足而歌，和三个人吹着竹筒，被发而舞，这正是歌舞和音乐相结合的最好的说明。在这种最朴素的集体文艺活动中，并没有某种单纯的文学独立存在着。

原始人的文学艺术活动，本是一种生产行为的重演，或者说是劳动过程的回忆，也可以说是生产意识的延续和生活欲望的扩大。因为其中显然包含着功利的目的，表示热烈的愿望。因此，原始的诗歌韵语常常反映了当时的社会生活。例如《吴越春秋》的《勾践阴谋外传》所载的《弹歌》：

断竹，续竹，飞土，逐宍（古肉字，指禽兽）。

从前有人认为这是黄帝时代的歌谣，固然没有根据，但从它的内容和形式上看，无疑的这是一首比较原始的猎歌。它回忆了几乎全部的狩猎过程，反映了渔猎时代的社会生活。不仅《弹歌》如此，即如上文所提到的葛天氏之乐也足以说明这一点。为什么唱歌跳舞一定要拿着牛尾巴呢？显然因为野牛或家畜都是那时的人们所最珍贵的东西。为了表示它和生产劳动有密切的关系以及对自己生活的需要，这种歌舞的表现形式在他们看来，自然是最恰当的。可以联想到，这和印第安人的“野牛舞”有点类似①。再看那葛天氏的八阕，其歌名虽或

① 参考普列汉诺夫《论艺术》（没有地址的信）第 80 页（曹葆华译，生活·读书·新知三联书店 1973）。

于后人的追述，但其中如“遂草木”、“奋五谷”、“总禽兽”等名称，也显然符合古代劳动人民的狩猎、牧畜和耕种几个阶段的生活内容。而所谓“敬天常”、“依地德”等歌，可能就是反映人们对于生产有关的气候和土壤的重视。总之，文学艺术起源于劳动，而原始人的文学艺术活动是和他们的集体生产劳动分不开的。

原始人不认识自然的客观规律，认为周围的世界可以用自己主观的意志随便改变。他们相信自己语言的力量，企图用它来“控制自发的害人的自然现象”，甚至企图用它去影响神，以达到某种愿望；于是常常把诗歌当作“咒语”来使用。目的是为了满足对现实的要求，而方法则是把人们的能力加以理想化。这是属于艺术的创作。例如相传为伊耆氏的《蜡辞》：

> 土反其宅，水归其壑，昆虫毋作，草木归其泽。
>
> ——《礼记·郊特牲》

虽然是以祝词的面貌出现，但本质上实具有“咒语”的作用。因为从词句上看，与其说是祈祷，不如说是命令。这里，作者在指挥自然服从自己的愿望。他如相传为舜的《祠田辞》（《文心雕龙·祝盟》），以及淳于髡所述的《田者祝》（《史记·滑稽列传》）等，都是想通过诗歌形式的语言来达到某种幻想的目的，具有浓厚的原始宗教色彩。所以说，诗歌的发展，又与原始宗教的“咒语”有密切关系。

散文的产生较晚于诗歌，它是语言和逻辑思维进一步发展的结果，而以文字为其必要的条件。未有文字，早有诗歌，而散文则产生于既有文字之后。由于社会生活的需要，促进了散文的发展。散文本来不用韵，但它在发展的最初阶段，由于物质条件的限制，也要求简短、精炼，便于记诵，所以往往有节奏、有韵调而富于诗的味道。先秦散文中常杂有大量韵语，可能与这种情况有关。例如：

> 无偏无颇①，遵王之义；无有作好，遵王之道；无有作恶，遵王之路；无偏无党，王道荡荡；无党无偏，王道平平；无反无侧，王道正直。会其有极，归其有极。
>
> ——《尚书·洪范》

又如：

> 鼓之以雷霆，润之以风雨，日月运行，一寒一暑。乾道成男，坤道成女。
>
> ——《周易·系辞传》
>
> 君子之道，或出或处，或默或语。二人同心，其利断金。同心之言，其臭如兰。
>
> ——同上

凡韵语部分，大抵也就是语言的旋律最自然、音乐性最强烈、词意最精粹的部分。这种现象不是偶然的，它反映了散文发

---

① 古本作“颇”，今本作“陂”，乃唐开元中所改。

展最初阶段的特点。

第二节　古代神话

什么是神话？根据马克思的科学的概括，神话是“通过人民的幻想用一种不自觉的艺术方式所加工过的自然和社会形式本身”[①]。我们可以引申地说，神话是远古时代的人民，对其所接触的自然现象、社会现象，幻想出来的具有艺术意味的解释和描述的集体口头创作。

神话是怎样产生的呢？在原始时代，由于生产力的低下限制了人们的知识水平，当他们同自然（指一切对象言，也包括社会在内）作斗争的过程中，不可能了解并掌握自然的规律，在自然的力量面前，显得十分无能。因此，就把自然界各种变化的动力都归之于神的意志和权力。他们认为这些变化莫测的现象都有一个神在指挥着、控制着。于是在他们心目中，一切自然力都被他们的想象形象化、人格化了。随后他们又在生产劳动中依照自己的英雄人物形象，创造了许多神的故事，在口头流传，这就是神话的起源。

神话虽由于人们的幻想所构成，但这种幻想不是毫无根据的，而是有现实生活做基础的；它的种种解释和描述虽不免荒唐可笑，但决不是纯意识和心理的活动，而是客观现实和生活斗争的反映。比如《山海经》所载的精卫填海、夸父逐日的神话（见《北山经》、《海外经》、《大荒北经》），就明显地反映原

① 《马克思恩格斯选集》第二卷（人民出版社 1972）第 113 页。

始人在实际生活中同自然作斗争的坚决意志。他们在劳动的经验中坚信人们的力量可以征服自然,因此在任何情况下都抱有克服困难的信心。又如羽民国的人身上生羽翼,讙头国的人有翼、鸟喙,在海中捕鱼,杖翼而行(见《山海经·海外南经》、《大荒南经》)。这一类的想象,显然也是生活斗争的反映。因为原始人尚未发明网罟等工具,他们看见水鸟捕鱼,非常便利,不禁发生羡慕之心。于是设想人也可能有长翅膀的,嘴也可能同鸟喙一样,在海上以捕鱼为生,何等灵活、轻便。在生产中减少困难,减轻劳动,是人们普遍的愿望和要求,所以这些幻想的产生是极其自然的。幻想是人类社会生产进步的一大推动力。为了突破种种限制,增加走路的速度,缩短走路的时间,原始人很早就幻想飞。《博物志》载奇肱国的人"能为飞车,从风远行"[①],便是这种幻想的具体化。飞在原始人看来,是认为最能解决问题的。从最初的飞的幻想意识到"飞车"的具体概念,是人类思维进一步的发展。人类的智力水平发展到同一阶段时,有许多想法往往会不约而同,所以我们的"飞车"也就同西方神话的"飞毯"和"快靴"等等的性质差不多,都反映了原始人对现实生活的迫切要求。至于人们在生活经验中所发明、制造的许多器物,如网罟、竹弹、弓箭、耒耜、车船等,又如发现五谷和药草,驯养牲畜,制作衣裳,建筑房屋,创制文字等,都是千百万人在生产劳动中长期努力的结

① 见《博物志》,但《山海经·海外西经》奇肱国下郭璞注亦有此文。又郭璞《山海经图赞》"奇肱国赞"云:"妙哉工巧,奇肱之人!因风构思,制为车轮。"是《博物志》本据《山海经》,而今本经文逸之。

果。而在神话传说中却把无数劳动人民的经验和智慧加以总结、集中,创造了不少伟大的英雄人物形象,如伏羲、神农、黄帝、嫘祖、仓颉等,把各种创造发明都归功于他们身上,再用以指导自己的生活实践,使社会不断地向前推进,向前发展,这就是神话的积极意义。

现在举出几个著名的古代神话简述如下:

(一)女娲补天 《淮南子·览冥训》有这样一段记载:

> 往古之时,四极废,九州裂,天不兼覆,地不周载,火爁炎而不灭,水浩洋而不息,猛兽食颛民,鸷鸟攫老弱。于是女娲炼五色石以补苍天,断鳌足以立四极,杀黑龙以济冀州,积芦灰以止淫水。苍天补,四极正,淫水涸,冀州平。狡虫死,颛民生。

这是我国原始社会流传下来的关于开天辟地的神话故事。它反映了我国原始人对自然作斗争的无比伟大的力量。显然,神话的创作者对宇宙万物的起源是这样想象的:最初的时候,天地不知为什么经过一度大破坏,洪水暴发了,火也焚烧起来了,人类和一切生物都毁灭了。后来女娲这个女神想尽了方法,才把天地重新创造起来。她扑灭了炎火,弄干了洪水,树立了四极,然后慢慢地造出生物和人类来,才有今天的世界。所以女娲不但是世界的创造者,而且还是人类万物的始祖。但《淮南子》这一片段的记载不完全,必须参考其他文献,上述意义才更明显。例如《风俗通义》引俗说,谓"天地开辟,未有人民。女娲抟黄土作人。剧务力不暇供,乃引绳絙于泥中,举以为人。故富贵者,黄土人也;贫贱凡庸者,絙人也"(《太平御览》七十八引)。又如《荆楚岁时记》及董勋《问礼俗》都说阴历正月一日为鸡,二日为狗,三日为猪,四日为羊,五日为牛,六日为马,七日为人,八日为谷。这些都是有关女娲创造人类万物神话的部分残馀。不过上述"俗说"中的解释部分渗入了阶级社会的意识,它把被剥削阶级的"贫贱凡庸"说成是先天注定的,同时为剥削阶级的特殊地位找到了理由。

(二)后羿射日　后羿射日的神话故事也是《淮南子》记得最详细:

> 逮至尧之时,十日并出,焦禾稼,杀草木,而民无所食。猰貐、凿齿、九婴、大风、封豨、修蛇皆为民害。尧乃使羿诛凿齿于畴华之野,杀九婴于凶水之上,缴大风于青丘之泽,上射十日而下杀猰貐,断修蛇于洞庭,禽封豨于桑林。万民皆喜,置尧以为天子。
>
> ——《本经训》

这大概是我国氏族社会后期的一个为民除害的英雄神话。这个神话之所以产生,大概是由于远古时代发生过一次或数次大旱,如古书所谓汤有七年的大旱灾。人民群众度过这场灾难之后,久而久之,幻想出一个善射的神弓手后羿(按羿字又作芎,像弓箭形)曾经射去了九个太阳,只留下一个。从此以后,才减轻了旱灾的威胁。同时又射死了许多毒蛇猛兽,使大家能够安心生产。这里含有歌颂劳动英雄的意义,也有赞扬优良的劳动工具和巧妙的劳动技术的意义。看他能够运用自己的武器同许多害人的东西作斗争,替人民做了无数的好事,可见原始人是在塑造一个自己的英雄形象,描绘一个一切自然灾害的战胜者。当然,这个神话通过后人的传说,把反映氏族部落集体抗旱、除害的行动归功于什么尧天子,显然是阶级社会的意识。

(三)鲧、禹治洪水　关于鲧、禹治洪水的神话故事,《山海经·海内经》有如下的记载:

> 洪水滔天,鲧窃帝之息壤以湮洪水,不待帝命,帝命祝融杀鲧于羽郊。鲧复生禹,帝乃命禹卒布土以定九州。

大概也是上古时代某一地区曾发生过大水灾,由于人民群众不断努力,长期同洪水搏斗,终于达到胜利,恢复了正常生产,于是就产生了鲧、禹治水的神话。鲧是为人民而牺牲的英雄形象。但他的儿子禹终能继父之志,战胜洪水,所以也就成为人民拥戴的英雄的首领。鲧、禹父子两代治洪水,是我国古代流传最广、内容最丰富的神话,《山海经·海内经》这段记载实在过于简单,不能看到它的全貌,例如鲧、禹化熊等。又同书《海外北经》、《大荒北经》都说禹杀共工臣相柳(繇),共工是水神,曾"振滔洪水,以薄空桑"(《淮南子·本经训》)。祝融又是火神,杀鲧于羽郊。不难想象,这个神话必包括丰富曲折、极为动人的斗争内容。不过这个神话,也掺杂了阶级社会的意识,因为鲧之被杀,正是最高统治者同人民对立以及地上王权——奴隶主的权威日益提高的反映。

(四)黄帝擒蚩尤　《山海经·大荒北经》载:

蚩尤作兵伐黄帝，黄帝乃令应龙攻之冀州之野。应龙畜水，蚩尤请风伯、雨师从(纵)大风雨。黄帝乃下天女曰魃，雨止，遂杀蚩尤。

据《龙鱼河图》说："蚩尤兄弟八十一人，并兽身人语，铜头铁额，食沙石子。造立兵仗，刀戟大弩，威振天下。"相传蚩尤是古代黎族的首领，那时黎族很多，号称九黎。"九"可能是表示多数。每族包括九个兄弟氏族，共有八十一个氏族。可见蚩尤是古代一个强大的部族联盟的代表。黄帝擒杀蚩尤的神话故事是我国氏族社会部族之间相互斗争的反映。传说中的蚩尤都好像妖怪，而黄帝就像一个降魔大将军，所以把这场战争描写得十分惊心动魄，富于艺术想象。又据传说，黄帝与蚩尤战于涿鹿之野。涿鹿在今河北怀来县，可见我国古代北方是有过种族间的激烈斗争的。

此外还有很多神话在今天看来极有意义。例如《述异记》谓盘古死后"头为四岳，目为日月，脂膏为江海，毛发为草木"等传说，表现原始人的朴素唯物思想，这表明了他们从事物变化的初步认识中产生了简单的进化观念，那就是世界不是上帝创造的，而是由物质变化而来的。又如《山海经·海外西经》载，"刑天与帝争神，帝断其首，……乃以乳为目，以脐为口，操干戚以舞"，表现了阶级社会奴隶反抗奴隶主的叛逆精神。它极其明显地表明了劳动人民对于象征绝对权威的天帝的反抗，这是一种极为大胆的革命思想。由此可见，我国古代流传的神话故事是丰富多采的。

原始人在强大的自然力支配下，有时不免会惊恐、赞叹，当斗争失败时，又不免懊恼、怀疑，甚至感到自己渺小和软弱无力。为了了解一些问题，例如对死后的推想及如何战胜敌人等，他们把企图克服一切自然力的要求变为类人的神道——上帝的形象，于是在创造神话的同时，也创造了原始宗教。这本是使自己的经验、情感和幻想化为形象，同样属于艺术的创造，没有丝毫恐吓意义①。但阶级社会产生以后，统治者就利用它麻醉人民，统治人民，把原始人所创造的"类人的神道"改变为一个抽象的上帝来主宰一切，这样，宗教就为剥削阶级服务，愈来愈带有迷信的性质。所以神话和后世的宗教迷信根本不同，不能混为一谈。因为神话是要同自然作斗争的，要想战胜自然的，而宗教迷信的神则是至高无上不可抗拒的人类万物的主宰。因此，后世宗教不但要求人们崇拜神，向神伸手乞求，而且对神屈服、投降，把自己的命运完全交给神。例如后羿敢于射日，而迷信者则拜太阳神，这就说明神话和宗教迷信的根本区别。所以神话对世界采取积极态度，敢于反抗神的权威，富于革命性；宗教迷信总是消极的，它宣传人对神的无力和无能，必须做神的牺牲品。因此，神话是现实生活斗争的反映，而宗教迷信则是脱离现实的纯心理活动的表现。

由于年代久远而逐渐失传，由于古代文字繁难，书写工具不便，史前神话完整流传下来的较少。但更主要的原因则是历史家和哲学家的曲解，以致不少丰富美丽的神话故事逐渐

① 参看高尔基《说文化》和《答复》，见《高尔基论文选集》（瞿秋白译，人民文学出版社 1954）。

变质，逐渐僵化。例如“黄帝三百年”（见《大戴礼记·五帝德》）、“黄帝有四面”（见《尸子》）以及“夔一足”（见《韩非子·外储说左下》）的传说，《诗经·商颂》“玄鸟生商”的神话，春秋战国时尚在口头流传，但或被歪曲，或被斥为齐东野人之语，在所谓合理的解释下，被彻底改变了它们的真实面目。特别是古代的“五帝”，秦汉以前，本是一个神话传说的中心，而司马迁认为那些百家之说，“其文不雅驯”，删去许多材料，组成《史记》中的“五帝本纪”，因而许多神话都被历史化了。这是很可惜的。

古代神话是浪漫主义文学的萌芽，它对后世文学的影响很大，一般说，神话的创作基础是现实的，神话的创作方法是浪漫的。而神话的浪漫主义精神，那种新奇奔放的幻想，启发作家的想象力，提供了丰富的文学题材和艺术形象。例如屈原的楚辞，庄子的散文，阮籍、陶渊明、李白、李贺、苏轼等的诗歌，特别是小说戏剧如《柳毅传书》、《张生煮海》、《西游记》、《封神演义》以及鲁迅的《故事新编》等，或采用其故事，或学习其作风，或改编其原作，因而创作出许多更完整、更美丽、更提高、更惊心动魄，富于艺术感染力的新作品来。有的辞赋家、诗家、散文家往往把神话故事载入篇章，形诸歌咏，或用作典故，以充实作品的内容；或借为讽刺，以抒写作者的情绪；或炼成词藻，变为精粹的、形象的文学语言。尤其重要的是神话的乐观主义、英雄主义以及对现实的积极态度，强烈要求改变现实、追求美好生活的愿望，鼓舞人们的革命精神，对作家进步世界观的形成和积极浪漫主义的创作起重要作用。

第二章　古代诗歌总集——诗经

第一节　关于诗经

《诗经》是我国第一部诗歌总集，共收入自西周初年至春秋中叶大约五百多年的诗歌三百零五篇，而“小雅”中的笙诗六篇，有目无辞，不算在内。《诗经》共分风、雅、颂三个部分。其中风包括十五“国风”，有诗一百六十篇；雅分“大雅”、“小雅”，有诗一百零五篇；颂分“周颂”、“鲁颂”、“商颂”，有诗四十篇。它们的创作年代很难一一具体指出，但从其形式和内容的特点来看，可以大体确定：“周颂”全部和“大雅”的大部分是西周初年的作品；“大雅”的小部分和“小雅”的大部分是西周末年的作品；“国风”的大部分和“鲁颂”、“商颂”的全部则是东迁以后至春秋中叶的作品①。

---

① 关于《诗经》各部分作品的写作年代，现代学者多有一致或相似的认识，惟对《商颂》的写作年代认识有所不同。按《国语·鲁语下》记有鲁国大夫闵马父的话：“昔正考父校商之名颂十二篇于周太师，以《那》为首。”由于对这段话理解不同，自汉代起，古文经学派认为《商颂》是春秋时宋国正考父从周太师那里得到商代颂诗（见《毛诗·商颂·那序》、郑玄《商颂谱》），今文经学派认为《商颂》是正考父所作，以赞美宋襄公（见司马迁《史记·宋世家》）。二说长期并存，而古文经学的说法稍占上风。但

关于《诗经》的编集，汉代学者有采诗的说法。班固说："孟春之月，群居者将散，行人振木铎徇于路以采诗，献之太师，比其音律，以闻于天子。"(《汉书·食货志》)又何休说："男年六十、女年五十无子者，官衣食之，使之民间求诗。乡移于邑，邑移于国，国以闻于天子。"(《春秋公羊传》宣公十五年《解诂》)这些说法的具体情形曾有人怀疑过，但我们认为这并非完全出于后人臆度。《诗经》三百篇的韵部系统和用韵规律基本上是一致的，形式基本上是整齐的四言诗；而它包括的地域又很广，以十五"国风"而言，就占有今陕西、山西、山东、河南、河北、湖北等省的全部或一部分，在古代交通不便、语言互异的情况下，不经过有意识、有目的的采集和整理，像《诗经》这样体系完整、内容丰富的诗歌总集的出现恐怕是不可能的。《诗经》这部书，我们认为当是周王朝经过诸侯各国的协助，进行采集，然后命乐师整理、编纂而成的。但这只是"国风"和"小雅"的部分诗歌如此，如《国语》所谓"瞽献曲"之类。至于雅诗和颂诗的大部分，可能是公卿列士所献的诗[②]。统治阶级采集诗歌的目的，除用以教育自己的子弟和娱乐外，主要是

清末今文经学复兴，在搜辑三家遗说的同时，力主《商颂》为春秋时宋诗(见王先谦《诗三家义集疏》)，以后王国维、俞平伯、顾颉刚、郭沫若从不同方面提出自己的看法，均认为《商颂》非商代流传下来的，因而形成二十世纪的主流，但亦有不同意见，如杨公骥、张松如(公木)在五十年代曾发表文章认为《商颂》为商代作品，但没有引起学术界注意，近二十年来，由于考古的新发现和学术视野的开阔，杨、张的主张得到了相当多研究者的赞同，但研究在发展，目前尚未能定于一尊。本章仍沿用上世纪五六十年代多数学者的看法。可参看张松如著《商颂研究》(南开大学出版社 1995)、姚小鸥著《诗经三颂与先秦礼乐文化》(北京广播学院出版社 2000)。

② 《国语·周语》："天子听政，使公卿至于列士献诗，瞽献曲，……师箴，瞍赋，矇诵。"襄公十四年《左传》师旷语略同。

为了了解人民的反映，考察其政治的效果，以便进一步巩固自己的统治，所谓“王者所以观风俗，知得失，自考正也”（《汉书·艺文志》）。

汉代的学者也还有人认为《诗经》三百篇是经过孔子删订而成的，例如司马迁就曾说过：“古者诗三千馀篇，及至孔子去其重，取可施于礼义……三百五篇，孔子皆弦歌之。”（《史记·孔子世家》）弦歌诗章可能是事实，删诗的话是不可信的。《诗经》最后编定成书，大约在公元前六世纪中叶，不会在孔子出生以后。孔子不止一次说过“诗三百”的话，可见他看到的是和现存《诗经》篇目大体相同的本子。而更重要的反证是公元前五四四年，吴公子季札在鲁国观乐，鲁国乐工为他所奏的各国风诗的次序与今本《诗经》基本相同。其时孔子刚刚八岁，显然是不可能删订《诗经》的。《诗经》在先秦典籍中只称为“诗”，汉代学者奉为经典，这才称作《诗经》。

《诗经》各篇都是可以合乐歌唱的，所以《墨子·公孟篇》说“弦诗三百，歌诗三百”，司马迁也说，孔子曾弦歌三百五篇。风、雅、颂的划分也是由于音乐的不同。风是带有地方色彩的音乐，十五“国风”就是十五个地方的土风歌谣，成公九年《左传》范文子说：“乐操土风，不忘旧也。”正好说明了风的含义。它们产生的地区，除“周南”、“召南”在江汉汝水一带外，其馀十三“国风”都在黄河流域。雅是周王朝直接统治地区的音乐；雅有正的意思，当时人们把王朝直接统治地区的音乐看成正声。颂有形容的意思，它是一种宗庙祭祀用的舞曲。自春秋以来，战乱频仍，作为乐章的《诗经》颇为淆乱，公元前四八四年，孔子周游列国后，回到了鲁国，开始他的著述工作，同时也整理过《诗经》的乐章，使“雅、颂各得其所”。他还利用诗来教育门弟子，并且强调诗的实际用途，这对《诗经》的保存和流传是有作用的。正因为孔子与《诗经》有这样密切的关系，汉代人才把他附会成为《诗经》的最后删订者。

《诗经》虽遭秦火焚毁，但由于学者的讽诵，至汉复得流传。当时传授《诗经》的有四家：齐之辕固、鲁之申培、燕之韩婴、赵之毛苌。或取国名，或取姓氏，而简称齐、鲁、韩、毛四家。齐、鲁、韩三家武帝时已立学官，毛诗晚出，未得立。毛氏说诗，事实多联系《左传》，训诂多同于《尔雅》，称为古文，其馀三家则称今文。自东汉末年，儒学大师郑玄为毛诗作笺，学习毛诗的人逐渐增多，其后三家诗亡，独毛诗得大行于世①。

第二节　雅　颂

雅诗和颂诗都是统治阶级在特定场合所用的乐歌。由于它们从不同的角度反映了社会生活的一些方面，直到今天还

① 近三十年来地下考古发现颇为丰富，其中先秦和汉代墓葬中出土的简帛古籍也许会带动中国古代文学研究，特别是先秦两汉文学研究取得突破性的进展，为此已召开多次学术研讨会、发表过多篇学术论文（不仅限于文学，也包括哲学和历史等多学科），研究尚有待深入，但需要我们予以关注，与《诗经》文本、诗经学史研究关系密切的考古发现有：1977 年安徽阜阳汉简、1993 年湖北荆门郭店楚简、1993 至 1994 年间，上海博物馆自香港购回的楚简（据称其出土地点与郭店楚简相近，而数量多于郭店）。可参阅胡平生、韩自强著《阜阳汉简诗经研究》（上海古籍出版社 1988）、荆门市博物馆编《郭店楚墓竹简》（文物出版社 1998）、《上海博物馆藏战国楚竹书》（1）（上海古籍出版社 2001）。

有其社会意义和认识价值。

“周颂”共三十一篇，全部是西周初年的作品。它们是周王朝祭祀宗庙的舞曲，具有很浓厚的宗教气氛，所谓“美盛德之形容，以其成功，告于神明者也”(《毛诗序》)。它们用板滞的形式和典重的语言，歌颂周王朝祖先的“功德”。像颂扬武王灭商的“大武舞”乐章就在“周颂”中，即《武》、《桓》、《赉》等篇。从《乐记》的一些记载中，我们还可以了解这一舞蹈的大致情形。“周颂”中还有一部分春夏祈谷、秋冬报赛(答谢神佑)的祭歌，其中写到当时农业生产的情况和规模，如《臣工》、《噫嘻》、《丰年》、《载芟》、《良耜》等，是我们了解西周初年农业生产和人民生活的重要史料。

“鲁颂”、“商颂”是春秋前期鲁国和宋国用于朝廷、宗庙的乐章，其中除“鲁颂”的《泮水》和《閟宫》是臣下对国君的歌颂外，而其馀的则都是宗庙的祭歌。由于它们的时代较晚，在创作上受雅诗影响，文学技巧较之“周颂”有很大进步，但由于此时社会已不能和周初的繁荣景象相比，诗中所述实近于阿谀，前人说它“褒美失实……开西汉扬马先声”(《诗经原始》)，是指出了这些庙堂文学的实质的。

雅诗为什么 有大小之分，从前说诗者有许多争论。清代惠士奇《诗说》谓大小雅当以音乐来区别它们，如律有大小吕，诗有大小明，其意义并不在“大”、“小”上。我们认为风、雅、颂既是根据音乐来分类，雅诗之分大小，当然与音乐有关。

“大雅”的大部分和“小雅”少数篇章，和“周颂”一样，都是在周初社会景象比较繁荣的时期，适应统治阶级歌颂太平的需要而产生的。只是由于它们主要是统治阶级朝会宴飨时用的，不一定配合舞容歌唱，因此内容由单纯对祖先与神的颂扬，开始注意对社会生活，主要是对统治阶级生活的描写。与这种内容相适应，雅诗的篇幅加长了，并且分了章。值得注意的是在周初的雅诗中，除极力宣扬神权、君权至上外，还常常含有教训规谏的意思，《文王》（“大雅”）说：“天命靡常。”又说：“殷之未丧师，克配上帝，宜鉴于殷，骏命不易。”都是正面教训统治者不要重蹈殷纣王的覆辙，这与《尚书·无逸》等篇的思想内容是一致的。“小雅”中的《楚茨》、《信南山》、《甫田》、《大田》四篇，主题与《良耜》等相同，但像《甫田》中“倬彼甫田，岁取十千；我取其陈，食我农人”和《大田》中“彼有不获穉，此有不敛穧；彼有遗秉，此有滞穗；伊寡妇之利”等诗句，则较为曲折地反映了当时剥削者与被剥削者之间悬殊的生活状况。

更能体现雅诗重视社会生活描写这一特点的，是“大雅”中《生民》、《公刘》、《緜》、《皇矣》、《大明》等诗，它们与后世的叙事诗相当接近。这些诗叙述了自周始祖后稷建国至武王灭商的全部历史。总的说来，它们没有后世叙事诗那样动人的情节和鲜明的形象，但有些片段写得还相当生动，具有一定的感人力量，像《生民》中描写后稷初生被弃不死的那一章：

> 诞寘之隘巷，牛羊腓字之。诞寘之平林，会伐平林。诞寘之寒冰，鸟覆翼之。鸟乃去矣，后稷呱矣。实覃实訏，厥声载路。

诗人用简朴的语言，描写那充满神话色彩的后稷故事，颇为生动。《生民》中还写后稷小时就试种各种庄稼，而且生长得很好，在描写谷物成长时，连用了许多不同的形容词，显示出诗人掌握异常丰富的词汇以及对生活细致的观察力。后稷相传是农业的发明者，诗人的这些描写反映了周人对这一传奇人物的热爱。《公刘》、《緜》描写了周人由邰至豳及由豳至岐两次迁移的情形，其中有一些劳动生活情景的描写，也有声有色，如《公刘》中写移民安居后，诗人连用了几个叠句："于时处处，于时庐旅，于时言言，于时语语"，就把那欢声笑语的生活情景呈现在读者眼前。再如《緜》中把"百堵皆作"的劳动场面写得十分紧张热闹，那盛土、倒土、捣土、削土的声音，把鼓励劳动情绪的巨大的鼓声都压下去了。这三首歌颂祖先的乐歌，是周初王朝的史官和乐工利用人民口头的传说材料创造的，它把自己的祖先神圣化了，但其中也确实反映了人民的创造力量、人民的智慧和劳动热情，这也正是它动人的所在。《皇矣》写文王伐密、伐崇两次战争，《大明》写武王灭商，是紧承前三首的，所不同的是它们更接近于历史现实的记叙。

随着周初社会生产力的发展和王朝统治地位的巩固，统治阶级的生活也日趋腐朽。《湛露》("小雅")中说他们"厌厌夜饮，不醉无归"，《鱼丽》("小雅")一诗更描写了他们筵席的丰富和讲究。在《宾之初筵》("小雅")里，还具体描写了贵族宴饮的场面：

> 宾之初筵，温温其恭，其未醉止，威仪反反；曰既醉止，威仪幡幡，舍其坐迁，屡舞僊僊。其未醉止，威仪抑抑；曰既醉止，威仪怭怭，是曰既醉，不知其秩。
>
> 宾既醉止，载号载呶；乱我笾豆，屡舞僛僛。是曰既醉，不知其邮；侧弁之俄，屡舞傞傞。……

这里写了宴会开始时贵族们的彼此礼让，显得那么彬彬有礼，而酒醉后就狂态毕露。不管作者创作意图如何，客观上正好暴露了他们的放肆和虚伪。

“小雅”绝大部分和“大雅”的少数篇章是在周室衰微到平王东迁的历史背景下产生的，深刻地反映了奴隶制向封建制变革的社会现实。这些雅诗的作者大都是统治阶级内部的人物，由于他们在这一巨大社会变革中社会地位的变化，使他们对现实有比较清醒的认识，并对本阶级的当权者的昏庸腐朽持有批判的态度，不同程度地表现了诗人对国家前途和人民命运的关心，因而使他们的创作具有较深刻的社会内容。《北山》的作者可能是一个下层的官吏，在诗中他把自己奔走四方的劳苦和朝廷显贵的悠闲生活作对比，表示了自己的愤慨。《十月之交》中诗人从天时不正这一在当时人们认为十分严重的灾异出发，正告那些当权人物说：“日月告凶，不用其行”，是由于“四国无政，不用其良”的缘故。他更大胆地把那些执政的小人名字都写了出来，指出他们和君王宠妃相勾结是天时不正、政治昏暗的根本原因。《正月》也是从天时示警写起，抒发了诗人伤时忧国的心情，而篇中“谓天盖高，不敢不局，谓地盖厚，不敢不蹐”；“鱼在于沼，亦匪克乐，潜虽伏矣，亦孔之炤”等诗句，更十分深刻地概括了那个时代人民是处在怎样残酷的环境下生活的。《小弁》、《巷伯》表达了正直无辜的人遭受迫害的愁思和愤慨。“大雅”中《荡》、《抑》、《瞻卬》、《召旻》等篇的作者的社会地位可能较高，但面对着“今也日蹙国百里”的现实和“兢兢业业，孔填不宁，我位孔贬”（《召旻》）的自身遭遇，也不能不感到忧心殷殷，因此他们向最高统治者敲起了警钟："人亦有言，颠沛之揭，枝叶未有害，本实先拨。殷鉴不远，在夏后之世"(《荡》)，并要求他"无忝皇祖，式救尔后"(《瞻卬》)。这里诗人尽管是从维护其统治地位出发，但他们对昏君佞臣的斥责，对社会问题的揭露，仍有一定意义。

这时期的雅诗较周初的颂诗和雅诗在艺术上有很大进步，它们的篇幅都比较大，句法相当整齐，而语气通畅，没有颂诗那种板滞沉重的毛病。特别是由于受了民歌的影响，有些诗有很好的起兴，有些诗比喻生动鲜明。这时期的雅诗也没有周初颂诗和雅诗那种祀神的宗教气氛和单纯叙事的特点，而偏重于抒情，即使在叙事中也带有较多的抒情成分，有较强的形象性和感染力，如《采薇》("小雅")最后一章：

> 昔我往矣，杨柳依依；今我来思，雨雪霏霏。行道迟迟，载渴载饥，我心伤悲，莫知我哀。

诗人把抒情融化到景物的描绘中，把征夫久役将归的又悲又喜的思想感情表现得那么生动真切。再如《大东》("小雅")更把东方诸侯各国人民困于沉重赋役的满腔愤怒借天上星宿的形象很好地抒发出来，诗人抱怨它们的有名无实，不仅无助于人民的生活，而且也好像在帮助统治阶级对人民进行掠夺。在西周后期的雅诗中，还有少数劳动人民的作品，如《苕之华》、《何草不黄》(均见"小雅")，它们揭露了统治阶级奴役人民、剥削人民的罪恶，表达了人民的愤慨，都具有强烈的人民性，更值得重视。

第三节　国　风

“国风”保存了不少劳动人民的口头创作，它们在最后写定时，虽可能有所润色，有的甚至还被窜改，但依然具有浓厚的民歌特色。这些周代民歌表达了劳动人民的思想感情和他们对社会生活的认识，同时也显示了劳动人民的艺术创造才能。它们是《诗经》中的精华，是我国古代文艺宝库中晶莹的珠宝。

“国风”中的周代民歌以鲜明的画面，反映了劳动人民的生活处境，表达了他们对剥削、压迫的不平和争取美好生活的信念，是我国最早的现实主义诗篇。像《七月》（“豳风”）在不很长的篇幅里反映了当时奴隶充满血泪的生活，是那个时代社会的一个缩影。从中可以清楚地看到当时的劳动人民无冬无夏地劳动，而仍旧过着衣食不得温饱，房屋不能抵御风寒的悲惨生活。从“春日迟迟，采蘩祁祁，女心伤悲，殆及公子同归”的描写中，更使人想象到当时的劳动妇女不仅以自己紧张的劳动为奴隶主创造了大量的财富，而且连身体也为奴隶主所占有，任凭他们凌辱和糟蹋。《七月》的作者还有意识地对照劳动人民与奴隶主的生活，从而显示了阶级社会的不合理。《伐檀》（“魏风”）的作者更以鲜明的事实启发了被剥削者的阶级意识的觉醒，点燃了他们的阶级仇恨的火焰：

坎坎伐檀兮，置之河之干兮，河水清且涟猗。不稼不穑，胡取禾三百廛兮？不狩不猎，胡瞻尔庭有县貆兮？彼君子兮，不素餐兮！

这是一群在河边砍伐木材的奴隶唱的歌，他们向剥削者提出了正义的责问：为什么那些整天都在劳动的人反而无衣无食，而你们这些“不稼不穑”、“不狩不猎”的人，反而坐享别人的劳动成果？这种对现实的清醒认识以及对于压迫和剥削的愤激情绪，不能不导致人民的反抗。虽然“国风”中没有保存反映人民与统治阶级直接斗争的诗篇，但《硕鼠》（“魏风”）中描写了人民由于不堪忍受沉重的剥削而想到逃亡，这在当时社会里是带有反抗意义的。诗中把剥削者比作“贪而畏人”的大老鼠，它表达了人民对他们的蔑视和仇视。诗中所再三咏叹的没有人为饥寒而悲号的乐土，尽管在当时是无法实现的，但依然强烈地表达了人民对美好生活的追求，而且在它流传过程中一直成为鼓舞劳动人民为反抗剥削和压迫，争取美好生活而斗争的精神力量。

“国风”中如《式微》、《击鼓》（均见“邶风”）、《陟岵》（“魏风”）、《扬之水》（“王风”）等诗篇，还反映了劳动人民在沉重的徭役、兵役负担下所遭受的痛苦和折磨。兵役和徭役不仅给被役者本身带来重大的痛苦，还破坏了正常的生产和家庭生活，使他们的父母无人奉养，而陷于难以存活的境地。《鸨羽》（“唐风”）为此提出了沉痛的控诉：

肃肃鸨羽，集于苞栩。王事靡盬，不能艺稷黍。父母何怙？悠悠苍天，曷其有所！

“国风”中还有一些思妇的诗，它们同样反映了兵役、徭役带给人民的痛苦，如《殷其雷》(“召南”)、《伯兮》(“卫风”)、《君子于役》(“王风”)等都是这一类的诗篇。《伯兮》中“自伯之东，首如飞蓬。岂无膏沐？谁适为容”一章，更十分形象地表现了女主人公对行人的怀念和对爱情的忠贞，其词意颇为汉魏以后的思妇诗所汲取。《东山》(“豳风”)写行人久役将归的心情，诗中主人公对家乡、亲人的怀念和向往，表达了在长期的服役中，人民要求过正常劳动生活的愿望，是这类诗中最著名的一篇。但应该指出，劳动人民并不贪图苟安，当强敌压境、外族入侵时，人民所表现的是“王于兴师，修我戈矛，与子同仇”(“秦风”《无衣》)，斗志是昂扬的。这种共同御侮的要求和战斗的热情，是人民争取和平生活和爱国精神的进一步表现。

以婚姻恋爱为主题的民歌在“国风”中占有较大的数量。在阶级社会中，婚姻制度是社会制度的有机组成部分，“国风”中这类诗歌对此有强烈的反映。由于妇女的特定社会地位，不合理的婚姻带给她们的痛苦更深，所以这类诗歌多从女子方面来抒写，《氓》(“卫风”)就是有代表性的一篇弃妇诗。诗中的女主人以纯洁诚挚的心追求爱情和幸福，但她没有得到，负心的男子骗取了她的财物，也骗取了她的爱情，结婚才只三年，她就被遗弃了：

自我徂尔，三岁食贫……女也不爽，士贰其行。士也罔极，二三其德。

三岁为妇，靡室劳矣，夙兴夜寐，靡有朝矣。言既遂矣，至于暴矣。兄弟不知，咥其笑矣。静言思之，躬自悼矣！

现实是这样的残酷，一个无辜的被遗弃的妇女竟在自己兄弟那里都不能得到同情，因此，她对于自己的过去，不仅是悔，而且有着无比的恨。在她那“于嗟女兮，无与士耽！士之耽兮，犹可说也；女之耽兮，不可说也”的热情呼喊中，包含着自己血泪的教训。反映妇女这种悲惨遭遇的还有《谷风》（“邶风”）、《中谷有蓷》（“王风”）、《遵大路》（“郑风”）等。《柏舟》（“鄘风”）更是具有强烈反抗意识的诗篇，诗中的女主人自己选择了配偶，当父母逼迫她放弃时，她表示了至死不变的态度：

泛彼柏舟，在彼中河。髧彼两髦，实维我仪。之死矢靡它。母也天只！不谅人只！

这种为追求幸福而顽强斗争的精神在后来的许多妇女形象如刘兰芝、祝英台、白娘子等身上得到更完善的发展。

“国风”中还有不少恋歌。由于劳动人民的经济地位和劳动生活，决定了这些恋歌的健康、乐观的基调。《溱洧》（“郑风”）表现了在河水涣涣的春天里，青年男女群游嬉戏的欢乐。《静女》（“邶风”）、《木瓜》（“卫风”）、《萚兮》（“郑风”）等小诗则表现了爱情生活的和谐与喜悦。从这里，人们看到了劳动人民的纯洁的内心和开朗的胸怀，即使那些表现爱情生活曲折的也是如此，像《狡童》、《褰裳》（“郑风”），它们或表现内心的苦闷，或表现欢乐的嘲戏，也都显得那么直率大胆，而绝不忸怩作态。而在“一日不见，如三秋兮”的相思中，在“风雨如晦，鸡鸣不已”的昏夜会见中，可以想见劳动人民爱情的真挚。《出其东门》(“郑风”)、《大车》(“王风”)更表现了他们对爱情的严肃态度，那“谷则异室，死则同穴。谓予不信，有如皦日”的誓言，显示了诗中主人公任何力量也摧毁不了的相爱的决心。

“国风”中还有不少民歌是讽刺统治阶级的荒淫无耻的，如《新台》(“邶风”)、《南山》(“齐风”)、《株林》(“陈风”)等都是。人民在这些诗里揭露了统治者的秽行，鞭挞了他们丑恶的灵魂，而且表示了极大的蔑视，像《相鼠》(“鄘风”)一诗就把统治者看成了连老鼠都不如的东西：

相鼠有皮，人而无仪。人而无仪，不死何为！
相鼠有齿，人而无止。人而无止，不死何俟！
相鼠有体，人而无礼。人而无礼，胡不遄死！

在这些咄咄逼人的语气中，表现了人民的巨大愤慨和对统治阶级清醒的认识。同时也表现了人民的胜利、自豪的情绪，因为他们确信在精神品格上他们是高高凌驾在统治者的头上的。

上面是对“国风”思想内容的分析，下面再谈谈它的艺术特点。

古代劳动人民虽然还处在生产力发展较低的历史阶段，但由于他们长期参加生产劳动和社会斗争，就逐渐养成了敏锐的观察力，也积累了丰富的知识。他们善于区别事物的善恶，发现事物的特征，并且通过口头语言和歌舞场景表现出来。因而在诗歌创作中,不仅表现了他们对现实的认识和爱憎,而且还表现了他们善于以简朴的语言描摹事物,以朴素的生活画面反映社会现实的才能。这种现实主义创作方法,在“国风”中有较好的体现,并且成为它显著的艺术特点,给予后世诗歌创作以极大的影响。《七月》以素描的手法写农奴们一年紧张的劳动生活,像一幅幅风俗画一样,那么真实、那么生动地把他们被压迫被剥削的处境呈现在读者面前。可是自汉以来的儒者都认为它是周公所作,连驳小序最力的朱熹也看作是“周公以成王未知稼穑之艰难,故陈后稷公刘风化之所由,使瞽矇朝夕讽诵以教之”。封建学者由于其出身和教养,是无法认识其真实面目的,这首诗真正的意义就在于它是劳动人民自己的创作,以及它所表现的现实主义精神。方玉润说得好:“《七月》所言皆农桑稼穑之事,非躬亲陇亩,久于其道,不能言之亲切有味也如是。周公生长世胄,位居冢宰,岂暇为此?”(《诗经原始》)“国风”中更多的诗篇则是通过对具体事物的描写,突出生活的一个侧面或人物特征来表现作者对社会的认识和批判。像《黄鸟》(“秦风”)作者选择了用活人殉葬的题材,通过人们对殉葬者深切的同情和惋惜来抗议这种暴行。《陟岵》(“魏风”)通过征夫想象中的亲人对自己的嘱咐来表现当时徭役、兵役带给人民的痛苦。《氓》(“卫风”)则通过女主人被遗弃的不幸遭遇、无限悔恨的倾诉和决绝的态度,使人们看出那个社会制度的罪恶,具有更深刻的批判力量。而《将仲子》(“郑风”)女主人公自述的矛盾心情,令人感到那黑暗现实令人窒息的空气和阶级社会加于女子的桎梏。“国风”中那些揭露统治者丑行的民歌,或再三指斥,或辛辣嘲笑,或狠狠诅咒，都深刻地表达了人民对阶级敌人的痛恨，也是对黑暗现实的有力冲击。

在形象塑造上“国风”也表现了现实主义艺术的特色。尽管“国风”中大都是抒情诗，但它们的作者仍能通过抒情主人公内心的直接倾诉，表现了他们的欢乐和悲哀，激起读者的同情，而且也让读者看到主人公的行动和他们性格的特征，以及他们的不同面貌。《褰裳》(“郑风”)是很短的一首诗，但那少女的声音笑貌是如此生动地浮现出来。《野有死麕》(“召南”)的末章真实而鲜活地摹拟出少女半推半就的声口，极富生活情趣。《谷风》(“邶风”)和《氓》都是描写妇女被遗弃的诗，二诗的主人公都有相同的不幸遭遇，但在主人公的倾诉中却表现了完全不同的性格：前者性格是柔婉而温顺的，她那如泣如诉的叙述和徘徊迟疑的行动，以及“不念昔者，伊余来塈”的结尾，表现了她思想的软弱和胡涂。后者性格则是刚强而果断的，她能比较冷静地陈述事理，并严厉谴责了男子的负心，而“反是不思，亦已焉哉”的结尾，更表现了她在决别时的怨愤情绪和坚决态度。

“国风”中的景物描写对人物也起了烘托的作用，例如《君子于役》：

君子于役，不知其期。曷至哉？鸡栖于埘，日之夕矣，羊牛下来。君子于役，如之何勿思！

君子于役，不日不月。曷其有佸？鸡栖于桀，日之夕矣，羊牛下括。君子于役，苟无饥渴？

诗人以家畜、家禽傍晚归来的生动景象衬托了女主人公倚门伫望归人的悲伤心情，写得那么朴素简净而又感人深至。《蒹葭》（“秦风”）则以“蒹葭苍苍，白露为霜”的清秋萧瑟的景象，衬托主人公追求意中人而不见的空虚和怅惘。有些诗的起兴也同样对人物形象起衬托作用，如《桃夭》（“周南”）以鲜艳盛开的桃花起兴，它正好是行将出嫁的少女们光采焕发的姿容。而《谷风》以“习习谷风，以阴以雨”起兴，则暗示了将有一件不幸的事情发生。

“国风”在形式上多数是四言一句，隔句用韵，但并不拘泥，富于变化，许多诗常常冲破四言的定格，而杂用二言、三言、五言、六言、七言或八言的句子，如《伐檀》就是一首杂言诗，但并不拗口，反而觉得错落有致，读起来有自然的节奏。章节的复叠是“国风”在形式上的另一特点。这当与“国风”全部都可以歌唱有关，但它同时也增加了诗歌的音乐性和节奏感，不少诗篇就是在反复吟唱中，传达了诗人的感情和诗的韵味。像《芣苢》（“周南”）一诗，是妇女采集野菜时唱的，全诗三章十二句，中间只换了六个动词，但它却写出了采集所得由少到多的情况，而且正如方玉润所说：“读者试平心静气涵咏此诗，恍听田家妇女，三三五五，于平原旷野、风和日丽中，群歌互答，馀音袅袅，若远若近，忽断忽续，不知情之何以移，而神之何以旷。”（《诗经原始》）《汉广》（“周南”）一诗只每章的末四句叠唱，但诗人那种求偶失望的心情和那可望不可即的汉上游女的形象似乎就隐现在这长歌浩叹的叠唱中。《采葛》（“王风”）也在反复叠唱中表达了恋人们深挚的思念，“一日不见如三秋”，直到今天还活在人民的语言中。

“国风”的语言，准确、优美，富于形象性，特别是由于它们的作者根据汉语音韵配合的特点，运用了双声（如“参差”、“玄黄”、“踟蹰”）、叠韵（如“崔嵬”、“窈窕”）、叠字（如“夭夭”、“趯趯”、“忡忡”）的语词来描摹细致曲折的感情和自然景象的特征，因而收到了较大的艺术效果。刘勰在《文心雕龙·物色》篇中有很好的说明，他说：“诗人感物，联类不穷……故灼灼状桃花之鲜，依依尽杨柳之貌，杲杲为日出之容，瀌瀌拟雨雪之状，喈喈逐黄鸟之声，喓喓学草虫之韵。皎日嘒星，一言穷理；参差沃若，两字穷形，并以少总多，情貌无遗矣。”但应该指出，民歌语言这一特点，并不是像后世文人那样苦心经营出来的，它决定于劳动人民对事物的细致观察和口语的自然，因而才那样朴素、鲜明，没有矫揉造作的痕迹。

在前人研究《诗经》的著作中，对赋、比、兴有种种解释，但今天看来它们只是前人归纳的三种表现手法。赋、比、兴最早见于《周礼》，它们与风、雅、颂合称“六义”。它的基本含义据朱熹说：“赋者，敷陈其事而直言之也”；“比者，以彼物比此物也”；“兴者，先言他物以引起所咏之词也”。赋就是陈述铺叙的意思。雅诗、颂诗中多用这种方法。“国风”中则较少使用，但亦有以此见长者，如《溱洧》、《七月》等。比就是譬喻，它“或喻于声，或方于貌，或拟于心，或譬于事”（《文心雕龙·比兴》），从而使形象更加鲜明，如《相鼠》、《硕鼠》用老鼠来比喻统治阶级的可憎可鄙，《氓》用桑树由繁茂到凋落比喻夫妇爱情的变化。《终风》（“邶风”）以既风且暴的恶劣天气比喻丈夫的骄横暴虐和喜怒无常。兴的基本含义是借助其他事物作为诗歌的开头，像《晨风》（“秦风”）首章：

鴥彼晨风，郁彼北林。未见君子，忧心钦钦；如何如何，忘我实多。

开头两句是起兴，它与下四句没有任何意义上的联系。它的作用只是为了引起下文，使诗歌曲折委婉，而不给人以突兀的感觉。但也有起兴和下文有联系，大抵同样起着比喻的作用。诗歌作为艺术创作活动，它必然有着选择和加工，因此“国风”有不少起兴，不仅表现了诗人状物的工巧，而且也有助于诗人对形象的刻划，加强诗歌的生动性和鲜明性，如前面所举的《桃夭》、《谷风》就是很好的例子。周代民歌比兴手法的运用，大大丰富了诗歌的表现手法，它可以在极短的篇章里造成极动人的境界和形象。比兴手法在我国诗歌创作中一直继承着、发展着，这是周代民歌对后代文学有重大影响的一个方面。

第四节　诗经在文学史上的地位和影响

《诗经》是我国文学的光辉起点，它的出现以及它的思想性和艺术成就，是我国文学发达很早的标志，在我国乃至世界文化史上都占有极高的地位。

《诗经》，特别是其中民歌部分所表现的“饥者歌其食，劳者歌其事”的现实主义精神对后世文学影响最大。它推动诗人、作家去关心国家的命运和人民的疾苦，而不要把文学看成流连光景、消遣闲情的东西。历代民歌是它的嫡传，从汉魏乐府直到近代歌谣都深刻体现了这种精神，它们一直是人民手中最锐利的战斗武器。历代进步文人在创作中倡导“比兴”、“风雅”，实质上也就是倡导《诗经》的现实主义精神。特别是当他们反对文坛上形式主义倾向时，常常以恢复风雅相号召。唐初陈子昂在诗歌革新运动中就是以“风雅不作”、“兴寄都绝”批判齐梁间诗的“采丽竞繁”；伟大的现实主义诗人杜甫也以“别裁伪体亲风雅”作为自己的创作方向。白居易在新乐府运动中，也以“风雅”、“比兴”为标准，批评了齐梁以来的形式主义文风，说它们不过是“嘲风雪、弄花草而已”。同时，他又总结了魏晋以来现实主义诗歌创作的成就，提出了“文章合为时而著，歌诗合为事而作”的要求，这正是《诗经》现实主义的进一步发扬。

《诗经》还以鲜明的事实证明了劳动人民的艺术创造才能。真正的诗歌首先是劳动人民创造出来的，它有力地启发和推动了后世作家去重视民歌，向民歌学习，从而使他们的创作增加了新的血液，有了新的进展。在文学史上由于作家们向民歌学习，常常形成一个时代文学的革新，形成一个时代文学创作的高潮，魏晋五言诗的发展，唐代诗歌的繁荣，很好地说明了这一点；由诗到词，由词到曲的文体转变，也很好地说明了这一点。

《诗经》对后代文学也有影响不好的一面。它的不少雅诗和颂诗是属于统治阶级的庙堂文学和宫庭文学，后世封建文人正是把这些继承下来，用以歌颂统治阶级的文治、武功和祖先的“圣明”，成为他们献媚求宠的手段，历代礼乐志中所载的郊庙歌、燕射歌，以及虚夸的赋、颂、铭、诔等都是这一类作品。

由于《诗经》内容十分复杂，加上从汉代以来被定为儒家经典，历代经学家并作了种种歪曲的解释，《诗经》的真正面目被掩盖了，几乎完全变成了为统治阶级服务的“厚人伦”、“美教化”的说教工具。但人民和历代的进步文人并没有完全被统治阶级散布的烟雾所迷惑，他们能够了解《诗经》的真正价值，继承并发扬它的传统，使诗歌成为自己的战斗武器。正是在这个意义上说，《诗经》奠定了我国古典诗歌现实主义的基础，在文学史上永远闪烁着不灭的光辉！

第三章　先秦历史散文

第一节　殷商至春秋时代的散文

散文是在文字发明以后才产生的，是最适宜于实用的文学形式。由于文字的记录必须有书写工具，如竹帛纸笔之类。所以散文的发展虽由于社会生活的需要，却非具备一定的物质条件不可。散文发展的最初阶段是很困难的。由于物质条件的限制，在实际应用上不得不力求简短，以致影响了散文的发展。后来手工业逐渐进步，文化工具有了改进，书写日益便利，为了适应社会的需要，才有可能出现长篇大论的散文和有组织有系统的散文著作。

十九世纪二十世纪之交，在河南安阳的小屯发现大量的龟甲和兽骨的破片，上面多刻有古代文字。经过研究后，知道这是三千多年前殷代王室占卜的记录，所以我们称它为甲骨卜辞。甲骨卜辞的发现，是我国近代文化史上一件大事。从中可以看到殷代的生产状况、社会制度等，对研究我国古代历史文化有极其重大的意义。

由于文字的难识和甲骨的破碎与散乱，其中很多记录不能了解，但也有不少比较完整可读的句子。例如：

戊辰卜,及今夕雨？弗及今夕雨？

癸卯卜,今日雨。其自西来雨？其自东来雨？其自北来雨？其自南来雨？

——郭沫若《卜辞通纂》

这可以看作一种十分幼稚的散文。又如：

癸巳卜,㱿,贞:旬亡𡆥(祸)。王固(占)曰:“㞢(有)希(祟)!其㞢来𡆥(艰)。”乞(迄)至五日,丁酉,允㞢来𡆥,自西。沚𢦔告曰:“土方正(征)我东啚(鄙),𢦏(灾)二邑。𢀛方亦牧我西啚田。”

——罗振玉《殷墟书契菁华》

这段卜辞虽然非常朴素,但它有叙辞,有命辞,有占辞,有验辞,叙事完整,可以说是记叙散文的雏形。

现存《易经》中的卦、爻辞是一种专为卜筮之用的繇辞。其性质同寺庙中的神签相类似,大概是巫卜之流所编造的为宗教迷信服务的书。卦、爻辞的时代不能确定,它们吸收了丰富的生活经验,似乎经过一段长期的发展过程才完成的。现代学者多认为它们完成于西周初年。其中不止一次提到“帝乙归妹”和“高宗伐鬼方”的事,显然是殷商的历史;而《旅》卦“上九”又有“丧牛于易”之文(《大壮》卦“六五”则谓“丧羊于易”),也隐约看到殷代先世的史影,这可能就是殷的先公王亥为有易所杀,夺其仆(服)牛这一史实的反映[①]。至于卦、爻辞

---

① 参看《山海经·大荒东经》、《楚辞·天问》、《竹书纪年》及王国维《殷卜辞中所见先公先王考》。王文见《观堂集林》。

中所谈到的各种各样的刑罚异常残酷，甚至还有杀人祭祀的迹象，更与殷商对待奴隶的情况相符合。当然也有不少卦、爻辞的内容反映了时代较晚的思想意识，如《蛊》的“上九”“不事王侯，高尚其事”等。

有些卦、爻辞，尤其是爻辞，在叙述吉凶的事象时，不但可以看出当时的社会背景，而且语言颇为形象生动，又多用韵。例如：

> 屯如，邅如，乘马班如，匪寇，婚媾。女子贞不字，十年乃字。
>
> ——《屯》“六二”
>
> 乘马班如，泣血涟如。
>
> ——《屯》“上六”

原始社会遗留的野蛮抢婚习惯，《易经》的爻辞中也是不止一次地提到了。奴隶主携带武器，骑着壮大的花马，抢掠妇女，迫使成婚，明明是强盗行为，却偏偏说不是。那女子骑在马上悲哀哭泣，当然是坚决拒绝，后来不知受尽了多少折磨，才终于被逼成亲。又如：

> 突如其来如，焚如，死如，弃如。
>
> ——《离》“九四”
>
> 艮其背，不获其身；行其庭，不见其人。
>
> ——《艮》卦辞
>
> 困于石，据于蒺藜；入其室，不见其妻。
>
> ——《困》“六三”

一个来不及抵御的突然袭击，结果房子烧了，人杀死了，遍地都是弃尸了。当然也有逃脱的，或者躲在山岩丛棘之中幸而获免的。但是战败者回到家中，妻子已被抢走了。那时部族间的频繁的战争是非常激烈的。

我国史官建置甚早。周制，王朝及诸侯各国均设有史官，有大史、小史、左史、右史等职，大概是继承殷商旧制而有所损益。据文献，古者“君举必书，……左史记言，右史记事；事为《春秋》，言为《尚书》”①。《春秋》，下面再谈，这里先讲《尚书》。

《尚书》即上古之书，从前称为“书经”，本是记言的古史。据说原有一百篇，孔子所纂辑，并为之序，恐不可信。自汉以来，《尚书》有今古文之分。今文是秦焚书后汉初经师所保存、用当时通行的隶书写的；古文是武帝时陆续发现的古本，是用古文字写的。古本中有的篇是今本也有的，有些是多出来的，后来都亡逸了。今存《尚书》共五十八篇，除三十三篇为今古文《尚书》所共有，其馀都是东晋人所伪造的《古文尚书》，不可信。但即使今文及真古文中的各篇如所谓虞、夏之书，也是后世儒家的政治理想，肯定不能看作真正的虞夏史料。

《尚书》中的《商书》是殷商史官所记的誓、命、训、诰。其中可靠的有《盘庚》、《高宗肜日》、《西伯戡黎》等篇。据周初文献说，殷先人有册有典，上述诸篇就是包括在这些典册之内而被保存下来的。《盘庚》(三篇)是殷王盘庚迁都前后对世族百官、百姓和庶民的讲话，特别古奥难懂。由于臣民反对迁徙，

① 见《汉书·艺文志》。《礼记·玉藻》稍异。

盘庚一再进行说服，把旧都比作“颠木”，把新都比作颠木新生的“由蘖”。他劝告群臣服从王命，要“若网在纲，有条而不紊；若农服田力穑，乃亦有秋”。他责备群臣以“浮言”鼓动群众，好比“火之燎于原，不可向迩”，那就无法扑灭。又告诫人民要听他的话，好比乘船，若不好好渡过去，就会有沉溺的危险。这些从现实生活经验出发的譬喻都显得非常生动。

《尚书》中的《周书》包括周初到春秋前期的散文，可靠者有二十篇。除《文侯之命》、《秦誓》外，都是西周初期的文献。其中重要的如《牧誓》是武王伐纣、至牧野誓师之词；《大诰》是周公将讨武庚，大告庶邦之词；《洛诰》是周公营成周，遣使告卜及与成王答问之词；《多士》是周公以王命告殷遗民之词；《无逸》是周公诫成王之辞。大概均出于史官之手，其难读与《盘庚》同。正如韩愈所说，“周诰殷盘，佶屈聱牙”。

周初统治者汲取前朝亡国教训，颇有敬天保民思想，他们一再警惕自己要以殷为鉴。《无逸》一篇就是从此出发的，也是这种思想的集中表现。它告诫成王要念稼穑的艰难，不可贪图逸乐，要效法文王勤劳节俭，“怀保小民”，“无淫于观、于逸、于游、于田”，“无若殷王受之迷乱酗于酒德”。这对于过去统治者来说是一种新认识，也是比较进步的政治观点。《无逸》叙述颇有条理，有层次，从记叙文的结构上看有显著进步。

《秦誓》是春秋时秦穆公悔过之词。他因不听蹇叔之言，“劳师以袭远”，结果为晋所败，三帅被俘，“匹马只轮无反者”。他愧悔之馀，恍然于“番番良士”、“仡仡勇夫”和“截截善谝言”的这三种人的区别和取舍，流露了真实的感情；通篇又始终用对比描写手法，是散文创作的进一步发展。

古代铜器，特别是钟鼎彝器，上面多有文字，我们称为铜器铭文或金文。殷商铜器已有简单铭文，到了周代才日益发展。这些铭文的内容很复杂，大抵不外有关贵族的事功、讼断和赏赐等。由于器物的限制，铭文不能过长。但也有三百馀字的，如《散氏盘铭》，有近五百字的，如《毛公鼎铭》。铭文一般为散文，但也有用韵文的，如《虢季子白盘铭》：

> 王赐乘马，是用佐王。赐用弓，彤矢其央。赐用钺，用征蛮方。子子孙孙，万年无疆！

这是周宣王时，作器者记他同猃狁作战立功受赏的事，与《诗经》的《六月》略同。铭文字多难识，又有缺蚀，加以有关当时的名物制度以及这些贵族的生活内容多不易了解，所以非常难懂。

《春秋》是鲁国的编年史。这种编年史周王朝和诸侯各国都有，虽然内容不同，一般都称为“春秋”。现今流传的鲁《春秋》是经过孔子修订的。它极其简括地记载了周王朝、鲁国及其他各国的事件，起于鲁隐公元年，终于鲁哀公十四年（前722—前481），凡二百四十二年。春秋时，周室不振，诸侯争霸，战乱迭起，外族交侵。孔子为维护周王朝奴隶制的统治，主张尊王攘夷，正名定分，企图巩固王朝最高奴隶主政权，使“大一统”局面恢复安定。孔子这种政治主张，通过《春秋》的谨严书法，表现出来，在当时是为日趋没落的奴隶主国家服务的。《春秋》记事，语言过于简单，类似后世新闻标题，只是片断记录。亦有记得简练明白的：例如僖公十六年书曰：“春，王正月，陨石于宋五；是月，六鹢退飞，过宋都。”寥寥十馀字，叙述错落有致，与《尚书》、金文大不相同。

第二节　左传　国语

周平王东迁以后，至于春秋战国之际，社会急遽变化，阶级斗争复杂激烈，奴隶主贵族日趋没落，地主阶级逐渐兴起。为了维护各自的利益，他们都必须汲取历史的经验教训，国有大事，互相赴告；会盟朝聘，史不绝书；褒善贬恶，直笔不隐。因此各国史官便自觉地积累了大量的档案资料，以备编纂之用。这时候，从前专门记载王朝、诸侯的诰命和大事记如《尚书》、《春秋》之类，已不能满足新时代的需要，于是产生了以记载各国卿大夫和新兴阶级的士的言论以及诸侯各国的政治、外交和军事活动为主要内容的历史，这就是《左传》、《国语》、《战国策》等新型历史著作。

《左传》是《春秋左氏传》的简称，又名《左氏春秋》，是配合《春秋》的编年史，记事至鲁哀公二十七年，比《春秋》多十三年。《春秋》仅仅是最简括的历史大事记，《左传》则详载其本末及有关佚闻琐事。如隐公元年《春秋》书“郑伯克段于鄢”，只用六个字，《左传》则叙述郑庄公家庭间的矛盾、群臣的警告以及颍考叔调和庄公母子关系，极其委曲详尽。前人多说《左传》不传《春秋》，《左传》固然和《公羊》、《穀梁》不同，但其中往往发凡起例，解释《春秋》书法，不能说同《春秋》完全无关。

《左传》的作者，从来说法分歧。司马迁、班固都说是左丘明，班固并说左丘明为鲁太史。唐以后学者多有异议。《左传》记事到智伯灭亡为止,它的作者显然是战国初年或稍后的人。至于这位作者是否鲁国太史,别无可考。但必然是一个充分掌握春秋时代诸侯各国史料的学者则毫无疑问。

《左传》一书,丰富多采。其主要内容不外春秋列国的政治、外交、军事各方面的活动及有关言论。其次则天道、鬼神、灾祥、卜筮、占梦之事,作者认为可资劝戒者,无不记载。由于春秋战国间社会变革的影响,《左传》通过人物言行所表现的进步思想是很显著的。首先是民本思想,例如卫人逐其君,晋侯以为太甚。师旷说:"或者其君实甚。……夫君,神之主也,民之望也。若困民之主,匮神乏祀,百姓绝望,社稷无主,将安用之?弗去何为?"又说:"天之爱民甚矣!岂其使一人肆于民上,以从(纵)其淫,而弃天地之性?必不然矣。"(襄十四年)师旷这番议论,在从前是不可想象的。他表面上似乎没有摆脱天道鬼神的观念,但实际上却是根据人民利害来发表他的政见的。这正如他论石言一样(昭八年),都是借题发挥,给统治者敲了一下警钟。然明对子产问为政说:"视民如子,见不仁者诛之,如鹰鹯之逐鸟雀也。"(襄二十五年)逢滑对陈怀公说:"臣闻国之兴也,视民如伤,是其福也。其亡也,以民为土芥,是其祸也。"(哀元年)这一系列的民本思想是怎样发展起来的呢?大概从殷末到周厉王时,奴隶暴动经常发生。春秋以来,阶级斗争尤为剧烈。在统治阶级里,逐渐有人在实际斗争中接受经验教训,认识到人民力量的强大。如果想要维持自己的统治,就必须争取人民。这就是民本思想产生的主要原因。其次是爱国思想。弦高遇秦兵侵郑,机智地以犒师为名,因而保全了郑国(僖三十三年)。吴师入郢,昭王奔随。申包胥如秦乞师，七日夜哭不绝声，勺饮不入口。秦竟出兵，败吴而复楚(定四年)。作者记载这些动人的历史事件，就是有意表扬他们崇高的爱国精神。因此作者还通过羊斟的“残民以逞”加以严厉的谴责：“君之谓羊斟非人也！以其私憾败国殄民。”(宣二年)其次是揭露统治者的残暴和荒淫无耻。例如宣公二年载晋灵公不君，“宰夫胹熊蹯不熟，杀之，寘诸畚，使妇人载以过朝”。宣公九年载，“陈灵公与孔宁、仪行父通于夏姬，皆衷其衵服以戏于朝”。十年，又载陈灵公与孔宁、仪行父饮于夏氏。公谓行父曰：“征舒似女。”对曰：“亦似君。”如此之类，《左传》记载不少。体现了历史家“不隐恶”的思想原则。其次是反对用人祭祀和殉葬的暴行。例如宋襄公用鄫子于次睢之社。司马子鱼说：“祭祀以为人也。民，神之主也。用人，其谁飨之？……得死为幸！”(僖十九年)秦穆公以子车氏之三子为殉。作者即借“君子”之言来批评他“死而弃民”，“难以在上”。(文六年)可见作者对野蛮残忍、灭绝人道的行为是深恶痛绝的。这些在当时也是对人民极为有益的言论。但我们还应该看到另一面，那就是书中对于宗法伦理思想、正统等级观念以及宗教迷信的宣扬，都是《左传》严重的缺点。

《左传》虽是历史著作，从文学角度看，是有显著的特点的：

第一是叙事富于故事性、戏剧性，有紧张动人的情节。它总是抓住故事的重要环节或有典型意义的部分来着重地叙述或描写，而不是毫无选择，平铺直叙。特别是一些内容复杂的事件，好像广厦千间，各成片段，而又四通八达，互有关联。例如僖公二十三、二十四年写晋公子重耳出亡及返国的经过，时间既长，故事情节又非常复杂，而选材布局均极恰当。其中别隗、过卫、醉遣、窥浴等段，无不富于戏剧意味，寺人披告密和竖头须请见的穿插，又使人感到离奇变幻，突然紧张。作者从正面侧面，或明或暗地描绘了许多人物形象，特别是故事中的主角重耳的形象，从一个不谙世事、只图享乐的贵介公子，逐渐锻炼得成为有志气、有胆识、有机智、有度量的英雄人物。这个人物性格的前后不同是显然可见的。他如从亡诸臣，曹伯、楚子、寺人披、头须、介之推以及七个女性，无论正面反面等人物的形象，通过对话和行动一一生动地表现出来，最后又一一收束进去，成为一篇首尾完整、结构严密、条理井然、脉络贯通的叙记文。又如写晋灵公与赵盾的斗争，其中钼麑行刺、提弥搏獒两个片断都异常紧张，变化莫测（宣二年）。类似这种戏剧性的故事描写《左传》中是很多的。

第二是善于写战事，特别是几次大规模的战事写得最出色。它们的特点首先是对战争的看法有一定的思想原则。因此写战争并不单写军事行动，常常着眼政治问题，把军事和政治结合起来。例如长勺之战（庄十年），鲁弱齐强，曹刿一开口就问凭什么去同齐国作战。直到听见庄公察狱以情的话，才说“可以一战”。城濮之战（僖二十七、二十八年），事先着重叙述晋侯种种教育人民的措施；邲之战（宣十二年），也是先从晋人眼中看出楚国“德立刑行，政成事时，典从礼顺”，不可与敌。这些问题作者认为是战胜敌人的关键，所以书中几乎每一次大战，总是一开篇就暗示出双方胜败的结果，表现作者进步的见解和敏锐的观察力。春秋时的大战，常常有许多小国参加，构成交战国两大阵营。其中关系复杂，变化莫测。能否正确运用外交策略争取与国帮助，是双方胜负的又一关键。城濮之战，晋国就是利用破曹伐卫、激怒齐秦的办法来孤立楚国，取得决定性的胜利。此外《左传》还注意到战争的性质，即抵抗的与侵略的，如“师直为壮，曲为老”之类。通过这些叙述，可见作者对战争的胜负并不看作是单纯的军事问题。其次是在叙述战斗的过程中，情节曲折细致，生动逼真。例如鞌之战（成二年）一段：

> 齐高固入晋师，桀石以投人，禽之而乘其车，系桑本焉，以徇齐垒。曰：“欲勇者，贾余馀勇！”……齐侯曰：“余姑翦灭此而朝食！”不介马而驰之。郤克伤于矢，血流及屦，未绝鼓音，曰：“余病矣！”张侯曰：“自始合，而矢贯余手及肘，余折以御，左轮朱殷。岂敢言病？吾子忍之！”（郑丘）缓曰：“自始合，苟有险，余必下推车，子岂识之？然子病矣！”张侯曰：“师之耳目，在吾旗鼓，进退从之。此车一人殿之，可以集事；若之何其以病败君之大事也？擐甲执兵，固即使也；病未及死，吾子勉之！”左并辔，右援枹而鼓。马逸不能止，师从之，齐师败绩。

这写齐军以骄狂轻敌致败，晋军以沉着顽强获胜，是一段有声有色的文章。原来郤克使齐，为妇女所笑，发誓说：“所不报此，无能涉河！”他是抱着愤激报复的心情来作战的。所以血流到脚跟还不肯停止鼓声，显得那么坚强。但他身受重伤，实在支持不住了。当此一发千钧之际，由于张侯、郑丘缓的鼓励，特别是张侯的勇敢顽强，并辔助鼓，终于冲入敌阵，打败了齐军。一场惊心动魄、令人兴奋紧张的战斗到此告一段落，以下便是齐军败退、晋军追击、逢丑父被俘几个片段，中间穿插齐侯如何脱险逃走,韩厥故意放走齐侯等情节,都是细大不捐、曲折生动地描绘出来。《左传》中大小战役不计其数,这样动人的描写还是很多的。

第三是行人辞令之美。辞令之美就是语言之美。不过辞令虽靠语言来表现,而更重要的是有充分的理由,出使专对才有说服力。例如烛之武对秦伯说:“越国以鄙远,君知其难也。焉用亡郑以陪邻?邻之厚,君之薄也。”(僖三十年)用事势必然之理来耸动秦伯,秦兵就非撤退不可。又如郑子家以书告赵宣子说:“传曰:‘鹿死不择音。’小国之事大国也,德则其人也;不德则其鹿也。铤而走险,急何能择?”(文十七年)也是真情至理,委婉中含有巨大威力,使晋人不得不屈服。他如屈完对齐侯(僖四年),知罃对楚子(成三年),都有异曲同工之妙。前人说,这是当时国史成文,作者不过编次而已,这种情况可能会有,但未必尽然,而且加工剪裁更是必然的。至于寻常记言叙事,如叔时谏县陈(宣十一年),子罕辞玉(襄十五年),以及“邢迁如归,卫国忘亡”(闵二年)、“室如悬磬,野无青草”(僖二十六年)、“师人多寒,王巡三军,拊而勉之。三军之士皆如挟纩”(宣十二年)、“中军下军争舟,舟中之指可掬”(同上)、“鲍庄子之智不如葵,葵犹能卫其足”(成十七年)等语,无不简而精,曲而达,婉而有致,罕譬而喻,富于形象性。这在全书中更是随处可见。

《国语》是一种国别史,分别记载周王朝及诸侯各国之事,而主要在记言,故名为《国语》。起于周穆王,终于鲁悼公(前1000—前440)。司马迁说:“左丘失明,厥有《国语》。”从此一般都认为《国语》乃左丘明所作。后人以《左传》、《国语》既同一作者,而《左传》是传《春秋》的书,故又称《国语》为“春秋外传”。其实《国语》记事虽亦终于智伯,而所起则远自周初,显然各自为书,与《春秋》不是一个系统,号为“春秋外传”很不恰当。而且书中所记,多与《左传》重复、抵触,又彼此之间往往详略互异,这都说明《国语》和《左传》的编纂并非出于一手。但它的作者和《左传》一样,也是战国初期一个熟悉历史掌故的人则无问题。

《国语》所反映的进步思想虽不如《左传》鲜明,然如祭公谏穆王征犬戎说:“先王耀德不观兵。”又说:“无勤民于远。”邵公谏厉王弭谤说:“防民之口,甚于防川。川壅而溃,伤人必多,民亦如之。是故为川者决之使导,为民者宣之使言。”(《周语》上)都是很有意义的文章。从文学上的成就说,《国语》远不如《左传》。这从长勺之战可以看出。两书所记,意同而辞不同,一则简练而姿态有神,一则平庸而枯槁乏味。试一比较,优劣自见。但《国语》记言之文亦有风趣绝佳者,如《晋语》记姜氏与子犯谋醉重耳一段,重耳和子犯二人对话,幽默生动,当时情景如在目前;而《左传》于此过于求简,反觉有所不足。此外《晋语》八记叔向谏晋平公事,滑稽讽刺有似《晏子春秋》;《越语》下载越王勾践与范蠡的问答多用韵语,也各具特色。

第三节　战 国 策

《战国策》杂记东西周及秦、齐、楚、赵、魏、韩、燕、宋、卫、中山诸国之事。其时代上接春秋，下至秦并六国，约二百四十年(前460—前220)。书名或曰《国策》，或曰《国事》，或曰《短长》，或曰《事语》，或曰《长书》。它的作者不可考，有人疑出于蒯通。大概是秦汉间人杂采各国史料编纂而成。后来刘向重加整理，定名为《战国策》，遂相沿至今①。

《战国策》的基本内容是战国时代谋臣策士纵横捭阖的斗争及其有关的谋议或辞说。它保存不少的纵横家的著作和言论。春秋以来，长期分裂战乱，人民无不渴望解甲息兵，恢复和平统一生活。诸侯中的强大者，都想“并天下，凌万乘”。所以战国末年，秦齐二国皆各自称帝。由于社会变革的影响，“地势形便”的秦国后起变法以致富强，打破六国均势局面。从此以后，秦以新兴力量向外扩张，企图蚕食诸侯，统一海内，引起各国间的复杂矛盾和斗争。在这种情况下，诸侯间的胜负虽然在很大程度上决定于武力，但也决定于谋臣策士的胜算和纵横势力的消长。所谓“横成则秦帝，从成则楚王”，那就是说，胜负的最后关键并不完全决定于军事，而更重要是决定于政治的巧妙运用。这时候，春秋时代所讲的礼法信义，不得不变为权谋谲诈；从容辞令的行人，不得不变为剧谈雄辩的说士。所以《战国策》中所载一切攻守和战之计，钩心斗角之

① 一九七三年底，长沙马王堆三号汉墓中出土大批帛书，其中一部分，经文物考古工作者整理研究，共二十七章，三百二十五行；一万一千多字，定名为《战国纵横家书》。其中十一章内容见于《战国策》和《史记》，文字大体相同。另十六章，是佚书。这部书大约编成于秦汉之际，类似后来刘向重编许多纵横家言为《战国策》所根据的一种被埋没的纵横家言的辑本。其中佚书为司马迁、刘向所未见，为战国史的研究提供了重要资料。

事，正是这一时代政治斗争的反映。而其时许多谋臣策士的游说和议论，也是春秋时代行人辞令的进一步发展。

《战国策》所写的人物是极其复杂的，其中有不少是追求个人功名富贵的利己主义者，例如苏秦起初本是以“连横”说秦王，“书十上而说不行”，乃转而以“合纵”说燕赵①。陈轸先仕秦而后仕楚，既仕楚而又贰于秦，朝秦暮楚，立场不定。但也有排难解纷而无所取的“天下之士”，如鲁仲连的义不帝秦(赵策三)。也有意在收买人心、焚券“示义”的冯谖(齐策四)，虽然他是为统治阶级效劳，却也替人民做了一件好事。也有敢于反抗强暴，蔑视王侯的义侠和高士，如唐且的“布衣之怒”(魏策四)，颜斶的直叱“王前”(齐策四)。而后者更反映士的地位的提高和民主思想的抬头。此外书中还从侧面揭露统治阶级女性固宠的斗争和宫闱的丑行，如郑袖的谗害魏美人(楚策四)、秦宣太后欲以魏丑夫殉葬(秦策二)表现了她们的阴险与无耻。以上这些虽然只作客观叙述，但也反映了战国时代各种历史人物的精神面貌。

《战国策》的文章特点是最长于说事，无论个人陈述或双方辩论，都喜欢夸张渲染，充分发挥，畅所欲言，具有很强的说服力。如苏秦说赵王(赵策二)，张仪说秦王，司马错论伐蜀(并秦策一)，虞卿斥楼缓(赵策三)等，就历史散文的明白流畅

---

① 帛书《战国纵横家书》前十四章为一组，其中有十三章是关于苏秦的书信和谈话，另一章是韩𫗴的书信。这是本书最有历史价值的部分。据专家研究，它们“既可以纠正有关苏秦历史的许多根本错误，又可以校正和补充这一段战国时代的历史记载。”我们这里所举苏秦事例，据《史记》可能有问题，但仍未改动，有待进一步研究。

来说，已经达到前所未有的高度。而且策士们估计形势，分析利害，往往细致准确。如苏秦劝薛公留楚太子，分析它有十个可能的结果（齐策三）；齐索地于楚，而慎子告襄王三计并用（楚策二）。虽然《战国策》记述事件的后果不尽可靠，但作为纵横家论事的本身来看，则是持之有故，言之成理的。

其次是描写人物的形象极为生动。如苏秦说秦不行及相赵归家，前后颓丧和得意的情状，以及庸俗的世态人情（秦策一），鲁仲连的俶傥奇伟，慷慨慕义，“不诎于诸侯”的精神，无不栩栩如生，维妙维肖。特别是燕策中用全力写刺客荆轲，是一篇完整的侠义故事。例如易水送别一段：

> 遂发。太子及宾客知其事者，皆白衣冠以送之，至易水上。既祖取道，高渐离击筑，荆轲和而歌，为变徵之声，士皆垂泪涕泣。又前而为歌曰：“风萧萧兮易水寒，壮士一去兮不复还！”复为慷慨羽声。士皆瞋目，发尽上指冠。于是荆轲遂就车而去，终已不顾。

在一种悲壮淋漓的气氛中，把一个怒发冲冠、沉毅勇决的英雄形象十分鲜明生动地表现出来。

至于书中说事，常常运用巧妙生动的譬喻，通过许多有趣的寓言故事，以增强论者的说服力，甚至有时还可以节省文辞。如江乙以狐假虎威对楚宣王（楚策一），苏代以鹬蚌相持说赵惠王（燕策二），苏秦以桃梗和土偶谏孟尝君（齐策三），庄辛以蜻蛉、黄雀说楚襄王，汗明以骥服盐车说春申君（并楚策四）等，入情入理，也是一个特点。特别像邹忌讽谏的方法更为巧妙。他拿亲自体验的生活琐事来启发齐王，小中见大，步步进逼，使齐王感到四面八方被谄臣包围的危险，不得不下令大开言路。邹忌的生活体验可能是事实而非虚构，但借来作为一种增强说服力的手段，依然带有寓言意味，可谓别开生面。

第四节　先秦历史散文的影响

先秦的历史散文对后世历史家和古文家的写作有极其深远的影响，特别是叙事文的影响。叙事散文在我国过去的历史著作中占有极高的地位，但它的渊源则远在先秦。司马迁作《史记》本是想要上继《春秋》的，不仅采用《尚书》和大量地采用《左传》、《战国策》的史料，而且汲取它们的写作技巧和语言风格，例如《赵世家》极似《左传》，平原君、魏公子等列传又极似《战国策》。《春秋》的褒贬是非以及《左传》直书无隐的精神，一直为司马迁以来的“良史”所继承，成为过去史家撰著的原则。从司马迁起，史家之有论赞，也是受了《左传》的启示。《左传》的作者常常通过“君子”或他人的口来表示自己的观点以及对历史事件和人物的批评，这对过去统治阶级来说，也还有一定的积极意义。

汉初政论家贾谊、晁错之文尚有战国纵横馀习。而唐宋以来著名的古文家和历史家几乎没有不爱好并学习先秦的历史散文的。他们的叙事文和传记文，无论在语言上、表现方法上，很多受了先秦历史散文的影响。例如韩愈的《平淮西碑》就是模仿《尚书》。他虽然说左氏浮夸，而《董公行状》的辞令则又和《左传》的风格极为接近。柳宗元在所谓“圣人之道”上是曾非难过《国语》的,但在文章上却不得不承认它“深闳杰异”,并且还说为文当“参之《国语》以博其趣”(《答韦中立论师道书》),又说稍采取《左氏》、《国语》之辞(《报袁君陈秀才书》)。至于《战国策》一书影响于苏洵、苏轼父子的议论文尤为显著。苏洵的《权书》、《衡论》及其他史论,苏轼的《策略》、《策别》、《策断》、《志林》诸论及其他策论、上书,论人论事,都在学习《战国策》中获得丰富的有益的经验。

第四章　先秦诸子散文

周室东迁以后，奴隶制社会逐渐动摇。到了春秋战国之交，社会各个阶级都在转化。新兴地主阶级逐渐代替了奴隶主贵族阶级。在这个社会大变革的时代，产生了新型的士。士的来源很复杂，有新兴地主，有没落贵族，也有脱离生产走向城市的自耕农①。他们是属于中间阶层，在统治阶级的最下层，同人民比较接近。地位虽低，却很多是有学问有才能的人。他们中间有的是通晓天文、历算、地理等方面知识的学者，有的是政治、军事的杰出人材。在学术流派上表现为儒家、墨家、道家、法家、农家、纵横家等。春秋以来，特别是战国末年，诸侯卿相争相养士。"自谋夫说客、谈天雕龙、坚白异同之流，下至击剑扛鼎、鸡鸣狗盗之徒，莫不宾礼"（苏轼《志林·论养士》）。当时诸侯如魏文侯、齐威王、宣王、燕昭王等，无不礼贤下士，延揽如恐不及。孟尝君、信陵君、平原君、春申君四公子和秦丞相吕不韦门下食客号称三千人。士这个阶层最为活跃。代表人物如儒家的孟轲、荀卿，墨家的墨翟、宋钘，法家的商鞅、申不害，农家的许行、陈相，纵横家苏秦、张仪等，都是

① 《韩非子·外储说左上》说："中牟之民弃田圃而随文学者邑之半"，其中有地主，可能也有自耕农。

在这一社会变革中先后以学者或政论家面貌出现于政治舞台的。他们出身不同,立场不同,为了解决现实问题,从代表各自的阶级或阶层的利益出发,对政治提出各种不同的要求和主张,并且著书立说,争辩不休,形成了百家争鸣的局面。这就是春秋末期到战国时代诸子散文蓬勃发展的基本原因。

先秦诸子包括各种不同的学术流派和政治观点。据《汉书·艺文志》,有儒、道、阴阳、法、名、墨、纵横、农、杂、小说十家。其中最重要的是儒家、墨家、道家和法家。《论语》、《孟子》、《荀子》、《墨子》、《老子》、《庄子》、《韩非子》分别代表儒、墨、道、法诸家的著作。

先秦诸子散文的发展约可分为三个阶段:第一阶段是《论语》和《墨子》,前者为纯语录体散文,后者则语录体中杂有质朴的议论文。第二阶段是《孟子》和《庄子》,前者基本上还是语录体,但已有显著发展,形成了对话式的论辩文;后者已由对话体向论点集中的专题论文过渡,除少数几篇外,几乎完全突破了语录的形式而发展为专题议论文。第三阶段是《荀子》和《韩非子》,在先秦散文中都已经发展到议论文的最高阶段。它们的篇幅由短而长,风格由简朴而开拓、纵恣,代表着春秋战国时代各个阶段的理论文。

第一节 论语 孟子

《论语》主要是记孔子言行的书。孔子(前551—前479),名丘,字仲尼,春秋时鲁人。是儒家学派的创始人,把奴隶主阶级垄断的古代文化普及于平民的思想家和教育家。对我国思想文化的发展有巨大和深远影响。孔子学而不厌，诲人不倦。以诗、书、礼、乐教弟子，有德行、言语、政事、文学四科。他不语怪、力、乱、神，而教人则循循善诱，重在启发，举一反三。孔子通音律，曾说："吾自卫反鲁，然后乐正，雅、颂各得其所。"他为了行"道"，企图挽救正在走向崩溃的奴隶制，曾周游列国，席不暇暖，对现实采取"知其不可为而为之"的态度。

《论语》一书主要是孔子弟子所记，其中一部分可能是孔门后学七十子的门人所记，所以书中的称谓、体例和文章风格都不一致。据班固说："当时弟子各有所记，孔子既卒，门人相与辑而论纂，故谓之《论语》。"(《汉书·艺文志》)从《论语》全书来看，决非出于一时一人之手，班固这一判断和解释大概是符合实际情况的。柳宗元《论语辩》据书中记曾子将死，去孔子之后已数十年，认为是乐正子春、子思之徒所纂辑。那么，《论语》的成书至早亦当在春秋战国之际。

《论语》在汉代有三种不同的本子，即《古论语》、《齐论语》、《鲁论语》。《占论语》其书为古文，出孔了壁中，有二十一篇。《齐论语》是齐国学者所传，凡二十二篇。以上二本早已亡佚。《鲁论语》是鲁国学者所传，凡二十篇，就是现在通行的《论语》。南宋以后，合《礼记》中的《大学》、《中庸》二篇和《孟子》，号为《四书》。

《论语》所记孔子的思想核心是"仁"，"仁"的概念是从家庭出发的尊卑长幼、贵贱亲疏的差别的爱。而这个"爱"体现在孝、弟、忠、信的道德礼教以及"君君臣臣，父父子子"的奴隶制秩序上。这是符合后来封建统治阶级的要求的。因此，过去历代的封建统治者都利用孔子来巩固其统治，而尊之为

“圣人”。

孔子处于矛盾复杂的过渡时代,他的一些政治思想体现了时代的特点,具有一定的进步意义,例如他说:“道千乘之国,敬事而信,节用而爱人,使民以时。”(《学而》)又如仲弓问政,他说:“先有司,赦小过,举贤才。”(《子路》)冉求为季氏聚敛,他就严厉地谴责说:“非吾徒也!小子鸣鼓而攻之可也。”(《先进》)孔子是同情穷人的。公西赤使齐,冉求为其母请粟,与之五秉。他说:“君子周急不继富。”原宪为宰,辞粟九百,他说:“毋,以与尔邻里乡党乎。”(以上《雍也》)孔子的有关教育、学习的态度和方法也有不少的精理名言,例如“有教无类”(《卫灵公》)和“知之为知之,不知为不知”、“多闻阙疑”(以上《为政》)、“三人行,必有我师”(《述而》)、“学而不思则罔,思而不学则殆”(《为政》) 等。孔子生平最重诗教,曾对弟子说:“诗可以兴,可以观,可以群,可以怨。”(《阳货》)这是我国最早的文学评论,对《诗经》价值的认识和诗歌创作的指导都具有重要意义。

《论语》是语录体散文,主要是记言。其中多半是简短的谈话和问答。《季氏》以后,章句较前稍长,文辞较前尤畅。但主要特点则是语言简练,用意深远,有一种雍容和顺、迂徐含蓄的风格。例如说:“岁寒,然后知松柏之后彫也!”(《子罕》)这显然不仅仅是对松柏的礼赞,而是概括了丰富的社会现象和社会生活。后世多少诗人所歌颂的“郁郁涧底松”和“松柏有本性”,都是从孔子这一深刻的观察中得到启示。又如孔子的弟子端木赐看见孔子有道不仕,设问道:“有美玉于斯,韫匵而藏诸?求善贾而沽诸?”孔子说:“沽之哉!沽之哉!我待贾

者也。”(同上)这样就把当时孔门弟子间的亲切谈话宛转曲折地表达出来,言简意赅,耐人寻味。又如《阳货》篇有这样一章:

> 子之武城,闻弦歌之声。夫子莞尔而笑曰:“割鸡焉用牛刀。”子游对曰:“昔者偃也闻诸夫子曰:‘君子学道则爱人,小人学道则易使也。’”子曰:“二三子!偃之言是也。前言戏之耳。”

这段语录既诙谐,又严肃。孔子平日的风趣,子游的笃信师说,他们师弟子间的和平愉悦之情都宛然如见。

《论语》还有一个特点,那就是在简单的对话和行动中展示了人物的形象,例如《先进》篇弟子侍坐章,仲由的坦率,冉求、公西赤的谦逊,曾点的洒脱,以及《微子》篇长沮、桀溺、丈人遗世傲慢的隐逸形象,都写得具体生动。而全书浅近易懂,接近口语,如《八佾》篇“孰谓鄹人之子知礼乎?入太庙,每事问”及“管氏而知礼,孰不知礼”等,又是本书另一特点。

墨子名翟,鲁人,年代略后于孔子,是墨家学派的创始人。墨子在许多问题上同儒家尖锐对立,故遭到孟子强烈反对。墨子从小生产者的利益出发,他的中心思想是“兼爱”。他的“兼爱”和“非攻”的主张,在“强劫弱”、“众暴寡”的春秋战国之际,反映了人民的要求和渴望。不过他从主观愿望出发,要求统治阶级“兼爱”人民,是不可能的。书中《七患》、《辞过》、《节用》等篇指出天下乱源在于统治阶级“单(殚)财劳力,奢侈无度”,深刻地看到了问题的本质。《尚同》、《天志》、《明鬼》等篇有浓厚的宗教迷信色彩。

《墨子》一书也是弟子所记,故多称"子墨子"。文章质朴,较少文采,但逻辑性很强,善于运用具体的事例进行说理,从具体问题的争论进而为概括性的辩难,这是说理文的一大进展。《兼爱》、《非攻》等篇层层推演,由小及大,以此例彼,例如说:"今有一人,入人园圃,窃其桃李。众闻则非之,上为政者得则罚之。此何也?以亏人自利也。"(《非攻》上)以下再从攘人犬豕鸡豚说到攻国,都是亏人自利的事。既是说理,又是譬喻,虽语言质而不华,却极为明白易懂。有些文章如《耕柱》、《贵义》、《公孟》等篇还保存语录体对话形式。

《孟子》是记孟子言行的书。孟子(前370?—前289?),名轲,邹(今山东邹县)人。受业于孔子之孙孔伋的门人,是孔子以后战国中期儒家学派最有权威的代表人物。他曾游梁,说惠王,不能用,乃见齐宣王,为客卿。宣王很尊礼他,但亦终不见用。于是归而述孔子之意,明先王之道,以教弟子。孟子卒,门人万章、公孙丑之徒记其言行为《孟子》七篇①。别有《外书》四篇,久佚不传。

《孟子》的中心思想是仁义,是孔子学说的发展。孟子主

---

① 关于《孟子》一书的作者,古今学者有三种不同的说法:一、孟子本人与弟子共同编定,司马迁《史记·孟子荀卿列传》:孟子"退而与万章之徒,序《诗》、《书》,述仲尼之意,作《孟子》七篇。"二、孟子自著,最早见于赵岐《孟子题辞》:"此书,孟子之所作也,故总谓之《孟子》。"三、孟子死后,其弟子共同记述,最早见于韩愈《答张籍书》:"孟轲之书,非轲自著,轲既没,其徒万章、公孙丑相与记轲所言焉耳。"可参阅杨伯峻《孟子译注·前言》(中华书局 1960)、《孟子导读》(巴蜀书社 1987)。

张行“仁政”而王天下。仁政的具体内容是“省刑罚,薄税敛”,使民有“恒产”,“养生送死无憾”。他主张恢复理想化的井田制度,实际是要实行一夫授田百亩的小农经济。这些就是他的以民为本的“王道”。民本思想是孟子的主要政治思想,他曾告梁惠王说:“仁者无敌。”又告齐宣王说:“保民而王,莫之能御也。”(以上《梁惠王》上)这就是说,真正能够爱人民的人,他的力量是不可战胜的。因此,他就随时启发他们去爱人民、争取人民。在具体措施上要“与民偕乐”,“与民同乐”,要“乐民之乐”,“忧民之忧”,而且要“使天下仕者,皆欲立于王之朝,耕者皆欲耕于王之野,商贾皆欲藏于王之市,行旅皆欲出于王之涂,天下之欲疾其君者,皆欲赴愬于王”(以上《梁惠王》上、下)。因此,他主张“民为贵,社稷次之,君为轻”(《尽心》下)。齐宣王问汤武放伐之事,怀疑臣不可以弑君。孟子则直告以“贼仁者,谓之贼;贼义者,谓之残。残贼之人,谓之一夫。闻诛一夫纣矣,未闻弑君也”(《梁惠王》下)。这些话在当时看来,都是极其大胆的,有一定的进步意义。但他的言论和主张也还有很多不正确的地方。例如他既强调王政以民为本,又说:“为政不难,不得罪于巨室。”(《离娄》上)他重视人民,却轻视体力劳动和体力劳动者,所以说:“无君子莫治野人,无野人莫养君子。”又说:“劳心者治人,劳力者治于人。治于人者食人,治人者食于人。天下之通义也。”(以上《滕文公》上)他不但把劳心和劳力对立起来,而且强分高低,这成为后来封建统治阶级剥削人民的借口。

《孟子》散文的特点是气势充沛,感情强烈,笔带锋芒,富于鼓动性,有纵横家、雄辩家气概,充分反映战国时代尖锐激烈的阶级斗争。例如“许行”一章(《滕文公》上)首先问明许行一切生活资料的来源,以见社会分工的必要;再进而论治天下之不可耕且为,列举尧、舜、禹、稷所以不暇躬耕之故;然后斥责陈相背师说而学许行之道为用夷变夏,“下乔木而入于幽谷”。声色俱厉,气盛言宜。又如“好辩”一章(《滕文公》下)历述唐虞三代以来一治一乱之故,而以辟杨、墨的邪说自比于禹抑洪水,周公兼夷狄、驱猛兽,孔子作《春秋》。又如“齐桓晋文”一章(《梁惠王》上)问齐宣王之所大欲,“曰:为肥甘不足于口与?轻暖不足于体与?抑为采色不足视于目与?声音不足听于耳与?便嬖不足使令于前与?王之诸臣皆足以供之,而王岂为是哉?”铺张扬厉,几乎和纵横策士抵掌而谈的风趣相仿佛。其次是善设机巧,引人入彀,先纵后擒,使人无法躲避。例如上述一章,孟子怪齐王为何“恩足以及禽兽而功不至于百姓”之后,即紧接“王请度之”。但不待齐王回答,即又进而诘问:“抑王兴甲兵,危士臣,构怨于诸侯,然后快于心与?”逼使齐王不得不说出:“吾何快于是,将以求吾所大欲也。”他用这层层追问、步步逼紧的方法进行论战,有时竟弄得齐王只好“顾左右而言他”。在和陈相辩论时,也用同样的方法逼使陈相不得不承认:“百工之事,固不可耕且为也。”这样辩才无碍的学者,是颇有战国策士之风的。其次是常用譬喻来陈说事理,辩论是非,既能吸引人们的注意,又加强了说服力。例如对梁惠王“民不加多”之问,以战为喻;对梁襄王“孰能一之”之问,以苗为喻;对齐宣王“不为”与“不能”之问,以“挟太山以超北海”及“为长者折枝”为喻等。但孟子用譬喻不是简单的、一般的,而是复杂的、多样的。举其较特殊者,有整段用比的,如

"牛山之木"一章(《告子》上);有全章用比的,如"晋人有冯妇者"章(《尽心》下);有正意喻意并列的,如"鱼,我所欲也"章(《告子》上);有喻言正言叠互的,如"礼与食孰重"章(《告子》下)。而全段全章之比往往近乎寓言故事,如宋人揠苗助长(《公孙丑》上)、齐人乞墦(《离娄》下)。现举后者为例:

> 齐人有一妻一妾而处室者,其良人出,则必餍酒肉而后反。其妻问其所与饮食者,则尽富贵也。其妻告其妾曰:"良人出,则必餍酒肉而后反;问其与饮食者,尽富贵也。而未尝有显者来。吾将瞷良人之所之也。"蚤起,施从良人之所之,遍国中无与立谈者。卒之东郭墦间之祭者乞其馀,不足,又顾而之他。此其为餍足之道也。其妻归,告其妾曰:"良人者,所仰望而终身者也,今若此!"与其妾讪其良人,而相泣于中庭。而"良人"未之知也,施施从外来,骄其妻妾。
>
> 由君子观之,则人之所以求富贵利达者,其妻妾不羞也而不相泣者几希矣!

这是个寓言式的故事,也是一幕辛辣的讽刺剧。全部内容包括五段情节:一、齐人对妻子的夸口;二、妻子的怀疑和妻妾商议;三、妻子的追踪和真相的发露;四、妻妾的羞愧和哭骂;五、"良人"无耻的得意的丑相。故事的每一情节,特别是后三段,描绘得异常生动。当然这是作者有意编造的,用来讽刺那些无耻的钻营富贵利达的人们,那个齐人的形象就是一般官僚的形象;乞墦的行径也就是一幕官场的现形。尖锐幽默,可谓已达极点。明人所撰的《东郭记》传奇和清蒲松龄的《东郭箫鼓儿词》就是以此为主要题材写出的封建时代官场的现形

记。所以赵岐说："孟子长于譬喻。"(《孟子题辞》)

此外,《孟子》的文章语气极为逼真,如答公孙丑说："子诚齐人也！知管仲、晏子而已矣！"(《公孙丑》上)叙校人欺子产说："孰谓子产智,予既烹而食之,曰'得其所哉,得其所哉'。"(《万章》上)如此之类很多,大都接近口语,十分生动而有风趣。总之,《孟子》的散文虽然基本上还没有脱离语录体,比之《论语》却有了很大的发展。

第二节 庄 子

庄子是先秦道家学派的代表人物。道家学派的先驱老子即老聃,他的《道德经》五千言是简括而有韵的理论文[①]。老子主张绝圣弃智,忘情寡欲,无为而治。他认识到一切事物都有矛盾的对立面,而且会互相转化;所以说："物或损之而益,或益之而损。""祸兮福所倚,福兮祸所伏。"这是朴素的辩证观点。他也认识到"民之饥以其上食税之多",因而痛斥残酷的剥削者为"盗夸"。更认识到人民在英勇斗争中的力量和牺牲精神,说"民不畏死,奈何以死惧之"。但他的政治理想却是倒退到"小国寡民"、"老死不相往来"的乌托邦,反映了一部分没

① 自汉朝以后,通行的《老子》各种版本,都分上下两篇,上篇为《道》经,下篇为《德》经,故又称《老子》为《道德经》。一九七三年在湖南长沙马王堆三号汉墓出土甲、乙两种《老子》帛书,都是《德》经在前,《道》经在后。这和《韩非子》中的《解老》、《喻老》两篇解说《老子》的文章,都是先《德》经而后《道》经相合。可见帛书《老子》的经文顺序,比较符合《老子》一书的本来面目。可参阅陈鼓应《老子注译及评介》(中华书局 1984)、高明《帛书老子校注》(中华书局 1996)。

落奴隶主阶级的无可奈何的消极幻想。庄子基本上继承并发展了老子的哲学思想。

庄子(前360? —前280?),名周,宋之蒙(今河南商丘县东北)人。尝为蒙漆园吏。与梁惠王、齐宣王同时。生平事迹不详。《庄子·秋水》篇载楚王使人聘庄子,庄子不应。《史记》以为楚威王。事虽未必可信,但就此与《列御寇》篇所载同样的事合看,可见庄子是一个苟全性命、不求闻达的人,也符合庄子敝屣富贵、淡薄利禄的隐士思想。

《汉书·艺文志》载《庄子》书五十二篇。现存三十三篇。后人以《逍遥游》至《应帝王》七篇为内篇,《骈拇》至《知北游》十五篇为外篇,《庚桑楚》至《天下》十一篇为杂篇。从来讲《庄子》的人,多认为内篇是庄子自己作的,外篇和杂篇则是庄子的门徒或后学作的,故文章风格亦有所不同。这看法是相当正确的。

从庄子的整个思想体系和政治观点看来,庄子无疑是一个代表没落奴隶主阶级的哲学家。由于社会的根本变化,庄子的地位无法维持,这就决定他对现实极端不满。而当时的战乱和剥削造成社会动荡不安,人民十分痛苦,庄子斥为"昏上乱相",也的确是有理由的。他既不满现实,又无法反抗它,就不得不走隐居遗世的道路,一方面议君相,讥儒墨,甘贫贱而肆其志;一方面否定一切,齐万物,一死生,泯是非得丧,以追求内心的调和、精神的胜利而自我麻醉。他认为"物不胜天"(《大宗师》),认为"知其不可奈何而安之若命,德之至也"(《人间世》)。他是一个悲观绝望的厌世主义者,觉得"人生天地之间,若白驹之过隙,忽然而已"(《知北游》),甚至"以生为附赘县疣,以死为决疣溃痈”(《大宗师》)。所以妻死则“箕踞鼓盆而歌”,有时还设想髑髅也不愿复活(《至乐》)。因此,庄子的处世态度就是玩世不恭,随俗浮沉,“彼且为婴儿,亦与之为婴儿……达之入于无疵”(《人间世》)。他好像非常胆怯、害怕,常说“无用之用”才是“大用”。他看见山木以不材免伐,雌雁以不鸣见杀,就想到自己“将处乎材与不材之间”(《山木》)。这一切都充分表现一个没落阶级的思想观点。不过庄子的放荡不羁,蔑视礼法和权贵,以及对统治者不合作,在特定的历史时期曾起过一定的积极作用。此外《庄子》书中常有抨击当时社会的言论,例如《人间世》说:“方今之时,仅免刑焉。”《在宥》说:“今世殊死者相枕也,桁杨者相推也,刑戮者相望也。”《胠箧》说:“窃钩者诛,窃国者侯。诸侯之门,而仁义焉存。”①认为圣知仁义只是供统治者利用的工具。这些都是极为深刻的见解。但他由此得出抛弃一切的虚无主义的结论,却又十分错误。

庄子的散文在先秦诸子中具有独特风格。这首先是吸收神话创作的精神,大量采用并虚构寓言故事,作为论证的根据;因此想象奇幻,最富于浪漫主义色彩。例如内篇的《逍遥游》、《人间世》、《德充符》、《大宗师》等篇,基本上是用四五个或六七个幻想出来的故事组成的。他的许多哲学思想和政治观点都是通过这些故事人物的问答方式来表现的。而故事人物的形象常常描写得极为生动,如《逍遥游》中的许由敝屣功

① 按:原文本作“存焉”,此从王引之说改。此四句“诛”、“侯”为韵,“门”、“存”为韵。

名的形象，藐姑射之山的神人的形象，《齐物论》王倪口中“至人”的形象，《养生主》庖丁的形象，《人间世》楚狂接舆的形象等等，《庄子》书中如此之类不可胜数。现在举个例子来看：

> 藐姑射之山，有神人居焉。肌肤若冰雪，淖约若处子，不食五谷，吸风饮露，乘云气，御飞龙，而游乎四海之外。其神凝，使物不疵疠而年谷熟。

这当然是庄子自己头脑中幻想出来的绝对自由的人物。这个人据说是“大浸稽天而不溺，大旱金石流土山焦而不热”。他的尘垢粃糠都可以铸造出尧舜来的，所以人们认为他在撒谎，而不肯相信了。

由于接受民间寓言故事的影响，所以在庄子笔下，蝉和斑鸠、小雀都会说话，虾蟆、甲鱼也会说话，蛇和风，栎树和铜铁也会说话，一切生物、无生物都会说话，而且会辩论、讲道理。这比其他诸子和《战国策》中某些寓言故事有进一步的发展，使逻辑思维的理论文更加形象化。这又是庄子散文浪漫主义作风的一个方面。

《庄子》散文的另一特点是善用譬喻。本来战国时代的文章，一般都有这种特点，而《庄子》则几乎任何情况、任何事物都可以用作譬喻，也可以容纳譬喻。它不但譬喻多，而且运用灵活，在先秦诸子中也是最突出的。例如《逍遥游》将要论证超越时空的绝对自由，先从大鹏说起。他认为那么大的鸟，要想从北海飞到南海，非借大风之力不可，所以没有绝对自由。下文的野马、尘埃，也是要有风吹着才能在空中游荡。这对于野马、尘埃本身来说虽属正意，对于大鹏来说其实又是比喻。再后“天之苍苍”三句也是如此。人们在地面看不清天上的“正色”，正如高飞到九万里上空的大鹏看不清地面的东西一样。然后再接以下数句：“且夫水之积也不厚，则其负大舟也无力；覆杯水于坳堂之上，则芥为之舟，置杯焉则胶，水浅而舟大也。风之积也不厚，则其负大翼也无力。”以水比风，以大舟比大鹏，又是一比。而杯水芥舟数句则是比中之比。然后说到蜩与学鸠，说到旅行，说到朝菌、蟪蛄，说到冥灵、大椿，最后说到彭祖和众人，稍作停顿。然后“重言”以实之，再一次说明鲲鹏斥鴳所游虽有不同，而不能“无待”却是一样。以上层层推演，不见端倪，但只是指出许多事物的现象，并未点明正意。下文才从庸人的追求名位，转到宋荣子的“不累于俗”，列子的“御风而行”。然而庸人固微不足道，不过像蜩、鸠、斥鴳的自适其志而已；就是御风的列子，充其量亦超不过大鹏。“虽免乎行，犹有所待”，也还不能绝对自由。只有“无己”的“至人”，“无功”的“神人”，“无名”的“圣人”才能“乘天地之正，御六气之辩，以游无穷”，才能无所待而获得绝对自由，这才算“逍遥游”。全篇主旨到此轩豁呈露，有如千里伏流，迂回曲折，历久而后涌现。回顾以前，从开篇的鲲鹏说起，一系列事物都是比喻，因为这些无非是借以衬托游于无穷的至人神人而已。至于下文鷦鷯、偃鼠、庖人、尸祝等喻，或明或暗，随物赋形，犹其馀事。章学诚说：“战国之文深于比兴，即其深于取象者也。”(《文史通义·易教下》)这对《庄子》来说，尤为恰当。

《庄子》一书，“寓言十九”。寓言的性质本来就是作为譬喻之用的，如庖丁解牛喻养生之理，轮扁斲轮(《天道》)喻读书之法,痀偻承蜩(《达生》)喻"专心致志"之道,匠石运斤(《徐无鬼》)喻知音难遇之感,蜗角触蛮(《则阳》)喻诸侯的战争等。不管庄子或其后学者的主观如何,企图用它们来说明什么观点,达到什么结论,而它们本身仍有其深刻的意义,语言也极为生动。

庄子散文还有一个特点就是文中多用韵,声调铿锵,使读者有和谐的节奏感。例如《逍遥游》:

> 惠子曰:"吾有大树,人谓之樗①。其大本,拥肿而不中绳墨,其小枝,卷曲而不中规矩。立之途,匠者不顾。今子之言,大而无用,众所同去也。"庄子曰:"子独不见狸狌乎?卑身而伏,以候敖者。东西跳梁,不辟高下。中于机辟,死于网罟。今夫斄牛,其大若垂天之云,此能为大矣,而不能执鼠。今子有大树,患其无用。何不树之于无何有之乡,广漠之野?彷徨乎无为其侧,逍遥乎寝卧其下。不夭斤斧,物无害者。无所可用,安所困苦哉?"

这和《德充符》末段惠庄二人问答一样,一倡一和,全用韵文。然而妙在非常自然,不但不觉得有意押韵,或者因押韵而拘牵词义,反而助长了文章的气势,与后来的散体辞赋相类似。而《德充符》一段更富于诗意,真可谓"天籁"之文。

总之,《庄子》一书,特别是内篇,有时像风行水上,自然成文;有时像万斛源泉,随地涌出,汪洋恣肆,机趣横生,具有浪漫主义的艺术风格。它不仅在先秦的理论文中,即在后世的

---

① 加重点的字表示押韵。

古典散文中亦罕有伦比。

第三节 荀子 韩非子

荀子(前330? —前230?),名况,又称荀卿,赵人,为战国后期儒家学派最大的一个代表人物。齐威、宣时,游学稷下。齐襄王时,荀卿最为老师,前后三居列大夫之位。后至楚,春申君以为兰陵令。春申君死,荀卿废,遂家于兰陵,著书数万言而卒。今《荀子》有三十二篇,大部分为荀子所自著。

战国晚期,儒墨两大学派内部分化,儒分为八,墨分为三。荀卿之儒与孟轲之儒在思想上是有许多显著不同的。如荀子的政治主张与孟子有同有不同。尊王道,举贤能,与孟子同;兼称霸力,法后王,与孟子异。他主张"王公士大夫之子孙,不能属于礼义,则归之庶人",反之,亦可归之卿相士大夫。(以上见《王制篇》)他虽然也说:"诛暴国之君,若诛独夫",但不承认汤武取天下,因为天下归之;不承认桀纣有天下,因为天下去之。所以说:"桀纣无天下,而汤武不弑君。"(见《正论篇》)全从人民的向背看问题,这提法也比孟子的议论进了一步。这些都代表新兴地主阶级的利益,反映当时人民的要求。他的《天论》指出"天行有常"本是一种自然规律,说"强本而节用,则天不能贫",不迷信天道鬼神,而强调人事的重要性,有唯物主义观点,代表荀子思想最进步的一面。

荀子学问博通,对过去学者多所批评,如《非十二子》、《解蔽》、《正名》等篇。他生于战国纵横之世,长于论辩,故其文多长篇大论,必发挥尽致、畅所欲言而后已。大抵论点明确,层次清楚，句法整练，词汇丰富。如《议兵篇》分析透辟，论断精确，是一篇出色的军事学论文。《劝学篇》比喻层出不穷，前半篇几乎全用譬喻重叠构成，辞采缤纷，令人应接不暇，而且通篇用排偶句法，也是荀子散文的特点。又有《赋篇》，包括"礼"、"知"、"云"、"蚕"、"箴"五首小赋。篇末附《佹诗》二首。《汉书·艺文志》载他的赋十篇，这五篇是否在内，不得而知。这些赋以四言韵语为主，亦杂有散文形式，很像谜语，乃战国"隐书"一体。还有《成相》一篇，亦是韵文。以六句为一章，头二句三言，第三句七言，第四、五句四言，第六句三言。例如："请成相，世之殃，愚暗愚暗堕贤良。人主无贤，如瞽无相，何伥伥！"这与《赋篇》都是采用民间说唱的形式。

韩非（前280？—前233）是韩国的诸公子，与李斯同学于荀卿。非见韩国削弱，屡谏不用，乃著书十馀万言。秦王（秦始皇）见其书，恨不得与之同游，因急攻韩。韩王遣非使秦，秦王留不用，后竟下狱死。《韩非子》有五十五篇，其中多有后人窜入的文章，不尽可信。

韩非是战国后期法家，任法术而尚功利，信赏必罚，排斥仁爱。他坚决反对复古，主张因时制宜，认为当今之世还有赞美尧舜鲧禹汤武之道的，必为新圣所笑。"是以圣人不期修古，不法常可，论世之事，因为之备"（《五蠹》）。这有一定的进步意义。他攻击儒墨不遗馀力，认为"明据先王，必定尧舜者，非愚则诬"（《显学》）。又谓尧君其臣，舜臣其君，汤武弑其主，乃"反君臣之义，乱后世之教"（《忠孝》）。与孟、荀之说相反。理由是因为尧舜禅让，放弃君权，汤武征诛，破坏君权。法家为了巩固新兴地主阶级的政权，所以提倡君权神圣，连尧舜汤武一起反对。自秦以后，历代封建专制主义极权统治的建立，韩非的学说是颇有影响的。

韩非散文的特点是锋芒锐利，议论透辟，推证事理，切中要害。其篇幅长者如《五蠹》近七千言，这是先秦理论文的进一步发展。其次是分析能力最强，如《八奸》、《亡征》等篇，特别是《亡征》一篇，分析可亡之道至四十七条之多，实属罕见。《难言》、《说难》二篇，无微不至地揣摩所说者的心理，以及如何趋避投合，周密细致，无以复加。其次是利用大量的寓言故事和丰富的历史知识作为论证资料，以便说明问题，如《说林》上下、内外《储说》等篇，尤为集中。《主道》、《扬权》二篇全部用韵，而后者多四言，颇似《道德经》。

第四节　先秦诸子散文的影响

先秦诸子对后世影响最为深远的首先是儒家学派的孔孟思想，其次是道家学派的老庄思想。这两派思想在过去学者文人的头脑中，在特定的历史条件下，经常起着不同的积极或消极作用。一般说，儒家的入世精神是积极的，但维护封建秩序的说教却有不良的影响；道家对待现实的态度是消极的，但不肯同统治阶级合作，不肯同流合污的“清高”思想，在一定历史时期也有一些好影响。就诗家来看，接受前者影响的，其艺术风格多表现为现实主义；接受后者影响的，其艺术风格多表现为浪漫主义。杜甫和李白就代表着这两种不同的影响和作风。

先秦诸子散文对后世散文发展的影响也是显而易见的，如汉初政论家贾谊、晁错等的政论文都是从荀卿、韩非及战国其他法家的议论文发展出来的。例如贾谊的《陈政事疏》、晁错的《论贵粟》、《论募民徙塞下》等疏，分析问题，切中时弊。而贾谊的论事，指陈利害，激切锋利，淋漓酣畅，风格尤近韩非。《论语》一书虽后人亦有摹仿，如扬雄的《法言》，王通的《中说》，但对文学则影响不大。魏晋以后，老庄之学大盛于世，影响于我国学术思想和文学方面更大，嵇康有《养生》、《声无哀乐》、《难张辽叔自然好学》、《释私》等论，阮籍有《通易》、《通老》、《达庄》三论及《大人先生传》，纵谈名理，大畅玄风。而《达庄论》、《大人先生传》都用辞赋问答体裁，发挥老庄思想；语言形象，声韵和谐，是我国理论散文的进一步发展。东晋时，玄言诗风独盛，孙绰、许询、桓玄、庾阐诸人之作"皆平典似《道德论》"，固不必说，就是齐梁间的文论、书札，理精语隽，为当时文坛树立爽朗的新风格，形成南朝散文的特色，也未尝不是受老庄思想及文风的影响。

唐宋以来的古文家对先秦诸子散文的爱好和学习也是很多的。著名的古文家韩愈曾以"庄"、"骚"并称，尤推崇孟子为"醇乎醇"，荀子则"大醇而小疵"。他力排佛老，就是继承孟子辟杨墨的战斗精神。其文如《原道》、《与孟尚书书》、《送王秀才（埙）序》等篇，精神面貌都接近《孟子》。《答李翊书》论为文以学养并提，实由孟子知言养气之说而来。柳宗元论文，亦主张"参之《孟》《荀》以畅其支，参之《庄》《老》以肆其端"（《答韦中立论师道书》）；又谓"《左氏》、《国语》、庄周、屈原之辞稍采取之"（《报袁君陈秀才书》）。而他的《三戒》等篇更是创造性地学习诸子寓言的成果。苏洵生平尤好《孟子》,曾端坐读之七八年,谓其“语约而意尽,不为巉刻斩绝之言,而其锋不可犯”(《上欧阳内翰书》)。王安石解《孟子》,其文亦学《孟子》;讥荀卿,文亦学荀卿。而苏轼之文,最得力于《庄子》,他说:“吾昔有见于中,口未能言。今见《庄子》,得吾心矣。”(苏辙《东坡先生墓志铭》)集中如《赤壁赋》及清风阁、凌虚台、墨宝堂、超然台诸记,其思想语言无不出于庄子;而其文章的畅达,所谓“如行云流水”,“如万斛泉源,不择地而出”者,亦与《庄子》的风格相近。

第五章　伟大的爱国诗人屈原和楚辞

第一节　楚辞的名称和来源

“楚辞”是战国时代以屈原为代表的楚国人创作的诗歌，它是《诗经》三百篇以后的一种新诗体。

“楚辞”这一名词不知起于何时。《史记》在张汤的传中已经提到它，可能至晚也是汉初就有的。至汉成帝时，刘向整理古籍，把屈原、宋玉等人的作品编辑成书，定名为《楚辞》，从此以后，“楚辞”就成为一部总集的名称。

汉代一般称“楚辞”为赋，这是不十分恰当的。“楚辞”和汉赋，体裁截然不同，前者是诗歌，后者是押韵的散文，它们的句法形式、结构组织、押韵规律都是两种不同的范畴。再从音乐的关系上看，虽然都是不歌而诵，但汉赋同音乐的距离比“楚辞”更远些。所以司马迁说：“屈原既死之后，楚有宋玉、唐勒、景差之徒者，皆好辞而以赋见称。”（《史记·屈原列传》）可见辞与赋本来是有区别的。由于汉赋是直接受“楚辞”的影响发展起来的文体，在习惯上汉代人多以辞赋并称，把屈、宋之辞与枚乘、司马相如的赋等同起来。于是辞与赋的概念混淆了，从此以后，屈原的作品甚至全部楚辞都称之为赋了。其实它们是两种不同的文体，不应混为一谈。至于后人以《离骚》代表《楚辞》而称之为“骚”，如《文心雕龙》有《辨骚》篇，《文选》有“骚”类等。这和后人称《诗经》为“风”一样，虽然名实不符，都是有意把楚辞和汉赋两种文体区别开来。

“楚辞”的产生有其复杂的因素，决不是偶然的。春秋以来，楚国在长期独立的发展过程中，形成了独特的楚国地方文化。宗教、艺术、风俗、习惯等都有自己的特点。与此同时，楚国又与北方各国频繁接触，吸收了中原文化，也发展了它固有的文化。这一南北合流的文化传统就是“楚辞”产生和发展的重要基础。

远在周初，江汉汝水间的民歌如《诗经》中的《汉广》、《江有汜》等篇都产生在楚国境内。其他文献也保存了不少的楚国民歌，如《子文歌》、《楚人歌》、《越人歌》、《沧浪歌》[①] 等都是楚国较早的民间文学，有的歌词每隔一句的末尾用一个语助词，如“兮”、“思”之类。后来便成为《楚辞》的主要形式。更重要的还是楚国民间的巫歌。楚国巫风盛行，民间祭祀之时，必使巫觋“作歌乐鼓舞以乐诸神”，充满了原始的宗教气氛。《楚辞》中的《九歌》，其前身就是当时楚国各地包括沅湘一带的民间祭神的歌曲，祭坛上女巫装扮诸神，衣服鲜丽，佩饰庄严，配合音乐的节奏载歌载舞，很像戏剧场面。这就是那时巫风的具体表现。这种原始宗教的巫风对屈原的作品有直接影响。《离骚》的巫咸降神，《招魂》的巫阳下招，以及《楚辞》中凡诗人自我形象的塑造和高贵品德的象征，如高冠长佩，荷衣蕙

---

① 见《说苑》中《至公》、《正谏》、《善说》三篇。

缠,乃至丰富的神话故事的运用等,都是最好的说明。所以《吕氏春秋·侈乐篇》说:“楚之衰也,作为巫音。”“楚辞”就是这种带有巫音色彩的诗歌。

还有楚国的地方音乐对“楚辞”也有一定的影响。春秋时,乐歌已有“南风”、“北风”之称。钟仪在晋鼓琴而“操南音”,被誉为“乐操土风,不忘旧也”①。从此以后,楚歌、楚声和楚舞一直为楚人所喜爱,见于文献记载者不少。这是很自然的。战国时楚国地方音乐极为发达,其歌曲如《涉江》、《采菱》、《劳商》、《薤露》、《阳春》、《白雪》等,“楚辞”的作者都已提及。“楚辞”虽非乐章,未必可歌②。但它的许多诗篇中都有“乱”辞,有的还有“倡”和“少歌”,这些都是乐曲的组成部分。《楚辞》中保存这些乐曲的形式,就说明它同音乐的关系非常密切。当然由于作者是楚人,他们所接受的音乐的影响也多半是属于楚国地方的。同时,与此有关而影响于“楚辞”的那就是楚国的方言。楚国的方言有特殊的意义,也有特殊的音调。《楚辞》中的方言极多,如“扈”、“汩”、“凭”、“羌”、“侘傺”、“婵媛”之类,参考古注及其他文献还可以理解。至于当时音调的读法早已失传。汉宣帝时,九江(今安徽寿县,楚最后国都)被公能诵读《楚辞》,至隋代,还有释道骞也善读《楚辞》,“能为楚声,音韵清切”(《汉书·王褒传》及《隋书·经籍志》)。后来唐人还继承他的读法。可见懂得《楚辞》中楚声的人隋唐

① 师旷曰:“吾骤歌北风,又歌南风。南风不竞,多死声,楚必无功。”见襄公十八年《左传》。钟仪事见成公九年《左传》。

② 《九歌》经屈原改写后,是否用原来乐调歌唱,不能知道。

间还有。不过这对《楚辞》的影响是次要的，主要还是民间文学和地方音乐的关系。

总之，楚国本有自己的文化传统，后来又接受北方文化的影响，二者融合为一，汇为文化的巨流，在长期发展中积累了丰富的文学艺术的素材，为文学创作提供充分的有利条件。就在这个优越的文化基础上孕育了屈原这样伟大的诗人，产生了《楚辞》这样光辉灿烂、千古不朽的诗篇。

第二节　屈原的生平及其作品

伟大的爱国诗人屈原（约前340—前277），名平，是与楚王同姓的贵族。"博闻强记"，熟悉政治情况，善于外交辞令。为楚怀王左徒，对内同楚王商议国事，发布命令；对外接待宾客，应对诸侯。怀王起初很信任他。但那时楚国内外都有尖锐的斗争：在内政上保守派与改革派的斗争，也表现为外交上亲秦与亲齐两派的斗争。前者以怀王稚子子兰等楚国的贵族集团为代表，后者以屈原为代表。怀王使屈原造为宪令，正在起草之际，上官大夫为了探听宪令内容，就想夺过去看，屈原不与，上官大夫反诬蔑屈原泄漏机密，恃才矜功。怀王不察，遂疏屈原。秦惠王见有隙可乘，就派张仪至楚，进行挑拨离间的阴谋活动。张仪许怀王商于之地六百里，使绝齐交。怀王既绝齐，又不得地，大怒，发兵攻秦，先后皆大败，丧师失地。齐既不来救，韩魏复出兵攻楚，怀王不得已，乃使屈原使齐，恢复邦交。局势暂时稳定下来。诗人洞察形势，认为非联齐不能抗秦。在政治上与腐朽的旧贵族集团相对立，坚决同他们作斗争。而怀王昏庸懦怯，为群小所包围，终于走亲秦道路，放逐了屈原。这时楚国内政腐败，外交失策，又连年为秦所战败，怀王遂再度受欺，入秦而不返。顷襄王继立，以弟子兰为令尹，对秦完全采取妥协投降政策。诗人痛恨子兰劝怀王入秦，子兰复谮毁屈原，襄王怒而迁之于江南。诗人在长期流放中忧心国事，没有一刻忘了回去。他写下了许多不朽的诗篇，抒发忧愤的感情，并揭露、指斥群小违法乱纪、壅君误国之罪，乃自投汨罗江而死。

诗人有高贵的品质和干练的才能。他生活在社会变革、阶级斗争复杂激烈的时代，抱有进步的政治理想，十分自负地想为楚王做一个政治上的带路人。他的政治理想是要使祖国独立富强，以至统一长期分裂的中国，达到所谓唐虞三代之治。其具体主张不外举贤授能和修明法度。诗人在他的诗篇中都曾一再郑重地表明，而且称之为“美政”。但这些并不是空话，诗人曾按照自己的理想去做，在任左徒时实践了自己的主张。比如《离骚》说：“余既滋兰之九畹兮，又树蕙之百亩。……冀枝叶之峻茂兮，愿俟时乎吾将刈。”可见屈原为了治理国事，确实培养了一批人材，希望将来有用。当他奉命草拟宪令，而反对派的保守贵族就千方百计来破坏它。只这两件事就足以说明诗人所谓“美政”的基本内容和它的中心思想。而这种思想的本质是反对贵族的传统特权，符合历史发展的趋势的，所以在国内必然会引起斗争。

诗人一生为了祖国，为了实现政治理想，不惜奔走先后，企图“及前王之踵武”。当他看见“党人”把祖国引上“幽昧”、“险隘”的道路，就大声疾呼地说：“岂余身之殚殃兮？恐皇舆之败绩。”当他一再受到群小的排挤和迫害时，就奋不顾身地同他们斗争到底，九死不悔。诗人一生的历史就是同腐朽的贵族势力作斗争的历史。他的悲愤的歌唱，一字一句都倾泻了深沉的爱国的思想感情，成为千古传诵的杰作。

屈原的作品，据《汉书·艺文志》是二十五篇，这可能是刘向校定的篇数。它的具体篇目，据王逸《楚辞章句》为《离骚》、《九歌》（十一篇）、《天问》、《九章》（九篇）、《远游》、《卜居》、《渔父》二十五篇。《大招》的作者，王逸疑不能明。《招魂》一篇司马迁认为屈原所作，而王逸却定为宋玉。可见屈原的作品汉代人的看法已不一致。至于后人为了加入《招魂》、《大招》等篇，而把《九歌》任意删并，以求合于二十五篇之数，那是极不妥当的。

关于屈原作品中的真伪问题，后人纷纷讨论，各执一说。现在看来，《大招》一篇显然是模仿《招魂》写的，而词采远远不及，可以肯定不是屈原所作。《渔父》一篇司马迁在屈原传中本是作为一个有关屈原的故事来叙述，并不把它看作屈原的作品。所以王逸说：“楚人思念屈原，因叙其辞以相传焉。”这个推测是有道理的。因此《渔父》不应算在屈原作品二十五篇之内也是可以肯定的。至于《远游》、《卜居》以及《九章》中的《惜往日》、《悲回风》等篇，也有人认为后人所依托，但缺乏充分根据。由于年代久远，后人对于作品的理解不同，看法不同，众说分歧是不足怪的。

第三节 离 骚

《离骚》[①] 是屈原的代表作品，我国古典文学中最长的抒情诗，也是一篇光耀千古的浪漫主义杰作。

诗人写作《离骚》时已经度过了大半生。他为了实现政治理想，不断遭到腐朽的贵族集团的排挤和打击，这时已经再被放逐，到了救国无路的地步；而楚国也由一个颇有希望的国家，被弄到了濒临危亡的绝境。诗人瞻前顾后，感慨万分，他把坚持奋斗而不能实现爱国理想的沉痛感情，熔成了这篇激动人心的诗歌。

《离骚》对诗人的理想有清楚的完整的表现。在七雄纷争、各国存亡处于紧要关头的战国时代，诗人的理想就是把祖国推上富强的道路，甚至由它来统一中国。他列举历史上兴国的圣君和乱亡的昏君，希望楚王以"遵道得路"的尧舜为榜样，以"捷径窘步"的桀纣为戒鉴，把楚国建设成为强大的国家。不仅如此。处于当时奴隶社会向封建社会转化的大变革时期，诗人为了真正达到这一目的，还突破了贵族阶级的局限，反映了新兴阶级的政治要求，提出了革新政治的主张："举

---

① 《离骚》篇名的意义，司马迁引淮南王说："离骚者，犹离忧也。"班固解为遭忧，王逸解为别愁，二说虽不同，但都可以讲通。关于《离骚》的写作年代，自司马迁、班固、王逸起，古今学者多以为作于楚怀王时。但亦有主张作于顷襄王时，游国恩先生即持此说，本节即以此为据展开论述。又关于《离骚》篇名的意义，游国恩先生亦有自己的见解。可参看游国恩先生《离骚纂义》(中华书局 1980)、《游国恩学术论文集》(中华书局 1989)。

贤而授能兮，循绳墨而不颇。”所谓“举贤而授能”，即不分贵贱选用贤能来治理国家；所谓“循绳墨而不颇”，即修明法度，严格按法度办事。这是与维护贵族特权的世袭制度和“背法度而心治”的原则针锋相对的。可以说，祖国的富强是诗人理想的目标，进行政治革新则是达到这一目标的手段。他的爱国主义精神是与追求进步政治的精神紧紧结合在一起的。这既说明了诗人思想的进步性，也说明了他的爱国理想的深刻性与人民性。

《离骚》的基本内容就是表现诗人对实现这一崇高理想的热烈追求和不懈的斗争。全诗可分为前后两部分。从篇首到“岂余心之可惩”为前一部分；从“女媭之婵媛兮”到篇末为后一部分。前一部分是诗人对已往历史的回溯。他叙述了家世出身、生辰名字，以及辅助楚王进行政治改革的斗争。诗人从早年起就汲汲自修，锻炼品质和才能，并决心把这一切献给祖国的富强事业。他对楚王说：“不抚壮而弃秽兮，何不改乎此度也？乘骐骥以驰骋兮，来吾导夫先路！”但是诗人这一热爱祖国和人民的愿望，却因为触犯了贵族集团的利益，招来了重重的迫害和打击。贵族群小向他围攻，极尽诬蔑诽谤之能事；楚王听信谗言，不仅不信任他，反而放逐了他；他为实现理想而苦心培植的人才也变质了。当诗人回顾到这些，想到自己的理想遭到破坏，祖国的命运岌岌可危，便抑止不住满腔愤怒的感情，向腐朽反动势力进行了猛烈的抨击。他痛斥贵族群小“竞进以贪婪”，“兴心而嫉妒”，“偭规矩而改错，背绳墨以追曲”。指出他们蝇营狗苟，把祖国引向危亡的绝境：“惟夫党人之偷乐兮，路幽昧以险隘。”他怨恨楚王的昏庸，不辨忠邪：“荃不察余之中情兮，反信谗而齌怒。”他还大胆地指责楚王反复无常：“初既与余成言兮，后悔遁而有他。余既不难夫离别兮，伤灵脩之数化。”对人才的变质，诗人也表示了深深的惋叹：“虽萎绝其亦何伤兮，哀众芳之芜秽！”但是诗人并没有被这种沉重的感情压倒，也决不向反动势力屈服，他宁肯承担迫害，也不变志从俗：“宁溘死以流亡兮，余不忍为此态也！”他深信自己的正确，要永远坚持自己的道路，忠于理想：“民生各有所乐兮，余独好脩以为常。虽体解吾犹未变兮，岂余心之可惩？”

《离骚》后一部分是描写诗人对未来道路的探索：“路曼曼其脩远兮，吾将上下而求索。”诗人被腐朽的贵族集团排斥在现实的政治生活之外，他苦闷彷徨地面对着未来，究竟选择什么样的道路呢？首先，女嬃劝他不要“博謇好脩”，应该明哲保身。但诗人通过向重华陈辞，分析了往古兴亡的历史，证明了自己态度的正确，否定了这种消极逃避的道路。于是，追求实现理想的强烈愿望，使他升腾到了天上。他去叩帝阍，阍者却闭门不理；他又下求佚女以通天帝，也终无所遇。这天上实际是人间的象征，说明再度争取楚王的信任也是不可能的。接着诗人去找灵氛占卜，巫咸降神，请他们指示出路。灵氛劝他去国远游，另寻施展抱负的处所，巫咸则劝他暂留楚国，等待时机。诗人感到时不待人，留在黑暗的楚国也不会有什么希望，于是决心出走。但是这一行动又与他的爱国感情产生了尖锐的矛盾，正当他升腾远逝的时候，却看见了祖国的大地：“陟升皇之赫戏兮，忽临睨夫旧乡。仆夫悲余马怀兮，蜷局顾而不行”，他终于留下来了。诗人通过这一系列虚构的境界，否定了与他爱国感情和实现理想的愿望背道而驰的各种道路,最后决心一死以殉自己的理想:“既莫足与为美政兮,吾将从彭咸之所居。”这是诗人当时所可能选择的一条道路,以死来坚持理想、反抗黑暗的政治现实的道路。

《离骚》通过诗人一生不懈的斗争和身殉理想的坚贞行动,表现了诗人为崇高理想而献身祖国的战斗精神;表现了与祖国同休戚、共存亡的深挚的爱国主义感情;也表现了他的热爱进步、憎恶黑暗的光辉峻洁的人格。同时通过诗人战斗的历程和悲剧的结局,反映了楚国政治舞台上进步与反动两种势力的尖锐斗争,暴露了楚国政治的黑暗腐朽和反动势力的嚣张跋扈。它虽是一首抒情诗,却反映了丰富的社会现实内容;它虽是一首浪漫主义作品,却具有深刻的现实性。不愧为我国文学史上伟大的诗篇。

《离骚》在艺术上也有极高的造诣和独特的风格。

《离骚》是一篇具有深刻现实性的积极浪漫主义作品。它发展了我国古代人民口头创作——神话的浪漫主义,成为我国文学浪漫主义的直接源头。《离骚》塑造了一个纯洁高大的抒情主人公的形象,由于理想的崇高,人格的峻洁,感情的强烈,这个形象就远远地超出于流俗和现实之上。《离骚》又自始至终贯串着诗人以理想改造现实的顽强斗争精神,当残酷的现实终于使理想破灭时,他更表示了以身殉理想的坚决意志。这些都表现了《离骚》这首长诗的浪漫主义的精神实质。同时,《离骚》又大量地采用了浪漫主义的表现手法。这突出地表现在诗人驰骋想象,糅合神话传说、历史人物和自然现象编织幻想的境界。如关于神游一段的描写,诗人朝发苍梧,夕至县圃，他以望舒、飞廉、鸾皇、凤鸟、飘风、云霓为侍从仪仗，上叩天阍，下求佚女，想象丰富奇特，境界仿佛迷离，场面宏伟壮丽，有力地表现了诗人追求理想的精神。此外，诗人也常常用夸张的手法突出事物的特征。如关于诗人品格的描写："擥木根以结茝兮，贯薜荔之落蕊；矫菌桂以纫蕙兮，索胡绳之缅缅。""高余冠之岌岌兮，长余佩之陆离。芳与泽其杂糅兮，惟昭质其犹未亏。"诗人以花草冠佩象征品德，已富有优美的想象，而这种集中的夸张的描写，就把诗人的品格刻划得异常的崇高，具有了浪漫主义的特质。

《离骚》的另一艺术特色是比兴手法的广泛运用。它"依诗取兴，引类比喻"（王逸《楚辞章句·离骚序》），继承了《诗经》的比兴传统，而又进一步发展了它。《诗经》的比兴大都比较单纯，用以起兴和比喻的事物还是独立存在的客体；《离骚》的比兴却与所表现的内容合而为一，具有象征的性质。如上述以香草象征诗人的高洁便是。其次，《诗经》中的比兴往往只是一首诗中的片断，《离骚》则在长篇巨制中以系统的一个接一个的比兴表现了它的内容。如诗人自比为女子，由此出发，他以男女关系比君臣关系；以众女妒美比群小嫉贤；以求媒比求通楚王的人；以婚约比君臣遇合。其他方面亦多用比喻，如以驾车马比治理国家，以规矩绳墨比国家法度等。比兴手法的运用，使全诗显得生动形象，丰富多采。

抒情诗一般篇幅短小，没有故事情节。《离骚》不只篇幅宏伟，而且由于前一部分是在诗人大半生历史发展的广阔背景上展开抒情，后一部分又编造了女媭劝告、陈辞重华、灵氛占卜、巫咸降神、神游天上等一系列幻境，便使它具有了故事情节的成分。这种内容和结构上的特点，就是波澜起伏，百转千回，看看似乎到了山穷水尽的地步，转眼却又出现一个新的境界。这样就把诗人长期的斗争经历和复杂的思想感情表现得淋漓尽致。

《离骚》的形式是诗人的伟大创造。他一面借鉴楚国民歌的形式，一面又汲取了当时正在蓬勃发展的散文的笔法，把诗句加长，构成巨篇，既有利于包纳丰富的内容，又有力地表现了奔腾澎湃的感情。《离骚》基本上是四句为一章，字数不等，亦多偶句，形成了错落中见整齐，整齐中又富有变化的特点。《离骚》的语言十分精炼，并大量地吸收了楚国的方言，虚字也运用得十分灵活，又常以状词冠于句首，造句也颇有特点。此外，《离骚》除了诗人内心独白外，还设为主客问答，又有大段的铺张描写，绘声绘色，对后来辞赋有很大影响。所有这些也都表现了《离骚》的艺术特点与成就。

第四节　屈原的其他作品

深刻的思想内容，纯熟的艺术技巧在屈原的其他作品中也有充分的表现。

《九章》是包括九篇诗歌的总题，主要是屈原两次放逐中的经历、处境和苦闷悲愤心情的反映，表现了诗人对祖国的无限热爱和对群小的无比痛恨。但这个总题名不是诗人所自定，而是后人辑录时所加。朱熹所谓“后人辑之，得其九章，合为一卷，非必出于一时之言”（《楚辞集注·九章序》），从《九章》各篇内容来看，这种说法是符合事实的。《九章》各篇的创作年代，大概以《惜诵》为最早，它是作者被谗见疏以后所作。《抽思》是怀王时作者流放汉北所作，故诗中有“有鸟自南兮，来集汉北”之句。其馀七篇都是作者在顷襄王时被放于江南所作。其中《哀郢》为顷襄王二十一年，郢都被秦攻破后作，诗人久放的痛苦和对祖国危亡的忧虑，在这首诗中得到异常深刻的反映。《涉江》中的地名和时令紧承《哀郢》而来，是诗人溯江北上，入于湖湘以后所作。《橘颂》中有“生南国兮”一语，疑亦是诗人在江南途中所作，表面上咏物，实际是诗人的自赞。《怀沙》、《惜往日》都是屈原自沉以前不久作的，后者是屈原的绝笔，是他最后一首述志诗。此外《思美人》、《悲回风》二篇作于何时不能确定，所可知者，前者大概是再放初春所作，后者则作于再放的某年秋间。

《九章》与《离骚》一样，是诗人在同腐朽的贵族集团进行激烈的斗争中产生的。因此，它也同《离骚》一样，深刻地表现了诗人强烈的爱国感情。在《抽思》中诗人写道：

> 望孟夏之短夜兮，何晦明之若岁！惟郢路之辽远兮，魂一夕而九逝。曾不知路之曲直兮，南指月与列星。愿径逝而未得兮，魂识路之营营。

诗人独处“异域”的孤寂苦闷的心情和对郢都的怀念，是表现得如此深挚动人，我们似乎看到了诗人夏夜不寐，辗转反侧，魂梦萦绕故都的痛苦表情。诗人热爱祖国的心情越到晚年就越强烈，当郢都被敌人攻破时，诗人在《哀郢》中回忆当年被迫离郢的情景，如云“出国门而轸怀”，“望长楸而太息”，“顾龙门而不见"，"背夏浦而西思"，最后则"登大坟以远望，聊以舒吾忧心"，真是一步一回首，一步一伤神。他在九年不复的放逐中，面对着残破的祖国河山，内心的痛苦是无可名状的。但诗人仍坚持返回故国的愿望，所以在《哀郢》的"乱辞"中写道：

> 曼余目以流观兮，冀一反之何时！鸟飞返故乡兮，狐死必首丘。信非吾罪而弃逐兮，何日夜而忘之！

诗人时刻都没有忘怀祖国，也时刻没有忘怀人民，特别是在长期的流放中，实际是生活在人民中间的，在郢都破灭后，诗人事实上成为难民群中的一个。因此，他就更加深切地了解人民流离失所的苦难。诗人这种同情人民、拯救人民的心也就成为他热爱祖国，不肯远离"故乡"的动力。

诗人在《涉江》中还具体描写了流放中的艰苦生活，但诗人并没有灰心退缩，反而更加顽强，更加坚毅不屈。他郑重宣言："苟余心之端直兮，虽僻远其何伤？""吾不能变心而从俗兮，固将愁苦而终穷。"由于艰苦生活的磨炼，使他进一步地认识了"党人"的腐朽丑恶的本质，因而对他们的鞭挞更加有力，对当时黑暗现实的揭露更加深刻：

> 玄文处幽兮，矇瞍谓之不章；离娄微睇兮，瞽以为无明。变白以为黑兮，倒上以为下。凤皇在笯兮，鸡鹜翔舞。同糅玉石兮，一概而相量。夫惟党人之鄙固兮，羌不知余之所臧。
>
> ——《怀沙》

《九章》的强烈的政治性，强烈的抒情意味与《离骚》基本一致。诗人眼看着祖国的命运就要被“党人”断送，他的心情就越发不能平静。所以表现在《九章》中的感情有时比《离骚》还更激烈。但《九章》中幻想夸张的手法较少，主要是使用直接倾泻和反复吟咏的方法来表现其奔放的激情，因之它比《离骚》具有更强的现实性。如《哀郢》、《涉江》、《怀沙》等篇都是纪实之辞，作者放逐生活历历可见。《九章》的语言十分华美，富于表现力，很好地表达了诗人的强烈感情。形式上《九章》散而不乱，跌宕有致，语气随着诗人感情的起伏而变化，深深地吸引着读者。强烈的爱国主义精神和浓厚的抒情成分完美地结合，是《九章》的主要特色。

《天问》是我国文学史上一篇奇文。它是对自然、社会的现象和事物所发生的疑问，从中可见诗人思想的博大和探索真理的精神。作者在篇中所提出的一百七十多个关于天地万物、古往今来的问题中，保存了不少的神话传说和古史材料。《天问》基本上是四言诗，通篇全用诘问语气，然参差错落，灵活变化，并不觉得单调。

《天问》的创作年代，据篇末“薄暮雷电，归何忧”、“伏匿穴处，爰何云”及“悟过改更，我又何言”几句看来，王逸认为是诗人放逐后所作是正确的。又《天问》后半篇多引历史故实以为鉴戒，与《离骚》陈词重华的用意相同，估计它们的写作时间相去不会太远。

《招魂》也是一篇奇文，是屈原放于江南时根据民间招魂词的写法而创作的。现在应该根据《史记》屈原传赞来纠正王逸以来认为宋玉所作的错误看法。全文以中间巫阳招魂词为主体，前有叙文，后有乱辞。招魂辞最突出的特点是每隔一句用一个“些”字做语尾。“些”和“兮”都是楚国的方言，而用“些”字又是楚国巫觋禁咒语的旧习。诗人正是把民间流行的习惯语言引入自己的创作中。关于本篇的主旨，除旧说宋玉招屈原外，还有屈原招怀王和他自己招自己两说。我们基本上同意后一说。招魂本是楚国当时的巫风。而从谢灵运《山居赋》的“招惊魂于殆化，收危形于将阑”和杜甫《彭衙行》的“暖汤濯我足，剪纸招我魂”等语句中，还可以看到这种招生魂的遗风。

屈原放逐江南后，思想中充满着矛盾和斗争，根本原因就是《离骚》提出的是否离开祖国的问题，这就造成他“愁懑山泽，魂魄放逸”的精神状态。诗人采用民间招魂的形式，极力描写四方上下的险恶和故乡居室、饮食、音乐之美，不仅赖以坚定自己不肯离开祖国的意志，寄托他对故乡的热爱，甚至流露了重返故都再得进用的愿望。这与《离骚》的上下求索、眷恋故乡的思想感情是一致的。铺张那些物质享受，虽然不一定属于诗人自己，却是他曾与楚王“图议国事”，经常出入游宴的处所，耳闻目见的事物。这正是诗人的苦心孤诣之所在，不是什么俳谐之文。有人认为《招魂》是以文滑稽，那是轻看了这篇作品的。《招魂》在艺术上的特色是铺叙丰富，想象奇特，富于浪漫主义色彩。它的铺写方法对后来汉赋的创作有直接影响。

《九歌》本来是古代乐歌，《离骚》、《天问》都曾提到它。据传说它是夏启从天上偷来的。《楚辞》中的《九歌》是屈原在民间祀神乐歌的基础上，为朝廷举行大规模祀典所创作的祭歌，并取古代乐歌为名。

《九歌》共十一篇,最后一篇《礼魂》是送神之曲,为各篇所通用,其馀每篇各主祀一神。为了获得神的福佑,《九歌》中有的写祭祀中歌舞娱神的热闹场面,有的写人们对神的热烈礼赞,如《东皇太一》、《云中君》、《东君》就是。它们庄严富丽的情调,与《诗经》的颂诗相近,但比颂诗生动活泼而有情致。《九歌》又有神与神、人与神相爱的描写,这是原始宗教"人神杂糅"的一种遗留,如《湘君》、《湘夫人》、《山鬼》三篇就是十分优秀的恋歌。《湘君》是湘夫人的独唱,《湘夫人》是湘君的独唱,都是表现他们互相追求终于不遇的复杂变化的心情;《山鬼》写神女去同爱人相会,但爱人却没有来。诗中极写女主人公相思、怨恨、怀疑、忧伤的情绪。《大司命》、《少司命》和《河伯》或写愿结相知、顷刻别离的悲愁,或写同游九河、日暮忘归的快乐,都是很好的抒情诗。

此外,《国殇》是一首追悼为国牺牲的将士的挽歌,充满爱国主义精神。全诗概括而又生动地描写了战斗的经过,刻划出卫国壮士勇武不屈、视死如归的英雄形象,并加以热烈的礼赞。《国殇》风格刚健悲壮,语言朴素,色彩单纯,声调激越,与内容和谐一致,是《九歌》中风格独特的一首。

《九歌》充满浪漫气息,想象优美而丰富,和民歌有血缘关系。《九歌》中的多数诗篇大抵韵味隽永,语言精美,善于把周围景物、环境气氛、人物容貌动作的描绘和内心感情的抒写十分完美地统一起来,有一些片段长期为后人所传诵。例如:

帝子降兮北渚，目眇眇兮愁余。嫋嫋兮秋风，洞庭波兮木叶下。

——《湘夫人》

这里诗人用朴素自然的语言，以清秋的景色构成了一个美妙而略带轻愁的意境。这样一开始就有力地衬托了湘君久候夫人不来所勾起的怅惘。他如《山鬼》以深山中特有的景物描摹女主人公的美丽和她的深挚的感情，《少司命》写神灵往来倏忽所引起的悲欢离合的情绪，也都具有深切感人的力量。

第五节　屈原在文学史上的地位和影响

屈原是我国文学史上第一个伟大的爱国诗人，他开始了诗人从集体歌唱到个人独立创作的新时代。屈原以他爱祖国、爱人民的高贵品格，以他创作的光辉灿烂的诗篇，对中国人民的精神面貌，对我国文学优秀传统的形成都产生了极大的影响，在我国文学的发展上有着崇高的地位。

屈原首先是作为一个爱国者、爱国的诗人为后世所景仰的。千百年来，人民没有忘记他。在“楚虽三户，亡秦必楚”（《史记·项羽本纪》记楚南公语）的决心中，我们看到了诗人精神的再现；千百年来，在人民反抗强暴、维护正义、维护祖国尊严的斗争中，我们也看到了诗人精神的再现。诗人的人格和诗人用心血写成的爱国诗篇，更滋育了后世的进步文人作家。许多进步文人作家，都不同程度地受到屈原爱国思想的影响，并且从他坚持理想、九死不悔的精神中汲取了力量。汉初，遭遇与屈原相似的贾谊，他写过一篇《吊屈原赋》，表示了对屈原的崇敬,并寄托了自己的感慨。司马迁也是真正理解屈原的人,他不仅在《史记》中为屈原立传,极力表扬了屈原,并且以"屈原放逐,乃赋《离骚》"的精神来鞭策自己,以完成《史记》的写作。另外还有不少人离谗忧国,以"悼骚"、"感骚"为题来作赋著文,在不同程度上体现了屈原的精神。两汉以后,屈原精神在许多作家身上得到进一步发扬,李白、杜甫都景慕屈原之为人。李白作为封建社会的浪子和诗人,他"一生傲岸",不向权贵折腰,却深深敬佩屈原。他说:"屈平词赋悬日月,楚王台榭空山丘"。他肯定了屈原的不朽。杜甫忧国爱民的思想是屈原精神真正的继承者。他的诗歌也是努力向屈原学习的,所以他说:"窃攀屈宋宜方驾,恐与齐梁作后尘"。在我国古代,还有不少诗人在民族危亡年代写下了激昂慷慨的爱国诗篇,从中我们也可以看到屈原精神的影响。

屈原对文学创作的影响同样是巨大的。从形式来看,他打破了四言诗的格调,吸收民间形式,特别是楚声形式,创造了一种句法参差灵活的新体裁,是诗歌形体的一次解放。楚辞作为一种新兴的体裁,在屈原手中它很好地起了文学的战斗作用,并在汉初特定的土壤上直接影响了铺张扬厉的大赋的形成和发展。在文学创作上,屈原还发展了《诗经》的比兴手法,把《诗经》原来的比兴材料,如草木、鱼虫、鸟兽和风云雷电都赋予了生命,让它们活动,甚至让它们有人的意志,用以寄托诗人的思想感情。所谓"善鸟香草,以配忠贞;恶禽臭物,以比谗佞",前人早已指出。这种"寄情于物"、"托物以讽"的表现方法,对我国古代文学,特别是诗歌有着极大的影响。例如张衡的《四愁诗》、曹植的《美女篇》、杜甫的《佳人》等,以及许多的咏史、咏怀、感遇的诗篇，都是直接间接受了屈原这种作风的启发的。至于《离骚》、《招魂》所运用的大胆幻想和夸张的手法，对我国积极浪漫主义诗歌传统的形成和发展也有很大影响，像李白就认真学习了屈原的作品，把握了楚辞的精神，因此在我国古代积极浪漫主义的诗歌创作中占有突出的地位。唐代另一浪漫主义诗人李贺所受屈原的影响也是十分明显的。

刘勰在《文心雕龙·辨骚》中极力推崇楚辞，称为战国时代的“风”、“雅”，“衣被词人，非一代也”。这是对的。楚辞影响的深远，只有《诗经》可与之相比。《诗经》和楚辞所开辟的现实主义和浪漫主义的创作道路，二千年来一直为我国优秀的作家所继承和发扬。

第六节　宋　　玉

宋玉是屈原以后著名的楚辞作家。关于宋玉的生平，《韩诗外传》、《新序》等书有一些零星的记载，但都太简单，且彼此互相抵牾，未必是可靠的材料。唯一可靠的，现在看来还只有司马迁在《屈原列传》末尾所说的几句话：“屈原既死之后，楚有宋玉、唐勒、景差之徒者，皆好辞而以赋见称。然皆祖屈原之从容辞令，终莫敢直谏。”参照宋玉的作品，宋玉是一个屈原的后辈，他向屈原学习，从事楚辞创作。而出身低微，出仕后并不得意：这大体上是可以肯定的。宋玉的作品据《汉书·艺文志》记载有赋十六篇，其篇目已不可考。然《楚辞章句》有《招魂》和《九辩》，《文选》有《风赋》、《高唐赋》、《神女赋》、《登徒子好色赋》、《对楚王问》,《古文苑》有《笛赋》、《大言赋》、《小言赋》、《讽赋》、《钓赋》、《舞赋》。《招魂》非宋玉所作,已详前节。其馀十二篇,除《九辩》外,都是后人所依托,决不可信。《古文苑》中六篇,前人指为伪作,已成定论。《文选》中五篇由于它们的艺术成就较高,且对后世文学有不小影响,如“巫山云雨”、“曲高和寡”等,成为古典诗词中常用的成语。因此,尽管前人作了不少的辨伪工作,提出了许多可疑的理由,但也还有人相信是真的。我们认为《文选》中所谓宋玉赋的体制、风格和语言都与楚辞迥异,倒和汉赋相近,这从辞赋的发展过程来看,在宋玉的时代是很难出现的。而且这五篇赋都作第三者叙述口气,又直称“楚王”、“楚襄王”,明为后人假托之词,不是宋玉自作①。综上所述,宋玉作品流传下来的只有《九辩》

① 关于宋玉赋的真伪问题,古今学者有不同意见,也有相当一部分学者认为《古文苑》中六篇可存而不论,而《文选》中五篇则基本可以认为是宋玉所作。可参阅胡念贻《宋玉作品的真伪问题》(《中国古典文学论丛》古典文学出版社 1957)、姜书阁《宋玉及其辞赋考辨》(《先秦辞赋原论》齐鲁书社 1983)、汤漳平《古文苑中的宋玉赋真伪考》(《江海学刊》1989年第 6 期)。1972 年在山东临沂银雀山西汉早期墓葬中发现有唐勒赋残简二十馀枚。这批残简未署篇名,现代学者有的因赋的开端有“唐勒与宋玉言御襄王前”的话,认为可以称作《御赋》,而关于该赋的作者则有唐勒、宋玉两种说法。尽管对篇名、作者有不同认识,但他们都认为该赋的形式与《大言赋》、《小言赋》相近,这就不仅为《文选》所载、更为《古文苑》所载的宋玉赋作的真实性增加了有力的证据。有关该赋的考释,可参阅吴九龙《银雀山汉简释文》(《秦汉魏晋出土文献丛书》,文物出版社 1985)、谭家健《唐勒赋残篇考释及其他》(《文学遗产》1990 年第 2 期)、李学勤《唐勒、小言赋和易传》(《齐鲁学刊》1990 年第 4 期)、裘锡圭《中国出土简帛古籍在文献学上的重要意义》(《北京大学古文献研究所集刊》(1),北京燕山出版社 1999)。

一篇，但这并不影响他在文学史上应有的地位。

《九辩》是一篇优秀的楚辞作品。王逸认为宋玉“闵其师忠而放逐，故作《九辩》以述其志”。这大概是一种揣测之词，事实上屈宋未必有什么师生关系。《九辩》主要是作者抒发自己落拓不偶的悲愁和不平，在一定程度上也揭露和批判了当时社会的黑暗。例如说：“众踥蹀而日进兮，美超远而逾迈。……世雷同而炫耀兮，何毁誉之昧昧。”诗人对社会的黑暗是有比较明确的认识的。因此，他明白表示：“处浊世而显荣兮，非余心之所乐；与其无义而有名兮，宁处穷而守高。”但宋玉没有屈原那样激烈的感情，所以调子很低沉。像诗中“愿衔枚而无言兮，尝被君之渥洽”等句，又可以看出他性格卑顺软弱的一面。

《九辩》在《楚辞》中也是一首长诗，共二百五十五句，其中虽颇多袭用屈原作品中的词句，但在艺术上仍有它的独创性。作为抒情诗，它不是以直接倾泻诗人内心的激情来感染读者，而是善于通过自然景物抒发自己浓厚的感情，造成一种情景交融的境界。像开头的一段：

> 悲哉秋之为气也！萧瑟兮草木摇落而变衰；憭慄兮若在远行，登山临水兮送将归。泬寥兮天高而气清，寂漻兮收潦而水清。憯凄增欷兮薄寒之中人。怆怳圹悢兮去故而就新；坎廪兮贫士失职而志不平，廓落兮羁旅而无友生，惆怅兮而私自怜。

作者在这里把情与景交错地写出。他写了萧瑟的秋景，写了远行的凄怆和送别的愁绪，写了贫士失职的不平以及羁旅的孤独惆怅，这就使诗人的感情和自然景物互相衬托而融合为一。诗人之情虽是主观的，但使人感到它是具体的；自然之景虽是客观的，却使人感到与诗人的感情是和谐一致的。宋玉就这样进一步开拓了诗的意境，提高了诗歌的表情达意的作用，千百年来不少文人学士推崇这一篇作品，"悲秋"成为诗歌中不断重复的主题，除了由于宋玉那种感伤情绪在特定的时期唤起他们的共鸣外，他们也不同程度地看到了《九辩》艺术上的这一特色。过去屈宋并称，宋固不如屈，但无疑的宋玉是屈原艺术的优秀继承者，他的作品对后世文学曾发生不小影响，在文学史上宋玉应该占有一定的位置。

小　结

先秦文学的成就是巨大的,它的影响是非常深远的。有史以前的口头文学,由于没有文字记载,流传下来的不多,但其中神话一部分却是相当丰富的。神话的产生远在阶级社会以前。它在广大群众中口耳流传,经过不断的修改补充,越来越优美,越来越富于艺术想象,这是口头文学的发展规律。不难想象:原始人创造的神话活在人们口头的历史时期是非常长远的,而神话被记录下来直至今天为止,不过是很短的时期。毫无疑问,神话是我国文学史上最古的宝贵遗产。它通过丰富、美丽、奇特的幻想,表现了浪漫主义精神和浪漫主义的创作手法,对后世文学创作有积极影响。

诗歌在其发展的最初阶段,也是一种口头创作,完全是属于全社会的文学艺术。从口头到书面,从民间到宫庭,从集体歌唱到个人单独创作,这中间也有着漫长的过程。先秦文学的巨大成就之一是诗歌。比较原始的诗歌被后人用文字记下来的很少,所以《诗经》三百篇便成为我国最早的诗歌总集。《诗经》中的"国风"有一部分民歌是人民的口头创作,经采录后成为书面文学。它们是被剥夺了文化学习权利的人民大众从现实生活的基础上创作出来的,现实性和战斗性都很强。另外一部分诗歌是"雅"和"颂",基本上是贵族的创作。贵族作品主要是歌功颂德以及反映贵族统治阶级的生活，但也有不少反映现实的有社会意义的诗篇，表现这部分作者对社会进步和民生疾苦的关注。民歌部分是《诗经》精华的主要部分。它们揭露了社会阶级矛盾的本质，代表人民的直接呼声，有强烈的人民性、丰富的生活内容和卓越的艺术成就，是我国文学现实主义的源头。它和贵族士大夫的诗歌相比，有着鲜明的特点，这是阶级社会存在着两种文化的具体反映。

继《诗经》三百篇之后，在我国文学史上放射出万丈光芒的诗歌就是"楚辞"。"楚辞"主要是伟大的爱国诗人屈原的作品，是他在学习民歌的基础上创造的新诗体。由于战国时代社会的根本变化，私人著书的风气大盛。屈原的"楚辞"也就是在开始有了私家著述的需要和可能的条件下产生的。所以屈原是我国文学史上第一个作家，他的诗歌创作标志着我国文学史上从集体歌唱到个人专著的新纪元。屈原"楚辞"的特点是一种骚体形式，这一形式是从民间歌曲，特别是楚声歌曲学习来的。它打破了《诗经》的四言形式，而代之以从二四言到七八言的参差不齐的形式。这是诗歌的发展，也是文学的革新。不仅如此，在内容上也大量采用民间的素材，如神话传说和方言习俗等，在创作方法上也大胆吸收神话的浪漫主义精神，更为后世作家提供了善于向民间文学学习的光辉榜样。事实证明：我国文学史上有成就的作家，大都向优秀的民间文学学习，挹取其精华，作为自己的营养，反之，其成就则极为有限。屈原这种良好的创始，正说明文学史上作家创作方面一个重要规律。屈原以其高度的爱国主义精神在诗篇中洋溢着悲愤炽烈的感情，表现了崇高的政治理想，而想象丰富、词采瑰丽的艺术风格又是我国文学浪漫主义的远祖。

我们的习惯向来是“风”、“骚”并称的，“风”指十五国风，代表《诗经》，“骚”指《离骚》，代表楚辞。《国风》和《离骚》在过去的确为我们指示了文学创作的两条光明大道，今后也还会继续起着应有的作用。《诗经》和楚辞对于后世文学的影响是难以估量的。

先秦的散文也和诗歌一样，在我国文学史上是有极其光辉的成就的。它的发展过程也很长。殷商以来，既有甲骨的契刻文，又有竹木简的记载。到了西周，金属范铸的铭文比殷商更发展。历史方面，既有记言的《尚书》的训诰体，又有记事的《春秋》的策书体。春秋以后，既有杰出的历史散文，又有卓越的诸子散文。由于那时文学、史学和哲学尚无明确分工，它们虽是历史哲学著作，同时也都是很好的文学作品。所以散文的发展，在先秦这一阶段也是百花齐放、丰富多采的。

先秦的历史著作有记言体，有记事体，有编年体，有国别体，体裁既多，文章又好，这对我国历史记载形式的多种多样以及历代史学的发达是有绝大影响的。先秦诸子散文的发展高潮及其巨大成就是在当时各种阶级、阶层和各个学派的斗争中出现的。无可否认，没有春秋战国社会的剧烈变化，没有那时各式各样的思想斗争，那种光辉灿烂局面的出现是不能想象的。先秦的历史散文和诸子散文构成了我国散文史上的黄金时代。

至于后世政治家、哲学家、学者的政论文和理论文，古文家、历史家的叙事文和传记文，很多取法于先秦的散文而获得不同程度的成就。即使在今天,先秦散文在艺术方面也还能为我们提供有益的借鉴。

第二编

秦 汉 文 学

（公元前221—公元189年）

概　说

公元前二二一年(秦王政二十六年),秦使将军王贲攻齐,得齐王建,最后灭了齐,完成中国的统一,结束了二百年七国纷争的局面,建立了中央集权的封建专制国家。这是地主阶级建立的第一个统一的封建帝国。

随着统一帝国的形成,秦王朝统治者进行了政治经济和文化上一系列的改革。废除西周以来分封侯王的旧制度,统一行政区划和组织,“分天下以为三十六郡,郡置守、尉、监”;“一法度衡石丈尺”,使田畴、车涂、衣冠建制统一;简省“史籀大篆”为小篆,又作便于狱务、更趋简化的隶书,“罢其不与秦文同者”,使文字统一;此外,法令、历法等等,也得到了统一。这些改革,对中国的历史发展无疑是有进步的作用的。

同时为了巩固和加强统一帝国的统治,秦王朝也实行了一系列的反动措施。它企图消灭人民的反秦武装,“收天下兵,聚之咸阳,销以为钟鐻、金人十二”;并打击旧贵族、地主的反秦力量,“徙天下豪富于咸阳十二万户”。更有甚者,是企图消灭一切反秦意识,“史官非《秦记》皆烧之;非博士官所职,天下敢有藏诗书、百家语者,悉诣守尉杂烧之;有敢偶语诗书弃市;以古非今者族”。它不仅焚毁古书,消灭历史文化,而且也一举坑杀儒生四百六十馀人。

秦王朝利用战国晚期邹衍的“五德终始”的学说，即一种历史循环论，来解释它的统治的合理性，而实际执行商鞅以来一套极严酷的刑法统治。

在箝制思想、摧残文化和刑法统治之下，秦代文学没有什么成就。完成于公元前二三九年（秦王政八年）、由吕不韦门客集体著作的《吕氏春秋》，有一定时代意义。它取材很广，包含春秋战国以来的各派思想，组成自己的完整的体系，是战国末年的统一形势在文化上的要求和反映。它和先秦其他子书一样，有不少片断借寓言故事来说理，明晰生动，富于文学意味。秦代文学的唯一作家是李斯。统一前他的《谏逐客书》，指出秦统治者“逐客以资敌国，损民以益仇，内自虚而外树怨于诸侯”之非计，不仅表现了政治家的远见，而且也真实地反映了战国晚期斗争剧烈、各国统治阶级争取人才的历史。这是一篇富于文采、趋向骈偶化的政论散文。统一后，秦始皇巡狩封禅，产生了不少石刻文，其中也有李斯的作品。一般是四言韵语，阿谀歌颂，对后世碑志文有影响。此外秦有《仙真人诗》和“杂赋”，今俱不传。

由于秦始皇和二世滥用民力，筑长城、治驰道、修骊山墓等等，暴虐无比，赋税无度，奢侈无穷，阶级矛盾迅速尖锐化，不到十五年，秦王朝便被六国残馀贵族和广大人民的起义反抗所推翻。经过五年的楚汉战争，代之而起的，是统一的汉封建王朝。

汉初统治者承战乱之后，汲取秦王朝短期覆灭的教训，一方面恢复分封侯王的旧制度，巩固统治阶级的基础，一方面“约法省禁，轻田租”，对广大人民放松了压迫，减轻了剥削。

因而初步取得了社会安定、有利生产的局面。“孝惠、高后之间，衣食滋殖。”(《汉书·食货志上》)文、景时代，统治者不断强调“农，天下之大本也”(《汉书·景帝纪》)，进一步减轻劳役、赋税，恢复农业生产。这时土地尚比较平均，“未有并兼之害”(《汉书·食货志上》)，促进了农业的发展，也活跃了工商业。在社会经济获得恢复和发展的安定局面下，景帝迅速削平了七国侯王的叛乱，进一步巩固了统一的封建统治。

汉初除秦挟书律，“大收篇籍，广开献书之路”，又除所谓“诽谤訞言之罪”，促进了学术文化的发展。在战国以来百家之学的影响下，汉初的哲学、社会思想，还是比较活跃自由的。由于安定社会、巩固封建王朝的需要，汉文帝、景帝、窦太后和相国曹参等俱好黄老，因而黄老思想成为汉初主要的统治思想。司马谈的《论六家要旨》，对儒、墨、名、法、阴阳五家都有所批判，而完全肯定了道家，就是在黄老思想影响下产生的著名论文。

同时由于建立封建王朝秩序和制度的需要，汉初统治者也注意到制礼作乐。“安上治民，莫善于礼；移风易俗，莫善于乐”(《汉书·礼乐志》引孔子语)：礼乐的传统作用，统治者是认识得很清楚的。在作乐的要求下，产生了相应的舞和歌诗，同时也初步建立了管理音乐(当然包括歌舞)的“乐府”机关。《安世房中歌》便是高祖唐山夫人作的祭宗庙的歌诗，它共有十七章，一般模仿雅颂，很少现实内容。

汉初文学的成就，主要表现在散文和辞赋的发展上。汉初文士承战国游士的馀风，一般积极参加现实政治生活，并从现实政治的需要出发，围绕着如何汲取秦王朝短期覆灭的教训，促使封建政权迅速巩固和上层建筑不断完善等问题，发抒所见，解决现实政治社会问题，这就促进了政论散文的发展。著名作家有贾谊、晁错等。他们的政论文大抵富有感情，畅所欲言，有战国说辞和辞赋的影响。其中贾谊的某些文章如《过秦论》、《陈政事疏》等更著名，文学性亦较强。辞赋主要继承骚体传统，也开始向新赋体转化。汉初骚体赋的作者，由于时代和生活的不同，多缺乏屈原那样先进的思想和强烈的感情，往往只是强为呻吟。但阶级矛盾的缓和，社会经济的恢复和繁荣，以及统治阶级骄奢享乐风气的形成，也引起了封建文士社会生活和思想感情的变化。因而辞赋的思想内容也不免多少引起了变化，即由抒发个人的强烈感情变为铺张宣扬统治阶级的华贵和享乐生活，由严峻的讽刺责斥变为温和的讽谕劝戒。辞赋思想内容的变化，必然引起体裁、形式的逐渐变化。贾谊是汉初骚体赋的唯一优秀作家。标志着新赋体正式形成的作品是枚乘的《七发》。

汉武帝即位后，由于汉初以来六七十年的休养生息，汉王朝的经济力量已十分雄厚，"非遇水旱之灾，民则人给家足，都鄙廪庾皆满，而府库馀货财。京师之钱累巨万，贯朽而不可校。太仓之粟陈陈相因，充溢露积于外，至腐败不可食"(《史记·平准书》)。在汉初的政治经济日益发展、日益巩固的基础上，汉武帝施展雄才大略，内外经营：镇压了阴谋叛乱的宗室藩王；平定了割据东南沿海的东瓯闽越等地；凿山通道，开发并控制了西南少数民族地区；不断地集中豪强于茂陵，削弱他们在地方上的封建势力；坚决实行盐铁国有的政策，更打击强豪和富商大贾的经济垄断，这就进一步加强了汉王朝的封建集权制。同时大力抗击匈奴,通西域,伐大宛,既打击了匈奴的侵犯,也扩展了帝国的边疆。正是由于“外事四夷,内兴功利”,以及统治阶级无穷的奢侈浪费,以致民穷财尽,社会矛盾日益尖锐化。为了镇压贵族、豪强的叛乱和广大人民的起义反抗,汉武帝极端信任酷吏,不断加强严酷的刑法统治。人民日益陷于痛苦的深渊。

汉武帝时代,西汉封建王朝进入了全盛时期。和政治经济的发展相适应,思想文化也表现着变化和发展。武帝即位,即逐斥“申、商、韩非、苏秦、张仪之言”,实行罢黜百家,独尊儒术。

在儒家思想的支配下,武帝“招选天下文学材智之士,待以不次之位”,并由于董仲舒、公孙宏的建议,兴太学,立五经博士,置博士弟子员,因而儒学大兴,完成了思想的统一。这对伟大帝国的形成和封建集权制的巩固是有促进的作用的。但从此也结束了百家论争,思想定于一尊,严重地束缚着学术文化的发展。董仲舒是《春秋》公羊学派的大师,是武帝时代最大的思想家。他以阴阳、灾异说明“天人相与之际”即天道和人事的相互关系,认为天命对帝王有最后的决定权,“王者欲有所为,宜求其端于天。天道之大者在阴阳。阳为德,阴为刑,刑主杀而德主生”,“王者承天意以从事,故任德教而不任刑”。但“阳不得阴之助,亦不能独成岁”(《汉书·董仲舒传》),则刑亦不可少。董仲舒的思想显然在儒家思想的外衣下,包含着阴阳家和法家的思想,统一了统治阶级内部的思想,确实代表着当时的统治思想。它不仅解释了汉王朝的所以统治,而且也教导了汉王朝怎样巩固统治。

武帝对思想文化的发展也采取了重要的措施，“建藏书之策，置写书之官，下及诸子传说，皆充秘府”(《汉书·艺文志》)。随着伟大帝国的出现和百家论争的最后结束，以及物质条件的日益具备，总结古代以来的历史文化并从而给大一统局面以哲学和历史的解释，就成为统治阶级迫切的现实要求。伟大的《太史公书》即《史记》，“亦欲以究天人之际，通古今之变，成一家之言”，就是这种要求最充分的一种表现形式。作者司马迁不是从阴阳家的神学概念出发，而是从客观的历史事实出发，在家世史官和实践经验的基础上，“网罗天下放失旧闻，考之行事，稽其成败兴坏之理”(《汉书·司马迁传》引司马迁《报任安书》)。他以五种不同的体例，“略推三代，录秦汉”(《史记·太史公自序》)，全面反映三千年的历史发展，完成空前的一部历史著作。它以人物为中心，不仅开创了“纪传体”的历史学，而且其中许多篇人物传记又具有极高的文学价值，因而也开创了传记文学。这是历史散文的重要发展。

以武帝为首的汉王朝统治者，随着伟大帝国的日益隆盛，不仅需要哲学和历史来解释现实统治的合理，而且也需要祭祀天地鬼神，庆太平，告成功。这一需要与儒家的指导思想相结合，进一步制礼作乐就成为必不可少的文化措施。于是“乐府”有更大的发展。“至武帝定郊祀之礼，……乃立乐府，采诗夜诵，有赵、代、秦、楚之讴。以李延年为协律都尉。多举司马相如等数十人，造为诗赋，略论律吕，以合八音之调，作十九章之歌”(《汉书·礼乐志》)。所谓武帝立乐府，只是意味着他自觉地把乐府机关扩大，充实内容，规定具体任务，即采诗、制订乐曲和写作歌辞。“采诗”是为了“观风俗，知得失”，这就使那些“感于哀乐，缘事而发”的赵、代、秦、楚等等地方民歌，有了记录、集中和提高的机会。可惜除《铙歌》十八曲外，西汉乐府民歌绝大部分都没有流传下来。由于文字讹误过多，《铙歌》一般很难读，其中少数言情和反映战场惨状的篇章，明白可诵，表现了一定的现实意义。乐府除搜集、歌唱民歌外，也创作诗篇以备歌唱，作诗者有宫庭文人“司马相如等数十人”，可见一时之盛。但今存《十九章之歌》，却很少文学价值。乐府作曲者则有“佞幸”和“外戚”的李延年。他能歌善舞，尤其善制“新声变曲”。他原是民间乐人；他的“新声变曲”的来源是西北外民族和民间的音乐。可见武帝时代的乐府，不仅规模宏大、内容充实，更重要的是，它充满了民间歌诗、民间声乐的气味。这是乐府的重大发展，有划时代的意义。

由于“润色鸿业”的需要，武帝时代的辞赋同样有很大的发展。武帝好辞赋；他的“言语侍从之臣”，如司马相如、吾丘寿王、东方朔、枚皋等，“朝夕论思，日月献纳”；“公卿大臣”，如儿宽、孔臧、董仲舒等，亦“时时间作”。司马相如则是这个时期最大的辞赋家。他的作品歌颂了统一帝国伟大的气魄和声威，也反映了封建统治阶级无比的骄奢和荒乐，有一定时代意义。他的作品典型地代表着新体赋发展的成熟阶段。

武帝以后，西汉封建王朝逐渐转入了衰微的时期。武帝晚年，“悔征伐之事”，并诏令“方今之务，在于力农”。昭、宣承之，不断减免赋税，并选用“良吏”，使“政平讼理”，社会安定，恢复和发展农业生产，因而出现了宣帝的“中兴”局面。但土地日益集中，大地主、大官僚与广大农民的深刻矛盾，根本不可能解决。哀帝时的限田之议，既无法实行；王莽改制，更加深了人民的灾难。这样，西汉封建王朝便不得不在农民大起义中结束了自己的统治。

武帝立五经博士，经学已成为士人仕进的工具。到了西汉后期，它自然更加兴盛和深入人心。荣显一时的今文经学家，大抵受董仲舒的影响，以阴阳、灾异说政治时事，日益荒诞迷信；而家法森严，章句烦琐，更多的士人皓首穷经，则越来越变得空疏无用：这样便严重地窒息着思想文化的发展。今文经学家用的经书是当时通行的隶书写本；但自景帝时，鲁恭王坏孔子宅，发现了用汉以前文字(古籀文)写的“古文经传”，经学已有今古文之分。到西汉末，以刘歆为代表的古文学派开始揭穿了今文学派的盲目性和偏私的内幕，这在学术思想上是有一定进步意义的。

西汉后期的文学也呈现着停滞或衰落的状态。一般政论文(如奏疏)，大都蒙着神秘的今文经学说教的外衣，迂腐板滞，绝少生气。宣帝时，桓宽根据昭帝始元六年盐铁会议的文献，剪裁、组织而成的《盐铁论》是唯一可贵的作品。它不仅反映了西汉中叶许多重大的政治经济问题，而且形式新颖，语言净洁流畅，通过对话论辩，也刻划了不切实际、迂腐可笑的儒生形象。刘向著书，引历史传说或寓言故事以说明一理的某些片段以及少数政论文或学术文有一定价值。宣帝效武帝故事，亦好辞赋，认为“辞赋大者与古诗同义，小者辩丽可喜”(《汉书·王褒传》)，因而辞赋又盛极一时，王褒、刘向等都是著名的作者。实际此时辞赋已成为帝王贵族的娱乐品，如倡优博弈之类，极少文学价值。今存王褒《洞箫赋》一篇，可见一斑。西汉后期最大的辞赋家是扬雄。他的赋初以模拟司马相如为贵，曾不断作赋以讽；后来始悟辞赋的讽谏作用实在微弱无力，“劝而不止”，遂不再作。扬雄对辞赋的批判的观点较之他的模拟作品要有意义得多。倒是他的杂文如《解嘲》，虽形式上也多少出于模拟，但它指出封建取士制度对士人的束缚，有一定现实意义。西汉后期，乐府事业继续发展，哀帝时乐府人员增加到八百二十九人。丞相孔光、大司农何武审核的结果，认为“其四百四十一人，不应经法，或郑卫之声，皆可罢”，因此哀帝就裁减了乐府半数以上的民间乐人。但“豪富吏民，湛沔自若”(《汉书·礼乐志》)，乐府民间声乐的影响是深远的。

汉光武帝刘秀利用西汉末农民起义军，并依靠豪强势力，推翻了王莽的新朝，建立起东汉封建王朝。光武即位后，屡次释放官私奴婢，并减轻田租，兴修水利，实行一系列休养生息的政策，因此阶级矛盾暂时缓和。但东汉豪强势力很盛，西汉遗留下来土地高度集中的问题，依然不能解决。建武十五、十六年的“度田”，由于不敢触动豪强，终于宣告失败。但光武“颇以严猛为政”，信任酷吏，也打击了一些豪强。明帝效法光武的统治，曾出现“天下安平，人无徭役，岁比登稔，百姓殷富”的年代。东汉初期，封建王朝对豪强势力还有一定的控制力量。所谓豪强，就是上层的地主阶级和商人，他们的政治代表，就是大贵族和大官僚。中叶和、安以后，皇帝都幼年即位，不能掌握权力，于是开始了外戚和宦官争夺王朝统治的混乱局面。他们为了保持自己的统治，都要依靠豪强的支持，因此豪强势力遂得不断地扩张。外戚或宦官与豪强势力相勾结，就形成牢不可破的王朝黑暗统治。他们援引子弟徒党或门生故吏，把持官僚系统，胡作非为，毫无忌惮。外戚梁冀伏诛，除诸梁及妻孙氏中外宗亲一网打尽外，“所连及公卿、列校、刺史、二千石死者数十人，故吏宾客免黜者三百馀人，朝廷为空”。“收冀财货，县官斥卖，合三十馀万万”（《后汉书·梁冀传》）。宦官专权，则“皆剥割萌黎，竞恣奢欲，构害明贤，专树党类。……故其徒有繁，败国蠹政之事，不敢单书”（《后汉书·宦者列传序》）。在外戚或宦官勾结官僚集团的统治之下，广大人民既遭受无穷的灾难，社会到处呈现饥饿、流亡的惨状；而一般中下层地主阶级出身的士人也仕进无门，或滞留太学，或穷居野处，或周游郡国，逐渐形成了士人集团。桓、灵之世，在宦官专权的压迫下，士人集团便与一部分正直的官僚结合，“互相题拂，品核公卿，裁量执政”，成为广泛的“清议”力量，一时影响很大。因而引起宦官的恐惧和仇恨，终于酿成两次“党锢之祸”。这些“党人”代表广大的中下层地主阶级的利益，一方面要求政治上的出路，一方面要求罢逐宦官，改良朝政，挽救统治阶级的严重危机。但接着而来的是以“黄巾”为首的农民大起义，豪强统治集团迫于情势危急，解除了党禁，转而镇压黄巾，并开始了豪强集团之间的大混战和社会的大动乱，终于覆灭了东汉王朝，形成三国鼎立的分裂局面。

今文经学特别是谶纬之学代表着东汉王朝的统治思想。由于统治者的提倡，东汉经学极盛。官、私学都很发达，太学生到东汉末增加到三万人，不少私学门徒常达千人，“编牒不下万人”。今文经学西汉末已开始谶纬化。东汉谶纬大行，光武因谶记中的天命的预言，崇信非常，曾“宣布图谶于天下”，并“多以决定嫌疑”。明、章承之，于是“儒者争学图纬，兼复附以妖言”（《后汉书·张衡传》）。统治者利用谶纬迷信来欺骗人民和束缚士人的头脑，反映统治思想的愚昧和无力，东汉一朝政治不得不越来越黑暗。但从东汉初年以来，也不断地产生反谶纬的科学思想，桓谭、王充、张衡都是著名的代表人物。特别是王充，他的《论衡》，举起鲜明的“疾虚妄”的旗帜，对一切神学迷信进行了有力的揭露和批判，表现了唯物主义精神，在当时的思想界最有进步意义。同时，古文经学也继续和今文经学展开了斗争，今文经学终因附会谶纬的愚妄和章句的烦琐，力量越来越虚弱，而古文经学的影响则越来越扩大，终于压倒了今文经学。

东汉的文学，在今文经学和谶纬的迷雾笼罩之下，虽然不可避免地要受到不良的影响，但也出现了新的现象，表现了一定的变化和发展。

由于西汉以来散文和辞赋的发展，东汉开始出现“文章”的概念，贾谊、司马迁、司马相如等散文家和辞赋家都被目为文章家。同时不少文士“以文章显”，文章和学术著作主要是和经学的区分愈来愈显著。“论发胸臆，文成手中，非说经艺之人所能为也。”《后汉书》在《儒林传》之外，特立《文苑传》，更具体地反映了文章家和经学家的分化。既有今古文经学家的对立和分化，又有经学家和文章家的对立和分化。这是统治阶级内部复杂的矛盾在学术文化上的反映。随着文章家的出现，文章与生活的关系更密切，用途更广泛了，文学形式的运用和变化也愈来愈复杂了。文学思想仍以王充的观点最为明确和进步。他注意到文章和经学著作的区别，强调“造论著说之文”（诸子或政论散文），“发胸中之思，论世俗之事”的创造性和政治性；认为文章应起“劝善惩恶”的批评教育作用，“岂徒调墨弄笔,为美丽之观哉?"他从"疾虚妄"的思想出发,反对一切"华伪之文"。

在《史记》的影响下,东汉产生了不少历史著作,班固的《汉书》则是它们的杰出的代表。它沿《史记》的体例,"究西都之首末,穷刘氏之废兴",反映西汉一朝的历史,是我国最早的断代史。它的某些人物传记,叙事细密准确,具有一定的文学价值。政论散文继承西汉的传统,以王符的《潜夫论》、崔寔的《政论》、仲长统的《昌言》为最著名。它们反映了东汉中叶以后复杂的社会矛盾和激烈的政治斗争,有时代意义。但思想文采俱逊于西汉政论文。

东汉的赋不如西汉的兴盛。司马相如的影响还存在,如班固的《两都赋》。中叶以后,政治极端黑暗,赋风亦开始转变。张衡《两京赋》在夸张铺叙中引入针砭现实的议论,《归田赋》则突破了旧传统,抒发抑郁的感情,有一定的开创意义。桓、灵之世,更出现一些强烈抨击社会黑暗的抒情小赋,如赵壹的《刺世疾邪赋》。赵壹是汉末名士,其作品愤世疾俗,完全是"党人"精神的体现。

东汉"乐府"继承西汉的传统,也采集民间声乐与歌谣。现存汉乐府民歌大都是东汉的作品。它们以多样的形式,现实主义的方法,广泛而深刻地反映了东汉人民的苦难生活和思想感情。特别是真实地、典型地反映了东汉中叶以后在外戚、宦官、地主豪强的残酷压榨下,人民饥饿贫困、流亡漂泊的痛苦生活。东汉末年,还有不少谣谚,揭露政治社会的黑暗腐败,直接痛快,简短有力。长篇叙事诗《孔雀东南飞》,正是在活跃的民间故事、民间歌唱的基础上的产物。它创造了一个反抗封建礼教压迫的典型妇女形象。

东汉文人诗有四言的旧形式,也出现了五言的新形式。由于汉以来社会和语言的发展,西汉民谣即有整齐的五言形式。东汉乐府民歌中保存了更多的五言形式。东汉的文人五言诗是在乐府民歌的影响下产生和发展的。今存无名氏《古诗十九首》是东汉文人五言诗的代表作品。它们的基本内容反映了没落时期剥削阶级的思想情绪。它们是汉末黑暗动乱社会中一般下层文士毫无出路的痛苦呻吟,反映了汉末尖锐的阶级矛盾。它们以"比兴"的方法,谐和而鲜明的语言,创造了"怨而不怒"的含蓄的风格,成为所谓"温柔敦厚"一派诗风的源头之一。

第一章　秦及西汉前期的散文和辞赋

第一节　秦代文学

秦始皇灭六国,完成中国的统一,建立起我国历史上第一个中央集权的封建专制大帝国。为了适应统一帝国的需要,秦王朝在政治经济和文化上,采取了一系列的改革措施,那些改革,对生产和文化的发展,提供了有利的条件。但同时它又焚书坑儒,推行极端严酷的思想统治。这对学术文化的发展极为不利。因此,短短十几年的秦代,几乎没有什么文学可言,更谈不上什么成就。

首先,值得提出的是完成于统一前的《吕氏春秋》。这是秦丞相吕不韦门客的集体著作。它包括八览、六论、十二纪,故后世又称为“吕览”。它兼有儒、道、墨、法、农诸家学说,故《汉书·艺文志》列为“杂家”。书中保存了大量的先秦时代的文献和遗闻佚事。它是一种系统化的、集合许多单篇的说理文,层层深入,最见条理。和先秦其他诸子散文一样,它往往以寓言故事为譬喻,因而增加了文章的形象性。例如《荡兵》、《顺说》、《察今》等篇都有这样的特点。

秦代文学的唯一作家是李斯。李斯，楚人，曾师事荀卿。入秦为吕不韦舍人，后为秦丞相。他作于始皇十年的《谏逐客书》是中国古代散文中的一篇名作。它首先历叙秦穆公以来，都以客致富强而成霸业，以见用人惟材，不必限于本土。然后列举种种器物玩好，虽不产于秦，而秦用之，以与异国人材相比，揆之以事理，说之以利害，更加强了说服力：

> 今陛下致昆山之玉，有随和之宝，垂明月之珠，服太阿之剑，乘纤离之马，建翠凤之旗，树灵鼍之鼓。此数宝者，秦不生一焉，而陛下说(悦)之。何也？必秦国之所生然后可，则是夜光之璧不饰朝廷，犀象之器不为玩好，郑卫之女不充后宫，而骏良駃騠不实外厩，江南金锡不为用，西蜀丹青不为采。所以饰后宫充下陈、娱心意、说耳目者，必出于秦然后可，则是宛珠之簪，傅玑之珥，阿缟之衣，锦绣之饰，不进于前，而随俗雅化，佳冶窈窕赵女，不立于侧也。

文章排比铺张，有战国纵横辞说的习气。而文辞修饰整齐，音节和谐流畅，与汉初散文和汉代辞赋也颇为接近。秦有一些刻石文，如泰山、琅玡、之罘、会稽等处的刻石文，大都也出于李斯之手。内容歌颂秦王功德，形式则模仿雅颂，都是四言韵文，但多以三句为一韵。秦刻石文是我国最古的碑文，对后世碑志文有影响。

此外，秦时民间尚有歌谣流传。《汉书·贾捐之传》有“长城之歌，至今未绝”的话，可以想见当时人民利用歌谣同秦代的黑暗统治进行斗争的情形。今所传者，仅有这样一首：

生男慎勿举，生女哺用脯。不见长城下，尸骸相支拄？

这首歌谣见于晋杨泉《物理论》，而陈琳《饮马长城窟行》已经引用它。它相当深刻地反映了秦代人民反对征戍徭役的激愤情绪。类似这样的民谣当时一定不少，可惜没有流传下来。

第二节　贾谊和汉初散文

贾谊(前200—前168)，洛阳人，西汉初期一个杰出的政治家和文学家。“年十八，以能诵诗书属文称于郡中”；二十馀，为博士，提出改革制度的主张，表现了卓越的政治才能，得到文帝的赏识。但却因此受到守旧派的诋毁，被贬为长沙王太傅。在贬谪中，他仍不忘国事。后为梁怀王太傅，死时年仅三十三岁。所著文章五十八篇，刘向编为《新书》。《新书》在流传过程中，多有散佚，因而残缺不全，个别篇章也可能经过割裂窜改，但决非伪书。

贾谊在《新书》中总结了秦代灭亡的原因，汲取了秦末农民起义的教训，发展了先秦的民本思想。他说：“自古及今，凡与民为敌者，或迟或速，而民必胜之”(《大政》上)。为了解决人民生计问题，他提倡“农本”，反对富人奢侈浪费。面对迅速巩固政权、完善封建制度的历史任务，贾谊又提出了一系列的主张。如要求削弱诸侯和限制豪强商贾的非法活动，以加强中央集权、维护国家的统一和社会的安定，主张更完善地建立以等级制为中心的封建礼制，以巩固封建统治。这些主张适应汉初统一形势的需要，在当时有一定的进步作用。

贾谊的散文大致可分为三类。一是专题性的政论文，如《过秦》、《大政》等篇。《过秦》分上、中、下三篇，是贾谊最著名的作品，其中心思想是总结秦代兴亡的历史原因。上篇主要叙述秦国力量的强大，是全文的关键。它用渲染、比衬手法显示秦国的声威。如写六国人材众多，"以什倍之地、百万之众，仰(《史记》作"叩")关而攻秦"，结果却为秦人"追亡逐北，伏尸百万，流血漂橹"。但就是这个"席卷天下"、"威震四海"的王朝，却在"率散乱之众数百"的陈涉"奋臂大呼"下土崩瓦解。经过这一比衬，文章有力地突出了秦代迅速灭亡的根本原因。这就是：农民起义的威力，足以给封建地主阶级以致命的打击，统治者如果不向农民作些让步，即一点"不施仁义"，那只有失尽民心、走上灭亡的道路。所以作者在中篇中从各方面来阐明民心的作用，读完中篇人们自然地得出这样的结论：只要民心一失，无论如何强大也不免覆灭的命运。这样，上文对强秦的夸张又起了加强文章中心思想的作用。《过秦》篇在文字上颇重修饰，又善于铺张渲染，有战国纵横家的遗风。

二是针对各种具体问题而发的疏牍文，所谓《陈政事疏》① 及《新书》前四卷"事势"类就是这种文章。它的一个特色是观察敏锐，能透过太平景象，觉察到社会潜伏的矛盾和危机。例如《数宁》篇说："曰天下安且治者，非至愚无知，固谀者耳……夫抱火措之积薪之下，而寝其上，火未及然，因谓之安，

---

① 见《汉书》卷四十八。这是班固采摘《新书》五十八篇中"切于世事者"拼凑而成，文字与今本《新书》前五卷若干篇章大致相同。

偷安者也。方今之势，何以异此?”作者还敢于大胆揭露这些矛盾和危机，加强其笔锋犀利、言辞激切、感情强烈的特色。例如《时变》篇：

胡以孝弟循顺为？善书而为吏耳。胡以行义礼节为？家富而出官耳。骄耻偏而为祭尊，黥劓者攘臂而为政。行惟狗彘也，苟家富财足，隐机盱视而为天子耳！唯告罪昆弟，欺突伯父，逆于父母乎？然钱财多也，衣服循也，车马严也，走犬良也。矫诬而家美，盗贼而财多，何伤？……

对于富人豪强的横行霸道，作者就是这样无情地揭露，猛烈地抨击的。

三是利用各种历史材料和故事来说理的文章，《新书》后六卷的“连语”、“杂事”大都属于这一类。其语言浅显，叙述也较生动。贾谊的散文都有善用比喻的特点，语言富于形象性。他的文章风格对唐宋的政论文是颇有影响的。

贾谊又是汉初著名的辞赋家。赋本是诵的意思，《汉书·艺文志》说：“不歌而诵谓之赋。”荀卿《赋篇》第一次以“赋”名篇，汉人沿袭其义，凡辞赋都称为“赋”。汉初骚体的楚辞逐渐变化，新的赋体正在孕育形成，故贾谊的赋兼有屈原、荀卿二家体制。他的《吊屈原赋》为谪往长沙途经湘水时所作，借凭吊古人来抒发自己的感慨。例如说：

彼寻常之污渎兮，岂容吞舟之鱼？横江湖之鳣鲸兮，固将制于蝼蚁。

在那个时代,作者确实是一个深谋远虑、高瞻远瞩的杰出人物,但却遭到保守官僚的排挤,政治抱负未得施展。作者以其抑郁不平之气倾注在《吊屈原赋》中,虽痛逝者,实以自悼。他的《鵩鸟赋》为谪居长沙时所作。赋中据老庄"万物变化"之理,说明祸福荣辱皆不足介意。这是作者谪居时哀伤情绪的自我排遣。赋中表现的"纵躯委命"的消极思想,则是作者处在逆境中的心情的反映。还有《惜誓》一篇,被收在《楚辞》中,或以为贾谊所作,但王逸已经"疑不能明"。贾谊的赋在形式上,趋向散体化,同时又大量使用四字句,句法比较整齐。这是新赋体的特点,显示了从楚辞向新体赋过渡的痕迹。

汉初除贾谊外还有不少散文家,他们的文章大都或论秦之得失,以为统治者的借鉴;或针对时弊,提出自己的主张。文章的语言多受辞赋影响,有很多排偶句,风格颇有战国说辞的遗风。这一方面固然是前代传统的影响,另一方面也是当时游士说客仍然存在于诸侯王国的缘故。后来,随着诸侯势力的削弱和儒学独尊局面的形成,这种文章风格也逐渐消失。在这些散文家中,以晁错和邹阳成就为较高。

晁错(?—前154),文景时人,官至御史大夫。著有《贤良文学对策》、《言兵事疏》、《守边劝农疏》、《论贵粟疏》等。其中以《守边劝农疏》、《论贵粟疏》[①] 最为著名。此二疏主张募民备塞,防御匈奴的入侵。他又敏锐地注意到农民流亡的社会

---

① 此二疏原为一文。《汉书·晁错传》于《守边劝农疏》前云:"错复言守边备塞,劝农力本当世急务二事曰……"然此疏实只言守边备塞一事,另有《论贵粟疏》载于《汉书·食货志》,正言劝农力本事,故知二疏原为一篇。

现象，指出人民流亡的原因是由于生活的贫困；而人民的贫困主要是由于官府的“急政暴赋”和商人的兼并所造成；所以主张务农贵粟，提出募粟入官、得以拜爵除罪的政策。晁错的文章善于从历史事实、当前情况、各种利弊得失等方面作具体分析，立论精辟而切于实际，其不足之处是略乏文采。

邹阳，文景时人，曾为吴王、梁孝王门客，著有《上吴王书》、《狱中上梁王书》等。而后者是作者在狱中的自我表白。《汉书·邹阳传》说他为人有智略，而这篇文章恰好体现了“有智略”的特色。因梁王听信谗言，心有馀怒，直说则不利；所以用大量篇幅说明知人与不知人之别。指出知人必须不“惑于众口”，不“移于浮辞”，这就动摇了梁王对谗言的信赖。作者善于把握这一关键，一切问题便迎刃而解。本文博引史实，排比铺张，有战国游说家气味。《汉书·艺文志》有邹阳七篇，列入纵横家，不是没有原因的。

第三节 枚 乘

枚乘（？—约前140），字叔，淮阴人，汉初重要的辞赋家。他生活在文景时代，初为吴王濞郎中，后为梁孝王门客，“梁客皆善属辞赋，乘尤高”。及武帝即位，乘已年老，“乃以安车蒲轮征乘，道死”。《汉书·艺文志》著录枚乘赋九篇，今存《七发》（见《文选》）、《梁王菟园赋》（见《古文苑》）、《柳赋》（见《西京杂记》），后两篇是否为枚乘所作，古今学者有不同意见，《七发》是他的代表作。

《七发》是假设楚太子有疾，吴客往问的谈话。“七发”的意义，刘勰以为“七窍所发，发乎嗜欲，始邪末正，所以戒膏粱之子也”(《文心雕龙·杂文》)。李善以为“说七事以启发太子”(《文选注》)，后一种解释比较符合作者原意。《七发》首段指出楚太子的腐化享乐、安逸懒惰是贵族子弟的病根，但此病非药石针灸所能治。这显然是作者针对当时贵族的腐朽生活而提出的讽刺和劝戒，但未能给予正面的有力的批评。接着吴客分述音乐、饮食、车马、宫苑、田猎、观涛等事，目的是由静而动，由近及远，一步步启发太子，诱导他改变生活方式。作者特别倾全力于田猎和观涛两事的铺写，认为田猎可驱散懒惰的习惯，观涛有“发蒙解惑”的功效。但根本问题并不在此，而在于用“要言妙道”转移他的志趣。故末段要进方术之士与太子“论天下之精微，理万物之是非”，而太子即已“涣然若一听圣人辩士之言，涊然汗出，霍然病已”。作者认为安逸享乐的病，最好从思想上来治疗，这具有深刻意义。篇中对这一点虽未加以充分发挥，但通过前面各种事物的逐渐引导，已经可以使读者有所领悟。

《七发》在艺术上的特色是铺张，刘勰说：“枚乘摛艳，首制《七发》，腴辞云搆，夸丽风骇”(同上)。但它并不像后来的大赋那样堆叠奇僻词汇，读起来较为平易，而且不乏精采片段。例如：

其始起也，洪淋淋焉，若白鹭之下翔；其少进也，浩浩溰溰，如素车白马帷盖之张；其波涌而云乱，扰扰焉如三军之腾装；其旁作而奔起也，飘飘焉如轻车之勒兵……

这一段用各种比况描写涛状，奇观满目，音声盈耳，使读者精神震荡，有如身临其境。此外，如前半篇用夸张、渲染手法表现音乐的动听也颇为出色。但总的看来，《七发》铺写过繁，刻画有馀，而生动不足，这不能不算是艺术上的一个缺点。

《七发》是标志着新体赋——汉赋正式形成的第一篇作品，在赋的发展史上有重要地位。新体赋由骚体的楚辞演化而来。屈宋等作家的楚辞富于楚国的地方特色，是一种形式自由、句法散文化，以批判现实、抒发个人愤懑感情为主的诗歌体裁。新体赋首先在内容上改变为对帝王的歌功颂德，劝百而讽一；形式上则改变楚辞句中多用虚词、句末多用语气词的句式，进一步散体化，成为一种专事铺叙的用韵散文。新体赋的根本特色，就是以铺张为能事，以适应统一帝国的需要。所以刘勰说："赋者，铺也，铺采摛文，体物写志也"（《文心雕龙·诠赋》）。新体赋的散文化以及经常使用排比整齐的句法，都与这一根本特色有关。

《七发》奠定了新体赋的形式，促进了汉代辞赋的发展。它引起后代许多作者的模仿，在赋中形成一种定型的主客问答形式的文体，号为"七林"。例如傅毅的《七激》、张衡的《七辩》、曹植的《七启》等，但都不及枚乘的《七发》。

枚乘的散文今存《谏吴王书》及《重谏吴王书》两篇，都是为谏阻吴王濞谋反而作。两篇皆善用比喻，多为排偶句，有明显的辞赋特点。特别是前一篇几乎全用比喻构成。又书中多用韵语，全篇仅仅五百馀字，而韵语就有二十多句，这也是本文一个特点。

第四节　司马相如及其他作者

武帝时代是辞赋最兴盛的时代。《汉书·艺文志》著录西汉的赋,不算“杂赋”,共有七百馀篇,其中武帝时就有四百馀篇①。司马相如是这时期的最大代表作家。

司马相如(?—前118),字长卿,蜀郡成都人。最初“以赀为郎”,景帝时,为武骑常侍。后免官游梁,与邹阳、枚乘等同为梁孝王门客,著《子虚赋》。过了几年,梁孝王死,相如归蜀,以琴挑临邛富人卓王孙寡女文君,文君夜奔相如,同归成都,“家徒四壁立”。后来与文君又回临邛,以卖酒为生,“令文君当垆,相如身自着犊鼻裈,与保佣杂作,涤器于市中”。王孙以为耻,乃分给文君家僮(奴隶)和财物。因为武帝读了相如的《子虚赋》,大为赞赏,以及狗监杨得意又乘机推荐,武帝就召见了相如,相如乃改赋天子游猎之事,就是现今所传的《子虚赋》(《文选》分“亡是公”以下为《上林赋》)。武帝大喜,任为

---

① 1993年,在江苏省连云港市东海县尹湾的西汉晚期汉墓的墓葬中,发现了一批简牍,其中有二十枝竹简经整理被定名为《神乌赋》,共六百馀字,四言句,押韵。该赋用拟人手法写雌雄二乌阳春三月筑巢而遇盗鸟偷窃。搏斗中,雌乌被盗鸟伤害,临死与雄乌诀别的故事,表现了夫妇之间、母子之间的真挚感情。此赋不见于传世文献中,是一篇亡佚两千多年的西汉时代的作品,其描写的内容和作品风格均与传世的汉赋作品有明显的不同。可参考《尹湾汉墓简牍》(中华书局1997年)、裘锡圭《神乌赋初探》(《文物》1997年第1期)、曲德来《由〈神乌赋〉论及有关文学史的几个问题》(《出土文献与中国文学研究》,北京广播学院出版社2000)。

郎。从此相如在汉宫庭任官，并深得武帝的信任。后相如出使“通西南夷”，著《难蜀父老》一文，对沟通汉与西南少数民族的关系起了积极作用。晚年以病免官，家居而卒。

《子虚》、《上林》是司马相如赋的代表作品。赋中假设楚国子虚，和齐国乌有先生的互相夸耀，最后亡是公又大肆铺陈汉天子上林苑的壮丽及天子射猎的盛举，以压倒齐楚，表明诸侯之事不足道。这样，作品就歌颂了大一统中央皇朝无可比拟的气魄和声威。在统一帝国政治经济空前发展、中央王朝对封建割据势力的斗争取得进一步胜利的时代，这种歌颂具有一定的现实意义。但作品主要部分在于夸张帝王的物质享受，渲染贵族宫庭生活骄奢淫佚的风气，迎合了武帝的好大喜功。赋末委婉致讽，流露了作者另一方面的思想：即认为过分奢侈“非所以为继嗣创业垂统”。为统治阶级的长远利益计，作者主张“解酒罢猎”，与民同利。正如扬雄所谓“靡丽之赋，劝百而讽一，犹骋郑卫之声，曲终而奏雅”，实际上它起不了多少讽谏作用。

前面已经提到新体赋的特色是铺张。在这一点上，《子虚》、《上林》比枚乘《七发》有进一步的发展。作品以子虚夸楚开始，说“楚有七泽，尝见其一，未睹其馀也，臣之所见，特其小小者耳，名曰云梦”，并乘势大力夸耀楚王游猎云梦的规模。哪知乌有先生却以齐国的渤澥、孟诸可以“吞若云梦者八九于其胸中曾不蒂芥”，压倒了楚国。最后亡是公才以天子上林的巨丽、游猎的壮观，又压倒了齐楚。这样一浪高过一浪，形成了文章壮阔的气势。其次是以大量的连词、对偶、排句，层层渲染，增加了文章词采的富丽。例如：

撞千石之钟，立万石之虡，建翠华之旗，树灵鼍之鼓；奏陶唐氏之舞，听葛天氏之歌；千人唱，万人和；山陵为之震动，川谷为之荡波。

这种描写确实气势充沛，波澜壮阔。但也往往夸张失实，“虚而无征”，铺张过分，转成累赘。而且由于层层排比，板滞少变，堆砌词藻，好用奇词僻字，读之令人生厌。例如：

于是乎崇山矗矗，巃嵸崔巍；深林巨木，崭岩参差。九嵕巀嶭，南山峨峨；岩陁甗锜，摧崣崛崎。振溪通谷，蹇产沟渎，谽呀豁闭。阜陵别隖，崴磈嵔瘣，丘虚堀礨。隐辚郁壘，登降施靡。

司马相如精通文字学，作过字书《凡将篇》。其后扬雄、班固莫不如此。因此在文字上夸奇炫博，就成了这些赋家的习气。

《子虚》、《上林》采用主客问答的形式，虽出于《离骚》，但其有意识地虚构人名，展开辩论，则又兼采《庄子》手法。后来扬雄《长杨赋》的“子墨客卿”、“翰林主人”，张衡《二京赋》的“凭虚公子”、“安处先生”都是模仿这种形式。

《子虚》、《上林》赋的出现不是偶然的。《西京杂记》载司马相如的友人盛览尝问他作赋秘诀。相如说：“赋家之心，苞括宇宙，总览人物，斯乃得之于内，不可得而传。”其实这并不仅仅是作家个人的才力，即他说的“赋家之心”的问题，更重要的是这空前统一、繁荣的汉帝国的出现，加强了正处在上升期的封建统治阶级的信心，也大大开拓了文人学士的胸襟与眼界，使他有可能在赋里多少反映这个强大的汉帝国的面貌，也多少表现了当时统治者一种发扬蹈厉的精神。后来张衡二京，左思三都，虽篇幅加广，而气魄终觉不如。至南朝文人勉强学步，就如在蹄涔之水，吹波助澜，更无足观了。所以《子虚》、《上林》赋的出现是有一定的现实社会基础的。至于它们的艺术形式和表现手法，则与楚辞有很多联系，是楚辞的变化和发展。

《子虚》、《上林》赋在汉赋发展史上有极重要的地位。它们确立了一个"劝百讽一"的赋颂传统。汉赋自司马相如始以歌颂王朝声威和气魄为其主要内容，后世赋家相沿不改，遂形成一个赋颂传统。它们也奠定了一种铺张扬厉的大赋体制。后世赋家大都按照这一体制创作，愈来愈失去了创造性。

司马相如还著有《大人赋》、《长门赋》、《哀秦二世赋》等骚体作品。《大人赋》迎合了武帝好神仙的心理，所以武帝读后大为欢喜，"缥缥有凌云之气"。《长门赋》本传失载，而见于《文选》。明清以来颇有人疑其为后人拟作，又序中说，是为武帝陈皇后失宠而作。顾炎武因序文不符事实，也断为后人托名之作①。不过这赋即属伪作，仍是一篇很好的抒情文。它细致地同时典型地表现了一个失宠的宫人望君不至的复杂变

① 见顾氏所著《日知录》卷十九"假设之辞"条目下之正文及"原注"。但其所论主要是针对序文的：一方面，他认为赋作为文学作品，其所叙不必尽与事实相符，所谓"古人为赋，多假设之辞，序述往事，以为点缀，不必一一符同也"。一方面又据序文与史实不符，而认为《长门赋》"乃后人托名之作"。就序文而言，顾氏所论不差，或系《文选》编辑时所加，但不能证明赋是后人托名之作。又有的论著据《南齐书·文学传》载陆厥与沈约书中"《长门》、《上林》，殆非一家之赋"语，认为陆厥从文章风格否定了《长门赋》是司马相如所作。但细读原文，陆厥所论恰恰相反，他所要说明的是"一人之思，迟速天悬；一家之文，工拙壤隔"，即一个作家是可以写出风格不同的作品的。综上所述，在没有更多证据前，当从《文选》，确认司马相如对《长门赋》的著作权。

化的心情，对后世宫怨诗的创作有一定启发作用。

司马相如的散文有《谕巴蜀檄》、《难蜀父老》、《封禅文》等。《难蜀父老》假托蜀父老非难"通西南夷"，从而引出作者的正面意见，阐明"通西南夷"的重大意义。《封禅文》颂扬"大汉之德"，认为可以举行封禅的典礼。这些文章的思想倾向与《子虚》、《上林》赋有一致之处，足以互相印证。司马相如的散文常用宾主答问形式及排偶句调，颇有辞赋气味。

围绕在汉武帝周围的文士除司马相如外，还有朱买臣、吾丘寿王、严助、主父偃、东方朔、枚皋、终军等。而公卿大夫如儿宽、孔臧、董仲舒、司马迁等，也时常作赋。武帝时代的辞赋，实盛极一时，成为文坛的主要形式。

枚皋是枚乘的儿子。《汉书·艺文志》说他有赋一百二十篇。但"其文骫骳，曲随其事"(《汉书·枚乘传》)，是典型的文学弄臣，连他自己后来都"自悔类倡"。

东方朔是个滑稽家，常在武帝前调笑取乐，"然时观察颜色，直言切谏"(《汉书·东方朔传》)。曾上书反对武帝起上林苑。由于武帝把他当俳优看待，他在政治上不得信任，便写了一篇《答客难》发泄牢骚。《答客难》是一篇散文赋，设主客问答，说明战国"得士者强，失士者亡"，士人可以"身处尊位"，而到了武帝大一统的时代，情形则完全两样。例如说：

> ……故绥之则安，动之则苦；尊之则为将，卑之则为虏；抗之则在青云之上，抑之则在深泉之下；用之则为虎，不用则为鼠。虽欲尽节效情，安知前后？

这道出了士人在帝王的随意摆布下，怀才莫展的实况，具有一定的意义。他又有《非有先生论》，用主客问答的形式劝帝王听谏，风格与《答客难》相近。另有《七谏》，因袭楚辞，无甚特色。东方朔的作品对后世有一定影响。如扬雄《解嘲》、班固《答宾戏》、张衡《应间》等，从内容到形式都是模仿《答客难》的。

此外，武帝时代在淮南王刘安（？—前122）那里，也形成了一个辞赋和散文的中心。《汉书·艺文志》著录淮南王赋八十二篇，淮南王群臣赋四十四篇，可见刘安及其宾客作赋众多的一斑。刘安是爱好屈原作品的，他的《离骚传》最早给屈原和《离骚》以很高的评价。认为《离骚》兼有《国风》和《小雅》之长，而屈原的“志”则可“与日月争光”。可惜刘安的赋今已不传。他的群臣赋也只存小山的《招隐士》一篇。它描写山中幽深险阻，有猿狖虎豹，不可久留。语言富于形象性和音乐性，是汉代优秀的骚体赋。今存《淮南子》二十一篇是刘安群臣或宾客的集体著作，它包含各派思想，和《吕氏春秋》一样，被列为“杂家”。实际主要是道家和阴阳家的思想。它同样惯用历史传说和神话故事说理，因而保存了许多古代历史和文学的片断。它的文章，排比铺张，则显然受辞赋的影响。

第二章　伟大的历史家
散文家司马迁

第一节　司马迁的生平和著作

司马迁(前145—前87?),字子长,左冯翊夏阳(今陕西韩城)人。父司马谈有广博的学问修养,曾“学天官于唐都,受易于杨何,习道论于黄子”。又曾为文“论六家之要旨”,批评了儒、墨、名、法和阴阳五家,而完全肯定地赞扬了道家,这说明他是深受当时流行的黄老思想的影响的。司马谈在这篇论文中所表现的明晰的思想和批判精神,无疑给司马迁后来为先秦诸子作传以良好的启示,而且对司马迁的思想、人格和治学态度也必然有影响。汉武帝即位后,司马谈做了太史令,为了供职的方便,他移家长安。在此以前,司马迁“耕牧河山之阳”,即帮助家人做些农业劳动,同时大概已学习了当时通行的文字——隶书。随父到长安后,他又学习了“古文”(如《说文》的“籀文”和“古文”等),并向当时经学大师董仲舒学习公羊派《春秋》,向孔安国学习古文《尚书》。这些对年轻的司马迁都有很深的影响。

司马迁在二十岁那一年开始了漫游生活。这就是他在《史记·太史公自序》中所说的:“二十而南游江淮,上会稽,探禹穴，窥九疑，浮于沅湘。北涉汶泗，讲业齐鲁之都，观孔子之遗风，乡射邹峄，厄困鄱薛彭城，过梁楚以归”。归后“仕为郎中”；又“奉使西征巴蜀以南，南略邛、笮、昆明”。以后又因侍从武帝巡狩、封禅，游历了更多的地方。这些实践活动丰富了司马迁的历史知识和生活经验，扩大了司马迁的胸襟和眼界，更重要的是使他接触到广大人民的经济生活，体会到人民的思想感情和愿望。这对他后来著作《史记》有极其重要的意义。

元封元年（前 110），汉武帝东巡，封禅泰山。这在当时社会普遍认为是千载难逢的盛典，作为太史令的司马谈因病留在洛阳，未能参加，又急又气，生命危在旦夕。这时司马迁适从西南回来，他就把自己著述历史的理想和愿望遗留给司马迁，司马迁流涕说：“小子不敏，请悉论先人所次旧闻，弗敢阙！”（《史记·太史公自序》）三年后，司马迁继任为太史令，他以极大的热情来对待自己的职务，“绝宾客之知，亡室家之业，日夜思竭其不肖之才力，一心营职以求亲媚于主上”（《汉书·司马迁传》引《报任安书》，下同）。并开始在“金匮石室”即国家藏书处阅读、整理历史资料。这样经过了四、五年的准备，在太初元年（前 104），他主持了改秦汉以来的颛顼历为夏历的工作后，就开始了继承《春秋》的著作事业，即正式写作《史记》，实践他父亲论载天下之文的遗志。这年司马迁是四十二岁。

正当司马迁专心著述的时候，巨大的灾难降临在他的头上。天汉二年（前 99）李陵抗击匈奴，兵败投降，朝廷震惊。司马迁认为李陵投降出于一时无奈，必将寻找机会报答汉朝。

正好武帝问他对此事的看法，他就把他的想法向武帝说了。武帝因而大怒，以为这是替李陵游说，并借以打击贰师将军李广利。司马迁就这样得了罪，并在天汉三年下“蚕室”，受“腐刑”。这是对他极大的摧残和耻辱。他想到了死，但又想到著述还没有完成，不应轻于一死。他终于从“西伯拘而演《周易》，仲尼厄而作《春秋》，屈原放逐，乃赋《离骚》，左丘失明，厥有《国语》”等先圣先贤的遭遇中看到自己的出路，于是“就极刑而无愠色”，决心“隐忍苟活”以完成自己著作的宏愿。出狱后，司马迁升为中书令，名义虽比太史令为高，但只是“埽除之隶”、“闺阁之臣”，与宦者无异，因而更容易唤起他被损害、被污辱的记忆，他“每念斯耻，汗未尝不发背沾衣”。但他的著作事业却从这里得到了更大的力量，并在《史记》若干篇幅中流露了对自己不幸遭遇的愤怒和不平。到了太始四年(前93)，司马迁在给他的朋友任安的信中说：“近自托于无能之辞，网罗天下放失旧闻，考之行事，稽其成败兴坏之理，凡百三十篇。”可见《史记》一书这时已基本完成了。从此以后，他的事迹就不可考，大概卒于武帝末年。他的一生大约与武帝相始终。

司马迁接受了儒家的思想，自觉地继承孔子的事业，把自己的著作看成是第二部《春秋》。但他并不承认儒家的独尊地位，他还同时接受了各家特别是道家的影响。他的思想中有唯物主义因素和批判精神，特别由于自身的遭遇，更增加了他的反抗性。班彪、班固父子指责司马迁“是非颇谬于圣人：论大道则先黄老而后六经，序游侠则退处士而进奸雄，述货殖则崇势力而羞贫贱”(《汉书·司马迁传赞》)，这正说明了司马迁的思想比他的许多同时代人站得更高，而为一些封建正统文人所无法理解。我们今天正是从这些封建正统文人的指责中，看到了司马迁进步思想的重要方面。

《史记》是我国历史学上一个划时代的标志，是一部“究天人之际，通古今之变，成一家之言”的伟大著作，是司马迁对我国民族文化特别是历史学方面的极其宝贵的贡献。全书包括本纪、表、书、世家和列传，共一百三十篇，五十二万六千五百字。“本纪”除《秦本纪》外，叙述历代最高统治者帝王的政迹；“表”是各个历史时期的简单大事记，是全书叙事的联络和补充；“书”是个别事件的始末文献，它们分别叙述天文、历法、水利、经济、文化、艺术等方面的发展和现状，与后世的专门科学史相近；“世家”主要叙述贵族侯王的历史；“列传”主要是各种不同类型、不同阶层人物的传记，少数列传则是叙述国外和国内少数民族君长统治的历史。《史记》就是通过这样五种不同的体例和它们之间的相互配合和补充而构成了完整的体系。它的记事，上自黄帝，下至武帝太初（前104—前101）年间，全面地叙述了我国上古至汉初三千年来的政治、经济、文化多方面的历史发展，是我国古代历史的伟大总结。

司马迁的著作，除《史记》外，《汉书·艺文志》还著录赋八篇，今仅存《悲士不遇赋》一篇和有名的《报任安书》。《报任安书》表白了他为了完成自己的著述而决心忍辱含垢的痛苦心情，是研究司马迁生平思想的重要资料，也是一篇饱含感情的杰出散文。《悲士不遇赋》也是晚年的作品，抒发了作者受腐刑后和不甘于“没世无闻”的愤激情绪。

第二节　史记人物传记的文学价值

《史记》开创了我国纪传体的史学，同时也开创了我国的传记文学。在“本纪”、“世家”和“列传”中所写的一系列历史人物，不仅表现了作者对历史的高度概括力和卓越的见识，而且通过那些人物的活动，生动地展开了广阔的社会生活画面，表现了作者对历史和现实的批判精神，表现了作者同情广大的被压迫、被剥削的人民，为那些被污辱、被损害的人鸣不平的战斗热情。因此，两千多年来，《史记》不仅是历史家学习的典范，而且也成为文学家学习的典范。

《史记》是一部具有强烈的人民性和战斗性的传记文学名著，这首先表现在对封建统治阶级——特别是汉王朝统治集团和最高统治者丑恶面貌的揭露和讽刺。司马迁写汉高祖刘邦固然没有抹杀他统一楚汉纷争、建立伟大国家的作用，但也没有放过对他虚伪、狡诈和无赖品质的揭露。为了避免被祸害，司马迁在《高祖本纪》中不能不写那些荒诞的传说，把他写成是“受命而帝”的神圣人物。但在《项羽本纪》中却通过与项羽的鲜明对比，写出了他的怯懦、卑琐和无能。在垓下之战以前，刘邦几乎无不处于挨打受辱的地位，而下面两个片段更真实地描写了他的流氓无赖、残酷无情的嘴脸。

……汉王乃得与数十骑遁去……道逢得孝惠、鲁元，乃载行。楚骑追汉王，汉王急，推堕孝惠、鲁元车下。滕公常下收载之，如是者三，曰：“虽急，不可以驱，奈何弃之！”于是遂得脱……

当此时，彭越数反梁地，绝楚粮食，项王患之。为高俎，置太公其上，告汉王曰："今不急下，吾烹太公。"汉王曰："吾与项羽俱北面受命怀王，曰'约为兄弟'，吾翁即若翁，必欲烹而翁，则幸分我一杯羹。"

其他如在《留侯世家》中写刘邦贪财好色，《萧相国世家》中写刘邦猜忌功臣，而《淮阴侯列传》中则借韩信的口，谴责了刘邦诛杀功臣的罪行，道出了"狡兔死，走狗烹；高鸟尽，良弓藏；敌国破，谋臣亡"这一封建社会君臣能共患难而不能共安乐的真理。作者正是通过这些描写揭露了刘邦真实的精神面貌，从而勾消了在本纪中所作的一些神圣颂扬。对于"今上"汉武帝的暴力统治作者也流露了悲愤和厌恶的情绪。《循吏列传》中写孙叔敖、郑子产等五人，没有一个汉代人。而《酷吏列传》却全写汉代人，其中除景帝时的郅都外，其馀九人都是汉武帝时暴力统治的执行者。张汤"为人多诈，舞智以御人"，但最为武帝所信任。他治狱时，善于巧立名目，完全看汉武帝眼色行事。杜周也是同样角色，当别人质问他："君为天子决平，不循三尺法，专以人主意指为狱。狱者固如是乎？"杜周却回答说："三尺安出哉？前主所是著为律，后主所是疏为令，当时为是，何古之法乎？"这里司马迁彻底揭露了封建社会中所谓法律的虚伪性，指出它不过是统治者任意杀人的工具。《酷吏列传》中还揭露了统治者屠杀人民的罪行。义纵任定襄太守时，一日竟"杀四百馀人，其后郡中不寒而栗"。王温舒任河内太守时，捕郡中"豪猾"，连坐千馀家；二三日内，大举屠杀，"至流血十馀里"。汉朝惯例，春天不杀人，王温舒顿足说："嗟乎，令冬月益展一月，足吾事矣！”对此，司马迁愤怒地说：“其好杀伐行威，不爱人如此！”这是人民的正义呼声。酷吏虽也打击豪强，但主要是镇压人民。作者在写这群酷吏时，每每指出“上以为能”，用意显然在于表示对汉武帝的讽刺和愤慨。《史记》中还描写了统治阶级内部复杂尖锐的矛盾。最著名的如《魏其武安侯列传》写窦婴与田蚡两代外戚之间的明争暗斗，互相倾轧，以及他们同归于尽的下场。这样，作者就进一步揭露了统治阶级残酷暴虐的本质，表达了对现实的深刻批判。

司马迁不仅大胆地揭露了封建统治集团的罪恶，而且也热情地描写了广大被压迫人民的起义反抗。在《酷吏列传》中作者叙述广大人民的反抗形势说：“自温舒等以恶为治，而郡守、都尉、诸侯二千石欲为治者，其治大抵尽放温舒。而吏民益轻犯法，盗贼滋起。南阳有梅免、白政，楚有殷中、杜少，齐有徐勃，燕赵之间有坚卢、范生之属。大群至数千人，擅自号，攻城邑，取库兵，释死罪，缚辱郡太守、都尉，杀二千石，为檄告县趣具食。小群盗以百数，掠卤乡里者，不可胜数也。”这些反抗虽为统治者所镇压，但并没有被消灭，不久又“复聚党阻山川者，往往而群居，无可奈何”。从这些叙述中我们可以看出，司马迁是同情人民的起义反抗的，他承认了“官逼民反”的合理性。基于这种认识，司马迁热情歌颂了秦末农民的起义。他在《陈涉世家》里，详细地叙述了陈涉发动起义的经过和振臂一呼群雄响应的革命形势，指出了农民起义的正义性；分析了他们失败的基本原因，并肯定了他们推动历史前进的不朽功绩。认为“桀纣失其道而汤武作；周失其道而《春秋》作；秦失其政而陈涉发迹。诸侯作难，风起云蒸，卒亡秦族。天下之端，自涉发难”。他更以极其饱满的情绪写《项羽本纪》，项羽的勇猛直前摧毁暴力统治的英雄形象给予读者极深的印象。作者虽批评项羽“自矜功伐，奋其私智而不师古”，“欲以力征经营天下”，指出了他必然失败的原因。但仍把他看成秦汉之际的中心人物，寄予深刻的同情，说他：“乘势起陇亩之中，三年，遂将五诸侯灭秦，分裂天下，而封王侯，政由羽出，号为霸王。位虽不终，近古以来，未尝有也！”司马迁这样热烈地歌颂人民对暴力统治的反抗，以及把陈涉和项羽分别安排在“世家”和“本纪”的作法，都充分显露了他卓越的思想见解和救世济民的热情。这是以后的封建正统史家所不可能达到的思想高度。

《史记》的人民性、战斗性，还表现在记载那些为正史官书所不肯收的下层人物，并能从被压迫被剥削人民的观点出发，分别给他们以一定的评价。《游侠列传》写朱家“振人不赡，先从贫贱始”；写郭解“振人之命，不矜其功”。在对游侠的“言必信”，“行必果”，“已诺必诚，不爱其躯”的高尚品格的热烈歌颂中，表达了封建社会人民要求摆脱被侮辱、被损害处境的善良愿望。《刺客列传》写荆轲的勇敢无畏，视死如归的英雄行为是那么绘声绘色，激荡人心。在我们今天看来，刺客的个人暴力行动不可能真正解决政治上任何实质问题，但在漫长的封建黑暗统治之下，刺客们自我牺牲、反抗强暴的侠义精神，却是可歌可泣，在一定程度上打击了封建暴力统治的气焰，恰如夜空一颗皎洁的明星，给人们以鼓舞和希望。作者热情地说：“此其义或成或不成，然其立意较然，不欺其志，名垂后世，岂妄也哉！”

《史记》中还写了一系列的爱国英雄。《廉颇蔺相如列传》通过完璧归赵、渑池之会、将相交欢等历史情节的叙述,突出了蔺相如勇敢机智的英雄性格和“先国家之急而后私仇”的高贵品质。在《魏公子列传》中,作者亲切地用了一百四十七个“公子”,叙述信陵君“仁而下士”的故事,不仅因为这位公子真能放下贵族的架子,“自迎夷门侯生”,“从博徒卖浆者游”,而且更重要的,是因为他这样做的结果,终于得到游士、门客的帮助,抵抗了秦国的侵略,救赵存魏,振奋诸侯。《李将军列传》也是作者用力写作的一篇。“君不见,沙场征战苦,至今犹忆李将军”(高适《燕歌行》),“但使龙城飞将在,不教胡马渡阴山”(王昌龄《出塞》之一):汉代名将李广,千百年来,一直为人们所景慕。他的保卫祖国边疆的功绩,超凡绝伦的勇敢,以及敌人闻之丧胆的声威,是通过太史公的笔深深地铭刻在人们心上的。但李广的一生却是在贵戚的排挤压抑中度过的,作者对他“引刀自刭”的悲惨结局,寄予深厚的同情,同时也流露了自己不幸遭遇的感慨,从而对封建统治阶级的压抑人材进行了有力的揭露和抨击。作者不仅写出了李广保卫祖国、奋身疆场的功绩,而且也写出了他的体恤士兵,热爱人民的品质:

> 广廉,得赏赐辄分其麾下,饮食与士共之。终广之身,为二千石四十馀年,家无馀财,终不言家产事。……广之将兵,乏绝之处,见水,士卒不尽饮,广不近水;士卒不尽食,广不尝食。宽缓不苛,士以此爱乐为用。

正因为如此,当李广被迫自杀后,“广军士大夫一军皆哭。百姓闻之,知与不知,无老壮皆为垂涕”。作者通过这些描写,不仅说明将帅应该爱护士卒,而且告诉他们,只有上下一心,同甘共苦,才能战胜敌人,保卫祖国。

总之,作为传记文学的《史记》的思想内容是丰富深刻的:它一方面揭露了统治者及其爪牙的无比丑恶,画出他们的真实的脸谱;另一方面表达了人民的思想感情和愿望,歌颂人民及其领袖的起义反抗,以及可歌可泣的爱国英雄和救人困急的侠义之士,表现了我们伟大民族的革命传统和优良品质,这对今天都还有积极意义。

《史记》的思想意义是和作者精心的构思、高度的写作技巧密不可分的。作为一种历史著作,《史记》是忠实于历史事实的记载的,所以刘向、扬雄、班氏父子等都称之为“实录”。但作者却在“实录”的基础上,塑造了鲜明的人物形象,表现了人物思想性格的重要特征,具有极强的艺术感染力量,这是《史记》传记的主要特点,也是作者匠心独运的所在。

司马迁是怎样在坚持历史真实的原则下写人物的呢?我们且看他在《留侯世家》中的一句话:“〔留侯〕所与上从容言天下事甚众,非天下所以存亡,故不著。”这说明作者并不是有事必录,而是有所选择的。张良平日与高祖谈论的天下事很多,但只写那些和天下存亡有重大关系的事件,从而表现其性格特征。写其他人物当然也不例外,即只写重要的,能够表现人物特征的东西。在《留侯世家》中还有这样的话:“语在项羽事中”、“语在淮阴事中”;其他各篇也常常有这样的话。这就是前人指出过的“互见法”。司马迁使用这种方法情况很复杂,有的注明，有的并没有注明，它不只是消极地避免叙述的重复，而且是积极地运用资料，为突出人物的特征服务。例如《项羽本纪》集中了许多重要事件突出他的喑噁叱咤、气盖一世的性格特征。作者对他的行为在传赞中虽有所贬责，但热情的歌颂、深切的同情却是主要的。这样，就体现了项羽这个历史人物的形象的完整性。作者在本纪中没有过多地去批评项羽个人的缺点和军事上政治上的错误，而把它放在《淮阴侯列传》，借韩信的口中道出，这样既不至损害项羽英雄形象的塑造，而又显出韩信的非凡的才能和过人的见识。就这样，司马迁通过对历史材料的选择、剪裁和集中，不仅使许多人物传记正确地反映了他们在历史上的活动和作用，而且突出了他们的思想和性格，表达了作者的爱憎。

《史记》中人物形象的丰富饱满、生动鲜明，不仅得力于司马迁对材料的取舍和安排，而且也得力于他运用了多种方法去表现人物的思想性格和特征。作者在写作人物传记时，尽力避免一般地梗概地叙述，而是抓住主要事件，具体细致地描写人物的活动，使人物性格突出。救赵存魏是信陵君一生的重大事件，但《魏公子列传》中却没有过多地写他在这一事件中政治的军事的种种活动。而把描写的重心放在他如何和夷门监者侯嬴、屠者朱亥的交往以及“从博徒卖浆者游”的故事上，通过这些故事的具体描写，突出了他的仁而下士、勇于改过、守信重义、急人之难的性格。特别值得提出的是信陵君自迎侯生的一段：

公子于是乃置酒大会宾客。坐定，公子从车骑，虚左，自迎夷门侯生。侯生摄敝衣冠，直上载公子上坐，不让，欲以观公子。公子执辔愈恭。侯生又谓公子曰："臣有客在市屠中，愿枉车骑过之。"公子引车入市，侯生下见其客朱亥，俾倪故久立，与其客语，微察公子。公子颜色愈和。当是时，魏将相宗室宾客满堂，待公子举酒。市人皆观公子执辔，从骑皆窃骂侯生。侯生视公子色终不变，乃谢客就车。至家，公子引侯生坐上坐，遍赞宾客，宾客皆惊。酒酣，公子起，为寿侯生前……

作者通过不同的角度去写信陵君，他写侯生毫不谦让直上公子上座，写侯生故意久立市中以微察公子，写市人皆观公子执辔，写公子从骑者窃骂侯生，写宾客们的惊讶。通过这些不同人物的不同反映，愈来愈突出信陵君始终如一的谦虚下士的态度，使我们有身临其境的感觉。司马迁还善于通过琐事来显示人物性格的特征，如《酷吏列传》写张汤儿时的一个故事：

其父为长安丞。出，汤为儿，守舍。还，而鼠盗肉。其父怒，笞汤。汤掘窟，得盗鼠及馀肉，劾鼠掠治，传爰书、讯鞫论报。并取鼠与肉，具狱磔堂下。其父见之，视其文辞如老狱吏，大惊。遂使书狱。

这虽然是儿时游戏，却异常生动地突出了张汤的残酷的性格。再如《万石张叔列传》中的一段：

〔石〕建为郎中令，书奏事，事下，建读之曰："误书！'马'字与尾当五，今乃四，不足一。上谴死矣！"甚惶恐。其为谨慎，虽他皆如是。万石君少子庆为太仆。御出，上问车中几马？庆以策数马毕，举手曰："六马。"庆于诸子中最为简易矣，然犹如此。

作者通过这些细节，写出了石家一门的拘谨性格和伴君如伴虎的心情。其他如《留侯世家》写张良为圯上老人进履；《淮阴侯列传》写韩信忍辱胯下；《李斯列传》写李斯少时见厕鼠和仓鼠而发感叹等，都是以琐事刻划人物性格的例子。这些是司马迁表现人物所用的故事化的方法。这种方法避免了平板的叙述，使人物形象具有动人的艺术力量。

为了表现人物，司马迁还通过许多紧张斗争的场面，把人物推到矛盾冲突的尖端，让人物在紧张的斗争中，表现他们各自的优点和弱点，表现他们的性格特征。《项羽本纪》鸿门宴一节是很有代表性的。鸿门宴前，楚汉两军几至火并，而楚强汉弱。刘邦项羽此时相会斗争是相当激烈的。作者就通过这场面对面的斗争来表现人物性格。刘邦的懦怯而有机智，项羽的坦率而少谋略，以及其他人物，如范增、张良、樊哙、项伯等的性格，都由于在这场斗争中的不同态度而有很好的表现。再如《魏其武安侯列传》中灌夫使酒骂座和东朝廷辩论两个场面也写得十分好。前者写在宴会上人们对田蚡、窦婴、灌夫的不同态度，不仅写尽了贵族社会的炎凉世态，而且也很好地表现了这些人物的不同性格：田蚡得势后的矜持傲慢，窦婴失势后结欢当权者的用心和强争面子的窘态，特别是灌夫始则不悦，继则怒而指桑骂槐，终于演成与田蚡的直接冲突，充分地表现了他"为人刚直"，"不好面谀"的性格。后者写大臣们在武帝面前辩论灌夫的曲直，彼此吞吞吐吐，不敢明断是非，武帝大怒，退入后宫，十足表现了饱经世故的官僚们的虚伪和圆滑。故事化的手法和紧张场面的运用,使《史记》的人物传记饶有波澜,人物形象各具特征,如见其人,如闻其声,因而成为历史与文学互相结合的典范著作。

《史记》在语言运用上也有极大的创造。从文学角度看,其最大的特色就是善于用符合人物身分的口语来表现人物的神情态度和性格特点。刘邦和项羽都曾见过秦始皇,从他们所表示的感慨中可以看出他们性格的不同:项羽说:“彼可取而代也!”语气极为坦率,可以想见他强悍爽直的性格;刘邦却说:“嗟乎!大丈夫当如此也!”说得委婉曲折,又正好表现他贪婪多欲的性格。《陈涉世家》中写陈涉称王后,陈涉旧时伙伴见他所居宫殿说:“夥颐!涉之为王沉沉者。”“夥颐”是陈涉故乡的土语,是多的意思,这里用以形容陈涉宫殿陈设的丰富;“沉沉”是形容宫殿广大深邃,又带有惊异的语气,它生动地表现了农民的质朴性格。在《张丞相列传》中,作者还写出了周昌的口吃和他又急又怒的神情。《史记》还有一些对话则更深刻地表现了人物的不同性格和当时的精神状态。《平原君列传》中毛遂自荐一节,表现了平原君和毛遂不同的身分和性格,特别是毛遂犀利明快的对答和“请处囊中”的自白,真是“英姿雄风,千载而下,尚可想见,使人畏而仰之”(洪迈《容斋五笔》卷五)。《史记》在叙事和记言中还常常引用民谣、谚语和俗语。由于它们产生、流传于民间,概括了广大的社会生活,是一种精粹的富于战斗性和表现力的语言,因此,使《史记》的语言更加丰富生动,并且有力地表达了作者对历史事件和人物的批判。如《淮南衡山列传》引民歌、《魏其武安侯列传》引颍川儿歌,对统治阶级进行了讽刺和斥责;《李将军列传》引谚曰："桃李不言，下自成蹊"，来说明好人不用自我宣传，自然会获得别人的尊敬。此外如"千金之子，不死于市"、"天下熙熙，皆为利来；天下攘攘，皆为利往"（以上《货殖列传》）、"以权利合者，权利尽而交疏"（《郑世家》）、"利令智昏"（《平原君列传》）等，都是对旧社会、旧风习的深刻揭露，有助于读者对历史、人物的理解。最后应该指出，《史记》的语言，在现在看来全部都是所谓文言而不是白话，但它是在当时口语的基础上提炼加工的书面语，与当时语言是相当接近的。而且为了使那些古奥难懂的古籍能为一般人所理解，司马迁在引用古书时，往往把已经僵化或含义不明的词句改成一般易懂的语言。正因为如此，《史记》直到今天，我们读起来基本上是明白晓畅的。

第三节　史记在文学史上的地位和影响

《史记》是伟人的历史著作，也是传记文学名著。它在我国散文发展史上起着承先启后的作用。

尽管封建统治阶级把司马迁看成是离经叛道的人物，把《史记》看成是"谤书"（《后汉书·蔡邕传》引王允语），但他们都不能阻止《史记》的流传，取消《史记》的影响。尽管班固从封建统治者的立场出发对司马迁有不少贬词，但他也不能不承认司马迁有"良史之才"，即"善序事理，辨而不华，质而不俚"的叙事才能，不能不赞美"其文直，其事核，不虚美，不隐恶"（《汉书·司马迁传赞》）的实录精神。班氏以下的史学家和散文家对司马迁几乎无不推崇备至，力图做到像司马迁那样"不待论断而序事之中即见其指”(顾炎武《日知录》卷二十六)。《史记》中所歌颂的许多英雄人物,如项羽、信陵君、侯嬴、鲁仲连、蔺相如等对后代人民特别是封建文士精神上也有影响。他们仰慕历史上这些英雄人物,并受到鼓舞和激励,如唐代伟大诗人李白在诗歌中不止一次地把古代的侠义之士引为自己的同调,并希望自己能像他们一样为国家、为人民做一番事业。

在写作方法、文章风格等方面,自汉以来的许多作家作品都从《史记》中得到有益的启发。郑樵所说的“百代而下,史官不能易其法,学者不能舍其书”(《通志·序》),无论对史学和文学来说都是合适的。从《汉书》起,所谓“正史”,在体裁形式上都是承袭《史记》的。在文学创作方面如唐以后传奇文以至《聊斋志异》等小说都直接或间接受《史记》的影响。唐宋以来的古文家更无不熟读《史记》。号称“文起八代之衰”的韩愈十分推崇司马迁,把《史记》的文章看成为文的规范,他的《张中丞传后序》、《毛颖传》等文,很显然是学习《史记》的人物传记的。宋代大散文家欧阳修散文的简练流畅,纡徐唱叹的特点,深得《史记》的神韵,他的《五代史伶官传序》的格调,与《史记·伯夷列传》十分相似。而当古文家们反对形式主义的繁缛或艰涩古奥的文风时,《史记》常常成为他们的一面旗帜。唐代韩愈、柳宗元,明代归有光都是这样。

《史记》对明清以来的通俗小说和戏剧创作也有一定的影响。《史记》的人物传记有人物形象、有故事情节,简练生动,绘色绘声,千百年来在人民中间流传,为广大人民所熟悉,这都为通俗小说和戏剧创作提供很好的借鉴。特别是它的一些艺术方法，如通过人物的行动、对话来表现人物性格，避免冗长静止的叙述，以及注意故事曲折动人，语言简洁生动等，无疑都为后来优秀的小说创作所吸收并加以发展。《史记》的人物传记在形成我国古典小说的传统风格中是起了巨大的作用的。至于小说或戏剧取材于《史记》的也很多，如《窃符救赵》、《楚汉春秋》、《琴心记》等，这些故事一直到今天还流传不衰，为广大人民所喜爱。

第三章　西汉后期及东汉的散文和辞赋

第一节　西汉后期的散文和辞赋

西汉后期的散文，首先值得一提的，是桓宽的《盐铁论》。这是一种政论文。公元前八一年，汉昭帝召集全国文学、贤良六十馀人与御史大夫桑弘羊、丞相田千秋讨论盐铁国营和酒类专卖等问题。桓宽根据这一次会议的文献进行了加工和概括，成《盐铁论》六十篇。它保存了许多西汉中叶的经济思想史料，也反映了当时一定的社会面貌。在形式上它是散文的新发展，以"文学"、"贤良"为一方，以"丞相"、"御史"为另一方，进行辩论。在论辩过程中，双方互相诘难，使论点不断深化。他们有时是从容不迫的说理，如《取下》篇作者连用了十几个"不知"把统治者和广大阶层人民的生活作了鲜明对比，行文整齐而有变化，疏朗中又见细密，具有一定的表现力量。有时则是紧紧抓住对方论证的弱点，或以尖锐精密的语言猛击对方，或用生动的比喻以突出对方论证的鄙陋，都给人以较深刻的印象。《盐铁论》是西汉后期政论文的代表作品，它从现实问题出发，针砭时弊，颇中要害，并保持了前期政论文浑朴质实的特点。

宣帝好辞赋，他仿效汉武帝故事，召致了不少辞赋家，有王褒、张子侨、刘向、华龙等。他们的作品大都为歌颂帝王的田猎、游乐和宫馆而作的，现在大都失传。这时，除歌功颂德的大赋外，一种“辩丽可喜”，“虞说（娱悦）耳目”的咏物小赋大量出现，作品现亦大都不存，《文选》中保存的王褒《洞箫赋》，可见一斑。

和王褒、张子侨等一起向宣帝献赋的刘向也是西汉后期著名的散文家和今文派经学家。向字子政（初名更生），汉高祖同父少弟楚元王交的玄孙。他在元帝时代，眼见外戚宦官弄权，皇室衰微，国政日非。因此，他曾数次以今文派的“经术”，解释灾异和当时现实政治的关系，上书皇帝弹劾外戚宦官，曾两次入狱，被废多年。成帝即位，又被起用，并受诏校五经秘书，诸子诗赋。“每一书已，向辄条其篇目，撮其指意，录而奏之”（《汉书·艺文志》）。刘向散文保存下来的主要就是这些奏疏和校书的叙录。他的散文用意深切，但辞浅理畅，平易近人，在舒缓的叙述中流露了作者匡救时弊的热情。

刘向编著的《新序》、《说苑》，引用了大量先秦的经传子史中以及流行于民间的故事、传说和寓言，基本上是旧文，有些经过了加工剪裁。其目的是为了利用这些进行封建伦理的说教，但其中有不少意味深长的寓言故事，如《新序》中载的叶公好龙：

> 叶公子高好龙，钩以写龙，凿以写龙，屋室雕文以写龙。于是天龙闻而下之，窥头于牖，施尾于堂。叶公见之，弃而还走，失其魂魄，五色无主。是叶公非好龙也，好夫似而非龙者也。

这个故事生动地刻划了喜尚空谈，不务实际的封建地主阶级士大夫的虚伪面貌。毛主席在《湖南农民运动考察报告》中引了这个故事，用以比喻反动派口谈革命，实际上则是畏惧革命、反对革命。这个比喻是亲切的，有说服力的。此外如孙叔敖、丑女无盐（见《新序》）等故事也都耐人寻味，是魏晋小说的先声。

扬雄（前53—后18），是西汉末年最著名的辞赋家。雄字子云，蜀郡成都人。他年轻时极好司马相如的赋，“每作赋，常拟之以为式”。后有人称颂雄文似司马相如，被成帝召入宫庭。他侍从成帝祭祀游猎，作了《甘泉赋》、《羽猎赋》、《长杨赋》、《河东赋》。四赋都歌颂汉朝的声威和皇帝的功德，又处处仿效司马相如，使辞赋创作走上了模拟因袭的道路。但他的赋还是有自己的特点的，如《羽猎赋》、《长杨赋》都还写得比较流畅，有气魄。扬马并称，说明了在辞赋发展中扬雄还有一定地位。他无心仕进，在成、哀、平三世始终是一个黄门郎，生活比较穷苦。但他不慕荣利，自甘淡泊，埋头著述，仿《周易》作《太玄》，仿《论语》作《法言》。又作《解嘲》一文，指出统治者用刑罚、诗书礼乐、举士制度来束缚士人，而士人只图仕进，依然“雷动云合，鱼鳞杂袭，咸营于八方”。结果是庸夫充斥，奇异之士不见容，“言奇者见疑，行殊者得辟：是以欲谈者卷舌而同声，欲步者拟足而投迹”。因此他采取了“默默者存”、“自守者身全”的处世态度。《解嘲》纵横驰说，善为排比，辩锋颇锐利，虽受东方朔《答客难》的影响，但在思想和艺术上仍有自己的特点。

扬雄晚年认为辞赋是“童子雕虫篆刻”，无补于规谏，又不能匡正时俗，这正是从自己的切身体会中指出汉赋的根本弱点，并由此提出“诗人之赋丽以则，辞人之赋丽以淫”（《法言·吾子》）的看法。他看到了诗赋“丽”的特点，但他反对“极丽靡之辞，闳侈巨衍”（《汉书·扬雄传》），失去讽谕的作用，而要求辞赋合于讽谕的正道，即所谓“则”。这样的文学观点在当时是较有进步意义的。

第二节　班固的汉书及东汉其他历史散文

司马迁开创了纪传体的历史学，同时也开创了传记文学。由于《史记》的杰出成就以及它的历史记载截止到汉武帝时代，后来就有不少文人学者如刘向、刘歆、扬雄、史岑等皆缀集时事来续补它，但大都文辞鄙俗，不能和《史记》相比。班固的父亲班彪有鉴于此，乃采集前史遗事，傍贯异闻，著“后传”数十篇。“后传”仍是递续《史记》的，不能独立成书，但它成为班固著《汉书》的重要基础。《汉书》独立成书，是我国第一部断代史，同样对后代史学和文学发生了巨大的影响。旧时史汉、班马并称，是有它的一定理由的。

班固（32—92），字孟坚，扶风安陵（今陕西咸阳）人。幼年聪慧好学，“九岁能属文，诵诗书”，十六岁入洛阳太学，博览群经九流百家之言，“所学无常师，不为章句，举大义而已”，“性宽和容众，不以才能高人”，因此，颇为当时儒者所钦佩。二十三岁，父班彪死，还乡里三年。明帝永平元年（58）开始私撰《汉书》。五年后，有人上书明帝，控告他私改国史，被捕入狱。

弟班超上书解释，明帝阅读了他著作的初稿，不但没有惩罚，反而对他的才能十分赞许，召为兰台令史。过了一年，升为郎，典校秘书，并继续《汉书》的编著工作。经过二十馀年努力，至章帝建初七年(82)基本完成，一部分“志”、“表”是在他死后由妹班昭和马续续成的。章帝时，班固升为玄武司马，与诸儒讲论五经同异于白虎观，撰成《白虎通德论》。和帝永元元年(89)，大将军窦宪出征匈奴，班固为中护军，随军出征。窦宪得罪后，牵连到班固，入狱死，时年六十一。

《汉书》在体制上全袭《史记》，只改“书”为“志”，取消“世家”，并入“列传”。有十二本纪、八表、十志、七十列传，共一百篇。它叙述自汉高祖元年至王莽地皇四年共二百二十九年的断代历史。

班固出身于仕宦家庭，受正统儒家思想影响极深，因此，他缺乏司马迁那样深刻的见识和批判精神，他站在封建统治阶级立场来评价历史事件和人物，特别由于他奉旨修书，所以《汉书》虽多半取材于《史记》，却没有《史记》那样强烈的人民性和战斗精神。但班固作为一个历史家，还是重视客观历史事实的，因此，在一些传记中也暴露了统治阶级的罪行，如《外戚列传》写了宫闱中种种秽行，特别是成帝和昭仪亲手杀死许美人的儿子一段，充分暴露了统治阶级残忍险毒的本质。在《霍光传》中揭发了外戚专横暴虐及其爪牙鱼肉人民的罪行，在一些字里行间表示了对他们的谴责。在《东方朔传》中抨击了武帝微行田猎和扩建上林苑扰害人民、破坏农业生产的行为。在《汉书》的一些传记中也接触到了人民的疾苦，像《龚遂传》中他写了人民“困于饥寒而吏不恤”，因而铤而走险，流露了作者对人民的同情。也正是从这一点出发，他对那些能体恤人民疾苦的正直官吏如龚遂、召信臣等都特为表扬，对酷吏则肯定其“摧折豪强，扶助贫弱”的进步一面，斥责其残酷凶暴的一面。此外，班固对司马迁的不幸遭遇，东方朔的怀才不遇，也都寄予同情，表现了他的爱憎。所有这些都是《汉书》值得肯定的地方。

作为史传文学，《汉书》有不少传记也写得十分成功。《朱买臣传》写朱买臣在失意和得意时不同的精神面貌以及人们对他的不同待遇，从那些具体的描写中，充分揭发了封建社会中世态炎凉的现象。《陈万年传》通过陈咸头触屏风的细节，写出了陈万年谄媚权贵、卑鄙无耻的丑态；《张禹传》也只通过了张禹自己的行为、生活和谈话，写出了张禹虚伪狡诈、贪财图位的丑恶形象。最著名的是《苏武传》。它表扬了苏武坚贞不屈的民族气节和高尚的品德，通过许多具体生动情节的描写，突出了苏武视死如归，不为利诱，艰苦卓绝的英雄形象，特别是李陵劝降时，表现了苏武始终如一凛然不可犯的严正态度，更给人以深刻的印象。尽管李陵动之以情义，诱之以利害，娓娓动听，但苏武却丝毫没有动摇。他的言语不多，却字字有力，表示了为国家宁愿肝脑涂地的坚决信念。因此，当苏武说出“自分已死久矣，王必欲降武，请毕今日之欢，效死于前”的话时，李陵竟不禁自惭形秽而喟然叹息地说：“嗟乎！义士！陵与卫律之罪，上通于天！”两两对照，形象是异常鲜明的。最后写李陵送苏武返汉也很精采：

于是李陵置酒贺武曰：“今足下还归，扬名于匈奴，功显于汉室，虽古竹帛所载，丹青所画，何以过子卿？陵虽驽怯，令汉且贯陵罪，全其老母，使得奋大辱之积志，庶几乎曹柯之盟，此陵宿昔之所不忘也！收族陵家，为世大戮，陵尚复何顾乎？已矣！令子卿知吾心耳！异域之人，一别长绝！"陵起舞，歌曰："径万里兮度沙幕，为君将兮奋匈奴。路穷绝兮矢刃摧，士众灭兮名已隤，老母已死，虽欲报恩将安归？"陵泣下数行，因与武决。

这又是极其鲜明的对照。虽然这里只写了李陵向苏武表白自己内心悲痛的一段谈话，但其中所流露的重个人恩怨得失而轻国家民族的思想，却更加反衬出苏武留居匈奴十九年坚持民族气节的高尚品格。

《汉书》的许多"纪"、"传"大都采用《史记》原文，但作者在取舍之间也费了一番整理剪裁的工夫，不能完全看作钞袭。《汉书》叙事一般说来不如《史记》的生动，但简练整饬，详赡严密，有自己的特点。《汉书》中附录了大量的辞赋和散文，这是它为后来文章家爱好的一个原因，但因此也影响了它叙事的集中和人物特征的鲜明、突出。

班固又是东汉前期最著名的辞赋家，著有《两都赋》、《答宾戏》、《幽通赋》等。东汉建都洛阳，关中父老犹望复都长安，而班固持异议，因作《两都赋》。赋中假设西都宾向东都主人夸耀西汉都城（长安）的繁盛，宫苑的富丽，东都主人则责备他"驰骋乎末流"，转而向他称说今朝的盛事。他先颂扬光武帝的建国，继述明帝修洛邑（东都），"备制度"，再称田猎、祭祀、朝会、饮宴的盛况，以显示今朝的声威，最后归于节俭，"以折西宾淫侈之论"。《两都赋》体制宏大，亦有不少警句，但他竭力模仿司马相如，仍旧是西汉大赋的继续，没有自己的独特风格。《答宾戏》仿东方朔《答客难》、扬雄《解嘲》，表现作者"笃志于儒学，以著述为业"的志趣。《幽通赋》仿《楚辞》，也是述志之作。

班固在《两都赋序》、《汉书》一些传赞和《艺文志·诗赋略》中表达了自己对辞赋的看法。他认为辞赋源于古诗，要求辞赋应有《诗》的讽谏作用。但由于东汉初期社会还比较稳定，他陶醉于"海内清平，朝廷无事"(《两都赋序》)的歌颂，因此，就不可能看到汉赋的根本弱点。他不同意扬雄对辞赋的看法，他说："相如虽多虚辞滥说，然要其归，引之于节俭，此亦《诗》之风谏何异。扬雄以为靡丽之赋，劝百而讽一，犹骋郑、卫之声，曲终而奏雅，不已戏乎！"(《汉书·司马相如传赞》)这就未免夸大了司马相如赋的讽谏作用。班固还从"润色鸿业"出发，把言语侍从之臣日月献纳和公卿大臣时时间作的辞赋都说成是"或以抒下情而通讽谕，或以宣上德而尽忠孝"(《两都赋序》)，这些看法代表了封建统治阶级对文学的要求和正统儒家一般的文学观点，对东汉辞赋的继续发展起了一定的推动作用，影响后世文学亦不小。

东汉历史散文除《汉书》外，还出现了赵晔的《吴越春秋》和袁康的《越绝书》等所谓杂史一类的散文。《吴越春秋》和《越绝书》的内容都是叙述春秋末年吴越争霸的史实，主要是根据《国语》，同时还兼采《左传》、《史记》的记载。但它们并不拘泥于历史的故实，在故事铺叙和人物描写上，两书都有不少夸张和虚构的地方，其中显然融入了有关的民间传说，例如《吴越春秋》所记伍子胥奔吴，途中遇渔父、击绵女事，以及伍子胥死后显灵等，都和后世的传奇小说相类似。特别是《吴越春秋》，它集中写了伍子胥奔吴及破楚报仇和勾践发奋图强、灭吴雪耻的两段历史。它虽依傍史籍的记载，又不完全照钞，写出了不少生动曲折的故事，并且注意前因后果、首尾照应，对故事的来龙去脉都交代清楚。这种写法实际上就是后世历史演义小说的手法，只不过还以历史面目出现而已。人物性格，如伍子胥的忠直强谏，范蠡的深谋远虑，勾践的忍辱为国，都有很好的表现，其中以伍子胥这个人物写得更为成功，他是贯穿吴国兴亡的中心人物，前半写他奔吴，以客卿身分为吴王阖闾出谋献策，推荐贤士，终于攻破了楚国，报了杀父杀兄之仇，并使吴王称霸于诸侯，显示了他卓越的军事政治的才能。但他因自己是不容于楚而来奔，所以处身行事都显得十分谨慎。后半写夫差继立，刚愎自用，伍子胥强谏不从，终于饮恨自杀，吴国也随之灭亡。这时，伍子胥是以托孤老臣身分出现的，因而出言激切，无所顾忌。性格、形象都很突出。《吴越春秋》中伍子胥事迹的记叙，为后世有关这一人物的小说、戏曲的创作打下了基础，影响是颇为深远的。

第三节　王充的文学批评

东汉一代今文派经学和谶纬之学特盛，整个学术文化领域充满着愚妄和迷信。能够首先冲破这个沉闷的时代，并给以深刻有力的批判的是东汉初年的王充。

王充(27—101?)，字仲任，会稽上虞(今浙江上虞)人。家以农桑为业，是一个“细族孤门”。曾“受业太学，师事扶风班彪。好博览而不守章句。家贫无书,常游洛阳市肆,阅所卖书,一见辄能诵忆,遂博通众流百家之言”。他是东汉杰出的唯物主义思想家,所著《论衡》八十五篇,是我国思想史上一部重要著作。在这里,王充以唯物主义观点批判了当时统治者所提倡的对于天道神权命运的迷信。他自言《论衡》是一部“疾虚妄”之书。这种鲜明的态度表现了作者反正统思想的战斗精神。从这种精神出发,作者对当时以辞赋为主的正统文学的“华而不实,伪而不真”的文风也进行了尖锐的批判,并在许多篇章如《艺增》、《超奇》、《佚文》、《案书》、《对作》、《自纪》等篇中提出了不少进步的主张,对魏晋以后的文艺思想产生了很大的影响。

王充重视文章的实用价值,他说:“夫文人文章,岂徒调墨弄笔,为美丽之观哉?载人之行,传人之名也。善人愿载,思勉为善;邪人恶载,力自禁裁。”(《佚文》)他要求文人能负起“劝善惩恶”、“匡济薄俗”的教育任务。正是从文章这一实用目的出发,他要求文章的内容与形式的统一,他说:“定意于笔,笔集成文,文具情显。”(《佚文》)“文”是形式,“意”、“情”都是内容,二者是“外内表里,自相副称”(《超奇》),彼此是统一的。但二者的关系他认为是这样的:“人之有文也,犹禽之有毛也。毛生五色,皆生于体。苟有文无实,是则五色之禽,毛妄生也”(同上)。内容是主要的,起决定作用的,而形式也不是可有可无的东西,因为“情见乎辞”,所以“文辞美恶”又“足以观才”(《佚文》)。文章既有充实的内容,又有绚烂的文采,才能使读者“诚见其美,欢气发于内”(同上),从而收到潜移默化的感染作用。因此,王充虽然反对“著文垂辞,辞出溢其真,称美过其善，进恶没其罪”(《艺增》)的作法，但他并不完全反对夸张。他曾列举了《诗》、《书》、《论语》的实例说明夸张的必要，认为夸张可以“令恍惑之人，观览采择，得以开心通意，晓解觉悟”(同上)。这确实说出了文学夸张手法的用意。

为了更好地发挥文章的教育作用，王充主张书面语言和口语的一致，主张用明白易晓的语言写文章。他说：“夫文由(犹)语也，或浅露分别，或深迂优雅，孰为辩者？故口言以明志；言恐灭遗，故著之文字。文字与言同趋，何为犹当隐闭指意？”又说：“夫笔著者，欲其易晓而难为，不贵难知而易造；口论务解分而可听，不务深迂而难睹。”(《自纪》)这些主张正是对当时流行的“深复典雅，指意难睹”的赋颂的批判，也是对当时文坛“尊古卑今”，以古语代今语的崇古风气的批判。作者还从要求书面语和口语一致的前提出发，讨论了古今语异的原因。他说：“经传之文，贤圣之语，古今言殊，四方谈异也；当言事时，非务难知，使指隐闭也。后人不晓，世相离远，此名曰语异，不名曰材鸿。”(同上)这样的看法说明王充分析问题具有一定的历史发展的眼光，这是他的唯物主义思想的体现。

王充要求文章的创新，反对模仿和因袭，是他的反对盲目崇古精神进一步的表现。他认为文章不能千篇一律，每篇文章都应有自己特殊面貌。当别人指责他“文不与前似，安得名佳好，称工巧”时，他回答说：“饰貌以强类者失形，调辞以务似者失情。百夫之子，不同父母；殊类而生，不必相似；各以所禀，自为佳好……必谋虑有合，文辞相袭，是则五帝不异事，三王不殊业也。”又说：“谓文当与前合，是谓舜眉当复八采，禹目当复重瞳。”这种要求文章从内容到形式都有创造性的革新精神，给予那些对所谓古圣先贤“信之入骨”的人以辛辣的嘲笑和有力的批判。

王充进步的文学观点与当时文坛上模拟因袭的不良倾向，成了鲜明的对照，并对后世产生了积极的影响，是值得十分重视的文学理论批评的遗产。

东汉还有一些政论文，他们在议论时政、针砭时弊上，继承了贾谊、晁错的优良传统，对当时社会有不少深刻的揭露和尖锐的批评。其中最著名的是王符的《潜夫论》、崔寔的《政论》和仲长统的《昌言》。就文章而言，它们的结构严密，语言质实，并常常用历史故实和生动的譬喻来加强文章的说服力量。由于辞赋的影响，这些政论文也有善于铺陈，多用排偶的特点，但文章气势一般不如西汉政论文。

第四节　张衡和东汉的抒情小赋

张衡(78—139)，字平子，南阳西鄂(今河南南阳)人，是我国古代伟大的科学家和文学家。他生在东汉帝国由盛转衰的时代，其时官僚贵族都崇尚奢侈，宦官专政，政治黑暗；他虽有才能，有抱负，但无法施展。在朝为官时，正直敢言，遭宦官谗毁，心情郁抑，有避害全身、归隐田园的思想。

张衡是东汉著名的赋家，其最著名的赋篇是《二京赋》。这是他早年因感于“天下承平日久，自王侯以下莫不逾侈”(《后汉书·张衡传》)而创作的。《二京赋》是模拟司马相如的《子虚赋》和班固的《两都赋》，但作者并不愿完全抄袭前人，而有意同他们竞赛，务求“出于其上”，因此，他不能不“逐句琢磨，逐节锻炼”（《评注昭明文选》引孙月峰语），所以他的《二京赋》与班固的《两都赋》虽然都以汉东都和西都为描写对象，但二者相比较，则《二京赋》的铺叙夸张得更加厉害，为了求全求备，它的篇幅就不能不加长，成为京都大赋“长篇之极轨”，也正因为如此，在《二京赋》中也描写了不少新东西，如都市商贾、侠士、辩士的活动以及杂技和角觝百戏的演出情况，都十分突出。

《二京赋》另一特点是在叙述中引入议论说理，这在《东京赋》中表现得更为明显，如：

> 今公子苟好剿民以偷乐，忘民怨之为仇也；好殚物以穷宠，忽下叛而生忧也。夫水所以载舟，亦所以覆舟。坚冰作于履霜，寻木起于蘖栽。……臣济奓以陵君，忘经国之长基，故函谷击柝于东，西朝颠覆而莫持。

这些话并非空论，是针对当时统治阶级生活日益腐化、堕落，社会阶级斗争、统治集团内部矛盾日益尖锐而发的，具有一定的现实意义。汉代的辞赋历来是提倡“讽”的，司马相如、扬雄等的赋虽也有讽谕之辞，但由于赋的传统写法，常常是欲讽反谀，很难有“讽”的效果，所谓“武帝好神仙，相如上《大人赋》欲以讽，帝反缥缥有凌云之志”（《汉书·扬雄传》）。但《二京赋》的规讽和议论是切直的，较为明显的，这是在赋中贯注了自己真实的思想感情的结果。

张衡的赋还有《南都赋》、《应间》、《思玄赋》、《归田赋》等。其《归田赋》是一篇抒情小赋，表现了作者在宦官专权、朝政日非的情况下，退隐田园的乐趣，这种不肯同流合污的精神是可取的。例如下面一段：

> 于是仲春令月，时和气清，原隰郁茂，百草滋荣。王雎鼓翼，鸧鹒哀鸣，交颈颉颃，关关嘤嘤。于焉逍遥，聊以娱情。尔乃龙吟方泽，虎啸山丘。仰飞纤缴，俯钓长流。触矢而毙，贪饵吞钩。落云间之逸禽，悬渊沉之鲹鰡。

这里，作者用清新的语言，描写了春日自然景物的美妙，也抒发了自己归田后恬淡安适的心情，情景十分和谐。语言中颇有骈偶成分。所有这些在赋的发展上是一个转机。自张衡以后，东汉抒情小赋不断出现，对魏晋抒情赋的发展发生重大影响。因此，张衡是一位承前启后的赋家。他的《四愁诗》以比兴手法写自己"思以道术相报贻于时君，而惧谗邪不得以通"(《文选·四愁诗序》)的苦闷。对后来七言诗形成起重大作用。

东汉和、安以后下至桓、灵之世，外戚或宦官专权，他们都要勾结大贵族、大官僚、大地主以巩固其统治，因而形成了统治阶级内部非常复杂和激烈的斗争。政治极端黑暗，人民灾难深重，一般文士毫无出路。因此，一些愤世疾俗的士人，便更多地创作一些批判现实、抨击社会黑暗的抒情短赋，如赵壹的《刺世疾邪赋》和蔡邕的《述行赋》等。

赵壹，字元叔，汉阳西县(今甘肃天水)人。为人狂放不羁，连辟公府皆不就，终身位不过郡吏，是一个名显于当世而不得用的狂狷人物。他的《刺世疾邪赋》表示了作者对被剥削被压迫的人民的同情，指斥统治阶级"宁计生民之命，唯利己而自足”的贪婪本性，和他们“舐痔结驷”、“抚拍豪强”的丑行。赋末作者写道：

> 宁饥寒于尧舜之荒岁兮，不饱暖于当今之丰年。乘理虽亡而非亡，违义虽生而匪存。

感情激烈，态度鲜明，信念坚定，这可以看作当时少数疾恶如仇的“党人”的反抗精神的表现。

蔡邕(132—192)，字伯喈，陈留圉(今河南杞县)人。少有文名，博学善辞章，并精通音律。“桓帝时，中常侍徐璜、左悺等五侯擅恣，闻邕善鼓琴，遂白天子敕陈留太守督促发遣，邕不得已，行到偃师，称疾而归”。《述行赋》就是记叙他这次途中所见，并联想到许多古人古事，其用意是借古刺今，抒发对人民贫困生活的同情和志士仁人被压抑的愤慨：

> 穷变巧于台榭兮，民露处而寝湿。消嘉谷于禽兽兮，下糠秕而无粒。弘宽裕以便辟兮，纠忠谏其侵急。怀伊尹而黜逐兮，道无因而获入。唐虞眇其既远兮，常俗生于积习。周道鞠为茂草兮，哀正路之日涩。

从这里，我们看到了蔡邕确实“并非单单的老学究，也是一个有血性的人”(鲁迅语)。灵帝时召拜郎中，校书东观，迁议郎。因弹劾宦官，被放朔方。遇赦后，不敢回乡里，乃“亡命江河，远迹吴会”，凡十二年。献帝时董卓当权，蔡邕又被迫出仕。董卓被诛，王允认为他有“怀卓”之罪，下狱死。蔡邕生平著作甚多，曾撰“汉史”，未成。散文以碑志最为有名，但多为谀墓之文,少有可取,曾自谓只有《郭有道碑》没有愧色。

祢衡的《鹦鹉赋》也是抒情短赋的名篇。衡字正平,平原般(山东德平)人。他生于汉末军阀混战的年代,“少有才辩”,“气尚刚傲”,不畏强暴,好侮慢权贵,终为黄祖所杀,死时仅二十六岁。《鹦鹉赋》以鹦鹉自况,抒写了才志之士生于末世屡遭迫害的感慨:

> 感生平之游处,若埙篪之相须。何今日之两绝,若胡越之异区。顺笼槛以俯仰,窥户牖以踟蹰。想昆山之高岳,思邓林之扶疏。顾六翮之残毁,虽奋迅其焉如。心怀归而弗果,徒怨毒于一隅。

何焯论这赋说:“全是寄托,分明为才人写照。正平豪气不免有樊笼之感,读之为之慨然。”是的,祢衡平日的行为是那样刚强傲慢,但这篇短赋却说明他的内心隐藏着多少悲哀和痛苦,东汉末年社会的阴霾可怕由此可以想见。

抒情小赋的出现,进一步突破了赋颂传统,但它毕竟数量不多,没有得到更大的发展。主要原因是,宦官专权无法无天,人们不敢说出自己想说的话。赵壹曾说:“余畏禁不敢班班显言。”在当时,只有少数有胆量、奋不顾身的人才敢于说话。另一方面,由于旧的赋颂传统的影响还很深,像张衡、蔡邕等虽写有抒情小赋,但其大多数赋篇仍旧是模仿司马相如、扬雄的。那时旧的赋颂传统还得到最高统治者的大力支持,汉灵帝光和元年置鸿都门学,以书画辞赋取士,就是明显的例证。抒情赋一直到魏晋,由于旧传统的影响逐渐削弱,才获得进一步的发展。

第四章　汉代乐府民歌

第一节　关于乐府

什么是“乐府”？它的涵义是有演变的。两汉所谓乐府是指的音乐机关，乐即音乐，府即官府，这是它的原始意义。但魏晋六朝却将乐府所唱的诗，汉人原叫“歌诗”的也叫“乐府”，于是所谓乐府便由机关的名称一变而为一种带有音乐性的诗体的名称。如《文选》于骚、赋、诗之外另立“乐府”一门；《文心雕龙》于《明诗》之外又特标《乐府》一篇，并说“乐府者，声依永，律和声也”，便都是这一演变的标志。六朝人虽把乐府看成一种诗体，但着眼还在音乐上。至唐，则已撇开音乐，而注重其社会内容，如元结《系乐府》、白居易《新乐府》、皮日休《正乐府》等，都未入乐，但都自名为乐府，于是所谓乐府又一变而为一种批判现实的讽刺诗。宋元以后，也有称词、曲为乐府的，则又离开了唐人所揭示出来的乐府的精神实质，而单从入乐这一点上出发，是我们需要注意的。

乐府一名，最早见于汉初，惠帝时有“乐府令”，但扩充为大规模的专署，则始于武帝[①]。作为一个供统治者点缀升平、纵情声色的音乐机关，汉乐府的任务，除了将文人歌功颂德的诗制成曲谱并制作、演奏新的歌舞外，它不同于后代的一个最大特点，或者说一项最有意义的工作，便是采集民歌。《汉书·礼乐志》说："至武帝定郊祀之礼，……乃立乐府，采诗夜诵。"所谓采诗，即采民歌。同书《艺文志》更有明确的 记载：

> 自孝武立乐府而采歌谣，于是有赵、代之讴，秦、楚之风，皆感于哀乐，缘事而发，亦可以观风俗，知薄厚云。

这件事，在文学史上也是有其重要意义的。白居易说："周灭秦兴至隋氏，十代采诗官不置。"（《采诗官》）其实，和周代一样，汉代也是采诗的。而从上引文献，我们还可以看到当时采诗的范围遍及黄河、长江两大流域，比周代还要广。两汉某些头脑比较清醒的统治者较能接受农民大起义的历史教训，也颇懂得反映人民意向的民歌民谣的作用，经常派遣使者"使行风俗""观纳民谣"，甚至根据"谣言单辞，转易守长"（《后汉书·循吏传叙》）。这种政治措施，说明当时乐府采诗虽然为了娱乐，但也有作为统治之借鉴的政治意图，即所谓观风俗，知薄厚；而在客观上也起了保存民歌的作用，使民歌得以集中、记录、流传。

据《汉书·艺文志》所载篇目，西汉乐府民歌有一百三十八首，这数字已接近《诗经》的"国风"，东汉尚不在内，但现存的

---

① 乐府一词见于传世文献中，始见于《汉书》，作为官署，在汉初它是少府的属官，是沿袭秦制。但亦有人主张，乐府之设始于汉初。1977 年在秦始皇陵附近出土了一只错金甬钟，钟柄上刻有"乐府"二字，这就使汉乐府之名沿袭秦制的说法有了确实物证。可参考寇效信《秦汉乐府考略》（《陕西师范大学学报》1978 年第 1 期）。

总共不过三四十首。最早见于记录的是沈约的《宋书·乐志》，郭茂倩编《乐府诗集》有所增广。郭氏将自汉至唐的乐府诗分为下列十二类：(1)郊庙歌辞，(2)燕射歌辞，(3)鼓吹曲辞，(4)横吹曲辞，(5)相和歌辞，(6)清商曲辞，(7)舞曲歌辞，(8)琴曲歌辞，(9)杂曲歌辞，(10)近代曲辞，(11)杂歌谣辞，(12)新乐府辞。这个分类很全面，也系统。汉贵族乐章载在"郊庙"一类，全是文人所作，其中惟《郊祀歌》的某些作品有一定的艺术价值，如《练时日》之创为三言体，《景星》等篇之多用七言句，《日出入》之通首作杂言。汉乐府民歌则主要保存在"相和"、"鼓吹"和"杂曲"三类中，相和歌中尤多。在音乐上，这三类也各具特色。相和是美妙的民间音乐，所谓相和，是一种演唱方式，含有"丝竹更相和"和"人声相和"两种意思；鼓吹曲则是武帝时吸收的北方民族的新声，当时主要用作军乐；杂曲只是一种声调失传的杂牌曲子。在写作年代上，郊庙歌辞中的《房中歌》最早，为高祖唐山夫人所作；鼓吹曲辞中的《铙歌十八曲》是西汉作品；相和歌则大部分产生在东汉，其中题为"古辞"的，几乎全是"汉世街陌谣讴"；杂曲年代最晚，已出现不少文人的五言作品，可以看出民歌的影响。

第二节　汉乐府民歌的思想性

班固虽不曾把那一百三十八首西汉乐府民歌记录在《汉书》里，但对这些民歌却也作了很好的概括，这就是他说的"感于哀乐，缘事而发"。从现存不多的作品看来，包括东汉在内，这一特色确是很显著。这些民歌不仅具有丰富的社会内容，而且具有鲜明的思想倾向。它们广泛地反映了两汉人民的痛苦生活，像一面镜子一样照出了两汉的政治面貌和社会面貌，同时还深刻地反映了两汉人民的思想感情。这具体地表现在以下几个方面：

（一）对阶级剥削和压迫的反抗。汉代土地兼并剧烈，阶级剥削和压迫又极惨重，农民生活异常痛苦。关于这一点，就是具有很强正统观念的班固也不能不承认："贫民常衣牛马之衣，食犬彘之食"，"卖田宅，鬻子孙以偿债"（《汉书·食货志》），甚至与牛马同栏出卖自身及妻子作奴婢。因此，在汉乐府民歌中有不少对饥饿、贫困、受迫害的血泪控诉。如《妇病行》所反映的便是在残酷的剥削下父子不能相保的悲剧：

> 妇病连年累岁，传呼丈人前一言。当言未及得言，不知泪下一何翩翩。"属累君两三孤子，莫我儿饥且寒！有过慎莫笪笞！行当折摇，思复念之！"乱曰：抱时无衣，襦复无里。闭门塞牖舍，孤儿到市。道逢亲交，泣坐不能起。从乞求与孤买饵。对交啼泣，泪不可止。"我欲不伤悲，不能已。"探怀中钱持授。交入门，见孤儿啼索其母抱。徘徊空舍中，"行复尔耳，弃置勿复道！"①

残酷的剥削，竟使得这个做父亲的不能不违背妻子临终时的千叮万嘱，忍心地抛弃了自己的孩子。《汉书·贡禹传》说："武

---

① 这首诗由于个人理解的不同，有多种断句方式，与诗意有较大关系的是"牖舍"分属上下句，"舍"属下句，作动词用，可参考余冠英《乐府诗选》（人民文学出版社 1952）北京大学中国文学史教研室选注《两汉文学史参考资料》（中华书局 1962 年新一版）。

帝征伐四夷，重敛于民，民产子三岁，则出口钱，故民困重，至于生子辄杀，甚可悲痛。宜令儿七岁去齿，乃出口钱。”由此可见，当时许多贫民还有因口赋钱而杀害亲生子的，抛弃子女的惨剧也必相当普遍，是有其典型意义的，并不足为异。诗言两三孤子，到市求乞的是大孤儿，啼索母抱的是小孤儿。“塞牖舍”之“舍”即徘徊空舍之“舍”。牖舍连文，看似重复，但正是汉魏古诗朴拙处，像舟船、觞杯、餐饭、晨朝、门户等连用的例子是很多的（诗歌中的这种复词，唐以后始告绝迹）。

由于破产，大量的农民不得不背井离乡，有的兄弟三人同在一个地主家干活，他们终岁劳动，却仍然衣不蔽体，如《艳歌行》：“兄弟两三人，流宕在他县。故衣谁当补？新衣谁当绽？”地主阶级的残酷性，也表现在对亲人的压榨、剥削上。这就是那著名的《孤儿行》所描写的。为了独占家财，兄嫂把亲骨肉看成奴隶，看成仇人，尽量役使他，折磨他，必欲置之死地。不是出外四处行贾，便是在家挑水、烧饭、看马、养蚕、种瓜，什么都得干，而大冬天连双草鞋也穿不上。“愿欲寄尺书，将与地下父母：兄嫂难与久居！”这是孤儿绝望的血泪控诉，也是作者和广大人民愤怒的谴责。这首诗表面上写的是兄嫂的狠毒，实质上也揭露了剥削阶级凶恶的本来面目，并使我们看到私有财产制度是怎样把人变成了禽兽，这就是《孤儿行》的深刻意义。

《乌生》和《枯鱼过河泣》是两首奇特的寓言诗。通过乌鸦和枯鱼的遭遇曲折地表达了受迫害者的悲惨命运。《乌生》借中弹身死的乌鸦的自宽自解，指出即使是山中的白鹿、天上的黄鹄、深渊里的鲤鱼，也都难逃一死，不禁令人想起晚唐杜荀鹤的诗句:“任是深山更深处,也应无计避征徭”。

人民的容忍是有限度的,因此在汉乐府民歌中也反映了人民对统治阶级尖锐的实际斗争行为。在这方面,《东门行》和《陌上桑》特别值得我们珍视,它们充分地体现了人民反压迫、反剥削的斗争精神。《东门行》写的是一个“犯上作乱”的穷老汉:

> 出东门,不顾归。来入门,怅欲悲。盎中无斗米储,还视架上无悬衣。拔剑东门去,舍中儿母牵衣啼:“他家但愿富贵,贱妾与君共餔糜。上用仓浪天,故下当用此黄口儿。”“今非咄行①,吾去为迟。白发时下难久居!”

这首短诗形象地揭示了人民起来反抗的过程。“他家”四句是妻子的劝阻,在迷信的说法中也蕴藏着她对丈夫的爱情。“今非咄行”三句是丈夫的答辞,说得斩钉截铁。咄行,是说咄嗟之间即行,犹言“咄嗟即办”,也就是马上就走。这首民歌曾为晋乐所奏,但添上了“今时清廉,难犯教言,君复自爱莫为非”一类封建说教,又抽去了“白发时下难久居”,换上“平慎行,望君归”这样一条“温柔敦厚”的尾巴,这就把一个逼上梁山的老

---

① 此处断句,据黄节《汉魏乐府风笺》。“今非咄行”为句,与下两句均为夫答妇之词。《乐府诗选》、《两汉文学史参考资料》则认为“今非”属妇劝夫之词,是说“现在的行为不对”,又认为“今非”二字间“疑有脱文”,而证以《乐府古题要解》,此句应作“今时清,不可为非”,中脱五字。“咄、行”属夫答妇之词,表达了丈夫急于要走的心情。另段熙仲断句与《乐府诗选》同,但理解稍有差异。段文载《光明日报》1980 年 10 月 15 日第四版。

百姓涂改成为后来一般评论家所说的“贫士”,大大地削弱了诗的意义。

《陌上桑》则是通过面对面的斗争歌颂了一个反抗荒淫无耻的五马太守的采桑女子——秦罗敷,塑造了一个美丽、勤劳、机智、勇敢、坚贞的女性形象。这是一出喜剧,洋溢着乐观主义的精神。全诗分三解,作者用别开生面的烘托手法让罗敷一出场就以她的惊人的美丽吸引着读者和观众:

> ……行者见罗敷,下担捋髭须。少年见罗敷,脱帽著绡头。耕者忘其犁,锄者忘其锄。来归相怨怒,但坐观罗敷。

写罗敷之美,不从罗敷本身实写,却从旁观者眼中、神态中虚摹,是有独创性的。这段描写,不仅造成活泼泼的喜剧气氛,同时在结构上也为那“五马立踟蹰”的“使君”作了导引。第二解是诗的主旨所在,写使君的无耻要挟和罗敷的断然拒绝:“使君一何愚!使君自有妇,罗敷自有夫。”第三解写罗敷夸说自己的夫婿的事功和才貌,则又是一种机智的反击。这段夸说,也表现了作者的爱憎,罗敷越说越高兴,那使君自然越听越扫兴。“座中数千人,皆言夫婿殊!”喜剧便是在这种充满胜利快感的哄堂大笑中结束。汉时太守(使君),照例要在春天循行属县,说是“观览民俗”、“劝人农桑”,实际上往往“重为烦扰”(见《汉书·韩延寿传》、《后汉书·崔骃传》)。《陌上桑》所揭露的正是当时太守行县的真象,所谓“重为烦扰”的一个丑恶方面,是有其特定的时代背景的。它并不是什么故事诗,更不是由故事演变而来的故事诗,而是一篇“感于哀乐,缘事而发”

的活生生现实作品。

(二)对战争和徭役的揭露。在这一方面汉乐府民歌也有不少杰作。汉代自武帝后,长期的对外战争给人民带来深重的灾难,因此有的民歌通过战死者的现身说法揭露了战场的惨象和统治阶级的残忍与昏庸,如《战城南》:

> 战城南,死郭北。野死不葬乌可食。为我谓乌:"且为客豪,野死谅不葬,腐肉安能去子逃?"水深激激,蒲苇冥冥。枭骑战斗死,驽马徘徊鸣。梁筑室,何以南?何以北?禾黍不获君何食?愿为忠臣安可得?思子良臣,良臣诚可思:朝行出攻,暮不夜归。

全篇都托为战死者的自诉,"为我谓乌"数句尤奇,真是想落天外。战死沙场,暴骨不葬,情本悲愤,却故作豪迈慷慨语,表情愈深刻,揭露也愈有力。"梁筑室"四句,追叙战败之因,见死得冤枉。

《十五从军征》则是通过一个老士兵的自述揭露了当时兵役制度的黑暗:

> 十五从军征,八十始得归。道逢乡里人:"家中有阿谁?""遥望是君家,松柏冢累累。"兔从狗窦入,雉从梁上飞。中庭生旅谷,井上生旅葵。舂谷持作饭,采葵持作羹。羹饭一时熟,不知贻阿谁。出门东向望,泪落沾我衣。

汉代兵役制度,据当时官方的规定是:民年二十三为正卒,一岁为卫士,一岁为材官、骑士,五十免兵役。但这首民歌却揭穿了统治阶级的欺骗，诗中的主人公足足服了六十五年的兵役，而穷老归来，仍一无抚恤，他的悲剧的结局是可想而知的。“八十始得归”，这并不是什么夸张的说法，而是客观真实。《宋书》卷一百载沈亮对宋文帝说：“伏见西府兵士，或年几八十，而犹伏隶；或年始七岁，而已从役。”可见这种现象，不独汉代，而是历代都有的。

我们知道，战争通常是和徭役分不开的，因此，在汉乐府民歌中出现了不少流亡者的怨愤的呼声。他们有的是无家可归，如《古歌》：

> 秋风萧萧愁杀人，出亦愁，入亦愁。座中何人，谁不怀忧？令我白头！胡地多飚风，树木何修修。离家日趋远，衣带日趋缓。心思不能言，肠中车轮转。

诗中提到“胡地”，显然与战争有关。《悲歌》更明言“欲归家无人”，只能是“悲歌可以当泣，远望可以当归”。他们有的虽并非家中无人，却又是妻离子散。如《饮马长城窟行》便是写的一个妻子为了寻求她的丈夫而辗转流徙在他乡的。“远道不可思，宿昔梦见之。梦见在我旁，忽觉在他乡。他乡各异县，辗转不相见。”读这些诗句，不禁令我们联想起唐人张仲素的《秋闺思》：“欲寄征人问消息，居延城外又移军。”在封建社会，人民所受的苦难往往是相近似的。

此外，《东光》一篇也是反对黩武战争的，但含有游子思家的情调，士兵们并自称“游荡子”：“诸军游荡子，早行多悲伤。”由此看来，在流亡者的怀乡曲中当有不少士兵的作品，上述

《古歌》等就很可能是。

(三)对封建礼教和封建婚姻制度的抗议。汉代自武帝罢黜百家,尊崇儒术,封建礼教的压迫也就随之加重。在"三从""四德""七去"等一系列封建条文的束缚下,妇女的命运更加可悲。因此,在汉乐府民歌中我们很少读到像《诗经》的"国风"所常见的那种轻松愉快的男女相悦之词,只有《江南》是个例外。

> 江南可采莲,莲叶何田田。鱼戏莲叶间。鱼戏莲叶东,鱼戏莲叶西。鱼戏莲叶南,鱼戏莲叶北。

《乐府古题要解》说:"江南古词,盖美芳辰丽景,嬉游得时也。"可能是一首与劳动相结合的情歌。古人常以莲象征爱情,以鱼比喻女性。它可能是武帝时所采《吴楚汝南歌诗》。

但是,更多的还是弃妇和怨女的悲诉与抗议。有的因无辜被弃,对喜新厌旧的"故夫"提出了责难,如《上山采蘼芜》:

> 上山采蘼芜,下山逢故夫。长跪问故夫:"新人复何如?""新人虽言好,未若故人姝。颜色类相似,手爪不相如。新人从门入,故人从阁去。新人工织缣,故人工织素。织缣日一匹,织素五丈馀。将缣来比素,新人不如故。"

此篇向来列入古诗,其实是"缘事而发"的民歌。张玉谷说:"通章问答成章,乐府中有此一体,古诗中仅见斯篇。"(《古诗赏析》卷四)可见即从表现手法上也可以看出它不会是文人的抒情诗。从这首诗中我们可以看到这个弃妇是如何冤屈:她勤劳、能干、柔顺,但她还是被弃了。作者巧妙地通过“故夫”自己的招供揭示了他的丑恶的灵魂。不难想象:那个新人的命运并不会比故人好些。

有逆来顺受的弃妇,但也有敢于反抗夫权,对三心二意的男子毅然表示“决绝”的女性,如《白头吟》。诗一开头就说:“皑如山上雪,皎若云间月。闻君有两意,故来相决绝。”用雪月表明自己的光明纯洁,而对方之卑鄙龌龊也就不在话下。切身的痛苦使得诗的主人公正确地提出了“愿得一心人,白头不相离”的爱情理想。然而在那恋爱不自由、婚姻不自主的情况下,这理想是无法实现的。这个倔强的女子终于不能不伤心得落泪,原因就在此。

为了追求并实现“愿得一心人”的爱情理想,在这类恋歌中我们还可以看到用火一般的热情和实际行动大胆地冲破礼教束缚的另一类型的女性。这就是《铙歌十八曲》中的《有所思》和《上邪》所表现的。《有所思》的女主人公曾追叙和爱人初会时的情况:“鸡鸣狗吠,兄嫂当知之”,可见他们是自由结合,根本没理睬父母之命、媒妁之言那一套。也正因为是这样,所以当她听说爱人“有他心”后,便遏不住心头的怒火,我们看:“何用问遗君?双珠玳瑁簪。用玉绍缭之。闻君有他心,拉杂摧烧之。摧烧之,当风扬其灰。从今以往,勿复相思——相思与君绝!”爱是真爱,恨也就是真恨。“勿复相思”二句是转折语,想起对方平日说尽相思的话,更觉可恨,与《诗经·氓》中“及尔偕老,老使我怨”同一声口。《上邪》所表现的感情更为强烈:

上邪！我欲与君相知，长命无绝衰。山无陵，江水为竭，冬雷震震，夏雨雪，天地合，乃敢与君绝！

“上邪”，是女子呼天以为誓。“山无陵”以下连用五件不可能的事情来表明自己生死不渝的爱，深情奇想，确是“短章中神品”。唐代民间词《菩萨蛮》“枕前发尽千般愿”一首，则连用六事，与此极相似。但是，在男女不平等的历史条件下，真正的自由恋爱也是说不上的，被牺牲的往往是女子。

除上述三方面的作品外，汉乐府民歌中还保存有少数讽刺统治者卖官的政治丑剧和权门豪家的荒淫生活的。前者如《长安有狭邪行》：“小子无官职，衣冠仕洛阳。”便是刺的卖官鬻爵。卖官之风，西汉已有，但不如东汉之甚。《后汉书·桓帝纪》和《灵帝纪》都有公开“占卖关内侯、虎贲、羽林，入钱各有差”的记载，灵帝并“私令左右卖公卿，公千万，卿五百万”，因而出现了无官职而有官服的所谓“衣冠仕”的怪现象。又诗言“仕洛阳”，洛阳乃东汉首都，也足证应该是东汉时作品。后者如《相逢行》，极力摹写那个少年家庭如何荣华富贵，好像是句句恭维、钦羡，其实是句句奚落，是另一种讽刺手法。对较好的官吏，民歌也有表扬，如《雁门太守行》写和帝时洛阳令王涣的政绩，表现了人民的爱憎分明。东汉乐府继续采诗，这也是一个明证。

总之，通过汉乐府民歌，我们可以听到当时人民自己的声音，可以看到当时人民的生活图画，它是两汉社会全面的真实的反映。它继承并发扬了《诗经》的现实主义精神。

第三节　汉乐府民歌的艺术性

汉乐府民歌最大、最基本的艺术特色是它的叙事性。这一特色是由它的“缘事而发”的内容所决定的。在《诗经》中我们虽然已可看到某些具有叙事成分的作品，如《国风》中的《氓》、《谷风》等。但还是通过作品主人公的倾诉来表达的，仍是抒情形式，还缺乏完整的人物和情节，缺乏对一个中心事件的集中描绘，而在汉乐府民歌中则已出现了由第三者叙述故事的作品，出现了有一定性格的人物形象和比较完整的情节，如《陌上桑》、《东门行》，特别是我们将在下一节叙述的《孔雀东南飞》。诗的故事性、戏剧性，比之《诗经》中那些作品都大大地加强了。因此，在我国文学史上，汉乐府民歌标志着叙事诗的一个新的更趋成熟的发展阶段。它的高度的艺术性主要表现在：

(一)通过人物的语言和行动来表现人物性格。有的采用对话的形式，如《陌上桑》中罗敷和使君的对话，《东门行》中那个妻子和丈夫的对话，都能表现出人物机智、勇敢、善良等各自不同的性格。《上山采蘼芜》和《艳歌行》的对话也很成功。如果和《诗经》的《国风》比较，就更容易看出汉乐府民歌这一新的特色。对话外，也有采用独白的，往往用第一人称让人物直接向读者倾诉，如《孤儿行》、《白头吟》、《上邪》等。汉乐府民歌并能注意人物行动和细节的刻画。如《艳歌行》用“斜柯西北眄”写那个“夫婿”的猜疑；《妇病行》用“不知泪下一何翩翩”写那个将死的病妇的母爱；《陌上桑》用“捋髭须”、“著绡头”来写老年和少年见罗敷时的不同神态；《孤儿行》则更是用一连串的生活细节如“头多虮虱”、“拔断蒺藜”、“瓜车翻覆”等来突出孤儿所受的痛苦。由于有声有色，人物形象生动，因而能令人如闻其声，如见其人。

（二）语言的朴素自然而带感情。汉乐府民歌的语言一般都是口语化的，同时还饱含着感情，饱含着人民的爱憎，即使是叙事诗，也是叙事与抒情相结合，因而具有强烈的感染力。胡应麟说：“汉乐府歌谣，采摭闾阎，非由润色；然而质而不俚，浅而能深，近而能远，天下至文，靡以过之！”（《诗薮》卷一）正说明了这一语言的特色。汉乐府民歌一方面由于所叙之事大都是人民自己之事，诗的作者往往就是诗中的主人公；另一方面也由于作者和他所描写的人物有着共同的命运、共同的生活休验，所以叙事和抒情便很自然地融合在一起，做到“浅而能深”。《孤儿行》是很好的范例：

孤儿生，孤儿遇生，命独当苦！父母在时，乘坚车，驾驷马。父母已去，兄嫂令我行贾。南到九江，东到齐与鲁。腊月来归，不敢自言苦。头多虮虱，面目多尘，大兄言“办饭”！大嫂言“视马”！上高堂，行取殿下堂，孤儿泪下如雨。使我朝行汲，暮得水来归。手如错，足下无菲。怆怆履霜，中多蒺藜。拔断蒺藜，肠肉中，怆欲悲。泪下渫渫，清涕累累。冬无复襦，夏无单衣。居生不乐，不如早去下从地下黄泉！春气动，草萌芽。三月蚕桑，六月收瓜。将是瓜车，来到还家。瓜车翻覆，助我者少，啖瓜者多。“愿还我蒂，兄与嫂严，独且急归，当兴校计。”乱曰：里中一何诶诶，愿欲寄尺书，将与地下父母：兄嫂难与久居！

宋长白《柳亭诗话》说:"病妇、孤儿行二首,虽参错不齐,而情与境会,口语心计之状,活现笔端,每读一过,觉有悲风刺人毛骨。后贤遇此种题,虽竭力描摹,读之正如嚼蜡,泪亦不能为之堕,心亦不能为之哀也。"这话很实在,并没有冤枉"后贤",但他还未能指出这是一个生活体验的问题。《孤儿行》对孤儿的痛苦没有作空洞的叫喊,而着重于具体描绘,也是值得注意的一个特点。

(三)形式的自由和多样。汉乐府民歌没有固定的章法、句法,长短随意,整散不拘,由于两汉时代紧接先秦,其中虽有少数作品还沿用着《诗经》古老的四言体,如《公无渡河》、《善哉行》等,但绝大多数都是以新的体裁出现的。从那时来说,它们都可以称为新体诗。这新体主要有两种:一是杂言体。杂言,《诗经》中虽已经有了,如《式微》等篇,但为数既少,变化也不大,到汉乐府民歌才有了很大的发展,一篇之中,由一二字到八九字乃至十字的句式都有,如《孤儿行》"不如早去下从地下黄泉"便是十字成句的。而《铙歌十八曲》全部都是杂言,竟自成一格了。另一是五言体。这是汉乐府民歌的新创。在此以前,还没有完整的五言诗,而汉乐府却创造了像《陌上桑》这样完美的长篇五言。从现存《薤露》、《蒿里》两篇来看,汉乐府民歌中当有完整的七言体,可惜现在我们已看不到了。丰富多样的形式,毫无疑问,是有助于复杂的思想内容的表达的。

(四)浪漫主义的色彩。汉乐府民歌多数是现实主义的精确描绘,但也有一些作品具有不同程度的浪漫主义色彩,运用了浪漫主义的表现手法。如抒情小诗《上邪》那种如山洪爆发似的激情和高度的夸张，便都是浪漫主义的表现。在汉乐府民歌中，作者不仅让死人现身说法，如《战城南》，而且也使乌鸦的魂魄向人们申诉，如《乌生》，甚至使腐臭了的鱼会哭泣，会写信，如《枯鱼过河泣》：

枯鱼过河泣，何时悔复及。作书与鲂鱮，相教慎出入。

所有这些丰富奇特的幻想，更显示了作品的浪漫主义的特色。陈本礼《汉诗统笺》评《铙歌十八曲》说："其造语之精，用意之奇，有出于三百、楚骚之外者。奇则异想天开，巧则神工鬼斧。"其实，并不只是《铙歌》。

特别值得注意的是《陌上桑》。从精神到表现手法都具有较明显的现实主义和浪漫主义相结合的因素。诗中的主人公秦罗敷，既是来自生活的现实人物，又是有蔑视权贵、反抗强暴的民主精神的理想形象。在她身上集中地体现了人民的美好愿望和高贵品质。十分明显，如果没有疾恶如仇的现实主义和追求理想的浪漫主义这两种精神的有机结合，以及现实主义的精确描绘和浪漫主义的夸张虚构这两种艺术方法的相互渗透，是不可能塑造出罗敷这一卓越形象的。尽管这种结合，是自发的、自然而然的，但作为一种创作经验，还是值得我们借鉴。

第四节　孔雀东南飞

《孔雀东南飞》是汉乐府叙事诗发展的高峰，也是我国文

学史上现实主义诗歌发展中的重要标志。它原名《焦仲卿妻》,最早见于徐陵所编《玉台新咏》,诗前小序说:

> 汉末建安中,庐江府小吏焦仲卿妻刘氏,为仲卿母所遣,自誓不嫁,其家逼之,乃投水而死。仲卿闻之,亦自缢于庭树。时人伤之,为诗云尔。

这几句话告诉了我们许多事:故事发生的时代、地点、男女主角的姓名,以及诗的作者和时代。这说明徐陵必有所据,才能这样言之凿凿。尽管由长期流传到最后写定,难免经过文人们的修饰,但从作品总的语言风格及其所反映的社会风尚看来,仍然可以肯定它是建安时期的民间创作。只以太守求婚刘家一端而论,这在门第高下区分禁严的六朝就是不能想象的事情。

《孔雀东南飞》深刻而巨大的社会意义和思想意义,在于:通过焦仲卿、刘兰芝的婚姻悲剧有力地揭露了封建礼教、封建家长制的罪恶,同时热烈地歌颂了兰芝夫妇为了忠于爱情宁死不屈地反抗封建恶势力的斗争精神,并最后表达了广大人民争取婚姻自由的必胜信念。由于它所提出的是封建社会里一个极其普遍的社会问题,这就使得这一悲剧具有高度的典型意义,感动着千百年来的无数读者。

《孔雀东南飞》最大的艺术成就是成功地塑造了几个鲜明的人物形象,通过这些人物形象来表现反封建礼教的主题思想。首先我们感到作者以无限同情的笔触全神贯注地从各方面来刻画刘兰芝这一正面人物。作者写她如何聪明美丽、勤劳能干、纯洁大方，特别是自始至终突出了她那当机立断、永不向压迫者向恶势力示弱的倔强性格。在“三日断五匹，大人故嫌迟”的无理压迫下，她知道在焦家无法活下去，她起来斗争了，她主动向仲卿提出：“妾不堪驱使，徒留无所施，便可白公姥，及时相遣归。”在封建社会，被遣是最不体面最伤心的事情，但当兰芝“上堂拜阿母，阿母怒不止”时，却表现得那么镇定从容，没掉一滴泪，没有流露出一点可怜相。当她被遣回家，阿兄摆出封建家长的身分逼迫改嫁，阿母又不肯作主，她知道娘家也呆不下去，决定的时刻已经到来，于是内怀死志，而外示顺从，索性一口答应：“登即相许和，便可作婚姻。”从而摆脱了家人的提防，得以和仲卿密定死计，并最后达到誓死反抗的目的。正是这种倔强性格和不妥协的斗争精神使刘兰芝成为古典文学中光辉的妇女形象之一。

其次，对另一正面人物焦仲卿，作者也作了真实的描绘。他和兰芝不同，所受的封建礼教影响较深，又是个府吏，因此性格比较软弱。但他是非分明，忠于爱情，始终站在兰芝一边，不为母亲的威迫利诱所动摇，并不顾母亲的孤单和“不孝有三，无后为大”的“罪名”，终于走上以死殉情的彻底反抗的道路：“徘徊庭树下，自挂东南枝。”仲卿和兰芝虽“同是被逼迫”，但二人处境毕竟不尽相同。兰芝一无牵挂，仲卿则思想感情上不能不发生某些矛盾，自缢前的“徘徊”是他应有的表现。

反面人物焦母和刘兄，是封建礼教和宗法势力的代表。作者虽寥寥几笔，着墨不多，但其狰狞可恶，已跃然纸上。这些反面人物也都是从现实生活中概括出来的，同样具有高度的典型性。

《孔雀东南飞》是怎样塑造这些人物形象的呢？这有以下几个特点:第一是个性化的对话。对话,上述乐府民歌中已不少,但在《孔雀东南飞》中更有所发展,贯串全诗的大量的对话,对表现人物性格起了重大的作用。兰芝和仲卿的大段对话不用说,即使是焦母、刘兄的三言两语也都非常传神。如“小子无所畏,何敢助妇语!”“不嫁义郎体,其往欲何云?”便活活画出这两个封建家长的专横面目。

第二是注意人物行动的刻画。如用“捶床便大怒”写焦母的泼辣,用“大拊掌”写刘母的惊异和心灰意冷。这种刻画,在兰芝身上更加明显。特别值得我们玩索的是写兰芝“严妆”一段。被遣回家,原是极不光彩、极伤心的事,但作者写兰芝却像做喜事一样地着意打扮自己,这就不仅巧妙地对兰芝的美丽借此作了必要的补叙,并为下文县令和太守两度求婚作张本,而且有力地突出了兰芝那种坚忍刚毅、从容不迫的性格。但是,由于对丈夫的爱,兰芝内心是有矛盾的,所以作者写兰芝严妆时用“事事四五通”这一异乎寻常的动作来刻画她欲去而又不忍遽去的微妙复杂的心情。此外,如用“进退无颜仪”来写兰芝这样一个爱好爱强的女性回到娘家时的尴尬情形,用“仰头答”来写兰芝对哥哥的反抗,用“举手拍马鞍”来写兰芝最后和仲卿会面时的沉痛,所有这些,都大大地加强了人物形象的生动性。

第三是利用环境或景物描写作衬托、渲染。如写太守迎亲一段,关于太守的气派真是极铺张排比之能事。但并不是为铺张而铺张,而是为了突出这一势利环境用以反衬出兰芝

“富贵不能淫,威武不能屈”的品德和对纯洁爱情的坚持。这种豪华富贵,正是一般人,包括兰芝的母亲和哥哥在内所醉心的。关于景物描写,如用“其日牛马嘶”来渲染太守迎亲那天的热闹场面,用“今日大风寒,寒风摧树木,严霜结庭兰”来造成一种悲剧气氛,也都能从反面或正面衬托出人物的悲哀心境。

第四个艺术特点是运用抒情性的穿插。在长达一千七百多字的叙事诗《孔雀东南飞》里面,作者的话是很少的。但是,在关键性的地方,作者也情不自禁而又不着痕迹地插上几句。如当兰芝和仲卿第一次分手时,作者写道:“举手长劳劳,二情同依依。”又如当兰芝和仲卿最后诀别时,作者写道:“生人作死别,恨恨那可论?念与世间辞,千万不复全!”作者已和他的主人公融成一体了,他懂得他的主人公这时的心情,因而从旁代为表白他们在彼此对话中无法表白的深恨沉冤。这些抒情性的穿插,也是有助于对人物的处境和心情的深入刻画的。诗的结语“多谢后世人,戒之慎勿忘”,虽用了教训的口吻,明白宣布写作的目的,但并不令人起反感,也正是由于其中充满着作者的同情,带有强烈的抒情性。

前面说过,汉乐府民歌的某些作品具有不同程度的浪漫主义色彩,和现实主义表现为不同程度的结合。这也是《孔雀东南飞》一个不容忽视的艺术特点。诗的末段,用松柏梧桐,交枝接叶,鸳鸯相向,日夕和鸣,来象征焦仲卿夫妇爱情的不朽。这是对叛逆的歌颂,对斗争的鼓舞,也是对理想生活的追求。从精神到表现手法,它都是浪漫主义的。我们知道,在民间流行的有关夫妻殉情的故事中,这类优美的幻想是颇不少的，如韩凭夫妇、陆东美夫妇，以及晋以后流行的梁、祝化蝶等。但见于诗歌，《孔雀东南飞》却是最早的。

此外，语言的生动活泼，剪裁的繁简得当，结构的完整紧凑，也都是这篇伟大的叙事长诗的艺术特色。由于思想性和艺术性的高度结合，《孔雀东南飞》影响之深远也是独特的。自“五四”运动一直到解放后，它还不断地被改编为各种剧本，为广大人民所喜爱。

第五节　汉乐府民歌的影响

汉乐府民歌继承并发展了周代民歌现实主义的优良传统，它更广泛、更深刻地反映了当时的社会生活和人民的思想感情，对后代诗歌也有其更具体、更直接的巨大影响。许多作品都起着示范性的作用。

这种影响，首先就表现在它的“感于哀乐，缘事而发”的现实主义精神上。这种精神像一根红线似的贯串在从建安到唐代的诗歌史上，俨然形成一条以乐府为系统的现实主义传统。它们之间的一脉相承的关系是如此明晰，以至于我们可以用线条作出如下的表述：

“缘事而发”（汉乐府民歌）→“借古题写时事”（建安曹操诸人的古题乐府）→“即事名篇，无复依傍”（杜甫创作的新题乐府）→“歌诗合为事而作”（白居易所倡导的新乐府运动）。

由借用汉乐府旧题到摆脱旧题而自创新题，由不自觉或半自觉的学习到成为一种创作原则，由少数人的拟作到形成一个流派、一个运动，这说明汉乐府民歌的现实主义精神对后代诗人的影响还是愈来愈显著的。

当然，事物的发展不会是直线的上升，文人们继承和发扬汉乐府的精神也是有一个过程的。在最初阶段他们并无认识，甚至敌视它，如哀帝时诏罢乐府，实际上便只是排斥民歌；到东汉初期，虽有所认识，却还未能将这一精神贯彻到创作中去，比如班固虽指出了乐府民歌“缘事而发”的特色，但他的《咏史》诗却不是这样的作品，稍后的张衡《同声歌》也一样。直到东汉后期才有个别中下层文人从事学习，如辛延年的《羽林郎》。而在建安以后，也还出现过低潮，特别是当齐梁形式主义占统治地位时期，汉乐府民歌的优良传统更是不绝如缕。但从总的趋势看来还是一直在发展。作为这一发展的高潮的，便是中唐的新乐府运动。《乐府诗集》将“新乐府辞”列为最后一类，其用意即在指明这一发展的结穴或顶点之所在。

其次，汉乐府民歌的影响还表现在对新的诗歌形式的创造上。如前所述，汉乐府民歌的主要形式是杂言体与五言体。杂言体在当时尚未引起文人们的注意，但自建安后，它的影响已日趋显著。如曹操的《气出唱》、曹丕的《陌上桑》、陈琳的《饮马长城窟行》等，便都是杂言，至鲍照《行路难》，尤其是李白的《蜀道难》、《将进酒》、《战城南》等歌行更是极杂言之奇观，也莫不导源于汉乐府。五言体的影响，比之杂言更早也更大。据现有文献，可以肯定，文人拟作五言诗是从东汉初就开始了的，如班固《咏史》。东汉中叶后则拟作益多，有的有主名，但更多的是无名氏的抒情诗，如《古诗十九首》等。到汉末建安，更出现了一个“五言腾踊”(《文心雕龙·明诗》)的局面，自此以后，五言一体遂取《诗经》的四言、《楚辞》的骚体而代之，一直成为我国诗史上一种重要的传统形式。

第三，在艺术手法上，特别是在叙事诗的写作技巧上，汉乐府民歌的影响也是非常显著的。诸如人物对话或独白的运用，人物心理描写和细节刻画，语言的朴素生动等，都成为后代一切反映社会现实的诗人的学习榜样。仇兆鳌评杜甫“三吏”“三别”说：“陈琳《饮马长城窟行》，设为问答，此‘三吏’‘三别’诸篇所自来也。”（《杜少陵集详注》卷七《新婚别》）这是不够正确的。因为陈琳的这种表现手法也是从汉乐府民歌学来的，而且“设为问答”，也只是一端。汉乐府民歌反映现实、批判现实通常是通过对现实作客观的具体的描绘，但有时也在诗的末尾揭示出写作的目的，这对于后来白居易的“卒章显其志”（《新乐府序》）也有所启发。至于李白的抒情诗中那些出人意表的浪漫主义的幻想和夸张，我们同样可以看出它和汉乐府民歌的渊源关系。

第六节　汉代民谣

汉代除乐府民歌外，还有不少未经当时乐府采集而不曾入乐的徒歌和谣谚。这些谣谚，是当时社会现实最尖锐、最直接、最迅速的反映，都是有的放矢，具有强烈的战斗性和鲜明的时代性。在这些谣谚中，有的讽刺统治阶级的荒淫奢侈，如《天下为卫子夫歌》：

生男无喜，生女无怒：独不见卫子夫霸天下？

卫子夫是平阳公主家的歌女，后来做了汉武帝的皇后，她的弟弟卫青也做了大将军，“贵震天下”，人民因而唱出了这首歌。又如《五侯歌》：

> 五侯初起，曲阳最怒。坏决高都，连竟外杜。土山渐台西白虎。

汉成帝封外戚王谭等五人为侯，因“同日受封，故世谓之五侯”。《汉书·王商传》说：“自宣、元、成、哀，外戚兴者，许、史、三王、丁、傅之家，皆重侯累将，穷贵极富，见其位矣，未见其人也。”这首歌谣正反映了汉代外戚骄横这一历史特点。

民谣中，也有抨击当时政治的腐败的，如《顺帝末京都童谣》：

> 直如弦，死道边。曲如钩，反封侯。

又《桓灵时童谣》：

> 举秀才，不知书。举孝廉，父别居。寒素清白浊如泥，高第良将怯如黾。

前一首讽刺东汉外戚权臣梁冀的作威作福，“死道边”指李固，“反封侯”指胡广等人（见《后汉书·五行志》），但有其高度的典型性。后一首讽刺当时选举之滥，有名无实。

此外，还有控诉官吏的贪污勒索的，如《刺巴郡守歌》：

狗吠何喧喧，有吏来在门。披衣出门迎，府记欲得钱。语穷乞请期，吏怒反见尤。旋步顾家中，家中无可为。思往从邻贷，邻人已言匮。钱钱何难得，令我独憔悴！

有的则揭露战争的破坏生产和兵役的不均平，如东汉桓帝时《小麦童谣》：

小麦青青大麦枯，谁当获者妇与姑。丈夫何在西击胡。吏买马，君具车，请为诸君鼓咙胡。

《后汉书·五行志一》说桓帝元嘉中，凉州诸羌反，大为民害，"中国益发甲卒，麦多委弃，但有妇女获刈之"。老百姓男的拼命作战，女的在家生产，而官僚地主们却只不过用剥削得来的钱"买马具车"，这就难怪老百姓要怒形于色了。鼓咙胡，史家解释为"不敢公言，私咽语"，其实其中正包藏着一触即发的怒火。不久，黄巾大起义也就爆发了。

民谣不仅内容丰富，而且自具艺术特点。虽形式比较简单，语言也较少加工，但短小精悍，往往一针见血，具有匕首投枪的作用。表现手法也多种多样，有的直叙其事，有的使用比喻或隐语，有的老辣，有的又很幽默。它对后代文人诗也有一定的影响，即如杜甫《大麦行》："问谁腰镰胡与羌"，一句中自具问答，便是本于《小麦童谣》的。

第五章　五言诗的起源和发展

第一节　五言诗的起源

五言诗是我国古典诗歌的主要形式，它和其他诗歌形式一样，都是从民间产生的。五言诗从民间歌谣到文人写作，经过一个长期的发展过程。远在四言诗盛行时代，五言诗即已萌芽。例如《诗经》中的《行露》、《北山》等篇已有半章或全章都是五言形式，但这不过是四言诗中偶然杂有一些五言诗句而已，当然不能算五言诗。到了春秋末期，楚国民歌出现了《孺子歌》那样的形式①，更晚又出现秦始皇时的《长城歌》的形式，虽然都是连句用韵，韵密而调促，而前者还带有语助词，但已经是独立成篇的五言诗雏形。及至西汉，五言的歌谣谚语越来越多，其中如成帝时童谣："邪径败良田，谗口害善人，桂树华不实，黄雀巢其巅。故为人所羡，今为人所怜。"（《汉书·五行志》）这种隔句用韵的形式，音节比较舒缓协调，是五言歌谣形式的进一步发展。自汉武帝以后，这种形式的五言歌谣，大量地被采入乐府，成为乐府歌辞。它们有不少的新颖故事，相当成熟的艺术技巧，逐渐吸引文人们的注意和爱好。

① 《孺子歌》："沧浪之水清兮，可以濯我缨；沧浪之水浊兮，可以濯我足。"

他们在自己的诗歌创作中试行模仿起来，于是就有了文人的五言诗。这便是五言诗的起源。

新的形式是适应于新的内容的。汉初的四言诗本是继承《诗经》三百篇的形式，后来四言诗不能表达日益丰富的社会生活内容，作者才不得不突破旧形式，采用民歌的新形式来代替它。所以东汉初年便出现了文人创作的五言诗。东汉末年，由于社会的大动荡，一些接近民间的文士忧生念乱，愈来愈感觉四言的旧形式不能适应，文人创作的五言诗就大量产生，而且艺术技巧日益成熟。锺嵘在《诗品序》里说过，四言诗"每苦文繁而意少，故世罕习焉。五言居文词之要，是众作之有滋味者也"。因为它"指事造形，穷情写物，最为详切"。具体地说，五言句所包含的词和音节可以比四言句多，运用起来伸缩性也较大，所以在表达上确实更灵活更方便些。明白这一点，不仅可以了解五言诗所以兴起的原因，也可以了解五言形式为作家所乐用和五言诗为什么发达的原因。

文人的五言诗是东汉才有的，相传为西汉枚乘、李陵、苏武等人的五言诗都不可信，这只是前人的传闻。《玉台新咏》把《文选》所载《古诗十九首》中的"行行重行行"等八首和另一首古诗"兰若生春阳"题为枚乘所作，是没有根据的。所以锺嵘说："自王、扬、枚、马之徒，词赋竞爽，而吟咏靡闻。"(《诗品序》)这是为什么呢？因为从五言诗发展的趋势看来，枚乘的时代不可能出现这样优美的文人五言诗。《文选》又载苏武诗四首，李陵《与苏武诗》三首，其中抒写朋友夫妻离别之情，行役战场之苦，与苏李赠别的事无关；诗中所写"江汉"、"河梁"、"山海"、"中州"等语，更与苏李二人当日的情事和行踪不合。

显然是后人假托的，或者是众多的无名氏古诗的一部分，被讹传为苏李的作品。至于其他诸书所载的苏李诗，那就更不必说了。此外《古诗十九首》中的“明月皎夜光”一首，有人认为汉武帝太初以前的诗，实是出于误解（详后）。《文选》又把乐府古辞的《怨歌行》题为班婕妤作，也有问题。而古乐府《白头吟》的“皑如山上雪”一首，或又以为卓文君作，更是不可靠的。所以刘勰说：“成帝品录，三百馀篇，朝章国采，亦云周备。而辞人遗翰莫见五言。所以李陵、班婕妤见疑于后代也。”（《文心雕龙·明诗》）可见齐梁时人已经不相信西汉时有文人五言诗了。

第二节　东汉文人的五言诗

现存有主名的东汉文人五言诗，数量虽然不多，但大体上可以看出文人五言诗的形成和发展的过程。从文献记载看，东汉时代的早期作家班固写的一首《咏史》诗，内容是咏缇萦救父，汉文帝除肉刑的事，可能是他被逮洛阳狱中所作。虽“有感叹之词”，但“质木无文”，缺乏形象性。这说明文人初学五言新体诗，技巧还很不熟练。其后张衡作《同声歌》，用新婚女子自述语气，可能有所寄托。这首诗感情真挚，词采绮丽，表达技巧已有一定的进步。如“思为莞蒻席，在下蔽匡床；愿为罗衾帱，在上卫风霜”数句，颇有乐府民歌情调，后来陶渊明《闲情赋》中“愿在衣而为领”一段，便是受了它的启发。东汉末，桓、灵之际，五言诗作者有秦嘉、蔡邕、郦炎、赵壹、辛延年、宋子侯等。秦嘉既作《述昏》等四言诗，又作《留郡赠妇诗》三首五言诗，说明诗人已不满于四言的旧形式，而在试探五言新体诗的创作。《赠妇诗》叙述作者奉役离家，不得与其妻面别的惆怅情绪，如云："长夜不能眠，伏枕独辗转。忧来如寻环，匪席不可卷。"又云："河广无舟梁，道近隔丘陆。临路怀惆怅，中驾正踯躅。浮云起高山，悲风激深谷。良马不回鞍，轻车不转毂。"以整齐排偶的语言，写真挚深厚的感情，朴素自然中表明了文人学习五言诗的技巧已渐趋熟练。蔡邕的《翠鸟》以鸟自比，反映了作者遭遇迫害，幸脱世网的心情。郦炎的《见志诗》二首[①] 表示作者不信宿命的思想、超迈绝尘的雄心壮志和贤材被抑不用的感慨。特别是赵壹的《刺世疾邪赋》篇末二诗，揭露东汉末年政治社会的黑暗，充满愤激情绪，其第一首有云："文籍虽满腹，不如一囊钱"，使人联想到李白的诗句："万言不值一杯水！"正是封建文人生不逢时的共同命运。

东汉的文人五言诗之所以日趋成熟，是和学习乐府民歌分不开的。上述几首诗，无论语言风格、比兴手法等方面，都可以看出乐府民歌的影响。但其影响最显著、艺术成就最出色的则为辛延年的《羽林郎》和宋子侯的《董娇饶》二篇。前者写胡姬的抗拒豪强，后者假设桃李和采桑女子互相问答，感叹盛年一去，即遭捐弃的不幸命运。风格逼近乐府民歌。不但表现技巧纯熟，而且深得乐府民歌的精神。现录《羽林郎》一篇如下：

昔有霍家奴，姓冯名子都。依倚将军势，调笑酒家胡。胡姬

① 郦诗第二首《艺文类聚》题作《兰诗》，玩其词意，恐非。

年十五，春日独当垆。长裾连理带，广袖合欢襦。头上蓝田玉，耳后大秦珠。两鬟何窈窕，一世良所无！一鬟五百万，两鬟千万馀。不意金吾子，娉婷过我庐。银鞍何煜爚，翠盖空踟蹰。就我求清酒，丝绳提玉壶；就我求珍肴，金盘脍鲤鱼。贻我青铜镜，结我红罗裾。不惜红罗裂，何论轻贱躯？男儿爱后妇，女子重前夫。人生有新故，贵贱不相逾。多谢金吾子，私爱徒区区。

辛延年、宋子侯，生平不可考，可能是熟悉乐府民歌的下层文人。《羽林郎》是乐府中的“杂曲歌辞”。它反映汉末官僚贵族、豪强恶霸对人民横加欺压的不法行为，故事情节颇与《陌上桑》相似。诗中极力描写胡姬服饰的豪华，有模拟《陌上桑》迹象。胡姬拒绝金吾子的调戏和引诱，显示了她的坚贞不屈的品格，这也和罗敷一样，都是民间女性中的光辉形象。诗中的故事、对话、结构和夸张的描写方法都具有乐府民歌的特色。

此外，东汉末年还有数量不少的无名氏“古诗”，其中一部分代表了那时文人五言诗的最高艺术成就，也标志着东汉文人五言诗成熟的新阶段。

第三节　古诗十九首及其他

前面提到的无名氏“古诗”，可以《古诗十九首》为代表。《古诗十九首》载于《文选》，因为作者姓名失传，时代不能确定，故《文选》的编者题为“古诗”。关于《古诗十九首》的作者和时代，历来有许多推测，或谓枚乘、傅毅，固不可靠；即曹植、王粲也是揣度之辞[①]。因为从诗歌发展上看，不但枚乘，即与班固同时，才名又相伯仲的傅毅也不可能对五言诗取得这样的成就。至汉末建安中，洛阳被董卓焚毁，早已化为灰烬。曹植《送应氏》诗就描写过它的萧条景象。而《十九首》的诗人眼中的洛阳还是两宫双阙、王侯第宅尚巍然无恙，冠带往来游宴如故。何况洛阳未遭破坏之前，王粲尚幼，曹植并未出世。后人又有据"明月皎夜光"的"玉衡指孟冬"一句断定这首诗为汉武帝太初改历以前的作品[②]。其实这是误解。这里的孟冬不是指季节月份，而是斗星所指的时刻，不能作为西汉时已有五言诗之证。据我们看，这批古诗虽不是一人所作，但风格内容大体相同。其产生的时代，先后距离必不甚远。再从文人五言诗的兴起和发展以及有关历史事实综合考察，估计《古诗十九首》的时代大概不出于东汉后期数十年之间，即至早当在顺帝末年，至晚亦在献帝以前(约公元140—190)。

《古诗十九首》的作者既非一人，所以它们反映的思想内容是很复杂的。大体说来，其中有写热中仕宦的，如"今日良宴会"、"西北有高楼"、"回车驾言迈"三首。有写游子思妇的，如"去者日以疏"、"明月何皎皎"及"行行重行行"、"青青河畔草"、"冉冉孤生竹"、"凛凛岁云暮"、"孟冬寒气至"、"客从远方来"八首。有写人生无常，及时行乐的，如"青青陵上柏"、"东城高且长"、"驱车上东门"、"生年不满百"四首。有写朋友交

---

① 《文心雕龙·明诗》："古诗佳丽，或称枚叔，其'孤竹'一篇，则傅毅之辞。"《诗品》："'去昔日以疏'四十五首，旧疑是建安中曹、王所制。"

② 《文选》李善注谓，太初以前，仍用秦历，以建亥月(夏历十月，即孟冬)为岁首，故诗写秋景而仍说孟冬。

情的凉薄的，如“明月皎夜光”一首。此外还有主题不明确的，如“涉江采芙蓉”和“庭中有奇树”二首，可能是指夫妇，也可能是指朋友。“冉冉孤生竹”一首，表面上是思妇之词，也可能别有寄托。“迢迢牵牛星”一首，表面上是咏物的诗，实际上也是借牛女双星比男女离别之情。《古诗十九首》的思想感情虽然复杂，但有一个共同的特征，就是对人生易逝、节序如流的感伤，大有汲汲皇皇如恐不及的忧虑。如“今日良宴会”云：“人生寄一世，奄忽若飚尘；何不策高足，先据要路津？”“回车驾言迈”云：“人生非金石，岂能长寿考？奄忽随物化，荣名以为宝。”“青青陵上柏”云：“人生天地间，忽如远行客。斗酒相娱乐，聊厚不为薄。”“生年不满百”云：“昼短苦夜长，何不秉烛游？为乐当及时，何能待来兹？”所有这些，都是失意士人正当社会大动乱的前夕，对于现实生活和内心要求的矛盾、苦闷的反映。

《古诗十九首》的作者通过闺人怨别、游子怀乡、游宦无成、追求享乐等等内容的描写，表现了浓厚的感伤情绪。他们和乐府民歌的作者不同，大都是属于中小地主阶级的文人，为了寻求出路，不得不远离乡里，奔走权门，或游京师，或谒州郡，以博一官半职。这些人就是诗中所谓“游子”和“荡子”。他们长期出外，家属不能同往，彼此之间就不能没有伤离怨别的情绪。这对思妇来说，就会有“浮云蔽白日，游子不顾反”、“荡子行不归，空床难独守”的叹息；对游子自己来说，就会发生“思还故里闾，欲归道无因”和“客行虽云乐，不如早旋归”的感慨。前面提到秦嘉的《留郡赠妇诗》，正好说明这种情况。徐干《中论·谴交》篇叙述汉末游宦风气之盛以及公卿大夫、州牧郡守,下及小司,莫不以接待宾客为务,“冠盖填门,儒服塞道,饥不暇餐,倦不获已”,“送往迎来,亭传常满”。于是士人“乃离其父兄,去其邑里”,“窃选举,盗荣宠者,不可胜数”,“桓灵之世,其甚者也”。最后他对这一社会病态提出批评道:“且夫交游者出也,或身殁于他邦,或长幼而不归,父母怀茕独之思,思人抱东山之哀,亲戚隔绝,闺门分离。无罪无辜,而亡命是效。……非仁人之情也。”由此可见,那时候为什么“游子”、“荡子”会这样多;《古诗十九首》中所流露的游子思妇的感伤,正是东汉末年政治社会的真实的反映;其中浓厚的消极情绪更是封建统治阶级走向没落时期的反映。至于那些“游子”和“荡子”或出身于太学,或起家于征辟,大都是有较好的文学素养之士。他们的遭际是不同的,其中有遇时得意的,有不遇时不得意的,失意的人羡慕得意的人。当他们游宦四方,想着策高足,据要津,却得不到帮助时,就不免愤愤不平地慨叹:“昔我同门友,高举振六翮,不念携手好,弃我如遗迹。南箕北有斗,牵牛不负轭,良无盘石固,虚名复何益!”失意者的牢骚就是这样来的。试看那时陈重、雷义互相推荐的友谊被人称为比胶漆还坚固,就可以了解诗人的心情了。他们既然落拓失意,自然容易感到寂寞、苦闷,所以一当听到动人的“慷慨有馀哀”的清商曲调随风传出楼外时,不禁触物兴感,自然而然地沉吟:“不惜歌者苦,但伤知音稀。”而由此出发的消极情绪也会油然而生,于是“人生非金石”、“人生忽如寄”、“人生天地间,忽如远行客”等等想法都来了。加以东汉末年已是大乱将临的时候,到处农民起义,严重地威胁着剥削阶级的每一个人。在此危机四伏、朝不保夕的环境中,那些感到人生短促、没有出路的游子，眼前看到京洛等地的繁华，又不禁发生一连串的纵情享乐思想："荡涤放情志，何为自结束"，"不如饮美酒，被服纨与素"，甚至秉烛夜游的想法也都一齐来了。这就是《古诗十九首》的全部思想内容，也就是东汉末年现实生活的一个侧面镜头。它们的思想情趣虽不高，却也有一定的历史认识意义。

《古诗十九首》的艺术成就是很突出的，在我国早期的五言抒情诗中，这样优秀的作品也是比较少见的。因此，自魏晋以来一直受到作家们的重视①，历来批评家对它的评价都极高，甚至有过誉为"惊心动魄"，"一字千金"（锺嵘《诗品》上）的。《古诗十九首》所以能取得这样卓越的艺术成就，主要是作者从学习乐府民歌的基础上汲取营养的结果。由于作者都是中下层文人，没有能够接受民歌的战斗精神，只在艺术方面接受了它的影响。他们有着较高的文化素养，在某些表现方法上，同时也接受了《诗经》、《楚辞》的优良传统，因而造成一种独特的艺术风格，成为我国文学史上早期抒情诗的典范。

《古诗十九首》的主要艺术特色是长于抒情，其抒情方法往往是用事物来烘托，融情入景，寓景于情，二者密切结合，达到天衣无缝、水乳交融的境界。例如"迢迢牵牛星"一首：

> 迢迢牵牛星，皎皎河汉女。纤纤擢素手，札札弄机杼。终日不成章，泣涕零如雨。河汉清且浅，相去复几许。盈盈一水间，脉脉

---

① 拟《古诗十九首》者虽始于陆机，但魏文帝曹丕的《杂诗》似乎已经有模仿《十九首》迹象。

不得语。

作者通过假想的牛女形象的描绘，抒写男女离别之情，通篇全是写景，而情在其中。这关键就在“终日不成章，泣涕零如雨”及“盈盈一水间，脉脉不得语”等句。因为这几句仍然是扣紧织女的形象和现实的景物来描写的，所以读者只觉得是泛泛写景，而织女的离愁却轻轻地点了出来。这首诗虽从《诗经·大东》化出，而写天上无情的双星，居然像人间绸缪的夫妇，情景相生，真有化工之妙。又如“明月何皎皎”一首：

明月何皎皎，照我罗床帏。忧愁不能寐，揽衣起徘徊。客行虽云乐，不如早旋归。出户独彷徨，愁思当告谁？引领还入房，泪下沾裳衣。

这首诗写一个久客思家不能成寐的游子，对着照射罗帏的皎皎月光，愈加触动了乡愁。自然愁思是压不下去的，只得揽衣而起，徘徊空房之中，不觉自言自语：“客行虽云乐，不如早旋归。”① 这时明月满地，夜凉如水。索性打开门来走出去望一望千里相共的明月吧。他踌躇四顾一下，除了一片茫茫的月光什么也看不到，满怀愁绪，向谁去倾诉呢？不得已回到房中，不觉落下泪来。通篇只起头二句是写景，以下全是写情，而月明如昼的景色悉在其中，那个“忧愁不能寐”的主人公的全部形象都被浸在月光之中照得格外鲜明。

① 如作思妇看，则“客行”二句当是针对游子而言，亦通。

《古诗十九首》的另一显著的艺术特点是善于通过某种生活情节抒写作者的内心活动，抒情中带有叙事意味，使诗中主人公的形象更鲜明突出。例如“西北有高楼”一首写一个追求名利的失意者的心情，并不抽象地写他如何怀才不遇，失路彷徨，却通过高楼听曲这一具体事件的描绘，无意中流露了对那位歌者的同情：“不惜歌者苦，但伤知音稀”，从而表明了主人公对那个闻声而未见面的人是一个旷世知音；也表明了自己生不逢时的侘傺无聊；最后希望化为双鸿鹄同她一起奋翅高飞，更表明了主人公是个如何奋发有为，而又四顾无侣的形象。又如“凛凛岁云暮”一首描写一个思妇怀念良人，梦醒后惆怅感伤的情绪。这是一个蝼蛄悲鸣、凉风凄厉的冬夜，诗中的女主人思念着她的丈夫睡不着觉。她想到天气已寒，而游了还没有寒衣，想到寄锦衾，路途又是如此遥远。想来想去，忽然笃念旧好的良人枉驾来迎，她喜出望外地想，从此携手同归，长相亲爱，这是多么快乐呀！谁料那良人“既来不须臾，又不处重闱”，竟自无情地走了。心里丨分懊恼，原来却是一梦。她当时恨不得飞到良人那边。引领遥望，好像良人还走得不远。此时这位女主人似梦非梦，似醒非醒，只觉得凉风拂面，蝼蛄满耳，潮水般的眼泪直涌出来，沾湿了双扉。写到这里，一个孤独无聊的思妇形象就如在目前。这样抒情叙事双管齐下的写法还很多，“孟冬寒气至”、“客从远方来”等篇都是如此。

《古诗十九首》还有一个特点，就是善于运用比兴手法，衬映烘托，着墨不多，而言近旨远，语短情长，含蓄蕴藉，馀味无穷。例如“胡马依北风，越鸟巢南枝”，“浮云蔽白日，游子不顾反”(“行行重行行”),“南箕北有斗,牵牛不负轭”(“明月皎夜光”)等句都是。尤其温丽清新、自然贴切,富于“风”、“骚”意味的莫过于“涉江采芙蓉”、“冉冉孤生竹”、“庭中有奇树”等首。“冉冉孤生竹”既以孤竹结根于泰山起兴,又以兔丝附于女萝为比,下面“伤彼蕙兰花,含英扬光辉;过时而不采,将随秋草萎”四句,则是比中之比,层出不穷,既有新婚少妇光华艳丽的形象,又有草木零落、美人迟暮的感慨,深沉含蓄,而不尽之情自在言外。

《古诗十九首》的语言不假雕琢,浅近自然,但又异常精炼,含义丰富,十分耐人寻味:这也是一个特点。例如说:“相去日已远,衣带日已缓”(“行行重行行”),“同心而离居,忧伤以终老”(“涉江采芙蓉”),“置书怀袖中,三岁字不灭。一心抱区区,惧君不识察”(“孟冬寒气至”),一种真挚深厚的感情可以想见。“洛中何郁郁,冠带自相索”(“青青陵上柏”),官僚们钻营驰逐的情况可以想见。“不念携手好,弃我如遗迹”(“明月皎夜光”),失望的心情可以想见。写景如“四顾何茫茫,东风摇百草”(“回车驾言迈”),“回风动地起,秋草萋已绿”(“东城高且长”),叠字如“青青河畔草”和“迢迢牵牛星”,双关如“客从远方来”的“著以长相思,缘以结不解”,都是语言方面的特点。

《古诗十九首》的高度艺术成就是五言诗已经达到成熟阶段的标志。

《古诗十九首》以外的无名氏“古诗”散见于《文选》、《玉台新咏》等书的还不少。其中除《上山采蘼芜》、《十五从军征》二首已在上章乐府诗中论述外,尚有“兰若生春阳”、“新树兰蕙葩”、“步出城东门”等首也是游子思妇之词；“悲与亲友别”一首则是送别亲友之作；“橘柚垂华实”一首借咏物以寓人材被弃之感。以上诸诗的思想内容和艺术风格基本上与《古诗十九首》一致，而“新树兰蕙葩”的韵调尤其相似，可以认定都是同时代的作品。

还有《文选》中题为苏武、李陵的五言诗共七首，一般称为“苏李诗”。这几首诗不是苏武、李陵所作，前人早有定论。但有人认为出于齐梁时代，未免估计太晚。因为颜延之的《庭诰》早已谈到李陵诗的真伪问题（见《太平御览》五八六），裴子野《雕虫论》也有“五言为家，则苏李自出”之语。我们根据诗的内容、风格和词句来考察，大致可以肯定它们的时代与《古诗十九首》接近。

这批古诗的主题都是为送行赠别而作，有送朋友远游的，有送丈夫从军的，诗中或称“征夫”，或称“游子”，或称“行人”。大抵缠绵悱恻，表现了亲友深厚的感情，特别是“结发为夫妻”一首有云：“征夫怀往路，起视夜何其。参辰皆已没，去去从此辞。行役在战场，相见未有期。握手一长叹，泪为生别滋。”又云：“努力爱春华，莫忘欢乐时。生当复来归，死当长相思。”写夫妻离别之情非常令人感动。

刘勰曾说“古诗”是“五言之冠冕”，这话并不过分。就“古诗”所达到的成就及其在诗歌创作上所产生的影响来说，它在我国文学发展过程中，占有相当重要的地位。

小　　结

两汉文学,赋和散文都很发达。东汉产生了文章的概念,主要指的就是赋和散文。但赋的成就实远在散文之下。汉初的赋,一般模拟屈原的作品,缺乏真实感、新鲜感,已不能引起读者多大的兴趣。贾谊是汉初惟一优秀的骚体赋作家。他同情屈原,也表现了自己抑郁的感情,他的作品在当时是独标一格的。从枚乘到司马相如是汉赋发展的重要阶段。他们吸取楚辞的艺术形式和表现手法,创造了真正"汉家"的新体赋。特别是司马相如的作品,反映了西汉全盛时期统一帝国的富强和声威,有一定的时代意义。而丰富的词藻,夸张的手法,也有一定的借鉴作用。但同时,他的作品在思想或艺术上又都存在着缺陷。思想贫弱,铺张过甚,形成文字堆砌,恰恰使赋成为贵族宫廷的一种奢侈品。自司马相如创立新体赋的形式和作风后,作者争相模仿,逐渐形成阿谀铺张的赋颂传统,对后来文学发生长久的不良影响。东汉后期出现一些抒发个人感情、抨击黑暗现实的小赋,在思想和艺术上有一定价值,虽然数量不多,但它突破了彼此沿袭的赋颂传统,是六朝抒情赋的先声。

两汉历史散文达到高度发展的阶段。主要标志是司马迁的《史记》。作者利用先秦史学的一切成就,创造了一种规模巨大、组织完备的新体制——纪传体，使我国史学发展到一个新阶段，在史学史上有不朽的功绩。作者那种“不虚美，不隐恶”的实录精神，是先秦史官“书法”传统的直接继承和发扬光大。他尊重客观事实，又有鲜明倾向，既敢于揭露统治阶级的罪恶，也敢于歌颂农民起义的英雄，这使《史记》具有强烈的战斗精神和极高的思想价值。《史记》的纪传体，是以人物为中心来反映历史的；作者根据对不同人物的认识，更选择、剪裁和集中事件来描写人物，因而使许多历史人物不仅个性鲜明，而且往往具有典型意义。这样便开创了传记文学。这是记叙散文的一大发展。《史记》对后世史学和文学的影响都很大。在文学上，它不仅成为唐以后所谓“古文”的典范，而且对唐以后的小说、戏曲的发展也有巨大的启发和影响。《史记》在汉代虽然被统治者禁止流传，但也已引起许多人继起有作的兴趣，结果就产生了班固的《汉书》。作者站在一王一姓的立场，否定了《史记》的基本历史观点，而在历史内容上有许多补充，因而增强了史实的严密性和丰富性。正是由于《汉书》重在史实，在人物传记中附录了大量的文献，牵连了烦杂的事件，这就不得不有损于人物形象的突出和鲜明。但它也有一些传记是写得可以和《史记》的名篇媲美的。由于《汉书》的“正统”的历史观点以及它的文辞的谨严华茂，《汉书》对后世史学和文学也发生了长远的影响。在汉魏六朝时期，《汉书》的影响是在《史记》之上的。

两汉政论散文是先秦诸子散文的馀波。它们的内容和风格一般不如诸子散文丰富多采。但它们指责现实黑暗，揭露社会矛盾，切合实际，畅所欲言，质朴深厚中流露充沛的感情，不失为诸子散文一种传统作风的继承和发展。代表作家有贾谊、晁错、桓宽、王符、崔寔等。其中以贾谊的成就为最高,影响也最大。

两汉乐府民歌真实而深刻地反映了两汉的社会生活和人民的思想感情。它们直接道出了人民的苦难、爱憎和愿望,具有很大的时代意义和思想价值。它们的叙事性和典型性,标志着现实主义在民歌中的发展,也就是“风诗”传统的继承和发展。尤其《孔雀东南飞》是一篇现实主义杰作,它成为我国古代长篇叙事诗的艺术典范。两汉乐府民歌是我国古代诗歌优良传统的代表作品,对后世诗歌发生了不可估量的影响。以杜甫、白居易为代表的许多现实主义诗人的成就,都和学习两汉乐府民歌反映现实社会生活的精神和方法有密切的关系。

东汉文人五言诗是在民谣和乐府民歌的影响下产生和发展的。五言诗的形式,为语言、音节的运用和变化,提供了更多的可能性,因而更便于抒情和叙事,迅速地为诗坛所接受,代替了四言诗的旧形式。五言诗的兴起在我国诗歌发展史上具有重大意义。它始终为我国古代诗歌的一种主要形式。无名氏《古诗十九首》是东汉文人五言诗的成熟作品。它们反映了一部分中下层文士的极端苦闷甚至消极颓废的情绪,是东汉社会黑暗的一个侧面写照。它们很少涉及具体事件,直抒感兴,以抒情为主,是我国感伤主义文学最早和最集中的表现。后来每当封建王朝没落的时候,它的感伤主义传统就在新的文学样式里得到继承或表现。它们以“怨而不怒”的态度,“比兴”的手法,富于音乐性和形象性的语言,构成了特殊的含蓄的风格。这一风格对后世文人抒情诗也发生了长远的影响。

两汉文学，经历了四言诗、骚体赋的衰微，大赋的兴盛和衰微，以及抒情小赋和五言诗的兴起等一系列文学形式的兴衰变化的过程。这一过程说明了：一种文学形式的兴起或衰落，都和社会生活的变化以及适应这种变化的文学发展要求有密切的关系。而能否学习民间文学或优良的文学传统则是一个重要的关键。五言诗代替了四言诗，大赋代替了骚体赋，抒情小赋又代替了大赋，都是具体的例证和说明。

第三编

魏晋南北朝文学

（公元190—589年）

概　说

从汉末大乱到隋代统一，历时约四百年。我国社会处于长期分裂和动荡不安的状态，历史情况复杂，文学也经历了许多变化。

东汉后期，封建大土地所有制迅速发展，土地兼并剧烈，宦官、外戚两个集团的交相干政和互相倾轧，更造成了政治的极端黑暗和腐败，再加上对羌族的连年用兵和自然灾害的不断袭击，阶级矛盾日趋尖锐，终于激起了黄巾大起义，给东汉反动统治以沉重的打击。起义虽被地主阶级的联合力量镇压下去，东汉帝国也已名存实亡。从献帝初平元年(190)开始，在镇压农民起义中扩张了军事力量的豪强军阀，纷纷拥兵割据，在长期混战中严重破坏了社会经济，给人民带来了深重的灾难。繁盛的中原地区竟出现了“白骨蔽平原”“千里无鸡鸣”的凄惨景象。

在割据的军阀中，曹操对现实具有较清醒的认识，实行了一系列改革政策。他抑制豪强兼并，禁止豪民转嫁租赋于农民，并广兴屯田，用军事组织把广大流民重新安置到土地上，并且广泛搜罗“有治国用兵之术”的人才，因而，发展了生产，壮大了力量，逐步统一了北方。建安二十五年曹丕代汉，而分据东南、西南地区的孙权、刘备也相继称号建国，形成了魏、吴、蜀三国鼎立的局面。

汉末社会的巨大变动也引起社会思想的变化。汉代自武帝以来,一直是儒家思想占独尊的统治地位。这时,适应新的现实的需要,名、法、兵、纵横等家思想都有不同程度的发展,思想界呈现一种自由解放的趋势。

建安时期是我国文学发展的一个重要时期。在上述历史背景下出现的建安文学有了崭新的面貌。建安文学以魏国为主。吴、蜀很少作家与创作。魏国统治者曹氏父子都爱好和奖励文学,招揽文士,围绕他们聚集了"七子"、蔡琰等众多的作家。这些作家大都倾向于曹操的缓和阶级矛盾以迅速恢复封建秩序的政策,思想上有进步的一面。他们又都曾卷入汉末动乱的漩涡,接触了较广泛的社会现实,因此能够直接继承汉乐府民歌的现实主义传统,掀起一个诗歌高潮。他们的创作一方面反映了社会的动乱和民生的疾苦,一方面表现了统一天下的理想和壮志,悲凉慷慨,有着鲜明的时代特色。正如《文心雕龙·时序》所说:"观其时文,雅好慷慨,良由世积乱离,风衰俗怨,并志深而笔长,故梗概而多气也。"建安诗歌这种杰出成就形成了后来称为"建安风骨"的传统,为五言诗的发展奠定了坚实的基础。这一时期,辞赋和散文也发生了明显的变化。汉代那种铺张堆砌的大赋消沉了,篇幅短小具有浓厚诗意的抒情小赋有了较大的发展。散文则趋于自由通脱,无论抒情、叙事或议论都显得生动活泼。

建安时期,文士地位有了提高,文学的意义也得到更高的评价,加之汉末以来,品评人物的风气盛行,由人而及文,促进了文学批评风气的出现,表现了文学的自觉精神。曹丕提出的"文以气为主",代表了建安文学抒情化、个性化的共同倾向。所有这些也都标志着这一时期文学发展中的重大变化。

建安时期,曹操在农民起义的压力下,采取了压抑豪强的政策。当农民起义的风暴过去时,曹魏统治者为了取得豪门的支持,便极力团结他们。魏文帝曹丕实行九品中正制的选举制度,表现了在用人方面对大官僚豪强地主妥协的倾向。到了魏正始时代,曹魏统治集团已完全发展成为新的贵族,政治日趋腐败;旧的豪门地主势力也有了极大的发展。代表这种势力的司马氏在逐渐掌握了魏国的军政大权之后,便和曹魏统治者展开了争夺政权的激烈斗争。司马氏一方面通过收买、拉拢树立自己的党羽;一方面以残酷的屠杀消灭曹魏集团的力量,造成了魏国后期即正始以后黑暗、恐怖的政治局面。

汉末清议之士,因批评政治招致了党锢之祸。接着魏代汉,晋谋代魏,又大肆屠杀异己人物。在这种政治局面下,清议逐渐转为清谈,崇尚虚无、消极避世的道家思想有了迅速的发展。到了正始年间,何晏、王弼以老庄思想解释儒家经典,并注老子,兴起了玄学,道家思想更为风行。这对当时的士风、作家的世界观与创作都有深刻的影响。

继建安文学之后的正始文学是上述现实的产物。正始时代的代表作家是阮籍和嵇康。他们处于司马氏与曹氏争夺政权的斗争中,看到司马氏利用"名教"进行黑暗残暴的统治,便大力提倡老庄思想,以老庄的"自然"与"名教"相对抗。他们的创作也与建安文学有了很大的不同。一般说来,反映人民疾苦和追求"建功立业"的内容为揭露政治的黑暗恐怖和"忧生之嗟"所代替。积极的进取精神为否定现实、韬晦遗世的消极反抗思想所代替。作品中带有更多老庄思想的色彩。不过，对黑暗现实的不满与反抗仍是作品的主导倾向，所以在基本精神上还是继承了“建安风骨”的。

司马氏与曹魏争夺政权的斗争以司马氏的胜利而结束。公元二六五年，司马炎代魏，建立了西晋王朝，不久，并统一了全国。为了稳定统治采取了一些进步措施，如招集流亡、罢州郡兵、劝课农桑等，促进了生产的发展，出现了太康年间的繁荣。但这不过是昙花一现。西晋王朝是代表士族大地主利益的腐朽政权，在它的统治下，各种现实矛盾迅速加剧。太康元年，继废除曹魏屯田制之后，颁布了占田制，把官僚地主的经济特权制度化了，士族可以依据官品合法地占有大量的土地。同时，九品中正制也日益发展成为保障士族政治特权的工具，造成“上品无寒门，下品无世族”的严重情况。这样，便确立了腐朽的门阀制度。士族依靠这些制度垄断了政治、经济以至文化特权，加深了阶级鸿沟，也造成了寒门与世族的尖锐矛盾。司马氏为了巩固一姓统治，又大封同姓，诸侯王都拥有武装。晋武帝死后，诸王争权夺利，演成“八王之乱”，前后达十六年之久，中原地区又一次遭到兵燹的浩劫；国力也大为削弱，西北匈奴鲜卑等酋帅见有机可乘，纷纷入侵，西晋王朝就在内乱外患相继发生下覆亡了。我国又进入了南北长期分裂的时代。

公元三一七年，司马睿依靠南北士族的联合支持在江南建立了东晋王朝，它是西晋腐朽的士族特权政治的继续，各种现实矛盾继续发展。士族的经济力量更加膨胀，他们不断地兼并土地，成为惊人的大地主，如刁协一家就占田万顷。门阀制度也发展到了顶点，士族编订“百家谱”，并不与“杂类”通婚，士、庶的界限越来越严格，地位相差越来越悬殊。士族阶级占有优越的政治地位和社会地位，在雄厚的物质基础上，过着苟安享乐的生活。他们不仅无意于收复北方失地，甚至由于种种自私的目的害怕收复失地，对爱国志士祖逖等人的坚决北伐行动也横加阻挠，使之无法成功。而内部则不断争权夺利，皇室、军阀和掌握实权的大士族之间常常爆发尖锐的冲突。东晋一代，从王敦起兵到桓玄篡位，不断发生内战，政局动荡不安。

尽管东晋保有的江南地区比混战的北方安定，北方人口的大量南徙又带来了进步的生产技术，南方经济较前有了进一步的发展，但在腐朽的士族统治下，人民并没有获得经济发展的利益。赋税徭役不断加重。如东晋初亩税三升，后改为口税三斛，又激增为五石。繁重的剥削促使阶级矛盾日趋尖锐，终于激起了东晋末年以孙恩为首的江南诸郡人民大起义，给东晋政权以毁灭性的打击。在镇压起义和平定桓玄篡晋的斗争中兴起的刘裕，于公元四二〇年代晋自立，东晋便灭亡了。

两晋是士族制度社会，士族是一个非常腐朽的阶级。他们一味追求享乐，不敢正视充满尖锐矛盾的现实，只是依靠门第，把持高官，却又要“不以物务婴心”。在这种情况下，清谈玄理的风气更为兴盛。士族阶级一方面用老庄的任诞思想支持自己不受任何拘束的纵欲享乐生活；一方面又从老庄超然物外的思想中寻求苟安生活中的恬静心境；同时还以清谈高妙的玄理点缀风雅，炫耀才华，掩饰精神的空虚。

在两晋玄学的发展中，由于阶级关系的复杂，代表不同阶层利益的玄学家表现了不同的政治观点。郭象发展了何晏、王弼的儒道调和思想,主张自然与名教合一说,目的在于论证士族统治的一切现行制度都是合理的,是士族阶级利益的代表。鲍敬言则发展了阮籍、嵇康的思想,创“无君论”,认为“君臣既立,众慝日滋”,只有“无君无臣”的“曩古之世”,人民才有富足安宁的生活。这是反映了小私有者的幻想与要求。陶渊明的桃花源理想正是和这种思想相通的。

佛教和道教的发展也是这一时期文化思想领域中的重要现象。佛教由东汉开始输入,经历三国时代,到两晋时期更为兴盛,佛寺日渐增多,佛经大量翻译出来。不过,在玄学盛行的情况下,士族偏重于佛教义理的研究,他们吸收了佛学中的唯心主义哲学,把玄学推到了更高的阶段。汉末开始创立的道教,原来主要在民间流行,这时也产生了贵族道教,出现了葛洪这样的教徒,在士族阶层中影响愈来愈大。天师道也得到了广泛的传播。

两晋时期,垄断了政治和经济的士族阶级也垄断了文化。在他们的把持下,文学离开了“建安风骨”的传统,很少反映社会现实,主要成了表现士族阶级狭隘思想感情和艺术趣味的工具。为了掩盖内容的空虚,他们刻意追求形式的华美,把文学推上了形式主义的道路。晋初诗人傅玄、张华已表现出这样的倾向,但一部分乐府诗还不失汉乐府遗意。到了太康时期,社会的表面繁荣使士族文人更加无视现实,一味歌功颂德,形式主义得到迅速的发展。以陆机、潘岳为代表的一些诗人的创作,不是机械地拟古,毫无新意;便是内容贫乏,只追求词藻的华缛和对偶的工整。但是,西晋社会的现实矛盾也促使少数诗人面向现实，写出了内容较充实的诗篇。出身寒微的太康诗人左思继承了“建安风骨”的传统，以富有浪漫主义色彩的诗歌抨击了腐朽的门阀制度。在西晋末年尖锐的民族矛盾中成为爱国志士的刘琨，写出了有深厚的爱国感情的诗歌。郭璞的诗也反映了一定的现实内容。从西晋末年开始，由于清谈玄理风气的盛行，“因谈馀气，流成文体”，诗坛渐为玄言诗所统治，其代表作家孙绰、许询等人的创作都“平典似道德论”。玄言诗统治文坛达百年之久，直到晋末杰出的诗人陶渊明出现，才为空虚的东晋文坛带来富有现实内容的创作。他的诗歌对腐朽的士族社会表现了极端憎恶与否定的态度，表现了他的不同流合污的高贵品格和躬耕自给的生活理想。由于在田园劳动中接触了下层劳动人民，亲身体验了农村生活的贫困，后期创作还在一定程度上反映了广大人民反对剥削压迫，要求以自己的劳动创造和平幸福生活的愿望，提出了桃花源理想。他的诗具有平淡自然的风格，浓郁的生活气息，并能创造出高妙的意境，大大提高了五言诗的艺术水平。

小说的发展也是这一时期文学发展中的重要现象。我国自秦汉以来，神仙之说盛行，汉末又大畅巫风，加之道教兴起，佛教传入，这些巫师、僧侣大都“张皇鬼神，称道灵异”（鲁迅《中国小说史略》），而整个魏晋时期，社会动荡不安，人民的生活、生命经常受到威胁，很容易接受宗教迷信思想的影响。在这种情况下出现了很多记录灵鬼怪异的小说，其中干宝的《搜神记》成就最高。作者的主观目的虽在宣扬宗教迷信，但其中保存了一些人民按照自己的愿望编造的神异故事，具有较高的人民性。魏晋时期清谈玄理、品评人物的风尚又促成了记录人物轶事小说的出现。它与志怪小说不同,是以现实的人物言行为对象。刘宋初年出现的《世说新语》是魏晋轶事小说集大成之作,它广泛地反映了由汉末至晋士族阶级的思想、生活面貌,艺术上也有独特的成就。我国小说只是到了这个时候才粗具规模,它们标志着我国小说的一个重要阶段。

从公元四二〇年刘裕代晋到公元五八九年陈灭于隋,共一百六十九年,南方经历了宋、齐、梁、陈四个朝代,史称南朝。南朝继续东晋的偏安局面,社会情况比北朝安定,在广大人民辛勤劳动下,经济有了进一步发展。农业产量增加,手工业发达,商业和交通运输业活跃,并出现了许多经济繁荣的都市,如建康、京口、山阴、寿春、江陵、襄阳、成都、番禺等。史载建康"贡使商旅,方舟万计","市廛列肆,埒于二京",可见一斑。

南朝个别帝王虽曾对门阀士族采取过某些限制政策,庶族寒门的力量也略有抬头,但基本上仍是两晋士族门阀社会的继续。士族地主攫取了经济发展的果实,大庄园经济得到了迅速的发展。谢灵运在《山居赋》中曾勾画出这种经济的轮廓。这个谢家庄园拥有大量的土地:"田连冈而盈畴,岭枕水而通阡,阡陌纵横,塍埒交经。"除了耕地,还有"北山二园,南山三苑",以及大片的湖沼。庄园里种植着多种农作物、果树。

在富裕的物质生活基础上,南朝帝王和士族日益腐朽荒淫。他们已经完全变成了无用的寄生虫。《颜氏家训·涉务》说:"江南朝士,因晋中兴而渡江,本为羁旅。至今八、九世,未有力田,悉资俸禄而食耳。假令有者,皆使童仆为之,未尝目观起一拨土,耘一株苗,不知几月当下,几月当收,安识世间余务乎？故治官则不了，营家则不办，皆优闲之过也。”帝王的荒淫更达到了惊人的程度。《南史·陈后主本纪》载：“后主荒于酒色，不恤政事，……江总、孔范等十人预宴，号曰狎客。先令八妇人擘采笺，制五言诗，十客一时继和，迟则罚酒。君臣酣宴，从夕达旦，以此为常。”

南朝时期，佛教有了更大的发展。东晋时，建康佛寺不到四十所，到了梁朝，则“都下佛寺，五百余所，穷极宏丽。僧尼十馀万，资产丰沃”。梁武帝以最高统治者的身份宣布“唯佛教是正道”，更确定了它的优越地位。佛教的发展不只兴起了大僧侣地主，也引起了与儒、道的矛盾，发生了历史上有名的有神论与无神论的斗争，对文化思想产生了深刻的影响。

在南朝文学中，南朝民歌特别值得珍视。它主要是产生于建业和荆州一带的《吴歌》、《西曲》。它们以短小的形式，清新活泼的风格，表现了人民对合理的爱情生活的追求和反抗封建礼教束缚的精神。从中也可以看到长江流域商业的发达。南朝民歌本不限于歌唱爱情，但独取情歌入乐，却反映了统治阶级的观点和趣味。

南朝的君主和诸侯王大半爱好文学，不少都以提倡文学、招揽文士著称，有的本身还是作家，于是“天下向风，人自藻饰”，写诗的风气十分浓厚。据《诗品》说，那时的士子“才能胜衣”，便“甘心而驰骛”。因此，文学作品大量增加。但南朝文学在帝王和贵族的掌握与引导下，只能继续向形式主义的道路发展。梁元帝说：“至于文者，惟须绮縠纷披，宫徵靡曼，唇吻遒会，情灵摇荡。”追求形式美的倾向是很明显的。

南朝文人诗歌从宋初开始由玄言转向山水。玄言诗本来就与山水有密切关系。玄言诗人常常通过山水体会玄理，而登临山水也很早就成为士族阶级优闲享乐生活的一部分。东晋末年殷仲文、谢混的诗里，山水成分已逐渐增多。到了宋谢灵运，由于政治上的失意，“肆意游遨”，所至“辄为歌咏，以致其意”，山水成为主要的描写对象，遂完成了玄言诗到山水诗的转变。山水诗仍是贵族生活的产物，但它打破了玄言诗的平典，反映了自然美，并多少提高了诗歌的表现技巧，仍有历史的进步意义。宋代出身寒微的鲍照继承和发扬了汉乐府的传统精神，成为当时代表进步倾向的优秀诗人。他的作品猛烈地抨击了门阀制度，并表现了士族文学所少见的爱国思想和较广泛的社会内容。他的七言和杂言乐府改进了七言诗的形式，扩大了七言诗的影响，对七言诗的发展有重要贡献。齐、梁时代是我国诗体发生了重要变化的时期。我国诗歌自建安以来，渐重词藻、对偶、用事，晋陆机更注意到声音的谐调，到了这时，由于声韵学的发展，周颙发现了汉语的四声，接着沈约把四声运用到诗歌的声律上，提出“四声八病”之说，创造了“永明体”，为律诗的形成奠定了基础，开创了我国“近体诗”发展的时代。不过，“永明体”作家的创作大都内容单薄，形式工美，只有谢朓工于描写山水，成就较高。诗歌发展到梁、陈时代，在帝王和贵族手里，更导向了“宫体”的道路。梁简文帝萧纲、庾肩吾、庾信、徐摛、徐陵都是当时著名的宫体诗人。宫体诗是宫庭荒淫生活的反映，以描写女色为主，诗风浮艳绮靡，标志着贵族文学的堕落。这一时期只有江淹、吴均、何逊、阴铿等人的创作略有成就。

诗歌而外，骈文有突出的发展。我国散文从东汉起已渐趋整饬对偶，魏晋时期更形成了骈体文。这时在追求形式美风气的影响下，出现了骈文的高潮。骈文几乎占有了一切文字领域，只在历史和其他学术著作中，散文才保有一块微小的地盘。骈文词藻华丽，对偶工整，音韵优美，有其艺术特点，也出现少数内容上有价值的作品，但就其主导方面来说，却是以华丽纤巧的形式掩盖空虚贫乏的内容。

南朝的文学批评获得了空前的成就。魏晋时期，已不断有文学批评和文学理论著作出现，如曹丕《典论·论文》、陆机《文赋》、挚虞《文章流别论》等。到了南朝，由于文学创作的繁盛，文学日益成为一个独立部门，文学观念也日趋明晰。宋文帝开始立文学馆，与儒、玄、史三馆并列。宋范晔著史单立文苑传。这时发生的文笔之辨，更是一场关于文学界限的争论。这些无疑都对文学研究起着促进作用。加以追求形式华美风气的盛行，激起了一些进步文人的不满。在这样情况下，刘勰、锺嵘继承了前人文学批评的成果，创作了《文心雕龙》、《诗品》两部文学批评巨著。它们都有鲜明地反对重形式、轻内容的创作倾向，同时也把文学研究推到新的阶段。《文心雕龙》体大思精，对文体、创作、批评各方面都有系统的论述。《诗品》品评了众多诗人的成就与风格，其序言论述诗的起源和发展，颇有独到见解。这两部著作对后代文学批评产生了深远的影响。

西晋亡后，北方进入了五胡十六国时期。入居中原的匈奴、鲜卑、羯、氐、羌五族的统治者不断互相攻杀兼并，混战了一百多年，使中原经济和文化再次遭到惨重的破坏。他们用落后的军事统治实行残酷的民族压迫和阶级压迫，人民生活极端痛苦，不断爆发以汉族为主体的人民起义，给统治者以沉重打击，促使它们逐个破灭。北魏太武帝统一了北方，结束了混战局面。孝文帝迁都洛阳，他一方面实行均田制，促进了社会经济的发展，一方面大力推行汉化政策，加速了民族同化的过程，给封建文化的发展创造了条件。但是北魏仍是鲜卑贵族联合汉族豪强地主的统治，社会矛盾不断发展，终于在六镇起义的打击下，分裂为东、西魏，后来又分别为北齐、北周所代替，最后为汉族杨坚建立的隋朝所统一。

北方各族统治者为了巩固其统治，大半积极利用汉族的封建文化，所以推尊儒学，儒家思想占有相当的地位，与南朝的情况有别。统治者又利用佛教麻痹人民，因而佛教大盛。北朝的倡兴佛教与南朝稍有不同，它重在佞佛求福，所以寺院、石窟的建造比南方为甚，北魏极盛时期，洛阳有寺一千三百馀所，州郡有寺三万馀所，这对我国建筑、雕塑等艺术的发展有重要影响。

北朝文学最有成就的部分是民歌。它酷似汉乐府，相当广泛地反映了北方的社会现实和北方人民悲惨的命运，突出地表现了北方民族的精神面貌，并具有豪放刚健的独特风格。其中的《木兰诗》更是一首杰出的女英雄赞歌。

在长期混战和游牧民族落后的统治下，北朝文人创作是很消沉的。五胡十六国时期，文学作品几乎绝迹。北魏以后，开始出现一些作家，如温子升、邢邵、魏收等，但他们一味模仿南朝文学，缺乏特色。直到庾信由南入北，才为北朝文学打开局面。他本是南朝的宫体诗人，沦落北朝以后，作风大变，以刚健之笔写出了充满故国之思的“暮年诗赋”，并表现了南北文学融合的趋势，是成就较大的作家。

在南朝，骈文统治了文坛，北朝却出现了几部著名的散文著作。郦道元的《水经注》在描写山川景物上取得了很大的成就。杨衒之的《洛阳伽蓝记》不只描写佛寺建筑十分精彩，而且善于用简洁的文笔叙述故事，描写人物。颜之推的《颜氏家训》风格平易亲切。北方散文的发展以及苏亮、苏绰的提倡复古，都表现出北方文学与南方不完全相同的倾向。

第一章　建安和正始文学

汉末建安时期，我国文学有了重大的变化，这些变化标志着文学发展的新时期已经来到了。

这一时期，文坛上涌现了大量的作家，“三曹”、“七子”和蔡琰是其中的代表。他们都曾被卷入极度动乱的时代漩涡，生活和思想都有较大的变化。他们继汉乐府之后，打破了汉代文人诗歌消沉的局面，掀起了一个文人诗歌的高潮。他们直接继承了汉乐府民歌的现实主义精神，反映了丰富的社会生活，表现了新的时代精神，具有“慷慨悲凉”的独特风格，并且形成了“建安风骨”这一优良传统。同时他们普遍采用新兴的五言形式，奠定了五言诗在文坛上的坚固的地位。在这一时期，赋与散文也表现出了新的面貌。

第一节　曹操 曹丕

曹操（155—220），字孟德，沛国谯（今安徽亳县）人。二十岁举孝廉。黄巾起义时，他起兵镇压。军阀董卓要废汉献帝自立时，他又起兵讨卓。后因收编农民起义军，壮大了力量。建安元年迎献帝都许，从此“挟天子以令诸侯”，成为北方的实际统治者。

曹操是汉末一个杰出的政治家和军事家。他在当时阶级矛盾尖锐的形势下，实行了抑制豪强兼并、大兴屯田、用人唯才等一系列进步的政策，壮大了自己的力量，统一了北方。

曹操"外定武功，内兴文学"，他又是汉末杰出的文学家和建安文学新局面的开创者。他一方面凭借政治上的领导地位，广泛地搜罗文士，造成了"彬彬之盛"的建安文学局面；一方面用自己富有创造性的作品开创文学上的新风气。

他的诗全部都是乐府歌辞，史家说他"御军卅馀年，……登高必赋，及造新诗，被之管弦，皆成乐章"，确是实录。这些乐府歌辞虽沿用汉乐府古题，却并不因袭古辞古意，而是继承了乐府民歌"缘事而发"（《汉书·艺文志》）的精神，"用乐府题目自作诗"（清方东树语），反映了新的现实，表现出新的面貌。

曹操的一部分乐府诗反映了汉末动乱的现实。如《薤露行》描写了汉末大将军何进谋诛宦官、召四方军阀为助、以致董卓作乱京师的事。与此相关的还有《蒿里行》：

> 关东有义士，兴兵讨群凶。初期会盟津，乃心在咸阳。军合力不齐，踌躇而雁行。势利使人争，嗣还自相戕。淮南弟称号，刻玺于北方。铠甲生虮虱，万姓以死亡。白骨露于野，千里无鸡鸣。生民百遗一，念之断人肠。

献帝初平元年关东州郡起兵讨伐董卓，但是会师之后，渤海太守袁绍、淮南尹袁术等军阀却为争权夺利而自相残杀。这首诗便是继前诗之后反映了这一史实。诗末六句概括地写出了军阀混战所造成的惨象，并流露了诗人伤时悯乱的感情，苍凉激楚,形象鲜明。由于这两首诗都是用乐府旧题而写时事的,所以明人钟惺说:“汉末实录,真诗史也。”

曹操的《苦寒行》、《却东西门行》也是反映汉末动乱中的军旅征戍生活。前者说:“行行日已远,人马同时饥,担囊行取薪,斧冰持作糜”,描写山路行军的艰苦,历历如见;后者说:“戎马不解鞍,铠甲不离傍,冉冉老将至,何时返故乡”,抒发征夫怀乡之思,也深切感人。

曹操的另一部分乐府诗则表现了他的统一天下的雄心和顽强的进取精神。这类诗悲歌慷慨,具有更浓厚的抒情气息。《短歌行》是其中的代表。全诗共八解,开头两解说:“对酒当歌,人生几何?譬如朝露,去日苦多。慨当以慷,忧思难忘,何以解忧,唯有杜康”,抒发了诗人对时光流逝功业未成的深沉感慨。接着通过思念贤才、宴饮嘉宾的描写,表现了他爱才若渴的心情。末解写道:“山不厌高,水不厌深,周公吐哺,天下归心”,表现了他搜揽人才以完成统一事业的宏伟怀抱。全诗在深沉的忧郁之中激荡着一股慷慨激昂的情绪,我们可以感觉到在混乱的现实中建立功业的艰难和诗人坚定的信心。这首诗经过几个低昂回旋,把诗人起伏不平的心情,复杂多端的感慨,淋漓尽致地表现出来,艺术成就也是很高的。其中三、四两解,或半章或整章袭用《诗经》成句,使人毫不觉得,也是它艺术上的特点。此外,他的《龟虽寿》:“老骥伏枥,志在千里,烈士暮年,壮心不已”,表现了老当益壮的志士胸怀。《观沧海》:“秋风萧瑟,洪波涌起。日月之行,若出其中,星汉粲烂,若出其里”,则通过辽阔雄壮的沧海景色表现了诗人开阔的胸襟,又可以说是我国诗史上的一首比较完整的写景诗。

曹操的诗极为本色,艺术上的显著特点是用朴质的形式披露他的胸襟,使人读其诗如见其人。他是一个雄心勃勃的政治家和军事家,所以诗也是“如幽燕老将,气韵沉雄”(《敖陶孙诗评》)。尽管在语言形式上极接近汉乐府,却有自己的独特风格。

曹操的诗不仅对建安文学有开风气的作用,由于创造性较大,对后代文学也有重要的影响。他的以乐府古题写时事的做法对后来的新乐府诗有很大的启示。从他这种旧题新事乐府到杜甫的“即事名篇”的新题新事乐府,再到白居易等人掀起的新乐府运动,可以清晰地看出一脉相承的发展。另外,《诗经》以后,四言诗很少佳篇,曹操继承了“国风”和“小雅”的抒情的传统,创造出一些动人的篇章,使四言诗再一次放出光彩。后来嵇康、陶渊明等人有成就的四言诗都是沿着这条路走下去的。

曹操又是“改造文章的祖师”(鲁迅《魏晋风度与药及酒之关系》)。他的文和诗一样富有创造性。汉代散文,由于受辞赋的影响,趋向骈偶化,各种体裁的文章也往往形成某种固定的框框。曹操的散文只是用简洁朴素的文笔自由直率地写出要说的话,却自有鲜明的个性。如《让县自明本志令》,用简朴的文笔把他一生的心事披肝沥胆地倾吐出来,具有政治家雄伟的气魄和斗争的锋芒。文中说:“设使国家无有孤,不知当几人称帝,几人称王”,这些话是非曹操不能道的。曹操这种“清峻”“通脱”的散文风格表现了建安散文的新风貌,对魏晋散文的发展有重要的影响。

曹丕(187—226),字子桓,曹操之子。建安十六年为五官中郎将,二十二年立为魏太子,二十五年代汉帝自立,做了七年皇帝。

曹丕生活的主要时期是在建安十三年赤壁之战奠定了天下三分的局势之后。他在相对安定的环境里,过着贵公子、王太子和帝王的生活,因此,他的文学创作反映的内容远不及曹操丰富。

曹丕的诗歌有两个比较明显的特点:一个是描写男女爱情和游子思妇题材的作品很多,而且写得比较好;一个是形式多种多样,四言、五言、六言、七言、杂言无所不有。但成就较高的是五言诗和七言诗。

五言诗是建安作家普遍采用的新形式,曹丕的五言诗,如《清河作》写对深厚的爱情的向往,《于清河见挽船士新婚与妻别》写新婚离别的痛苦,《杂诗》写游子思乡之情,都是较好的作品。如《杂诗》其二:

> 西北有浮云,亭亭如车盖。惜哉时不遇,适与飘风会。吹我东南行,行行至吴会。吴会非我乡,安得久留滞。弃置勿复陈,客子常畏人。

前六句用比兴手法描写客子身不由主流离他乡的境遇,后四句揭示出滞留他乡的客子惴惴不安的心情,这些地方都明显地看出汉乐府和古诗的影响。

他的七言诗《燕歌行》两首特别值得注意,其第一首写得尤为出色:

秋风萧瑟天气凉，草木摇落露为霜，群燕辞归雁南翔。念君客游思断肠，慊慊思归恋故乡，君何淹留寄他方。贱妾茕茕守空房，忧来思君不敢忘，不觉泪下沾衣裳。援琴鸣弦发清商，短歌微吟不能长。明月皎皎照我床，星汉西流夜未央。牵牛织女遥相望，尔独何辜限河梁！

诗人将思妇安置在秋夜的背景中来描写，把她的缠绵悱恻的相思之情细腻委婉地表现出来，语言浅显清丽，很能表现曹丕诗歌的一般风格。七言诗，在曹丕以前，只有东汉张衡的《四愁诗》，但第一句夹有"兮"字，曹丕的《燕歌行》要算是现存最早的完整的七言诗，对七言诗的形成是有贡献的。《燕歌行》是汉乐府旧题，汉古辞已经不存，但从曹丕以后凡是写这个题目的也全是七言这一点看来，很可能这个曲调原来就是配七言的。从这里也可以看出七言诗的形成和乐府的关系。不过，曹丕所用的七言还是新起的形式，逐句押韵①，音节不免单调。到了刘宋时代的鲍照，它才在艺术上趋于成熟。

曹丕也比较擅长散文。他著有《典论》一书，可惜大部分篇章都已散佚或残缺不全，较完整的只有《自叙》和《论文》两篇。《自叙》善于叙事，其中写到一些较量才艺的细事，都能真切地传达出当时的情景。《论文》则善于议论，其中无论是对当时文人的批评或对文学观点的表述，都简明中肯。此外，他的《与吴质书》、《又与吴质书》悼念亡友，凄楚感人，对后来短

---

① 相传为汉武帝时作的柏梁台联句，虽亦是七言，并逐句押韵，但系伪作。

篇抒情散文的发展是有影响的。曹丕这些散文表现了建安散文通脱自然的共同倾向，但又具有自己清丽的特色。

第二节　建安七子与蔡琰

“七子”之称出于《典论·论文》，指孔融（字文举，153—208），陈琳（字孔璋，？—217），王粲（字仲宣，177—217），徐干（字伟长，171—218），阮瑀（字元瑜，？—212），应玚（字德琏，？—217），刘桢（字公干，？—217）七人。

“七子”中，孔融年辈较高，政治上反对曹操。他公然在父子的伦理上大反孔孟儒家旧说，被曹操加以“败伦乱理”的罪名而杀害。可说是“汉末孔府上”的“奇人”。他在文学上的成就主要是散文。他的文章虽然沿袭东汉文人的老路，骈俪成分极重，却能以气运词，反映了建安时期文学的新变化。曹丕说他“体气高妙”，刘勰说他“气盛于为笔”，张溥说他“诗文豪气直上”，都指出了这一特点。我们读他的《论盛孝章书》和《荐祢衡表》，确乎是“飞辩骋辞，溢气坌涌”的。此外，他的《杂诗》“远送新行客”写悼子之情，哀痛欲绝，也是抒情诗中较好的作品。

孔融之外，其馀六人则都是曹氏父子的僚属和邺下文人集团的重要作家。他们目击汉末的动乱，有的还经历困苦流离的生活，又都有一定的抱负，想依曹氏父子做一番事业，所以他们的作品反映了动乱的现实，表现了建功立业的精神，具有建安文学的共同特征。

王粲是“七子”中成就最高的作家，《文心雕龙·才略》称他为“七子之冠冕”。他能诗善赋。诗以《七哀诗》为最有名，其第一首是汉末现实的真实写照：

> 西京乱无象，豺虎方遘患。复弃中国去，委身适荆蛮。亲戚对我悲，朋友相追攀。出门无所见，白骨蔽平原。路有饥妇人，抱子弃草间，顾闻号泣声，挥涕独不还；“未知身死处，何能两相完！”驱马弃之去，不忍听此言。南登霸陵岸，回首望长安。悟彼下泉人，喟然伤心肝。

这是诗人由长安避乱赴荆州时写途中所见。诗中通过“白骨蔽平原”的概括描写和饥妇弃子的特写场面，深刻地揭示出当时军阀混战所造成的凄惨景象和人民的深重灾难，使人怵目惊心。这首诗和曹操的乐府一样体现了以旧题写时事的精神。

王粲滞留荆州登当阳城楼所写的《登楼赋》是脍炙人口的抒情小赋。赋中“挟清漳之通浦兮，倚曲沮之长洲，背坟衍之广陆兮，临皋隰之沃流。北弥陶牧，西接昭丘。华实蔽野，黍稷盈畴。虽信美而非吾土兮，曾何足以少留”一节，写他看见异乡风物之美而引起的思乡怀土之情，特别深切感人。这篇赋还表现了作者处于乱世壮志不得伸展的沉痛感情：“惟日月之逾迈兮，俟河清其未极。冀王道之一平兮，假高衢而骋力。惧匏瓜之徒悬兮，畏井渫之莫食。”反映了作者积极进取的一面。这篇赋写景和抒情结合，具有浓厚的诗意，脱尽了汉赋铺陈堆砌的习气，显示了抒情小赋在艺术上的成熟。

王粲而外，陈琳、阮瑀也都有反映现实的诗篇。陈琳的

《饮马长城窟行》假借秦代筑长城的事，深刻地揭露了当时繁重的徭役给人民带来的痛苦与灾难：

> 饮马长城窟，水寒伤马骨。往谓长城吏，“慎莫稽留太原卒！”“官作自有程，举筑谐汝声！”“男儿宁当格斗死，何能怫郁筑长城！”长城何连连，连连三千里。边城多健少，内舍多寡妇。作书与内舍：“便嫁莫留住。善事新姑嫜，时时念我故夫子。”报书往边地：“君今出语一何鄙！”“身在祸难中，何为稽留他家子？生男慎莫举，生女哺用脯。君独不见长城下，死人骸骨相撑拄！”“结发行事君，慊慊心意关，明知边地苦，贱妾何能久自全。”

“长城何连连，连连三千里”，这正是当时永远服不完的徭役的象征。诗中役夫忍痛劝妻子改嫁和妻子愿以死相守的表示，艺术地概括了徭役制度下无数家庭的悲剧。而通过对话展开情节，真实地表达了人物内心的情绪，又是乐府民歌中惯用的艺术手法。阮瑀的《驾出北郭门行》写后母虐待孤儿，揭露了封建社会家庭关系的冷酷无情，与汉乐府的《孤儿行》相类。

陈琳、阮瑀又以书檄擅名当时。陈琳避难冀州依袁绍时所写的《为袁绍檄豫州》和阮瑀的《为曹公作书与孙权》，都铺张扬厉，纵横驰骋，具有纵横家的特色。文中多用排比对偶句法，表现了散文逐渐向骈体发展的倾向。

刘桢也擅长写诗，在当时名气很大，可惜流传下来的作品很少，其中写得最好的是《赠从弟》三首，其第二首是这样的：

> 亭亭山上松，瑟瑟谷中风。风声一何盛，松枝一何劲。冰霜正惨凄，终岁常端正；岂不罹凝寒？松柏有本性。

这首诗通过比兴手法写出了有理想有抱负之士守志不阿的节操，表现了诗人的“真骨凌霜，高风跨俗”（锺嵘《诗品》）的品格。

徐干是学者，曾著《中论》抨击儒者之弊。但他的情诗《室思》也写得很好：“思君如流水，何有穷已时？”写得一往情深，其意境常为后来的诗人所化用。应玚的诗则无甚出色。

与“七子”相颉颃并以才华著称的是女作家蔡琰。琰字文姬，大约生于灵帝熹平(172—178)年间。她是蔡邕之女，自幼有很好的文化教养，史载她“博学有才辩，又妙于音律”。但她一生的遭遇却非常不幸。幼年曾随被陷获罪的父亲度过一段亡命流离的生活。后来嫁给河东卫仲道，又遭夫亡，因为无子而回家寡居。未几，在汉末大乱中，为胡骑所掳，遂流落于南匈奴（今山西地方）。在南匈奴她滞留十二年，嫁给胡人，生了两个孩子，后为曹操赎回，再嫁陈留董祀。正是这样的文化教养和不幸遭遇，使她写下了杰出的诗篇。

现在流传下来题为蔡琰的作品共有三篇：五言《悲愤诗》、骚体《悲愤诗》和《胡笳十八拍》。它们都是自传性的作品，由于蔡琰的生平历史记载不详，后人对这些诗的真伪有不同的看法，并引起了争论。但就目前关于蔡琰生平比较可信的一些材料来看，五言《悲愤诗》最符合事实，可以断定为蔡琰所作。骚体《悲愤诗》和《胡笳十八拍》尚须进一步研究。

五言《悲愤诗》是建安文坛上的一篇杰作。它长达五百四十字，像这样的长篇叙事诗，是前此文人诗歌中所没有的。这

首诗生动地描写了诗人在汉末军阀混战中的悲惨遭遇。她在被掳途中,受尽了胡兵的虐待和侮辱:

> 所略有万计,不得令屯聚。或有骨肉俱,欲言不敢语。失意几微间,辄言"毙降虏;要当以亭刃,我曹不活汝!"

在滞留胡中的漫长岁月中又无时不为思念亲人乡土的感情所煎熬:"感时念父母,哀叹无穷已。"幸而得以归国了,却又要和亲生的子女离别:

> 儿前抱我颈,问"母欲何之。人言母当去,岂复有还时?阿母常仁恻,今何更不慈?我尚未成人,奈何不顾思!"见此崩五内,恍惚生狂痴。号泣手抚摩,当发复回疑。

待她回到家后,等着她的是一片废墟。她虽然"托命于新人",但是"流离成鄙贱,常恐复捐废",在残酷的礼教统治下,有了像她这样遭遇的人是为人所不齿的,无可奈何她只有"怀忧终年岁"了。这首诗虽然中心是写诗人自身的遭遇,但在那个动乱的现实中,遭遇这样悲惨命运的正不知有多少。所以,它是通过一个人的不幸遭遇反映了汉末动乱中广大人民特别是妇女的共同命运,同时也控诉了军阀混战的罪恶。

汉乐府中开始大量出现叙事诗,像《十五从军征》、《孤儿行》等都是以诗中人物自叙身世遭遇。《悲愤诗》正是从精神到艺术手法都接受了这一传统影响的产物。《悲愤诗》在艺术上的显著特色是现实主义,它善于通过细节的描写,具体生动地表现各种场面，使人有如亲临其境，目睹其人。它在我国现实主义诗歌发展史上有重要的地位。唐代伟大的现实主义诗人杜甫的《北征》等诗显然接受了它的影响。

骚体的一首艺术成就不高。《胡笳十八拍》却是一首长篇的浪漫主义的抒情杰作。它与《悲愤诗》虽然是同写一件事，但风格迥异。它不是客观地细致地描写诗人的种种遭遇，而是饱含血泪地对不幸的命运发出呼天抢地的控诉，感情汹涌澎湃，如第八拍中写道：

为(谓)天有眼兮何不见我独漂流？为(谓)神有灵兮何事处我天南海北头？我不负天兮天何配我殊匹？我不负神兮神何殛我越荒州？

这很能表现这首长诗的艺术特色。

第三节　曹　植

曹植(192—232)，字子建，曹丕之弟。他是建安时期最负盛名的作家，《诗品》称为“建安之杰”。现在流传下来的作品也最多，诗有八十多首，辞赋、散文完整的与残缺不全的共四十馀篇。从这些作品来看，其成就的确在建安时期一般作家之上。

曹植的一生以曹丕称帝为界，明显地分为前后两期。前期他以才华深得曹操的赏识与宠爱，几乎被立为太子，志满意得；后期曹丕父子做了皇帝，由于前期有争为太子一段经历，对他深怀猜忌，横加压抑与迫害，他虽然仍不失王侯的地位，却“抑郁不得志”，终于在愤懑与苦闷中死去。这种生活遭遇，对他的创作有着深刻的影响。

曹植前期也是在相对安定的环境中过着贵公子生活，但颇有功名事业心。他一生所热烈追求的是“戮力上国，流惠下民，建永世之业，流金石之功”（《与杨德祖书》）。当天下三分，魏、蜀、吴鼎峙时，他的政治雄心便是西灭“违命之蜀”，东灭“不臣之吴”，“混同宇内，以致太和”（《求自试表》）。他的诗歌的主要内容之一，便是表现这种雄心壮志。《薤露篇》说：“愿得展功勤，输力于明君。怀此王佐才，慷慨独不群”。在《鰕䱇篇》里，诗人自比为鸿鹄，把“势利惟是谋”的小人比为“不知江海流”的鰕䱇和“安识鸿鹄游”的燕雀。这些都表现了他追求理想和颖脱不群的性格。但由于诗人前后期生活境遇的不同，表现这方面内容的作品，其情调、风貌也有显著的差异。前期以《白马篇》为代表，它塑造了一个武艺高强、渴望卫国立功甚至不惜壮烈牺牲的爱国壮士的形象，充满豪壮的乐观的精神：“羽檄从北来，厉马登高堤。长驱蹈匈奴，左顾凌鲜卑。……捐躯赴国难，视死忽如归。”后期以《杂诗》为代表，更多地表现了壮志不得施展的愤激不平之情。如《杂诗》其五：

> 仆夫早严驾，吾行将远游。远游欲何之？吴国为我仇。将骋万里途，东路安足由？江介多悲风，淮泗驰急流。愿欲一轻济，惜哉无方舟！闲居非吾志，甘心赴国忧。

曹植后期备受迫害和压抑。《世说新语》载一个故事说，曹丕曾命他七步中为诗，不成则将行大法。他作诗道："煮豆持作羹，漉豉以为汁，萁在釜下然，豆在釜中泣，本自同根生，相煎何太急。"这个传说很能表现他当时的处境。他的后期诗歌也主要是表现这种处境和心情。

作于黄初四年的《赠白马王彪》是诗人后期的一篇重要作品。当时诗人和白马王曹彪、任城王曹彰都去京师朝会，任城王到京后不明不白地死去，诗人与白马王回返封地时，又为有司所阻，不能同行，于是诗人"愤而成篇"，写下了这首赠诗。全诗共分七章，表现了丰富的复杂的感情。诗中如"鸱鸮鸣衡轭，豺狼当路衢，苍蝇间白黑，谗巧令亲疏"，痛斥了迫使他们分行的有司；"奈何念同生，一往形不归。孤魂翔故域，灵柩寄京师"，表现了对任城王暴亡的深沉悼念；"变故在斯须，百年谁能持"，也吐露了诗人在岌岌可危的处境中惴惴不安的心境。这首诗虽然只是抒发诗人的主观感情，客观上却深刻地暴露了统治阶级内部萁豆相煎的残酷，是有深刻的思想意义的。这首诗的抒情艺术水平也很高。诗人把复杂的感情，通过章章蝉联的辘轳体的形式，一步步抒发出来，极有层次。另外，诗人的感情虽然十分悲愤激切，却不是一味的直接倾诉，往往通过叙事、写景，或通过哀悼、劝勉等方式宕开去写，这就把感情表现得沉着从容，丰富深厚。

此外，他的《吁嗟篇》以转蓬为喻形象地描写了他"十一年中而三徙都"的生活处境和痛苦心情。《野田黄雀行》则表现了他对迫害的愤怒和反抗：

高树多悲风，海水扬其波。利剑不在掌，结交何须多。不见篱间雀，见鹞自投罗。罗家得雀喜，少年见雀悲；拔剑捎罗网，黄雀得飞飞；飞飞摩苍天，来下谢少年。

诗人以罗家喻迫害者，以雀喻受害者，塑造了一个解救受难者的侠义少年的形象，寄寓了作者的理想和反抗情绪。曹丕即位就积极翦除曹植的羽翼，杀死了他的好友丁仪、丁廙等，可见这样的诗是有现实背景的。

曹植前期的诗歌主要是表现他的壮志，很少反映社会现实，只有《送应氏》第一首因送友人而连带写到友人所居的洛阳的残破。后期由于自己生活的不幸，逐渐能体会到一些下层人民的痛苦，才写出了个别反映人民疾苦的诗篇。如《泰山梁甫行》给我们描绘了一幅当时边海人民贫困生活的画面：

八方各异气，千里殊风雨。剧哉边海民，寄身于草野。妻子象禽兽，行止依林阻。柴门何萧条，狐兔翔我宇。

《杂诗》第二首则表现了对从戎的“客子”的同情。

曹植还写了不少情诗，如《七哀》、《美女篇》等。这些诗与表现壮志的诗风格明显不同，感情哀婉缠绵，与汉末古诗中的抒情诗极相近。《七哀》一首情调尤肖《古诗十九首》。这些诗中有一些可能寄托了诗人君臣不偶和怀才不遇的感情。

《诗品》说曹植的诗“骨气奇高，词采华茂”，很能概括曹植诗歌的艺术风格。曹植一生热中功名，追求理想，遭遇挫折后，壮志不衰，转多愤激之情，所以诗歌内容充满追求与反抗，富有气势和力量，这就形成了“骨气奇高”的一面。

在建安诗人中,曹植要算是最讲究艺术表现的。他的诗歌虽然也脱胎于汉乐府,但同时吸收了汉末文人古诗的成就,并努力在艺术上加以创造和发展。建安诗歌从乐府出来逐渐文人化,到了曹植手里就具有明显的文人诗的面目了。如《美女篇》模仿汉乐府《陌上桑》,但描写的细致和词藻的华丽,与《陌上桑》迥异其趣,正表现了这种倾向。曹植的这种努力造成了他的"词采华茂"的一面。他的诗善用比喻,不只多而贴切,并且常常以全篇为比,如以少年救雀喻解救受难者,以转蓬飘荡喻流徙生活,以女无所归喻怀才不遇等。他的诗又注意对偶、炼字和声色。如:"明月澄清景,列宿正参差。秋兰被长坂,朱华冒绿池。潜鱼跃清波,好鸟鸣高枝",一连三联对偶,后两联尤为工整。"被"字,"冒"字见出作者选词用字的匠心。他有些诗句已暗合律诗的平仄,富于音乐性。此外曹植的诗还工于起调,善为警句,如"高树多悲风,海水扬其波"、"惊风飘白日,光景驰西流",它们或在篇首,或在篇中,都使全诗增色。曹植这方面的成就提高了诗歌的艺术性,但也开了雕琢词藻的风气。

曹植的辞赋也都是抒情小赋。《洛神赋》是他赋中的名作。这篇赋接受了《神女赋》的影响。它熔铸神话题材,通过梦幻境界,描写一个人神恋爱的悲剧。赋中先用大量篇幅描写洛神宓妃的容貌、姿态和装束,然后写到诗人的爱慕之情和洛神的感动:"于是洛灵感焉,徙倚彷徨,神光离合,乍阴乍阳。竦轻躯以鹤立,若将飞而未翔。践椒涂之郁烈,步蘅薄而流芳。超长吟以永慕兮,声哀厉而弥长。"通过这些动作的描绘把洛神多情的性格也刻画得十分突出。最后写到由于"人神之道殊"，洛神含恨赠珰而去，和诗人失意追恋的心情，有浓厚的悲剧气氛。这篇赋想象丰富，描写细腻，词采流丽，抒情意味和神话色彩很浓，艺术的魅力很大。

在曹植的文章中，《与吴季重书》和《与杨德祖书》是两篇有名的散文书札。后一篇直抒怀抱，讥弹时人，文笔锋利简洁，也很能表现他自视甚高的性格。另外，他的《求自试表》、《求通亲亲表》是两篇骈俪成分很重的文章。但它们都有一定的内容，而在形式上，对偶排比句也往往是三、四、五、六言相间，并且不排斥散句，所以错落有致，工整而不萎弱，与后来许多缺乏内容、只求形式工美的骈文有很大不同。特别是前一篇，诗人的急切用世之心，洋溢在字里行间。

建安文学在我国文学史上占有重要的地位。一个时期的文学能形成一种传统而被接受下来是不多的。锺嵘在反对晋以后的形式主义诗风时，曾慨叹"建安风力尽矣"！初唐诗人陈子昂在进行诗歌革新时，也高举"汉魏风骨"的旗帜，这说明"建安风骨"的传统对后世文学的影响是相当深远的！

第四节 阮籍 嵇康

继建安文学之后的正始文学，在文学史上也有它的贡献，代表作家是阮籍、嵇康。

正始时期，代表世族大地主利益的司马氏，在逐渐掌握了魏国的军政大权之后，与曹魏统治者展开了激烈的争夺政权的斗争，政治异常黑暗。阮籍、嵇康都有较进步的政治思想，不满现实的腐朽。他们看到司马氏假"名教"以达到自私的目的，便以老庄的“自然”与之对抗。他们的创作虽然贯串着老庄思想，与建安文学有明显的不同，但仍然反映了这一时期的政治现实，在基本精神上还是继承了“建安风骨”的传统的。

阮籍(210—263)，字嗣宗，陈留尉氏(今河南开封)人。他早年“好书诗”，有“济世志”，但处于魏晋易代之际，在统治阶级内部的残酷斗争中，不仅抱负无由施展，自身的安全也没有保障。于是转而崇尚老庄思想，对黑暗的现实采取了一种消极反抗的态度。他终日“饮酒昏酣，遗落世事”，作官只是“禄仕”而已，言谈交际更是“发言玄远，口不臧否人物”。

阮籍尽管在行动上佯狂放诞，内心却十分痛苦。史载他“时率意独驾，不由径路，车迹所穷，辄恸哭而返”。他把这种寓藏在内心的、无由发泄的痛苦与愤懑都在诗歌中用隐约曲折的形式倾泻出来，这就是著名的八十二首五言《咏怀诗》。《咏怀诗》不是一时之作，它们真实地表现了诗人一生的复杂的思想感情。如“夜中不能寐”一诗：

> 夜中不能寐，起坐弹鸣琴。薄帷鉴明月，清风吹我襟。孤鸿号外野，翔鸟鸣北林。徘徊将何见，忧思独伤心。

这首诗表现了生活在黑暗现实里的诗人内心苦闷，末两句更充分表现出他那看不见任何希望和出路的忧思。“独坐空堂上”一首则典型地表现了诗人孤独索寞的感情。

在魏晋易代之际，最刺激诗人心灵的是政治的恐怖。“嘉树下成蹊”一首写道：

嘉树下成蹊，东园桃与李。秋风吹飞藿，零落从此始。繁华有憔悴，堂上生荆杞。驱马舍之去，去上西山趾。一身不自保，何况恋妻子。凝霜被野草，岁暮亦云已。

诗人通过自然景物由繁华而零落憔悴的过程，形象地揭示出曹魏政权的由盛而衰，表现了自己生命难保的忧惧心情。“一日复一夕”一诗更表现了诗人处于这种险恶环境中“终身履薄冰，谁知我心焦”的战战兢兢的心理。

阮籍尽管有惧祸的思想，但对暴虐的现实政治仍表现了一种守正不阿的品格：

徘徊蓬池上，还顾望大梁。绿水扬洪波，旷野莽茫茫。走兽交横驰，飞鸟相随翔。是时鹑火中，日月正相望。朔风厉严寒，阴气下微霜。羁旅无俦匹，俛仰怀哀伤。小人计其功，君子道其常。岂惜终憔悴，咏言著斯章。

诗人用朔风微霜喻司马氏的肆暴，用走兽飞鸟喻小人的逢迎驰骛，用羁旅喻自己的寡俦，清楚地表现出时局的状况和诗人的处境①。但诗人却坚定地表示不学计功的小人，而要做守常的君子。此外，他在一些诗中歌颂“气节故有常”的壮士，揭露“闲游子”“工言子”“夸毗子”“佞邪子”等小人，以及“外厉贞素谈，户内灭芬芳”的虚伪的礼法之士，也正是这一主题的发挥。

---

① 何焯据诗中“是时鹑火中，日月正相望”所指的时序，推定此诗是“指司马师废齐王事”，是可信的。

阮籍不仅不满司马氏黑暗残暴的统治，从进步的政治思想出发，他对曹魏统治者的日趋荒淫腐朽也进行了揭露。如“驾言发魏都”：

> 驾言发魏都，南向望吹台。箫管有遗音，梁王安在哉。战士食糟糠，贤者处蒿莱。歌舞曲未终，秦兵已复来。夹林非吾有，朱宫生尘埃。军败华阳下，身竟为土灰。

这首诗借古以寓今，揭露了魏国后期政治的腐败和统治者的荒淫。结尾大胆地指出这必将导致灭亡的命运。“湛湛长江水”一首表现了同样的主题。

《咏怀诗》是一个复杂的总体。除了上述这些积极内容之外，也有不少作品表现了诗人意志消沉、畏祸避世的消极思想。

阮籍处于政治高压之下，虽然满腹愤懑不平却不能直接说出来，因此，尽管他是“使气以命诗”（《文心雕龙·才略》），在表现上却多用比兴手法：或用自然事物象征，或用神话游仙暗示，都是言在此而意在彼，隐约曲折地表现思想内容，正如《诗品》说的：“言在耳目之内，情寄八荒之表。……厥旨渊放，归趣难求”。《咏怀诗》继承了《小雅》和《古诗十九首》，但比兴手法的大量使用，则又显然是受了楚辞的影响。所以阮籍不仅是建安以来第一个全力作五言诗的人，而且能吸收多方面的影响，创造独特的风格，在五言诗的发展中是占有重要地位的。

阮籍这种以咏怀为题的抒情诗对后世作家有很大影响。

陶渊明的《饮酒》,庾信的《拟咏怀》,陈子昂的《感遇》,李白的《古风》,这些成组的咏怀之作,显然都是继承阮籍《咏怀诗》这一传统而来的。

阮籍的《大人先生传》是一篇有价值的散文。传中所塑造的超世独往、与道合一的大人先生形象虽然是虚幻的,并有某种引导人们脱离现实的倾向,但对封建社会的批判和揭露却是深刻尖锐的。传中说:“君立而虐兴,臣设而贼生,坐制礼法,束缚下民。”一语便揭穿了封建统治的本质。作者指出这样的统治是无法巩固的,必有一天会遭遇“亡国戮君溃散之祸”,到了这时,那些依附封建统治的寄生虫也必然同归于尽:

> 且汝独不见夫虱之处于裈中乎?逃乎深缝,匿乎坏絮,自以为吉宅也。行不敢离缝际,动不敢出裈裆,自以为得绳墨也。饥则啮人,自以为无穷食也。然炎丘火流,焦邑灭都,群虱死于裈中而不能出,汝君子之处区内,亦何异夫虱之处裈中乎?

在客观上散布了对封建社会的悲观思想。这篇散文显然受了《庄子》寓言、楚辞神游、汉赋铺张的影响。全篇使气骋辞,奇偶相生,韵文与散文间杂,有它的独特风格。

嵇康(223—263),字叔夜,谯国铚(今安徽宿县西)人。他的性格明显地表现为两面:一面崇尚老庄,恬静寡欲,好服食,求长生;一面却尚奇任侠,刚肠嫉恶,在现实生活中锋芒毕露,因此为司马氏所不容,而遭杀身之祸。嵇康的反对司马氏,固然与他为魏室姻亲有关,但根本的原因却在于他不满意司马氏的黑暗、残暴的统治。他在《太师箴》中揭露“季世”的情况说:“骄盈肆志,阻兵擅权,矜威纵虐,祸崇丘山。刑本惩暴,今以胁贤。昔为天下,今为一身。”这实际是对司马氏统治的痛斥。

嵇康在反抗现实的表现上比阮籍激烈,诗歌成就却不如阮籍。他的诗歌着重表现一种清逸脱俗的境界。如《酒会诗》之一:

> 淡淡流水,沦胥而逝;汎汎柏舟,载浮载滞。微啸清风,鼓檝容裔。放櫂投竿,优游卒岁。

不过他也有一些诗,如《答二郭》等明显地表现了愤世嫉俗的感情,特别是因吕安事牵连入狱后所写的《幽愤诗》,叙述了他托好老庄不附流俗的志趣和耿直的性格,虽然也责备自己“惟此褊心,显明臧否”,以致“谤议沸腾”,但他并不肯改变素志,最后表示要“采薇山阿,散发岩岫”,仍然是以俊逸之辞表现他的硬骨头。诗风的“峻切”,于此可见。他的四言诗艺术成就高于五言。

嵇康的《与山巨源绝交书》是一篇有浓厚的文学意味和大胆的反抗思想的散文。文中说:“人伦有礼,朝廷有法。自惟至熟,有必不堪者七,甚不可者二。”他的“必不堪者七”,是表示蔑视虚伪礼教,“甚不可者二”更是公然对抗朝廷法制,所谓“每非汤武而薄周孔”,正是公开揭穿司马氏争夺政权的阴谋。也正因为这篇书信,司马氏终于杀害了他。这篇散文自始至终贯串着对司马氏腐朽统治的决绝态度。他把山涛荐他作官比作是“羞庖人之独割，引尸祝以自助；手荐鸾刀，漫之膻腥”，极尽辛辣讽刺之能事。并表示如果司马氏要强迫他作官，他就会像野性难驯的麋鹿，“狂顾顿缨，赴汤蹈火”。全文嬉笑怒骂，锋利洒脱，很能表现他峻急刚烈的性格。

第二章　西晋文学

文学发展到西晋开始了明显的转变。西晋的士族制度加深了阶级鸿沟，士族文人远离社会和人民，他们的创作缺乏现实内容，就只能追求形式的华美，“采缛于正始，力柔于建安”（《文心雕龙·明诗》），“体情之制日疏，逐文之篇愈盛”（《文心雕龙·情采》）。晋初傅玄、张华已经表现出这样的倾向，到了陆机、潘岳遂发展到了严重的阶段。这一时期只有左思、刘琨等个别作家在文学上表现了突出的成就。

第一节　傅玄　张华

傅玄、张华是晋初的著名诗人，他们的诗风表现了由魏到晋的过渡。

傅玄（217—278），字休奕，是晋初出身较寒微的大官僚，政治思想较为开明，多有针对时弊的谏议，《晋书》本传说他“性刚劲亮直”，“謇謇当朝”，“使台阁生风，贵戚敛手”。

傅玄以乐府诗见长。他虽然在晋武帝制礼作乐时，写了不少歌功颂德的宗庙乐章；但一部分乐府却继承了汉乐府民歌的传统，反映了社会问题，具有现实意义。其中尤以反映妇女问题的作品为最突出。如《豫章行·苦相篇》：

苦相身为女，卑陋难再陈。儿男当门户，堕地自生神。雄心志四海，万里望风尘。女育无欣爱，不为家所珍。长大逃深室，藏头羞见人。垂泪适他乡，忽如雨绝云。低头和颜色，素齿结朱唇。跪拜无复数，婢妾如严宾。情合同云汉，葵藿仰阳春；心乖甚水火，百恶集其身。玉颜随年变，丈夫多好新。昔为形与影，今为胡与秦。胡秦时相见，一绝逾参辰。

从女子出生、成长到嫁人以至婚后生活的整个过程中，深刻有力地揭示了封建社会妇女地位的低下。他用汉乐府《豫章行》的旧题写现时情事，显然接受了曹操乐府诗的影响。此外，傅玄的故事性乐府《秋胡行》表现了秋胡妻忠于爱情的贞烈行为；《秦女休行》描写了庞烈妇的正义复仇举动，都从正面歌颂了妇女的高贵品质。特别是后一首塑造了一个不畏强暴为父母报仇雪耻的妇女形象，全诗“音节激扬，古质健劲”（《采菽堂古诗选》），颇有汉魏风骨。

傅玄的一些描写爱情的小诗有着较高的艺术成就。如《杂言》：

雷隐隐，感妾心；倾耳听，非车音。

仅仅十二个字，却传神地表现了思妇如痴入迷的情态。此外如《西长安行》、《短歌行》、《昔思君》等也都是好作品。《西长安行》是模仿汉乐府的《有所思》的，但后者表现对变心人的决绝态度，前者却描写了一种情不忍绝的缠绵宛转的心境，故仍给人以新鲜的感觉。傅玄这一类诗善用比兴,构思新巧,语简情深,清丽可喜。

傅玄有些诗纯系机械的模拟之作。如《艳歌行》便是亦步亦趋地模拟《陌上桑》,不只毫无新鲜的意味,而且歪曲了原诗的人物形象。这类创作开了后来机械拟古的风气。

张华(232—300),字茂先,出身寒微而官至显位,是一个较正直的官僚。史称他“尽忠辅弼,弥缝补缺,虽当暗主虐后之朝,而海内晏然,华之功也”。

西晋继正始之后,名士多崇尚玄虚,张华在《壮士篇》中说:“年时俛仰过,功名宜速崇。壮士怀愤激,安能守虚冲?”正由于他有一种积极进取的精神,所以不满意士族阶级的醉生梦死,写下了一些揭露士族腐朽的诗篇。如《游猎篇》通过游猎生活的描写,暴露了士族生活的放荡。《轻薄篇》更用铺张的笔法淋漓酣畅地揭露了士族生活的骄奢淫逸:“甲第面长街,朱门赫嵯峨。苍梧竹叶清,宜城九酝醝。浮醪随觞转,素蚁自跳波。美女兴齐赵,妍唱出西巴。……盘案互交错,坐席咸喧哗。簪珥或堕落,冠冕皆倾邪。酣饮终日夜,明灯继朝霞。绝缨尚不尤,安能复顾他?”这些诗在内容上还保有汉乐府精神。不过他的不少诗往往内容单薄,而爱铺排对偶、堆砌典故和词藻,不免显得繁缛乏味。这种情况有时简直发展到了病态的程度。如《博陵王宫侠曲》描写“雄儿”说:“吴刀鸣手中,利剑严秋霜。腰间叉素戟,手持白头镶。”为了铺排文字让雄儿带上这么多武器,就很难想象。《诗品》评他“其体华艳,兴托不奇。巧用文字,务为妍冶”,很能说明他的诗的一般风格。

张华的《情诗》艺术性较高。“居欢惜夜促,在戚怨宵长。拊枕独啸叹,感慨心内伤。”“巢居知风寒,穴处识阴雨。不曾远别离,安知慕俦侣?”写情真实动人,表现上也较朴实,没有繁缛的堆砌毛病。

第二节 陆机 潘岳 张协

西晋太康、元康时期,文坛上出现了更多的作家,有三张(张载、张协、张亢)、二陆(陆机、陆云)、两潘(潘岳、潘尼)、一左(左思)之称。西晋初年,晋武帝在全国统一后,为了稳定统治,又采取了一些进步措施,因此出现了太康年间的小康局面。这更使得士族阶级得意忘形,看不见任何社会矛盾。因此,这一时期以陆机、潘岳为代表的一些士族文人,大大地发展了形式主义的诗风。

陆机(261—303),字士衡,吴郡(今江苏松江县附近)人。吴大司马陆抗之子,吴亡入洛,成为太康文坛最著名的作家,他的文风对当时有深刻的影响。

陆机诗内容贫乏,无非是士大夫的一般感慨,却竭力追求词藻和对偶,结果流于堆砌呆板,繁冗乏力,如《长歌行》:“寸阴无停晷,尺波岂徒旋? 年往迅劲矢,时来亮急弦。远期鲜克及,盈数固希全。容华夙夜零,体泽坐自捐”,不过是时光易逝、人生难久一点意思,却敷衍成对偶的八句。陆机诗的另一特点,是机械地模拟前人。比如乐府,曹氏父子是“用乐府题目自作诗”,他却是因袭旧题,敷衍成篇,“踵前人步伐,不能流露性情”(黄子云《野鸿诗的》)。如模仿曹操的《苦寒行》,远不及原诗的形象生动。他的《拟古诗》十二首是模仿《古诗十九首》的,虽曾名重一时,却也是意不出于原诗,只略为变换词句而已。陆机诗的这些特点使他成为当时形式主义诗风的代表人物。

陆机只有少数作品略为可取。如《赴洛道中作》:

> 远游越山川,山川修且广。振策陟崇丘,案辔遵平莽。夕息抱影寐,朝徂衔思往。顿辔倚嵩岩,侧听悲风响。清露坠素辉,明月一何朗。抚枕不能寐,振衣独长想。

不甚铺排辞藻,而能比较形象地写出诗人去国远行途中的一些亲身感受。此外,他的诗也还往往有些名句,如孙绰所说的:“陆文若排沙简金,往往见宝”(《世说新语·文学》)。

陆机的赋与文,虽然内容也不够深厚,但较有自己的感触和体会,成就比诗要高。如《叹逝赋》、《吊魏武帝文》,都写得凄婉动人。此外,他的《演连珠》引喻贴切,文字工整,表现了他在运用骈俪文字上的熟练技巧。《文赋》则是精心结撰的论文名作,我们将在文学批评一章中叙述。

潘岳(247? —300),字安仁,荥阳中牟(今河南开封附近)人。晋惠帝时,一些文人名士趋附权臣贾谧,有二十四友之目,“岳为其首”。赵王伦执政时,为孙秀所害。

潘岳与陆机齐名,也是当时形式主义诗风的代表人物。他的诗与陆机一样缺乏深厚的内容,其艺术表现的特点之一是词采华艳，所以孙绰说“潘文烂若披锦”（《世说新语·文学》）；其次是铺叙过多，往往平缓繁冗而缺乏含蓄。不过他的诗间有真挚的感情，比陆诗要高一筹，特别是他的名作《悼亡诗》三首，其一云：

> 荏苒冬春谢，寒暑忽流易。之子归穷泉，重壤永幽隔。私怀谁克从？淹留亦何益？僶俛恭朝命，回心反初役。望庐思其人，入室想所历。帷屏无仿佛，翰墨有馀迹。流芳未及歇，遗挂犹在壁。怅恍如或存，周遑忡惊惕。如彼翰林鸟，双栖一朝只；如彼游川鱼，比目中路析。春风缘隙来，晨霤承檐滴。寝息何时忘，沉忧日盈积。庶几有时衰，庄缶犹可击。

“帷屏”四句写物在人亡之感，“春风”四句写沉浸于悲哀之中不觉冬去春来的感受，都很动人。后人写哀念亡妻的诗也都用“悼亡”为题，是受了他的影响。

潘岳又“善为哀诔之文”。他的《怀旧赋》、《寡妇赋》、《哀永逝文》等都以善叙哀情著称。如《哀永逝文》说：“昔同涂兮今异世，忆旧欢兮增新悲。谓原隰兮无畔，谓川流兮无岸。望山兮寥廓，临水兮浩汗。视天日兮苍茫，面邑里兮萧散。匪外物兮或改，固欢哀兮情换。”写丧失了亲人之后，觉得周围一切都变得空旷萧条，表现哀情曲折而深入。

张协（255？—310？），字景阳。他的诗艺术成就较高。在当时日趋雕琢繁缛的诗风里，既能“文体华净，少病累”，又能“巧构形似之言”（锺嵘《诗品》），写景状物都很形象。《杂诗》

十首是他的代表作。它们或写闺中怀人之情，或写远宦思乡之感，或伤怀才莫展，或叹世路多艰，或高歌固穷守志，或自勖及时努力，内容较为广泛，而情志的高远，造语的清新警拔，都在潘、陆等人之上。如"秋夜凉风起"：

秋夜凉风起，清气荡暄浊。蜻蛚吟阶下，飞蛾拂明烛。君子从远役，佳人守茕独。离居几何时，钻燧忽改木。房栊无行迹，庭草萋以绿。青苔依空墙，蜘蛛网四屋。感物多所怀，沈忧结心曲。

全诗情景结合，辞语清拔，很能表现"词采葱蒨，音韵铿锵"（《诗品》）的特点。"房栊无行迹"四句，通过景物的描绘来表现思妇的深切怀思，这种手法对后来抒情诗人有启发。

第三节　左思　刘琨　郭璞

在形式主义诗风盛行的太康时期，能继承和发扬"建安风骨"的传统，写出了有充实内容的作品的作家，是杰出的诗人左思。思字太冲，齐国临淄（今山东临淄附近）人。大约生于魏废帝时代，卒于西晋末年。左思出身寒微，晋武帝时，妹棻以才名被选入宫，全家迁居京师。思官秘书郎，以《三都赋》显名当时。惠帝时，预贾谧二十四友之列，并曾为贾谧讲《汉书》。永康元年，谧被诛，乃退居宜春里。后齐王冏命为记室，辞不就。太安中，张方纵暴京师，遂全家去冀州，数岁而死。

左思现存诗十四首。《文心雕龙》说他"尽锐于《三都》，拔萃于《咏史》"。《咏史》八首是他的代表作。这些诗并非一时写的，它反映了诗人由积极而消极的过程。

晋自武帝即位以来，东南吴国和西北羌胡不断犯扰边境，《咏史》第一首说："铅刀贵一割，梦想骋良图。左眄澄江湘，右盼定羌胡"，表现他要为国立功的雄伟抱负。在第三首中，诗人歌颂段干木、鲁仲连"遭难能解纷，功成耻受赏"，实际也是表现他"功成不受爵，长揖归田庐"的高尚品格。

左思在《杂诗》中写道："高志局四海，块然守空堂。壮齿不恒居，岁暮常慨慷。"左思妹棻为贵嫔，他一生仍不得志，这主要由于出身寒微而得不到门阀社会的重视。正是这样，诗人把笔锋转向了对门阀制度的揭露和抨击。如《咏史》第二首：

> 郁郁涧底松，离离山上苗，以彼径寸茎，荫此百尺条。世胄蹑高位，英俊沉下僚。地势使之然，由来非一朝。金张藉旧业，七叶珥汉貂。冯公岂不伟，白首不见招。

全诗前半以贴切而形象的比喻揭露了门阀社会的不合理。后半更指出这种现象的根深蒂固，连古人的牢骚都给发了。这就扩大了诗歌包含的内容，加强了诗的思想感染力量。

诗人不只揭露了门阀制度的腐朽，而且对门阀士族表现了强烈的反抗精神。第五首写道：

> 皓天舒白日，灵景耀神州。列宅紫宫里，飞宇若云浮。峨峨高门内，蔼蔼皆王侯。自非攀龙客，何为欻来游？被褐出阊阖，高步追许由；振衣千仞岗，濯足万里流。

表现了他对这个腐朽的门阀社会的决裂态度。在第六首里，他对那些豪门右族表现了极端的轻蔑："高眄邈四海，豪右何足陈。贵者虽自贵，视之若埃尘；贱者虽自贱，重之若千钧。"第四首则通过对扬雄的歌颂，为寂寞的寒士张目吐气："悠悠百世后，英名擅八区。"

从东汉班固以来的《咏史》诗大抵是"檃括本传，不加藻饰"，一诗咏一事，在史事的客观复述中略见作者的意旨。左思的咏史"或先述己意，而以史事证之。或先述史事，而以己意断之。或止述己意，而史事暗合。或止述史事，而己意默寓"（张玉谷《古诗赏析》），又往往错综史实，连类引喻，名为咏史，实是咏怀。这是对咏史诗的创造性的发展，对后代产生了良好的影响。

左思志高才雄，胸怀旷迈，富有反抗精神，所以他的咏史诗笔力矫健，情调高亢，气势充沛，具有积极浪漫主义的特色。《诗品》称之为"左思风力"，这显然是"建安风骨"的继承与发扬。《诗品》又说他"文典以怨"，很清楚也是指咏史诗而言。这些诗里多引史事，所以"典"；他用史事发泄对现实的不满，所以"怨"。从他的诗里还可以看到建安以来文学技巧的发展。诗中使用对偶，也讲求词藻，但由于剪裁得当，严格地为表现内容服务，使得风力内充，一点没有冗沓平弱的毛病。他的诗不只丰富了五言诗的风格，艺术表现也更为圆熟了。

此外，他的《娇女诗》以现实主义的描写手法，使用俚语，生动地描绘了两个小女孩的天真情态，后来陶渊明的《责子》诗，杜甫《北征》中的片断，李商隐的《骄儿诗》都显然受了它的影响。他的《三都赋》虽是精心覃思之作，并曾名动一时，但基本上是走汉代大赋的老路，只是更求实一些，文学价值不大。

刘琨（270—317）是略后于左思的有成就的作家。琨字越石，中山魏昌（今河北东南部）人。他是贵公子，早年生活浮华放荡，西晋末年，在尖锐的民族矛盾中成为爱国志士。他和祖逖闻鸡起舞的故事更经常为后来一些富有事业心的学者、诗人所称道。关于他前后思想的转变，他在《答卢谌书》中自叙得很清楚："昔在少壮，未尝检括。远慕老庄之齐物，近嘉阮生之放旷。……自顷辀张，困于逆乱，国破家亡，亲友凋残。负杖行吟，则百忧俱至；块然独坐，则哀愤两集。……然后知聃周之为虚诞，嗣宗之为妄作也。"他在外族入侵的情况下，历任刺史、大将军等职，在北方辗转抗敌，后因军事失利，投幽州刺史段匹磾，竟为段所害。

刘琨现存诗歌虽只有三首，但都是后期保卫中原的战斗生活的产物，有丰富的现实内容和深厚的爱国感情。永嘉元年九月，诗人赴并州刺史任，这时北方"胡寇塞路"，他"以少击众，冒险而进，顿伏艰危，辛苦备尝"，写下了有名的《扶风歌》：

> 朝发广莫门，暮宿丹水山。左手弯繁弱，右手挥龙渊。顾瞻望宫阙，俯仰御飞轩。据鞍长太息，泪下如流泉。系马长松下，发鞍高岳头。烈烈悲风起，泠泠涧水流。挥手长相谢，哽咽不能言。浮云为我结，归鸟为我旋。去家日已远，安知存与亡。慷慨穷林中，抱膝独摧藏。麋鹿游我前，猿猴戏我侧。资粮既乏尽，薇蕨安可食？揽辔命徒侣，吟啸绝岩中。君子道微矣，夫子固有穷。惟昔李骞期，寄在匈奴庭。忠信反获罪，汉武不见明。我欲竟此曲，

此曲悲且长。弃置勿重陈，重陈令心伤。

诗的前半表现了对故国的深沉眷恋。接着描写赴任途中的困苦情况，从不畏艰难的前进中披露了诗人爱国的至诚。篇末用李陵的典故揭露了抗敌斗争中来自统治阶级内部的困难，透露了晋政权的腐朽。刘琨于并州失利，投奔段匹磾，与段相约共辅王室，不料因儿子刘群得罪段匹磾，遂陷缧绁。这时又写了《重赠卢谌》一诗。诗的前半列举史事，一方面表现自己扶助晋室的怀抱，表示如果段能为王室出力，可以不计较私怨，“苟能隆二伯，安问党与仇？”是大义感人的诗句；另一方面激励卢谌为国立功，并援救自己。诗的后半则表现了“英雄失路，万绪悲凉”的感慨：“功业未及建，夕阳忽西流。时哉不我与，去乎若云浮。朱实陨劲风，繁英落素秋。狭路倾华盖，骇驷摧双辀。何意百炼钢，化为绕指柔！”

刘琨的诗清刚悲壮。《诗品》说它“善为凄戾之词，自有清拔之气”，《文心雕龙》说它“雅壮而多风”，都很能说明刘诗的特色。

刘琨的爱国行为和爱国诗歌给后世留下了深刻的印象。宋代爱国诗人陆游在《夜归偶怀故人独孤景略》中说：“刘琨死后无奇士，独听荒鸡泪满衣。”可以看到诗人对他的赞扬。元好问《论诗绝句》说：“曹刘坐啸虎生风，四海无人角两雄。可惜并州刘越石，不教横槊建安中。”把刘琨与曹操相比，感叹他未能实现雄心壮志。

魏正始时玄学兴起，阮籍、嵇康的作品已有浓厚的老庄思想。西晋时期,玄学有了进一步的发展,至西晋末年遂兴起了玄言诗。《诗品》说:“永嘉时,贵黄老,稍尚虚谈,于时篇什,理过其辞,淡乎寡味。”在这种文学风气里,能够“变创其体”,而获得一定成就的,是诗人郭璞。

郭璞(276—324),字景纯,河东闻喜(今山西绛县附近)人。他好经术,博学有高才,通古文奇字,又善五行天文卜筮之术,因反对王敦谋反而被害。

郭璞的《答贾九州愁诗》说:“顾瞻中宇,一朝分崩。天纲既紊,浮鲵横腾。”对西晋灭亡,中原沦于外族表示了深沉的感慨。又说:“运首北眷,邈哉华恒。虽欲凌翥,矫翮靡登。……庶晞(希)河清,混焉未澄”,表现出恢复中原和澄清时局的愿望。这些说明了他有自己的理想和爱国的感情。但他处于政治黑暗的乱世,也有惧祸避世的消极思想,所以诗末说:“无贵香明,终自澌渴。未若遗荣,闳情丘壑。逍游永年,抽簪收发。”

郭璞的代表作是《游仙诗》十四首。游仙诗的来源很早,秦博士有《仙真人诗》,汉乐府中也有这类作品,建安、正始时期更不断有人继作。游仙诗中明显地有两种倾向,一种是所谓正格的游仙诗,它们“滓秽尘网,锱铢缨绂,餐霞倒景,饵玉玄都”(《文选》李善注);一种是借游仙以表示对现实的不满与反抗,如曹植、阮籍的某些作品。郭璞显然是继承了后一种传统。他的游仙诗借游仙以咏怀,有一定的现实内容。如第一首说:“京华游侠窟,山林隐遁栖。朱门何足荣,未若托蓬莱”,表示了对朱门的轻蔑与否定。第五首说:“清源无增澜,安得运吞舟。珪璋虽特达,明月难暗投”,表现了才志之士生不逢时的感慨。第四首则表现了求仙的渺茫和伤时叹逝的感情。郭璞游仙诗的另一特色是富于形象性,和一般游仙诗往往写得过于抽象不同。如第三首说:“翡翠戏兰苕,容色更相鲜,绿萝结高林,蒙笼盖一山。……赤松临上游,驾鸿乘紫烟,左挹浮丘袖,右拍洪崖肩”,写想象中的神仙居处和生活情态,形象鲜明而生动。《诗品》说他的诗“彪炳可玩”,正是指出了这种特色。不过《游仙诗》的主旨毕竟在歌咏高蹈遗世,不是积极的人生态度。

第三章　陶渊明

东晋时期，士族清谈玄理的风气更盛，对文学的影响也更大，出现了孙绰、许询等一系列作家，他们“诗必柱下之旨归，赋乃漆园之义疏”，玄言文学占了文坛的统治地位。这种文学在内容上是“世极迍邅而辞意夷泰”，严重地脱离现实。在艺术上则“理过其辞，淡乎寡味”，失去了艺术的形象性和生动性。直到东晋末的陶渊明，才给文坛带来了富于现实内容、具有独特风格的创作。

第一节　陶渊明的时代与生平

陶渊明(365—427)，一名潜，字元亮，浔阳柴桑(今江西九江西南)人。曾祖陶侃曾官至大司马，祖父和父亲也做过太守、县令一类的官，不过到了他，家境已经没落。

陶渊明少年时代由于家庭和儒经的影响，对统治阶级抱着幻想，有“大济苍生”的壮志。但他的家世出身和所处的时代却是对他十分不利的。这时，腐朽的门阀制度发展到了顶点，门阀士族垄断了高官要职，出身于庶族寒门的人则遭到无理的压抑。陶渊明的曾祖陶侃虽以军功取得晋朝的高官，但本身并非门阀士族，在当时就已被讥骂为“小人”和“溪狗”，到了陶渊明时代,连这样的家世也没落了,他自然得不到社会的重视。这时东晋政治又极端腐败,统治阶级内部矛盾十分尖锐。以陶渊明生活的主要时期来说,便经历了司马道子、元显的专权,王国宝的乱政,王恭、殷仲堪的起兵,桓玄的夺位,以及后来终于夺取了晋政权的刘裕势力的兴起。左右政局的士族和军阀所热中的是争权夺利,他们既不想整顿政治,也无意收复失地。在这样的政治局面下,想实现进步的政治理想是不可能的。这种客观现实对陶渊明的生活道路以及思想变化有着深刻的影响。

陶渊明直到二十九岁才出仕,以后十多年里,他几次做官,都不过是祭酒、参军等职,不仅济世的抱负无由施展,而且必须降志辱身和一些官场人物周旋。这一切只使他感到"志意多所耻"和"违己交病"。在老庄思想和隐逸风气盛行的影响下,陶渊明早年便有爱慕自然,企羡隐逸的思想,所谓"闲居三十载,遂与尘事冥。诗书敦夙好,园林无世情"。当他仕途不得志时,就更怀恋这种生活,"静念园林好,人间良可辞"。所以,这十多年里他一直"一心处两端",行动上也是仕隐无常。三十九岁时,他的思想有了更大的变化,他说:"先师有遗训,忧道不忧贫。瞻望邈难逮,转欲志长勤。"就是说本应该是忧道的,可是道不可行,那就只好躬耕自给了。就在这一年他亲自参加了劳动。此后,他又作过镇军、建威参军,因为"耕植不足以自给",又一度为彭泽令,在官八十馀日,逢郡督邮来县,属吏告诉他应束带接见,他叹道:"我不能为五斗米折腰向乡里小儿。"即日解职而归。从此,他结束了仕隐不定的生活,坚决走上了归田的道路。

在陶渊明归田以后的二十多年中,以镇压孙恩起义和桓玄叛乱而起家的刘裕独揽了东晋的军政大权,又在北伐南燕后秦中壮大了声势,终于代晋称帝。但是门阀世族的势力依然存在,黑暗腐败的社会并未改变。看惯了战乱、篡夺、阴谋、危机的陶渊明,为了避祸,就决心不再出仕。晋末征他为著作佐郎,辞不就。宋元嘉时,他"偃卧瘠馁有日",江州刺史檀道济劝他出仕,他也拒绝了。道济赠给他粱肉,他"麾而去之",表现了他与统治阶级决裂的坚定态度。

"世与我而相违,复驾言兮焉求?"陶渊明的归田,是在对污浊的现实完全绝望之后,采取的一条洁身守志的道路。这时儒家的"独善其身"的思想占了主导的地位。从他放弃了实现济苍生的理想来说,具有一定的消极性,但从他坚持高尚的志趣,决不和统治阶级同流合污来说,仍有一定的进步意义。正因为他把壮志埋藏在心里,所以一直没有忘却现实,常常流露对腐朽的现实的不满和壮志不得施展的焦灼和悲愤。同时,道家思想对他也有很大的影响。他吸收了道家思想中的朴素唯物论成分,认为万物都是按照自然规律而生灭变化,否定道教的长生永视之说和佛教的神不灭的思想,这是他进步的方面。但他由此出发而采取的"委运乘化"的人生态度,却是具有消极作用的。"聊乘化以归尽,乐夫天命复奚疑",说明他处在极端不合理的现实中,想用这种态度消除思想矛盾,完全超脱于现实之外。

陶渊明的后期最值得重视的是他亲自参加了劳动。这就当时文人说是一件了不起的大事。封建社会和儒家思想本是鄙视劳动的,两晋南北朝士族尤甚。颜之推《颜氏家训》说:

“多见士大夫耻涉农务。”《南史·到溉传》载:到溉先祖曾担粪自给,别人骂他“尚有馀臭”。陶渊明却冲破了这种剥削阶级的意识,坚决地走上了躬耕自给的道路。这样他的思想就引起了一系列的变化。他改变了剥削阶级鄙视劳动的态度,在一定程度上认识了劳动的价值;也在与农民共同劳动、平等交往的生活中,对农民产生了亲切的感情,培植了倾向于平等的思想。他本来认为劳动可以自养,所谓“力耕不吾欺”的,但是他的生活,却和一般农民一样,不断地走着下坡路,经常受到饥寒的威胁,有时甚至不得不出去求助,这也促使他不能不从别的方面去寻求贫困的原因了。上述这些思想的发展,推动诗人提出了没有剥削和压迫的桃花源的社会理想,对不合理的封建社会表示了抗议。

第二节　陶渊明作品的思想内容与艺术特色

陶渊明的作品,现存诗一百二十多首,散文六篇,辞赋三篇,还有《读史述九章》和《扇上画赞》两篇接近四言诗的韵文。

诗歌是诗人成就最突出的方面,一百多首诗,具有丰富的内容。

诗人生活在极端黑暗的社会里,却坚持高远的理想和志趣,一部分作品表现出守志不阿的耿介品格。《和郭主簿》诗说:“芳菊开林耀,青松冠岩列;怀此贞秀姿,卓为霜下杰。”《饮酒》第八首说:“青松在东园,众草没其姿;凝霜殄异类,卓然见高枝。”霜威下盛开的菊花和不凋的青松,正是诗人挺立不屈的性格的象征。诗人在《咏贫士七首》和《扇上画赞》中还歌颂了不少固穷守志的人物。

正是由于有着这样的品格，诗人一方面对腐朽的统治阶级表现了一种孤高的态度。《咏贫士》第一首说："万族各有托，孤云独无依；暧暧空中灭，何时见馀辉?"这朵晴空飘浮的孤云，象征诗人的处境和命运，它孤独无依，会无声无息地消灭，但也表现了诗人的态度，它要远去尘埃，永远保持自由和高洁。另一方面，也对污浊的现实表现了强烈的不满。在《饮酒》二十首里，他借着"醉人"的语言，或是指责社会上是非颠倒，毁誉雷同(第六首)，或是揭露政治的陷阱危机(第十七首)，或是鄙弃世俗的虚伪和欺诈(第十二、十九首)，在最末一首里，他说："如何绝世下，六籍无一亲！终日驰车走，不见所问津?"虽然是美化了孔子，但他更主要的是对驰逐名利的颓败士风感到无比的愤激和沉痛。

陶渊明的志趣与性格，终于使他同统治阶级上层社会完全决裂，回到田园中来。他写下了大量的田园诗。他的田园诗充满对污浊的社会的憎恶和对纯洁的田园的热爱。如《归园田居》第一首：

> 少无适俗韵，性本爱丘山。误落尘网中，一去三十年。羁鸟恋旧林，池鱼思故渊。开荒南野际，守拙归园田。方宅十馀亩，草屋八九间。榆柳荫后檐，桃李罗堂前。暧暧远人村，依依墟里烟。狗吠深巷中，鸡鸣桑树颠。户庭无尘杂，虚室有馀闲。久在樊笼里，复得返自然。

诗人把统治阶级的上层社会斥为“尘网”,把投身其中看成是做了“羁鸟”、“池鱼”,把退处田园说成是冲出“樊笼”,重返“自然”,表现了他对丑恶的社会的鄙视。诗人着重地细致地描写了纯洁、幽美的田园风光,字里行间流露了作者由衷的喜爱。在这里,淳朴、宁静的田园生活与虚伪、欺诈、互相倾轧的上层社会形成了鲜明的对比,具有格外吸引人的力量。

当诗人尚未离开宦途时,总有一种“暂为人所羁”的感觉,心情无法平静下来,他“望云惭高鸟,临水愧游鱼”。但当他远离了污浊的现实,回到田园中来,却感到获得了归宿。《饮酒》第五首:

> 结庐在人境,而无车马喧。问君何能尔?心远地自偏。采菊东篱下,悠然见南山;山气日夕佳,飞鸟相与还。此中有真意,欲辨已忘言。

诗人避开了达官贵人的车马的喧扰,在悠然自得的生活中,获得了自由而恬静的心境。

诗人的田园生活虽然是远离统治阶级,却更接近了下层文人和农民。这里有志同道合的朋友谈心赏文:“邻曲时时来,抗言谈在昔;奇文共欣赏,疑义相与析”;有朴实的农民共话桑麻:“时复墟曲中,披草共来往;相见无杂言,但道桑麻长”;有邻里的相与宴饮:“漉我新熟酒,只鸡邀近局”;也有天伦之乐:“亲戚共一处,子孙还相保”。所以,他的田园诗是有着丰富的现实生活内容的,这也是他的田园诗动人的原因之一。

尤其可贵的是他的田园诗还反映了劳动生活的内容。如《归园田居》第三首：

> 种豆南山下，草盛豆苗稀。晨兴理荒秽，带月荷锄归。道狭草木长，夕露沾我衣。衣沾不足惜，但使愿无违。

我们可以清楚地看到一个带着月色，从草木丛生的小径上荷锄归来的劳动者的形象。《怀古田舍》诗说："平畴交远风，良苗亦怀新；虽未量岁功，即事多所欣。"在田野风景和农事活动的描写中洋溢着一种喜悦之情。由于诗人亲自参加了农业劳动，并由衷地喜爱它，劳动，第一次在文人创作中得到充分的歌颂。他的一些田园诗还表现了只有一个劳动者才可能体会的思想感情。如《归园田居》第二首说："桑麻日已长，我土日以广。常恐霜霰至，零落同草莽。"表现了他对农作物收成的密切关怀。《于西田获早稻》诗说："人生归有道，衣食固其端。孰是都不营，而以求自安？开春理常业，岁功聊可观。晨出肆微勤，日入负耒还。山中饶霜露，风气亦先寒。田家岂不苦，弗获辞此难。"不仅表现了与剥削阶级寄生观点鲜明对立的依靠劳动生活的思想；而且表现了不辞辛苦、坚持躬耕的顽强态度。这些都超出了一般士大夫的思想意识，使他的田园诗闪烁着进步的思想光辉。

陶渊明还有一些田园诗描写了他的田园生活的贫困状况。《示庞主簿邓治中》说："夏日长抱饥，寒夜无被眠；造夕思鸡鸣，及晨愿乌迁。"《有会而作》说："弱年逢家乏，老至更长饥；菽麦实所羡，孰敢慕甘肥！"这些诗虽然只是描述他自己晚年每逢天灾不免屡受饥寒的境遇，但是我们也可以从中想见当时农民们的更加悲惨的生活情景。

陶渊明在田园生活中的思想感情是极其复杂的。《读史述·屈贾》中说："进德修业，将以及时；如彼稷契，孰不愿之！"他也是希望能做稷、契一类的人物的。当他壮志不得伸展而转托田园之后，虽然努力使自己满足于田园生活的乐趣，有时甚至企图以醉酒忘世，"泛此忘忧物，远我遗世情"，或者用道家顺应自然的态度对待人生，"纵浪大化中，不喜亦不惧"，但这些都不能完全消除他壮志未遂的苦闷。《杂诗》第二首说："气变悟时易，不眠知夕永。欲言无予和，挥杯劝孤影。日月掷人去，有志不获骋；念此怀悲凄，终晓不能静。"可以看到诗人在光阴虚掷中极度矛盾不安的心境。诗人也一直没有丢掉疾恶与除暴之心。在《读山海经》第十一首中，诗人大呼"明明上天鉴，为恶不可履"，用《山海经》中所记载的神话传说指出"肆威暴"的人，必然会遭到悲惨的结局。在《咏荆轲》一诗中，诗人热情地歌颂不惜牺牲生命而勇于除暴的壮士荆轲说："其人虽已没，千载有余情"。《读山海经》第十首还歌颂了精卫和刑天虽死不屈的精神：

> 精卫衔微木，将以填沧海。刑天舞干戚，猛志故常在。同物既无虑，化去不复悔。徒设在昔心，良辰讵可待！

这无疑是诗人不屈的意志的表现。"猛志故常在"，说明诗人心中永远燃烧着一股不熄的火。上述这"金刚怒目式"（鲁迅《'题未定'草六》）的一面是诗人性格和创作不可分割的一个重要部分。除此以外，从《拟古》的“少时壮且厉，抚剑独行游。谁云行游近？张掖至幽州”和他听见关中收复以后在《赠羊长史》诗中写的“九域甫已一，逝将理舟舆”等诗句，我们还可以看到他关怀收复中原的爱国热情。

诗人较晚时期所写的《桃花源记并诗》标志了诗人思想发展的高度。诗人在这里提出了“桃花源”的社会理想。这是怎样的一个社会呢？这里的生活是富裕、和乐而安宁的：“土地平旷，屋舍俨然，有良田美池桑竹之属；阡陌交通，鸡犬相闻……黄发垂髫，并怡然自乐。”这里人人参加劳动：“相命肆农耕，日入从所憩。”劳动所得也全归自己所有，没有封建的剥削：“春蚕收长丝，秋熟靡王税。”诗人指出这是一个“与外人间隔”的“绝境”，是桃花源中人们的先世为逃避嬴秦暴政而开辟起来的一个新世界。他们“不知有汉”，更“无论魏晋”，这实际表明是一个与秦汉魏晋等封建主义社会相对立的理想世界。

陶渊明不满黑暗的现实，很早就追求理想的社会。但由于生活经历的限制，那时他还只能从传说中的古代寻求理想社会的图案，他在诗中流露“黄唐莫逮”的慨叹。这样，他的社会理想不能不是朦胧抽象而又具有浓厚的复古倾向。可是经过田园生活实践之后所提出的桃花源理想便大大不同了。随着他的思想的发展，对劳动认识的提高，对封建社会认识的加深，提出了上述一些具体的生活原则。这是诗人田园生活中理想因素的集中和概括，是代表小私有生产者对造成战乱和贫困的封建社会所提出的抗议，它反映了广大农民希望用自己的劳动创造和平幸福生活的强烈的愿望。它虽然仍是一个不可能实现的幻想，却启发人们认识封建社会的黑暗，鼓舞人们反抗不合理现实的斗争。

陶渊明的消极思想在他的诗歌中也不时流露。“穷通靡所虑，憔悴由化迁”，表现了他的委运乘化、乐天知命的消极的人生观。“今我不为乐，知有来岁不？”“人生似幻化，终当归空无”，显然是一种及时行乐和虚无幻灭的思想。“何以称我情，浊酒且自陶。千载非所知，聊以永今朝”，也流露了颓唐情绪。

陶渊明的诗在艺术上具有独特的风格和极高的造诣。他的诗给人的突出印象是平淡自然。这是和他的诗歌内容以及表现上的特点分不开的。他的诗的主要内容是平淡的田园风光，农村的日常生活，以及处于这种生活中的恬静心境；而又是通过朴素的语言，白描的手法，真率自然地抒写出来，使人感到真好像是从“胸中自然流出”，没有一点斧凿痕迹。如《读山海经》第一首：

> 孟夏草木长，绕屋树扶疏。众鸟欣有托，吾亦爱吾庐。既耕亦已种，时还读我书。穷巷隔深辙，颇回故人车。欢言酌春酒，摘我园中蔬。微雨从东来，好风与之俱。泛览周王传，流观山海图。俯仰终宇宙，不乐复何如？

完全是白描的手法，语言十分平淡，使人读来毫不吃力，只觉得接触到一片生活情景，而这些情景、生活，以及诗人的志趣和心情，无一不是诗人真实的感受，所以十分亲切。

陶渊明的诗歌虽然平淡，却不浅薄，相反只使人感到淳厚有味。他的诗歌语言虽然只是极普通的“田家语”，却是经过高度艺术提炼的。而在这十分精粹的语言中又都含有丰富的形象，这些形象无论是自然风光，或是社会生活，都有着深厚的现实生活基础。如“蔼蔼堂前林，中夏贮清荫”，这是写诗人的生活环境。“贮”字虽只是一个平常的字眼，但用到这里却很形象很新鲜，中夏清幽凉爽的林荫好像是可以贮存、可以掬取的一瓮清泉。“有风自南，翼彼新苗”，一个普通的“翼”字，同样使我们清晰地看到那和煦的南风温存抚爱着欣欣向荣的禾苗的景象，生意盎然。这是只有经过亲身体验与深切感受之后才能写出的诗句。又如“春秋多佳日，登高赋新诗；过门更相呼，有酒斟酌之。农务各自归，闲暇则相思；相思则披衣，言笑无厌时”，平淡无奇的八句诗却写出一片生动的田园生活气氛。苏轼说陶诗“癯而实腴”（苏辙《子瞻和陶渊明诗集引》所引苏轼与辙书），正好说明了这个特点。

陶渊明的一些诗歌还富有意境。这在他的田园诗中表现得最为突出。他的田园诗和谢灵运的山水诗很不相同。谢诗往往只给人一幅幅客观的山水画面，陶诗却在使人接触到田园生活画面的同时，而引人到一种境界中去。如前引的《归园田居》第一首，我们不只看到榆柳桃李中的几间草房，村落中的几缕炊烟，听见深巷的犬吠，树头的鸡啼，所有这一切还构成一种境界，它宁静安谧、淳朴自然。这种特点的形成与诗人的创作方法密切相关。诗人写作田园诗，目的并不在于客观地描摹田园生活，而是要强调和表现这种生活中的情趣。因此，他在创作时并不是随意摄取田园生活的影象，而是把那些最能引起自己思想感情共鸣的东西摄取到诗中来，在平凡的生活素材中含有极不平凡的思想意境，它潜移默化，使人们感到亲切，又感到崇高。苏轼说：“观陶彭泽诗，初若散缓不收；

反复不已,乃识其奇趣。”所谓“奇趣”正是从意境中产生的。由于他的诗有意境,因而也就全篇浑然一体。这在艺术上又与汉魏诗的“气象混沌,难以句摘”不谋而合。

陶渊明的诗歌由于内容不同,风格也不完全一样。比如他的田园诗多半萧散冲澹,而《咏荆轲》等诗却豪放有力。但后者虽然豪放,却又“豪放得来不觉”(朱熹(《朱子语类》卷一百四十),和他的田园诗的平淡自然仍有相通之处。

他的诗歌虽然在晋宋之间自成一格,自然流露,不假雕饰。但是细心的读者,仍然可以看出古诗、曹植、阮籍、左思对他的潜在影响。像《拟古》的“日暮天无云”等“风华绮靡”的诗中,显然融合了曹植的辞采。“语时事则指而可想”的《饮酒》诗,精神面目和阮籍《咏怀》非常接近,而他的《咏贫士》、《咏荆轲》等诗,又显然是受了左思《咏史》的启发。锺嵘《诗品》说他的诗“又协左思风力”,是十分正确的。

陶渊明的辞赋和散文,虽然篇数不多,但也都写得很好。他的散文都是用朴素简洁的文笔描写真实的思想感情,真切而且传神。《五柳先生传》是诗人自撰的小传。在不到二百字的篇幅中,以精粹的笔墨描写他的爱好、生活态度以及思想性情等各个方面,把诗人的性格形象地勾画了出来。《桃花源记》也不过三百多字,却生动地展现了理想社会的生活图景,令人悠然神往。此外,《与子俨等疏》追叙生平的思想与经历,笔端饱含感情;《自祭文》对自己一生的行事,毫无悔恨之意,表现了诗人的骨气;《祭程氏妹文》也写得凄恻感人。

陶渊明的辞赋继承了抒情小赋的传统,但能洗净铅华,与他的诗、散文在风格上有其一致之处。《归去来辞》是历来为人称诵的名篇。这是诗人归田时的作品。文中着力描写了他由迷途折回的喜悦以及对田园生活的热爱,从中表现了他的高洁志趣。篇中如“舟遥遥以轻飏,风飘飘而吹衣,问征夫以前路,恨晨光之熹微。乃瞻衡宇,载欣载奔”一段,那诗人从远道归来时的愉快心情,好像让我们亲眼看到了一般。又如“云无心以出岫,鸟倦飞而知还”,“木欣欣以向荣,泉涓涓而始流;善万物之得时,感吾生之行休”,托意深远,表现又极自然。他的《感士不遇赋》抒发了诗人对士不遇的感慨,也揭露了士不遇的原因。赋中说:“宁固穷以济意,不委曲而累己。”表现了他的耿介不阿的品格。他的《闲情赋》则用铺排的写法表现了男女之间深挚的感情,从序文来看,它也是有寄托的。

第三节　陶渊明的影响

陶渊明的影响是随着历史的发展而逐渐扩大的。在他生活的当时,他只是作为一个合于雅道的隐士而引起人们的注意。他虽然曾和周续之、刘遗民一起被称为“浔阳三隐”,但这并不能说明人们对陶渊明有所认识。至于他的作品,在玄言文学占统治地位的当时,是与贵族文坛格格不入的。在宋齐山水诗盛行的时代,他的淳朴淡泊的田园风光也不合于贵族欣赏名山大川的口味,而他的平淡自然的风格同样和当时“富艳难踪”的文风大相径庭,所以仍然得不到重视。到了梁陈时期,锺嵘、萧统才开始重视他,但还是十分有限的。锺嵘《诗品》将他列为中品,萧统《文选》选录他的作品也不过寥寥数篇。可是从唐以后,却越来越得到人们的重视,在我国文学史上发生了深广的影响。

陶渊明的诗歌，内容是复杂的。因此不同方面的内容，在不同历史时期，对不同的作家，所起的作用也是不同的。他诗歌中所表现的光明峻洁的人格和坚决不与黑暗势力同流合污的高尚品质，教育了后代文人不屈服于权贵，不与庸俗之流为伍。唐代大诗人李白不肯摧眉折腰事权贵的傲岸不屈的性格，与陶渊明“不为五斗米折腰”的精神是一脉相通的。诗人高适在做封丘尉时，对“拜迎官长心欲碎，鞭挞黎庶令人悲”的现实无法容忍，也“转忆陶潜归去来”，要学陶渊明那样与污浊的现实一刀两断。在强敌压境或政治十分黑暗、社会变革即将到来的时候，他的“金刚怒目式”的作品，他的疾恶除暴的精神，也给作家以巨大的支持与鼓舞。南宋爱国词人辛弃疾曾在一首〔水龙吟〕词中高声唱道：“须信此翁（指陶渊明）未死，到如今凛然生气，吾侪心事，古今长在。”处于从封建社会末期转向旧民主主义革命初期转折点上的诗人龚自珍也曾赞许陶渊明说：“陶潜诗喜说荆轲，想见《停云》发浩歌；吟到恩仇心事涌，江湖侠骨恐无多。”（《己亥杂诗》第129首）他的桃花源理想对后代也有积极的影响。北宋进步的政治革新家王安石曾歌颂这个社会是“虽有父子无君臣”，对“闻道长安吹战尘”的现实表现了深沉的感慨。康与之的《昨梦录》写一出世人世界，显然是模拟《桃花源记》，其中也提出“此间凡衣服饮食牛畜丝纩麻枲之属皆不私藏，与众均之。”“惟计口授地，以耕以蚕，不可取衣食于他人耳。”这是封建社会里决不能有的。另一方面，陶渊明诗中平静安谧的境界，逃避现实的思想也对一些作家产生了消极影响。唐代诗人白居易在晚年退隐生活中，宋代文学家苏东坡在谪居海南时期，都酷爱陶渊明，实际是在他那超脱现实的态度中寻求精神的安慰。虽然白、苏在一定时期内对现实态度消极的根本原因在于他们自己，但这种影响作用无疑也是存在的。宋以后许多过闲居安逸生活的地主，喜爱陶渊明，也都是从这一方面出发的。

陶渊明的艺术影响同样是广泛的。从南朝文人鲍照、江淹作了学陶体的诗歌以后，历代"拟陶""和陶"相沿成风。我国历代有成就的诗人很少没有表示过对他的创作的企羡和受到他的艺术的熏陶的。李白说："何时到彭泽，狂歌五柳前。"杜甫说："焉得思如陶谢手。"白居易说："常爱陶彭泽，文思何高玄。"陆游说："我诗慕渊明，恨不造其微。"清人沈德潜谓："陶诗胸次浩然，其中有一段渊深朴茂不可到处。唐人祖述者：王右丞（维）有其清腴，孟山人（浩然）有其闲远，储太祝（光羲）有其朴实，韦左司（应物）有其冲和，柳仪曹（宗元）有其峻洁，皆学焉而得其性之所近。"（《说诗晬语》）仅从陶诗对盛唐、中唐一些诗人的影响中，便可以体会到陶诗艺术影响的广泛了。

陶渊明开创了田园诗一体，为古典诗歌开辟了一个新的境界。从他以后，田园诗不断得到发展，到了唐代就已形成了田园山水诗派。宋以后，描写田园的诗人就多到不可胜数了。

第四章　南北朝乐府民歌

南北朝乐府民歌是继周民歌和汉乐府民歌之后以比较集中的方式出现的又一批人民口头创作，是我国诗歌史上又一新的发展。它不仅反映了新的社会现实，而且创造了新的艺术形式和风格。一般说来，它篇制短小，抒情多于叙事。

南北朝民歌虽是同一时代的产物，但由于南北的长期对峙，北朝又受鲜卑贵族统治，政治、经济、文化以及民族风尚、自然环境等都大不相同，因而南北民歌也呈现出不同的色彩和情调。《乐府诗集》所谓“艳曲兴于南朝，胡音生于北俗”，正扼要地说明了这种不同。南歌的抒情长诗《西洲曲》和北歌的叙事长诗《木兰诗》，为这一时期民歌生色不少，《木兰诗》尤为卓绝千古。

第一节　南朝乐府民歌

南朝乐府民歌，以《清商曲辞》中的“吴声歌”和“西曲歌”为主，前者计三百二十六首，后者一百四十二首。这些歌词在内容上有一共同的特点，就是几乎全是情歌，所谓“郎歌妙意曲，侬亦吐芳词”（《子夜歌》）。这些情歌十之七八出自女子之口，且有妓女婢妾所作；其中某些情歌还含有色情成分和浓厚的脂粉气。

产生上述特点或者说局限性的主要原因，首先是由于这些民歌并不是来自广大的农村，而是以城市都邑为其策源地。《宋书·乐志》说："吴歌杂曲，并出江东，晋宋以来，稍有增广。"《乐府诗集》更指明"江东"即建业（今江苏南京）："盖自永嘉渡江之后，下及梁陈，咸都建业，吴声歌曲，起于此也。"《乐府诗集》还说："按西曲歌，出于荆、郢、樊、邓之间。"建业是当时的首都，荆、郢、樊、邓也是当时的重镇，商业都非常发达。由此可见，这些民歌其实是"都市之歌"。这也就规定了它的狭隘性，不能反映广大农村的面貌，并难免有小市民的低级趣味。梁裴子野《宋略》说当时"王侯将相，歌伎填室；鸿商富贾，舞女成群，竞相夸大，互有争夺"。当然还有为数更多的一般妓女，在上层社会这种声色生活的影响下，更不能不增加南朝民歌的不健康成分。

其次，也由于统治阶级有意识的采集。南朝统治阶级是腐朽透顶的士族地主，他们采集民歌，丝毫也没有"观风俗，知薄厚"的意味，而只是按照他们的趣味、享乐要求，来加以选择和集中。他们不但爱好民间的风情小调，而且自己能唱，如《晋书·王恭传》："尚书令谢石，因醉为委巷之歌（《晋中兴书》说"为吴歌"）。"又《南史·王俭传》也有"褚彦回弹琵琶，王僧虔、柳世隆弹琴，沈文季歌子夜来"的记载。在这种政治气候下，凡有反抗性的民歌自然在排摈之列。如《吴孙皓初童谣》："宁饮建业水，不食武昌鱼。宁还建业死，不止武昌居。"① 又

① 引自《三国志·陆凯传》，又见《宋书·五行志》。

如《将士谣》:“宁作五年徒,不逢王玄谟。玄谟犹尚可,宗越更杀我。”① 同是五言四句的民歌,但前者反抗皇帝的迁都,后者控诉将官的残忍,所以他们便不爱听。这就是南朝民歌几乎全是情歌的关键。

因此,我们对南朝民歌的看法要有分析。既不能把它和来自广大农村的汉民歌等量齐观,也不能认为这就是南朝民歌的全部,更不能把文人窜入的拟作看成是真正的民歌。

尽管如此,南朝民歌基本上还是现实主义的,因为它们在某些方面有力地揭露了封建社会的罪恶。

在爱情问题上,封建社会的罪恶之一,是恋爱不自由、婚姻不自主。这在南朝民歌中我们可以看到强烈的反映。这里有失败者的哀鸣,如《华山畿》:

> 懊恼不堪止。上床解腰绳,自经屏风里。

为什么要上吊呢?《懊侬歌》回答了这一问题:

> 懊恼奈何许。夜闻家中论,不得侬与汝!

按《子夜四时歌》:“冶游步春露,艳觅同心郎。”可见当时青年男女为了追求爱情幸福是曾经作过斗争的。他们不顾“父母之命”“媒妁之言”,而自行结识。但最后一关还是通不过,结果仍不免殉情。

---

① 引自《宋书·王玄谟传》。

但是，这里也有胜利者的喜悦。这类作品往往对爱情作赤裸裸的天真而大胆的抒写，最能显示出南朝情歌的特色。如《读曲歌》：

打杀长鸣鸡，弹去乌臼鸟。愿得连冥不复曙，一年都一晓！

一种"相乐相得"的喜悦心情，真是跃然纸上。徐陵曾袭用第一首作《乌栖曲》："绣帐罗帷隐灯烛，一夜千年犹不足。惟憎无赖汝南鸡，天河未落犹争啼。"便不及民歌的朴素而生动。民歌说"打杀长鸣鸡"，不言"憎"而意自见。从这首歌词所表现的爱情来看，显然，他们之间应该是一种自由结合，这类情歌正是对封建礼教的挑战的产物。

封建社会的另一罪恶，是男女不平等。这种现象在中上层社会、在大都市里更加显著。因此在这些情歌中虽有少女们青春的欢笑，但更多的却是对男子负心背约的猜疑和哀怨。如：

渊冰厚三尺，素雪覆千里。我心如松柏，君情复何似？

——《子夜冬歌》

侬作北辰星，千年无转移。欢行白日心，朝东暮复西！

——《子夜歌》

我与欢相怜，约誓底言者？常叹负情人，郎今果成诈！

——《懊侬歌》

从这些歌词中，不仅可以看出女子的坚贞爱情，而且可以看出她们的悲惨命运。在男女不平等的封建社会,男子负心,女子固然是伤心,即使男子倾心,她们也不免提心吊胆。这就是为什么当别离时或离别后她们总是“泪落便如泻”的根本原因。如《华山畿》:“相送劳劳渚。长江不应满,是侬泪成许!”“啼著曙,泪落枕将浮,身沉被流去。”这眼泪中,有胶漆般的爱情,也有“莫作瓶落井,一去无消息”的忧虑。

南朝民歌既多来自商业发达的大都市,因而其中还有不少被屈辱的妓女们的悲诉。如《寻阳乐》:“鸡亭故侬去,九里新侬还。送一却迎两,无有暂时闲。”《夜度娘》和《长乐佳》也都直接或间接地诉说了她们的酸辛。

除上述情歌外,也有少数反映劳动人民的爱情生活的。这类作品的特点是结合劳动来描写爱情。有的是女子独唱,如《拔蒲》:

朝发桂兰渚,昼息桑榆下。与君同拔蒲,竟日不成把。

读末二句,不禁令人想起《诗经》中“采采卷耳,不盈顷筐。嗟我怀人,置彼周行”的诗句,可谓异曲同工。有的则是男女对唱,如《那呵滩》:

闻欢下扬州,相送江津湾。愿得篙橹折,交郎到头还!

篙折当更觅,橹折当更安。各自是官人,那得到头还!

前一首为女子所唱,后一首是男子的回答。《那呵滩》另一首有“上水郎担篙,何时至江陵”的话,可以肯定这里的“郎”的身份也应该是篙工之类的船夫。因“闻”而相送，说明不是夫妻关系。“各自是官人”，语极幽默。一种应差服役身不由己的愤慨，自在言外。《采桑度》也是和劳动结合的情歌。

南朝民歌除吴歌、西曲外，尚有“神弦曲”十八首，也属于“清商曲辞”。这是江南（建业附近）民间弦歌以娱神的祭歌。据《晋书·夏统传》，当时祭神，多用女巫，“并有国色，善歌舞”，神弦曲大概就是由女巫来唱的。神弦曲所祀之神，大都是地方性的鬼神，来历多不可考。只有青溪小姑传说是三国时吴将蒋子文第三妹，所以《图书集成·博物部》统归之“杂鬼类”。

和《楚辞·九歌》相似，神弦曲也具有人神恋爱的特色。曲词中，有的赞叹男神的美貌，表现为“女悦男鬼”，如《白石郎曲》：

积石如玉，列松如翠。郎艳独绝，世无其二。

有的写女神的私生活，表现为“男悦女鬼”，如《青溪小姑》：

开门白水，侧近桥梁。小姑所居，独处无郎。

这些歌实际上都与情歌无异。朱熹评《楚辞·九歌》说：“比其类则宜为‘三颂’之属，而论其词则反为《国风》再变之郑卫。”（《楚辞集注·楚辞辩证》）意虽不满，但也道出了民间祭歌的一个共同特征。

在艺术形式方面，南朝民歌最突出的一个特点，是体裁短小，多是五言四句，和周、汉民歌不同。其次是语言的清新自然,《大子夜歌》说:"歌谣数百种,子夜最堪怜:慷慨吐清音,明转出天然。"其实不只是《子夜歌》。第三是双关语的广泛运用。双关语是一种谐声的隐语,有一底一面。约可分为两类:一类是同音同字的。如"合散无黄连,此事复何苦?"(《读曲歌》)用药名"散"双关聚散的"散",用黄连的"苦"双关相思的"苦"。另一类是同音异字的。如"燃灯不下炷,有油那得明?"(《读曲歌》)用点灯的"油"双关理由的"由"。但这一句的"明"字却又属于前一类。最常见的双关语,是以"莲"双关"怜",以"丝"双关"思",以布匹的"匹"双关匹偶的"匹"。这些巧妙的双关语,一方面增加了表情的委婉含蓄,另一方面也显示了民歌作者的丰富想象。

最后,我们叙述"杂曲歌辞"中的那首抒情长诗《西洲曲》。这首诗的作者有问题,《乐府诗集》和《古诗纪》都作"古辞",《玉台新咏》作江淹(但宋本不载),《诗镜》等又作梁武帝。大概这首民歌曾经过文人们的润色。

这是一首"侬亦吐芳词"的闺情诗,一个少女倾诉了她的四季相思之情。诗中虽没有出现春夏秋冬等字样,但通过"折梅"、"采莲"、"望飞鸿"这类带有季节特征的人物活动,时序的变迁还是非常清楚的。此诗表情细腻,如:"单衫杏子红,双鬓鸦雏色"两句,结合眼前景色,作自我写照,言外便含有无限自怜自惜之意,不惟取喻新颖,属对自然。又如从"采莲",更生出"弄莲""怀莲"等事,便觉一往情深,无限低回。按《子夜夏歌》:"郎见欲采我,我心欲怀莲。"则此处"莲"字亦属双关,有望"怜"意。又此诗运用了民歌惯用的"接字"法,首尾相衔,蝉联而下,更加强了诗的节奏美,声情摇曳,语语动人。结句"南风知我意,吹梦到西洲”,更是涉想新奇,馀味无穷。范云《闺思》诗:“几回明月夜,飞梦到郎边”,又李白的名句:“春风复无情,吹我梦魂散”、“我寄愁心与明月,随风直到夜郎西”,都是从此化出的。因此我们可以说《西洲曲》标志着南朝民歌在艺术发展上的最高成就,它的产生时代不可能过早。

第二节　北朝乐府民歌

北朝文人诗,既少,又不好。严格点说,就没有一个诗人。即以北魏末年号称“三才”的温子升、邢邵、魏收而论,所作都不过寥寥十首左右,大都模拟齐梁,毫无特色。《北齐书·魏收传》载邢邵诋魏收偷窃任昉,魏收则又讥邢邵在沈约集中作贼,可见实际上都是没有出息的文人。但是,北朝民歌却放出了异彩。

北朝民歌以《乐府诗集》所载“梁鼓角横吹曲”为主。所谓横吹曲,是当时北方民族一种在马上演奏的军乐,因为乐器有鼓有角,所以也叫做“鼓角横吹曲”。这些歌词的作者也主要是鲜卑族和其他北方民族的人民。《折杨柳歌》说:“我是虏家儿,不解汉儿歌。”便是明证。歌词中提到的慕容垂、广平公(姚弼)、高阳王、琅琊王等,便都是“虏家儿”的豪酋贵族。鲜卑诸民族的歌,原是所谓“其词虏音,竟不可晓”的,而现存歌词却全用汉语,这一方面是由于通晓汉语的鲜卑人或通晓鲜卑语的汉人的翻译,前者如有名的《敕勒歌》,后者如上举《折杨柳歌》;另一方面是由于鲜卑诸民族的汉化。北魏孝文帝太和十九年(495)曾“诏断北语,一从正音”(《魏书·咸阳王传》),

“若有违者，免所居官”(《魏书·高祖纪》)。所谓“北语”，即“胡语”，亦即鲜卑语；所谓“正音”，即汉语。《北史·辛昂传》载昂“令其众皆作中国歌”，可知现存歌词当有一部分原来就是用汉语创作的。据《南齐书·东昏侯纪》、《南史·茹法亮传》的有关记载，以及梁武帝和吴均所作《雍台》诗，我们知道，北朝的鼓角横吹曲曾先后输入齐、梁，并由梁乐府保存，陈释智匠著《古今乐录》因冠以“梁”字，后人遂沿用不改。其实从乐曲到歌词都是北方各民族的创作。

鼓角横吹曲现存六十多首，数量虽远不及南朝的清商曲，但内容却丰富得多，相当全面而生动地反映了北朝二百多年间的社会状况和时代特征；战斗性也较强，酷似汉乐府民歌。这可从以下几方面的反映得到证实。

(一)反映战争的。战争是北朝社会一个最突出的现象，整个北朝的历史几乎与战争相终始，在初期“五胡十六国”的一百三十多年中，战争尤为频繁。统治族与被统治族之间的复杂而尖锐的矛盾，更使得这些战争具有异乎寻常的残酷性。作为这种残酷性的集中表现，便是人民的大量死亡，汉族人民固然遭受浩劫，少数族人民也同样做了各族统治阶级用来进行争夺战的牺牲品。如《企喻歌》：

男儿可怜虫，出门怀死忧。尸丧狭谷口，白骨无人收。

便是当时各族人民大量死于战争的真实写照。从这首短歌中，我们还可以看出广大人民的反战情绪，这是由当时战争的罪恶性质决定的。为了保存实力，少数族(尤其是鲜卑族)的统治者还往往利用非本族的人在前冲锋陷阵，甚至迫使汉人和汉人作战。对此，北朝民歌也有所揭露。《慕容垂歌》第一首写道：

慕容攀墙视，吴军无边岸。我身分自当，枉杀墙外汉。

按慕容垂(鲜卑族)攻苻丕(氐族)于邺城，丕被逼降晋，晋因遣刘牢之救丕，垂逆战败绩，退守新城。胡应麟《诗薮》说"秦人(氐族人民)盖因此作歌嘲之(垂)"，这解释是可信的。"吴军"即指晋军，"我"是代慕容垂自称，实际上是嘲笑他的卑鄙怯懦。"汉"指被迫在城外抵御晋军的汉人。当时少数族每自称国人，而称汉族人民为汉人或汉儿、汉辈。在这种野蛮的大混战中，兄和弟也往往由于割据者的驱迫而处于互相攻杀的敌对地位，如《隔谷歌》：

兄在城中弟在外，弓无弦，箭无括。食粮乏尽若为活？救我来！救我来！

这种惨象和沉痛的呼救声，也是历来战争中所罕有的。

北歌中的杰作《木兰诗》，也正是这种战争频繁的时代环境的产物，但它具有更为深广的社会意义和思想意义，我们后面将着重论述。

(二)反映人民疾苦的。北朝社会的另一特殊现象，是和上述那种野蛮战争相辅而行的人口掳掠。几乎是每一次战争，也不论胜负，各族统治者都照例要进行一次人口掠夺。大批的人民被迫离开本土，转徙道路，因而在北朝民歌中出现了不少反映流亡生活的怀土思乡之作，而且都流露出一种绝望的悲哀和愤激，不同于一般的游子诗。如《紫骝马歌》：

高高山头树，风吹叶落去。一去数千里，何当还故处？

风吹叶落，一去数千里，正是被俘远徙的人民的自我写照。又如《琅琊王歌》：

琅琊复琅琊，琅琊大道王。鹿鸣思长草，愁人思故乡。

《陇头流水歌》更写到流离道路的苦况：

西上陇坂，羊肠九回。山高谷深，不觉脚酸。手攀弱枝，足踰弱泥。

写得最悲壮动人的是《陇头歌》三首：

陇头流水，流离山下。念吾一身，飘然旷野。
朝发欣城，暮宿陇头。寒不能语，舌卷入喉。
陇头流水，鸣声幽咽。遥望秦川，心肝断绝！

"遥望秦川"也就是遥望故乡。想到生还故处已无指望，那能不"心肝断绝"？这些都不像一般的羁旅行役之词。

有些民歌还反映了人民饥寒交迫的悲惨生活，接触到阶级社会贫富对立的根本问题。如《雀劳利歌》：

> 雨雪霏霏雀劳利，长嘴饱满短嘴饥。

这里的“长嘴”和“短嘴”便是剥削阶级和被剥削的劳动人民的象征性的概括。又如《幽州马客吟》：

> 快马常苦瘦，剿儿常苦贫。黄禾起羸马，有钱始作人！

通过尖锐的对比揭露了阶级社会的不合理。“有钱始作人”，充分表现了劳动人民对剥削阶级的鄙视。在北朝，阶级压迫与民族压迫同时存在，不少被俘的人民沦为奴隶，阶级对立特别明显，这就不能不激起人民的反抗意识。

（三）反映北方各民族的尚武精神的。北方诸民族向以能骑善射、好勇尚武著称，这种民族特性在北朝民歌中也有很突出的表现。如《企喻歌》：

> 男儿欲作健，结伴不须多。鹞子经天飞，群雀两向波。

“欲作健”就是说要作健儿。把自己比作猛禽，把敌方比作小雀，就十分形象地表现了他们那种“以刚猛为强”的本色。他们也爱美丽的姑娘，然而却更爱“大刀”和“快马”。如《琅琊王歌》：

> 新买五尺刀，悬著中梁柱。一日三摩娑，剧于十五女。

又如《折杨柳歌》：

> 健儿须快马，快马须健儿。趹跋黄尘下，然后别雄雌。

王士祯《香祖笔记》评前一首云："是快语。语有令人'骨腾肉飞'者，此类是也。"的确，这种快语是得未曾有的。

（四）反映爱情生活的。由于北方诸民族的性格和习俗的差异，同时又不曾或很少受到礼教的约束，因而北朝的情歌也有它自己的特色：心直口直，有啥说啥，毫不遮掩，毫不扭捏。南歌说"感郎千金意，惭无倾城色"，北歌却说"女儿自言好，故入郎君怀"。在南歌中我们常常碰到汪汪的眼泪，但在北歌中却找不到一个泪字。有时情人失约不来，她们也只是说上一句："欲来不来早语我！"

对男女相悦的看法，北朝情歌也表现得更为大胆、干脆。如《捉搦歌》：

> 谁家女子能行步，反著裌禅后裙露。天生男女共一处，愿得两个成翁妪。

又如《地驱乐歌》：

> 驱羊入谷，白羊在前。老女不嫁，蹋地呼天。

和南歌的纡回宛转，大异其趣。北朝有关爱情婚姻的民歌并不多，但是其中就有两三首提到"老女不嫁"的事，这可能和战争频繁、丁壮死亡过多有关。东魏时,高欢曾“请释芒山俘桎梏,配以人间寡妇”(见《北史》卷六),寡妇之多,竟成了社会问题,这一事实也正说明这点。

除上述四方面外,反映北方民族的游牧生活和北国风光的,还有《杂歌谣辞》中的《敕勒歌》:

> 敕勒川,阴山下。天似穹庐,笼盖四野。天苍苍,野茫茫,风吹草低见牛羊。

二十七个字,便出色地画出了辽阔苍茫的草原景象,并反映了北方民族的生活面貌和精神面貌,具有无比的魅力,的确是“千古绝唱”。史称“北齐神武(高欢)使斛律金唱敕勒歌”,《乐府广题》说:“其歌本鲜卑语,易为齐言,故其句长短不齐”,也许就是斛律金翻译的。

《杂歌谣辞》的另一首《陇上歌》,则是汉族人民歌颂陈安为反抗刘曜(匈奴族)的压迫而壮烈牺牲的挽歌:

> 陇上壮士有陈安,躯干虽小腹中宽,爱养将士同心肝。骣骢父马铁锻鞍,七尺大刀奋如湍,丈八蛇矛左右盘,十荡十决无当前。战始三交失蛇矛,弃我骣骢窜岩幽。为我外援而悬头!西流之水东流河,一去不还奈子何!

事详《晋书·刘曜载记》。史言“曜闻而嘉伤,命乐府歌之”。这自然是为缓和汉族人民愤怒的一种手段,但也足证陈安之深得民心。

北朝民歌不仅内容丰富，在艺术上也有其独创性。它的语言是质朴无华的，表情是爽直坦率的，风格是豪放刚健的。在这里没有巧妙的双关语，也没有所谓一唱三叹的袅袅馀音，而是名副其实的悲壮激越的军乐、战歌。这些，都和南朝民歌形成鲜明的对比。体裁方面，北歌虽亦以五言四句为主，但同时还创造了七言四句的七绝体，并发展了七言古体和杂言体，这也是南朝民歌所不及的。

最后，我们论述北朝乐府民歌的代表作《木兰诗》。《木兰诗》是一篇歌颂女英雄木兰乔装代父从军的叙事诗，也可以说是一出喜剧。它和《孔雀东南飞》是我国诗歌史上的“双璧”，异曲同工，后先辉映。胡应麟《诗薮》说：“五言之赡，极于焦仲卿妻；杂言之赡，极于木兰。”这提法和评价是很恰当的。但是和《孔雀东南飞》一样，《木兰诗》也有一个产生的时代问题，而且更为纷纭，魏、晋、齐、梁、隋、唐，各说都有。有的还提出了主名，把著作权归之曹植和韦元甫。目前我们已可肯定它是北朝民歌。陈释智匠撰《古今乐录》已著录这首诗，这是不可能作于陈以后的铁证。北朝战争频繁，好勇尚武，这首诗正反映了这一特定的社会风貌。又诗中称君主为可汗，出征地点都在北方，也都说明它只能是北朝的产品。大约作于北魏迁都洛阳以后，东、西魏分裂以前。在流传过程中，它可能经过隋唐文人的润色，以致“中杂唐调”，如“万里赴戎机”六句。但就全诗看，仍然保持着北朝民歌的特色。

木兰的英雄形象出现在文学史上是具有不平凡的意义的。她是一个勤劳织布的普通姑娘，但当战争到来的时候，竟自勇敢地承担起一般妇女所不能承担的代父从军的任务，买了“骏马”“长鞭”，经历黄河黑水，北到燕山朔野，万里长征，十年转战。凯旋归来后，功成不受赏，气概又表现得如此的磊落轩昂。回到家里，在爷娘姊弟一片热烈欢迎的气氛中，她“脱我战时袍，著我旧时裳”，同行的伙伴才惊讶地认出这个转战十年，功勋卓越的“壮士”，竟是一个“女郎”。扑朔迷离的传奇色采，更使这个勇敢、坚毅、纯洁的姑娘显出了天真、活泼、机智的本来面目。

《木兰诗》是现实主义和浪漫主义相结合的诗篇。木兰既是现实人物，又是人民理想的化身。在北朝，妇女中出现像木兰这样勇敢善战的人物是不足为奇的。只如《北史·李安世传》所载《李波小妹歌》就提供了一个武艺卓越的妇女的真人真事：“李波小妹字雍容，褰裳逐马如卷蓬。左射右射必叠双。妇女尚如此，男子安可逢！”但是木兰的形象，比之李波小妹的形象却有本质的差别。李波小妹是残害人民的豪强地主家庭的妇女，而木兰却自始至终都不失劳动人民女儿的本色。她不惜自我牺牲，也不顾“男女有别”，“弯弓征战作男儿”，既保全了老父，又捍卫了边疆。由于故事本身的正义性、传奇性，使民歌作者有可能在木兰身上集中地体现劳动人民高贵的品质，突破“女不如男”的封建传统观念，把她塑造成一个压倒须眉的女英雄，为千百年来千千万万的妇女扬眉吐气。这点在封建社会具有崭新的教育意义。

在表现手法上，《木兰诗》也具有两结合的因素。繁则极繁，简则极简。如开头一段写木兰的问答和买马都很繁。但不如此夸张铺叙就无法渲染人物的紧张心情和战争气氛。谢榛《四溟诗话》说：“若一言了问答，一市买鞍马，则简而无味，殆非乐府家数。”是有道理的。又如末段写木兰还家，也很繁。但这里却不是夸张，而是精雕细琢，通过人物行动来刻画人物性格。十年征戍，艰苦备尝，事情原很多，但作者却写得极简，只用“万里赴戎机”六句三十个字就包举无遗。作为繁简的标准的是人物的特征。从全诗可以看出，作者始终是扣紧“木兰是女郎”这一特点来进行剪裁和描写的。“不闻爷娘唤女声”数句之所以动人，主要即由于切合木兰的身份，挪用不得。《木兰诗》的语言，丰富多采，有朴素自然的口语，也有精妙绝伦的律句。但它们在生动活泼的基调上取得统一和协调。此外，如句型的或整或散、长短错综，排句的反复咏叹，譬喻的新奇幽默等，也都加强了诗的音乐性和表现力，有助于人物形象的塑造。

第三节　南北朝乐府民歌的影响

南北朝乐府民歌的影响也是显著的、巨大的。它继承了周民歌和汉乐府民歌的现实主义精神，北朝民歌，尤其突出。在形式主义文风泛滥的南北朝时期，这种“刚健清新”的民歌的出现，就显得特别可贵。它是一种新力量、新血液。

在诗的体裁方面，南北朝民歌开辟了一条抒情小诗的新道路。这就是五、七言绝句体。五言四句的小诗，汉民歌中虽已经出现，但为数极少，也没有发生什么影响。因此绝句的真正源头要算南北朝民歌。当时有名的诗人如谢灵运、鲍照、谢朓等已纷起模拟，但还是一种尝试。到了唐代，便由附庸而蔚为大国，而在和音乐的结合上几乎垄断了唐三百年间的歌坛，并出现了以绝句擅名千古的诗人李白和王昌龄。汉代民歌中杂言体虽很多,且有不少优秀作品,但篇幅都较小,像《木兰诗》这样长达三百多字的巨制,还是前所未有的。这对唐代七言歌行的发展也起了示范性的推动作用。

在表现手法方面,南北朝民歌对唐代诗人也有许多启发。例如杜甫《草堂》诗:"旧犬喜我归,低徊入衣裾;邻里喜我归,沽酒携葫芦;大官喜我来,遣骑问所须;城郭喜我来,宾客隘村墟。"一连用四个"喜"字造成排句,便是从《木兰诗》"爷娘闻女来"等句脱化而来的。前人说李白的《长干行》以《西洲曲》为"粉本",说他的绝句"从六朝清商小乐府来",也都是信而有征的。此外,口语的运用,对后代诗人也是一个很好的借鉴。李白、杜甫、白居易等大诗人就都善于提炼口语融化入诗。双关语,虽可溯源于先秦的廋词、隐语,汉代歌谣中也偶有一二,如《董逃歌》及《古绝句》"藁砧今何在"一首,但大量使用则始于南朝民歌。唐以后,诗人们由于处境的险恶,往往利用双关语写作政治讽刺诗,来曲折地表达他们那种难以明言的爱国深衷,这一发展也是基于南朝民歌的。

前面说过,南朝民歌是商业大都市的产物,几乎全是谈情说爱的"艳曲",所以胡应麟评为"了无一语有丈夫气"。这对梁陈"宫体诗"的形成和泛滥,在客观上也起了一定的消极作用。唐五代以后,许多描写男女艳情的小词,在意境、语言等方面,也受了南朝民歌不小的影响。

第五章　南北朝诗人

南北朝时代，诗歌的面貌和魏晋时代颇有不同。宋齐时代谢灵运、谢朓的山水诗，鲍照的乐府诗，不仅题材内容上有所发展，而且形式技巧上更有新的变化，声律的运用，七言诗体的进一步发展，尤其是重要的成就，但形式主义的创作倾向也同时有所发展。齐梁以后，形式主义的诗风笼罩着整个诗坛，梁陈宫体诗的流行，更是诗风的堕落。北朝文人诗坛本来是一片荒凉，直到庾信由南入北，才带来新的转机。

第一节　谢灵运和山水诗

宋齐时代的山水诗代替东晋以来的玄言诗，是南朝诗歌发展上第一个重要的变化。

晋宋时代，江南的农业有较大的发展，士族地主的物质生活条件比过去更加优裕了，园林别墅更多地建筑起来了，士族文人们在优裕的物质条件下和佳丽的江南山水环境中过着清谈玄理和登临山水的悠闲生活。在他们的清谈中，常常出现一些发挥老庄自然哲学来赞美江南山水的名言隽语。由于这种风气的影响，当时流行的玄言诗里也开始出现一些山水诗句，作为玄学名理的印证或点缀。东晋著名的玄言诗人孙绰讽刺人的时候说:“此子神情都不关山水,而能作文?”(《世说新语·赏誉篇》)可见玄言诗和山水诗本来就有共同的生活基础和思想基础,玄言诗中本来就包孕着山水诗的成分。

当然,“平典似道德论”的玄言诗,即使点缀上几句呆板的山水诗句,也无法改变那种枯燥无味、令人生厌的面目。直到东晋后期,出现了谢混《游西池》等少数集中力量刻画山水景物的诗篇,才开始给玄言气氛笼罩着的士族诗坛带来了一点新鲜的空气。到刘宋初期,谢混的侄子谢灵运继续从这个方向去开拓诗境,大量创作山水诗,在艺术上又有新的创造,终于确立了山水诗在诗坛上的优势地位。于是,山水诗就由附庸蔚为大国,而玄言诗则由大国降为附庸。虽然这基本上只是题材和艺术上的革新,但在诗歌发展史上究竟前进了一步。

谢灵运(385—433),祖籍陈郡阳夏(今河南太康附近),世居会稽(今浙江绍兴)。祖父是谢玄,他十八岁就袭封康乐公。他热中政治权势,到了刘宋时代,感到自己的特权地位受到威胁,政治欲望不能满足,心怀愤恨;因此在永初三年作永嘉太守以后,就肆意游遨山水,民间听讼,不复关怀。后来更干脆辞官回会稽,大建别墅,凿山浚湖,经常领着僮仆门生几百人到处探奇访胜,排遣政治上的不满情绪。晚年作临川内史,因谋反被收。他的《临川被收》诗说:“韩亡子房奋,秦帝鲁连耻。”明白地表示了对刘宋王朝的对抗。最后在广州被杀。

谢灵运的山水诗,绝大部分是他作永嘉太守以后写的。在这些诗里,他用富丽精工的语言描绘了永嘉、会稽、彭蠡湖等地的自然景色。例如《石壁精舍还湖中作》:

昏旦变气候，山水含清晖。清晖能娱人，游子憺忘归。出谷日尚早，入舟阳已微。林壑敛暝色，云霞收夕霏。芰荷迭映蔚，蒲稗相因依。披拂趋南径，愉悦偃东扉。虑澹物自轻，意惬理无违。寄言摄生客，试用此道推。

这首诗写他从石壁精舍回来，傍晚经湖中泛舟的景色。很像一篇清丽简短的山水游记，语言精雕细刻而能出于自然。“林壑”、“云霞”两句写薄暮景色，观察入微，深为李白所赞赏。但结尾依然残留玄言诗的痕迹。又如《石门岩上宿》：

朝搴苑中兰，畏彼霜下歇。暝还云际宿，弄此石上月。鸟鸣识夜栖，木落知风发。异音同至听，殊响俱清越。妙物莫为赏，芳醑谁与伐？美人竟不来，阳阿徒晞发。

这首诗写他夜宿石门，期待知音的感受和山中夜静的环境气氛，相当成功。诗中除借用楚辞的比喻外，没有任何玄言佛理的辞句。但是，像这样把叙事、写景、抒情结合得比较好，玄言佛理成分也不太多，艺术风格较为完整的作品，在他诗中为数很少。

谢灵运一生都不能忘怀于政治权势，但他在政治和生活上又没有高尚的理想，他在政治失意时游山玩水，只是在声色狗马之外寻求感官上的满足，并以此掩饰他对权位的热中。因此，他的山水诗虽然能够描绘一些外界景物，却很难见出内心的思想感情。当诗中涉及思想时，他总是借一些玄言佛理的词句来装点门面。他对玄学佛典又有丰富的知识，所以装点起来也就很不费力。刘勰《文心雕龙·情采篇》说的“志深轩冕,而泛咏皋壤;心缠机务,而虚述人外”,虽然主要是批评两晋那些伪装清高的文人,但对于谢灵运也同样适用。所谓“山水不足以娱其情,名理不足以解其忧”,正是很准确地指出了他山水诗的根本弱点。他的山水诗所以多数不能做到情景交融和风格完整,原因也就在这里。但是,由于他把自己目击的山光水色,朝霞夕霏用诗句描绘出来,的确给当时诗坛带来了新鲜的气息,在艺术上,他也开辟了南朝诗歌崇尚声色的新局面。“俪采百字之偶,争价一句之奇。情必极貌以写物,辞必穷力而追新。”(《文心雕龙·明诗篇》)大大改变了东晋以来“理过其辞,淡乎寡味”的诗风,给人面目一新的感觉。但是他的诗在艺术上也有明显的缺点:玄言词句多,辞藻堆砌多,往往有句无篇;结构多半用“叙事——写景——说理”这种章法,读起来也感到很单调。

他的山水诗给人印象最深的还是那些散见在各篇中的“名章迥句”。例如:“野旷沙岸净,天高秋月明”(《初去郡》);“池塘生春草,园柳变鸣禽”(《登池上楼》);“明月照积雪,朔风劲且哀”(《岁暮》)等,的确是像鲍照所形容的“如初发芙蓉,自然可爱”。另一些佳句如:“白云抱幽石,绿筱媚清涟”(《过始宁墅》);“春晚绿野秀,岩高白云屯”(《入彭蠡湖口》)等,则出于精心的雕琢,表现了他“极貌写物”,“穷力追新”的艺术技巧。但是,像“俯濯石下潭,仰看条上猿”(《石门新营所住》)这类句子,虽然观察事物比较细致,在表现上却因拘于对仗而流于晦涩,形象并不鲜明。

谢灵运还有少数非山水诗,如《拟魏太子邺中集诗八首》,

拟古的成就远在陆机之上。《白石岩下径行田》诗中，对永嘉人民灾年生活也有所反映。

总的来说，谢灵运是扭转玄言诗风，开创山水诗派的第一个诗人。自他之后，南朝的谢朓、何逊，唐朝的孟浩然、王维等许多山水诗人相继出现，他们以优美的山水诗篇丰富了诗歌的园地。谢灵运又是一个用全力雕章琢句的诗人，这方面他也为齐梁以后的新体诗打下了一定的基础。

宋代和谢灵运齐名的诗人颜延年，其作品虽然名称"体裁明密"，却缺乏兴会和才华，又好用典故，"文章殆同书抄"，成就远不及谢灵运。但所作的《五君咏》、《北使洛》等诗，仍有一定的内容。

第二节　鲍照和七言诗

鲍照(414？—466)，字明远，东海(今江苏涟水县北)人。他出身寒庶，少有文学才情，因献诗临川王刘义庆，得到赏识，擢为国侍郎。以后作过秣陵令、永嘉令、临海王子项参军。后子项因谋反赐死，他也死于乱军之中。

鲍照由于"身地孤贱"，曾经从事农耕，生活在门阀士族统治的时代，处处受人压抑。他在《瓜步山揭文》里曾经叹息说："才之多少，不如势之多少远矣！"这和左思《咏史》中"地势使之然，由来非一朝"的愤慨不平是完全一致的。

他的社会地位和生活经历使他在创作上选择了一条和谢灵运不同的道路。当谢灵运大力创作富艳精工的山水诗时，鲍照也开始了创作生活，并以"文甚遒丽"的古乐府逐渐闻名于诗坛。他现存的诗约有二百多首,其中乐府诗就占八十多首,而且他的优秀诗篇大多数都是乐府诗。他继承和发扬了汉魏乐府民歌的传统精神,描写了广泛的社会生活,对受压迫的人民表示了深刻的同情。

边塞战争,征夫戍卒的生活,是他乐府诗内容中一个重要的方面。在《代出自蓟北门行》里,他歌颂了边塞将士们"投躯报明主,身死为国殇"的英勇战斗的精神,也写出了"疾风冲塞起,沙砾自飘扬。马毛缩如猬,角弓不可张"的边塞战场景色。而写得更为动人的,是《代东武吟》:

> 主人且勿喧,贱子歌一言。仆本寒乡士,出身蒙汉恩。始随张校尉,召募到河源。后逐李轻车,追虏穷塞垣。密途亘万里,宁岁犹七奔。肌力尽鞍甲,心思历凉温。将军既下世,部曲亦罕存。时事一朝异,孤绩谁复论。少壮辞家去,穷老还入门。腰镰刈葵藿,倚杖牧鸡豚。昔如鞲上鹰,今似槛中猿。徒结千载恨,空负百年怨。弃席思君幄,疲马恋君轩。愿垂晋主惠,不愧田子魂。

这首诗写出了一个穷老还家的士兵报国无路的痛苦。在"元嘉草草,封狼居胥,赢得仓皇北顾"(辛弃疾词《永遇乐》)的时代,鲍照写出这首为士卒请命的诗篇,他的忧愤是深广的。这是刘琨死后一百多年中久已成为绝响的悲凉慷慨的爱国主义的诗篇。

他的乐府诗里,还反映了门阀统治下的社会不平现象。《代放歌行》里对比描写了不愿入仕途的旷达贤士和热中于利禄的龌龊小人,并以正言若反的语气曲折有力地写出了贤士受压抑的痛苦心情。《代贫贱愁苦行》写贫贱之士“黯颜就人惜”的屈辱沉痛,《代白头吟》写“人情贱恩旧,世议逐衰兴。毫发一为瑕,丘山不可胜”的炎凉世态,都是当时下层寒士受压抑的痛苦心情的反映。他还有一首《拟古诗》很值得我们注意:

束薪幽篁里,刈黍寒涧阴。朔风伤我肌,号鸟惊思心。岁暮井赋讫,程课相追寻。田租送函谷,兽藁输上林。河渭冰未开,关陇雪正深。笞击官有罚,呵辱吏见侵。不谓乘轩意,伏枥还至今。

这首诗写他“负锸下农,执羁末皂”的生活,抒发他不能用世的愤慨,同时也流露出对受剥削的劳动人民的深刻同情。虽然用的是《拟古》的诗题,但在思想内容上正是发扬汉魏乐府“感于哀乐,缘事而发”的精神。

以上所举的都是鲍照的五言乐府。但是最能显示鲍照反抗现实的精神和艺术上的独创性的,还是他的七言和杂言的乐府诗。《拟行路难》十八首,尤其是他杰出的代表作。这一组诗,并非一时一地之作,内容非常丰富。首先,他在这里对士族门阀的压迫表现了强烈的不满和反抗:

泻水置平地,各自东西南北流。人生亦有命,安能行叹复坐愁!酌酒以自宽,举杯断绝歌路难。心非木石岂无感?吞声踯躅不敢言。

对案不能食,拔剑击柱长太息。丈夫生世会几时,安能蹀躞垂羽翼?弃置罢官去,还家自休息。朝出与亲辞,暮还在亲侧。

弄儿床前戏，看妇机中织。自古圣贤尽贫贱，何况我辈孤且直！

前一首虽然没有说出他所愁叹的是什么，但是从他的吞声踯躅之中，我们已经深深感到他胸中的一股悲愤不平之气。在后一首里，这种悲愤不平之气，一开始就在对案不食、拔剑击柱之中爆发出来，他宁肯弃置罢官，也不愿蹀躞垂翼，受人压抑，这就是他所以愤慨不平的内容。最后两句，更鲜明地表现了他孤直耿介的性格和对门阀社会傲岸不屈的态度。在这一组诗里，他对爱情不自由的妇女也表示了深刻的同情：

璇闺玉墀上椒阁，文窗绣户垂罗幕。中有一人字金兰，被服纤罗采芳藿。春燕差池风散梅，开帏对景弄禽爵（雀）。含歌揽涕恒抱愁，人生几时得为乐？宁作野中之双凫，不愿云间之别鹤！

诗中女主人公宁作“野中双凫”，不愿过贵家姬妾的生活，表现了向往爱情自由的坚强意志。在“剉蘗染黄丝”一首里，他写一个女子曾经和男子结带赠钗，誓同白首，但是当男子变心以后，她就决心“还君金钗玳瑁簪，不忍见之益愁思”！其愤惋决绝的态度，令我们想起《汉铙歌·有所思》中的那个女子。由于作者对现实的深刻不满，以及他诗中主人公那种强烈反抗的精神，向往自由美好生活的坚强意志，就使这些诗歌带有浪漫主义的色彩。

在这一组诗里，也写到了边塞戍卒的生活以及思妇寡居的悲叹。例如“君不见少壮从军去”一首唱出了稽留边塞的士卒还乡绝望的哀音。“春禽喈喈旦暮鸣”一首，又借过客和从军士兵的对话，更为曲折地表达了征人思家的痛苦。“中庭五株桃”，“今年阳春花满林”等篇，则深刻细腻地写出了思妇寡居的悲叹。这些篇章显然又是继承和发扬了汉魏乐府现实主义的传统精神。当然，这组诗中也有少数篇章，流露了听天由命、及时行乐的消极思想，如“君不见柏梁台”、“诸君莫叹贫”等篇。这是诗人思想中软弱性的一面的反映。

总的来说，《拟行路难》是一组成就非常杰出的乐府诗。思想内容既丰富深刻，感情也强烈奔放。所用的七言、杂言诗体，音节又激昂顿挫，富于变化，更使这种思想感情焕发出了新的光彩。南朝文人读他的诗感到“发唱惊挺”、“倾炫心魂”，并不是偶然的。他的七言、杂言诗还有《夜坐吟》、《梅花落》等篇，后者歌颂梅花不畏霜露的坚贞品格，也是一篇名作。

七言诗的产生和发展的过程，比五言更为漫长曲折。先秦西汉时代已经有七言的民间谣谚。荀子的《成相篇》就是模仿民间劳动歌谣写成的七言杂言体韵文。西汉时代除《汉书》所载的《楼护歌》、《上郡歌》等七言谣谚而外，更出现了司马相如《凡将篇》、史游《急就篇》等七言韵语的童蒙字书，东方朔的七言射复语，还有被《文选注》征引的东方朔、董仲舒、刘向的七言诗歌。东汉七言民谣为数更多。戴良的《失父零丁》是一篇纯用七言的较长的俗体韵文。张衡的《四愁诗》更是趋向完整的七言抒情诗，不过各章首句参用了骚体的句式。建安时代曹丕的《燕歌行》两首，是现存最早、最完整的七言乐府诗。由于入乐时间较晚等原因，一般文人对七言体就不很重视，西晋初年傅玄仿张衡作《四愁诗》，还说七言是一种“体小而俗”

的形式。但是从东汉至东晋、十六国时代的《小麦谣》、《行者歌》、《并州歌》、《豫州歌》、《陇上歌》以及北朝乐府中一些七言杂言歌诗来看，七言歌谣一直是在民间（尤其北方民间）流传的。鲍照所拟的《行路难》，本来也是北方牧竖的歌曲。但是，鲍照不仅大胆地采用了这种一般文人视为鄙俗的形式，而且以丰富的内容充实了这种形式，以革新的精神改造了这种形式，变逐句用韵为隔句用韵，并且可以自由换韵。这就为七言诗的进一步发展树立了榜样，开拓了宽广的道路。自他以后，七言体就在南北朝文人诗歌中日益繁荣起来了。

鲍照是南北朝时代最杰出的诗人。他的七言及五言乐府等作品，对唐代李白、高适、岑参、杜甫等诗人有很大的影响。杜甫评论李白、高适、岑参的诗都提到鲍照，绝不是偶然的。

第三节　谢朓和新体诗

自魏晋以来，中国声韵学由于受印度梵音学的影响，有了新的发展。齐永明年间，周颙发现汉字的平、上、去、入四种声调，始著《四声切韵》（今佚），同时的著名诗人沈约（441—513）等人，又根据四声和双声叠韵来研究诗句中声、韵、调的配合，指出平头、上尾、蜂腰、鹤膝、大韵、小韵、旁纽、正纽等八种声病必须避免。力求做到“一简之内，音韵尽殊；两句之中，轻重悉异”。这样自觉地运用声律来写诗，的确是诗歌史上的空前创举。在这以前，陆机虽然也谈过“暨音声之迭代，若五色之相宣”，但只是初步地意识到诗歌音韵的必须调协，并未提出具体的调协音韵的办法。沈约自称“自灵均以来，虽文体稍精，而此秘未睹。至于高言妙句，音韵天成，皆暗与理合，匪由思至”，虽多少有点夸张，但基本是符合事实的。沈约等所发现的诗歌音律，和晋宋以来诗歌中对偶的形式互相结合，就形成了“永明体”的新体诗。这种新体诗是我国格律诗产生的开端。它的出现，反映了诗歌从比较自由发展到讲究格律的必然趋势。声律说的产生，是我国文学发展中的重要事件，它除对诗歌的形式有直接影响外，对于辞赋、骈文，以及后来的词、曲等文学形式，都有很大的影响。

唐封演《闻见记》说自沈约倡导诗歌声病说以后，“王融、刘绘、范云之徒，慕而扇之。由是远近文学，转相祖述，而声韵之道大行”。可惜沈约等永明作家的诗歌，虽然在运用声律、词藻上有新的成就，但思想内容多半平庸乏味，不少甚至空洞无物。只有谢朓，是这个时代比较优秀的诗人。

谢朓(464—499)，字玄晖，陈郡阳夏(今河南太康附近)人。出身贵族。最初作南齐诸王幕下的参军、功曹、文学等官职，曾得随王萧子隆、竟陵王萧子良的赏识，后来为明帝掌中书诏诰。公元四九五年出任宣城太守，后回朝任吏部郎，因事牵连，下狱而死。

谢朓的出身经历，和谢灵运有些类似，他的诗受谢灵运影响较大，现存的优秀的诗篇大部分是山水诗。有的作品颇有摹仿谢灵运的痕迹。但总的说来，诗风清新流丽，较少繁芜词句和玄言成分，和谢灵运的富艳精工、典丽厚重颇有不同。例如他的名作《晚登三山还望京邑》：

灞涘望长安，河阳视京县。白日丽飞甍，参差皆可见。馀霞散成绮，澄江静如练。喧鸟覆春洲，杂英满芳甸。去矣方滞淫，怀哉罢欢宴。佳期怅何许，泪下如流霰。有情知望乡，谁能鬒不变？

诗中刻画春江日暮景色，词语颇为精警工丽。“馀霞散成绮”两句，由于李白的赞美，向来为人们所传诵。

谢朓现存的诗歌，有将近四分之一的作品是在作宣城太守的两年中写成的。他的名作《之宣城郡出新林浦向板桥》就写于赴任途中：

江路西南永，归流东北骛。天际识归舟，云中辨江树。旅思倦摇摇，孤游昔已屡。既欢怀禄情，复协沧洲趣。嚣尘自兹隔，赏心于此遇。虽无玄豹姿，终隐南山雾。

这首诗中“天际识归舟”两句，写天边疏淡的归帆远树，表现了诗人平静和谐的心境。“既欢怀禄情，复协沧洲趣”等句，在表现喜得外任的心情中，又流露了士族文人流连光景的生活情趣和回避现实的政治态度。

宣城是当时江南大郡，经济发达，又有敬亭、双溪等名胜。因此，他在宣城所写的山水诗，脍炙人口的佳句也特别多。例如：“寒城一以眺，平楚正苍然”（《宣城郡内登望》）；“苍翠望寒山，峥嵘瞰平陆”（《冬日晚郡事隙》）；“窗中列远岫，庭际俯乔林。日出众鸟散，山暝孤猿吟”（《郡内高斋闲望答吕法曹》）；“馀雪映青山，寒雾开白日。暧暧江村见，离离海树出”（《高斋视事》）。这些诗句，很像一幅幅萧疏淡远的水墨画，平淡而又富有思致。不仅和谢灵运的富艳精工的诗迥然不同，就是和他自己以前在建业、荆州写的诗篇相比，也颇有变化，藻绘流丽的色彩冲淡了，清新自然的成分增加了。这里可以看出陶诗对他的一定影响。

谢朓的山水诗，也和谢灵运一样，存在“有句无篇”的缺点。上面所举的他在宣城所写的佳句，多半就是从玉石杂陈的篇章中挑拣出来的。此外，他的《观朝雨》、《答王世子》等篇，还明显地存在着锺嵘所说的“善自发端，而末篇多踬”，“意锐而才弱”的缺点。

王闿运《八代诗选》选录谢朓集中的新体诗共二十八首，说明他集中属于永明体的篇章并不多。其中名篇如《入朝曲》：

> 江南佳丽地，金陵帝王州。逶迤带绿水，迢递起朱楼。飞甍夹驰道，垂杨荫御沟。凝笳翼高盖，叠鼓送华辀。纳献云台表，功名良可收。

这是他的《隋王鼓吹曲》十首之一，内容是歌颂建业京都的富丽气象。从这首诗，我们可以看到新体诗的特点是：力求平仄调协，音韵铿锵，词采华丽，对仗工整。但是，他在声律上还没有完全避免沈约的“八病”，如开头两句，就犯了“平头”的声病，正像沈约自己的诗也存在声病一样。他的新体诗中更值得注意的是那些模仿南朝乐府民歌的小诗：

> 夕殿下珠帘，流萤飞复息。长夜缝罗衣，思君此何极？
>
> ——《玉阶怨》

绿草蔓如丝，杂树红英发。无论君不归，君归芳已歇。

——《王孙游》

这些诗虽然写的是贵族生活，和民歌内容有别。但语言精炼，情味隽永。艺术上比乐府民歌有所提高。谢朓的新体诗，对唐代律诗、绝句的形成是有影响的。严沧浪说：“谢朓之诗，已有全篇似唐人者”，也主要是就他的新体诗说的。

唐代一些著名诗人很重视谢朓的诗，李白更在诗中屡次称引他的佳句。

第四节　梁陈诗人和宫体诗

诗歌发展到梁陈时代，诗人和作品的数量愈来愈多，但是诗歌的内容却愈来愈空虚堕落了。

南朝诗人本来多半是生活在宫庭、贵族周围的帮闲侍臣，他们诗歌的内容当然要受这种狭隘生活的限制，他们的兴趣也不能不以君主贵族们的爱好为转移。南朝君主贵族的生活非常荒淫放荡，从宋废帝、齐东昏侯到陈后主，都有许多生活丑史。帮闲的文人们也就不免要用诗歌辞赋来满足他们荒淫享乐的要求。齐梁时代诗坛领袖人物沈约就写过《梦见美人》、《六忆》、《携手曲》、《夜夜曲》这类色情的作品。在这种情况下，文学的趋向腐靡已经成为必然了。

梁简文帝萧纲大力提倡写宫体诗。他自言：“余七岁有诗癖，长而不倦。然伤于轻靡，时号‘宫体’。”（《梁书·简文帝纪》）“宫体”的名称，就由此而来。萧纲不仅带头写《咏内人昼眠》、《美人晨妆》等等描摹女人情态的宫体诗，而且还提出公开的理论主张："立身之道与文章异，立身先须谨重，文章且须放荡。"（《与当阳公大心书》）在萧纲的积极提倡之下，当时的宫庭文人庾肩吾、庾信、徐摛、徐陵等就奉承他的旨意，大力扇扬宫体诗风。他们甚至还写女人的衣领、绣鞋，写枕、席、衾、帐等等卧具，满足他们变态性心理的要求。

在这种淫声媚态的宫体诗盛行的时代，不仅建安诗人要受他们的排斥嘲笑（梁朝前期锺嵘《诗品序》就指出许多贵族诗人"笑曹刘为古拙"），就是谢灵运的山水诗，也被有的文人认为是"酷不入情"（萧子显《南齐书·文学传论》）。变态心理和低级趣味左右着诗坛，自梁到初唐，它的影响延续了一百多年。

但是，梁陈时代也还有少数诗人写出了少数内容比较健康的作品。

江淹（444—505），字文通，济阳考城（今河南考城）人，历仕宋、齐、梁三朝。他的诗善于模拟。著名的《杂体诗三十首》分别模拟了自汉至宋的三十个诗人的代表作。这些诗虽然缺乏艺术上的独创性，却颇能体会和表达不同诗人的风格的特征。如《刘太尉伤乱》，写出了刘琨的爱国忧愤。《陶征君田居》拟陶渊明的田园诗，其中"日暮巾柴车，路暗光已夕。归人望烟火，稚子候檐隙"等诗句，深得陶诗的意境。因此，这首诗长期混在陶渊明诗集里，连苏轼这样深爱陶诗的大诗人也没有辨别出来。他还有《效阮公诗十五首》，不仅风格近似阮籍，而且在表现阮籍身仕乱朝的矛盾痛苦中，也寄托了他自己身世之感。

吴均(469—520),字叔庠,吴兴故鄣(今浙江安吉县西北)人。出身贫贱,诗文有清拔之气。如《赠王桂阳》诗:

> 松生数寸时,遂为草所没。未见笼云心,谁知负霜骨。弱干可摧残,纤茎易陵忽。何当数千尺,为君复明月?

这首诗表现寒贱之士的雄心和骨气,构思很像左思的“郁郁涧底松”和陶渊明的“青松在东园”。他也学鲍照写过《行路难》以及从军出塞等类的七言、杂言乐府,但成就不高。

何逊(?—518),字仲言,东海郯(今山东郯城县西)人。他的少数山水诗和抒情小诗,颇有谢朓的风致。例如:

> 历稔共追随,一旦辞群匹。复如东注水,未有西归日。夜雨滴空阶,晓灯暗离室。相悲各罢酒,何时同促膝。
>
> ——《临行与故游赠别》
>
> 客心已百念,孤游重千里。江暗雨欲来,浪白风初起。
>
> ——《相送》

虽是平常留别朋友的诗,却“情辞宛转,浅语俱深”(沈德潜《古诗源》)。他也有一些写景名句,如“岸花临水发,江燕绕樯飞”(《赠诸游旧》),“露湿寒塘草,月映清淮流”(《与胡兴安夜别》),“野岸平沙合,连山远雾浮”(《慈姥矶》)等。

阴铿(生卒年不详),字子坚,是陈朝著名诗人。诗的风格近似何逊。例如:

夜江雾里阔，新月迥中明。溜船惟识火，惊凫但听声。劳者时歌榜，愁人数问更。

——《五洲夜发》

大江一浩荡，离悲足几重。潮落犹如盖，云昏不作峰。远戍惟闻鼓，寒山但见松。九十方称半，归途讵有踪？

——《晚出新亭》

何逊和阴铿都善写新体诗，在斟酌音韵词句上用过苦功。阴铿新体诗，尤近唐人律诗，上引后一首就是明证。所以杜甫自述作诗甘苦时曾说“颇学阴何苦用心”。

第五节　庾信及北朝诗人

南北朝时代，传统文学的中心在南朝。北朝除乐府民歌外，文人诗坛一直是比较荒凉的。北魏末至北齐时期，出现了号称北朝三才的温子升、邢邵、魏收，但他们的诗文基本上是规抚齐梁的沈约、任昉，没有什么创造。直到庾信由南入北，才给北朝诗坛带来了转机。他一方面把南朝诗歌的丰富遗产和新的成就带到北方，一方面又吸收北方文化中比较健康的精神，批判了南朝诗歌腐化浮艳的内容，创造了新的风格，在一定程度上体现了南北文学合流的新趋势。

庾信(513—581)，字子山，南阳新野(今河南新野)人。父亲是梁代著名宫庭文人庾肩吾。他自幼聪敏，博览群书，尤好《左传》。十五岁作昭明太子萧统的东宫讲读，十九岁作萧纲的东宫抄撰学士。他们父子和当时也在东宫任职的徐摛、徐陵父子都深得萧纲的宠信，并且是萧纲所倡导的宫体诗的重要作家，当时号称“徐庾体”。侯景之乱，他任建康令，全军溃退，潜奔江陵。梁元帝承圣三年(554)，他奉命出使西魏，当时西魏大军正南侵江陵，他被留在长安，屈仕敌国。以后又仕北周，官至骠骑大将军开府仪同三司，官位虽高，心里却非常痛苦，常常想念故国。后来陈朝请求北周放他回国，北周因为爱惜他的文才，不肯放还。终于老死北方。

庾信前期完全是一个宫庭的文学侍臣。他前期保留下来的少数诗中，像《咏舞》、《奉和示内人》等，都是宫体之作，其他的诗也是形式绮艳，内容空洞的奉和、应制作品，其中纵有少数佳句如“荷风惊浴鸟，桥影聚行鱼”(《奉和山池》)，显示了一点清新的才思，但也看不出他比写过“叶密鸟飞碍，风轻花落迟”(《折杨柳》)的萧纲究竟高明多少。他到北朝以后，也写过少数的奉和应酬、宫体色情的诗，但这些诗显然已经不能代表他后期诗歌的面目和成就了。

他出使被留而屈节于敌国，是他生活、思想变化的转折点，也是他诗赋内容风格发生变化的转折点。他的名作《拟咏怀二十七首》，反映了他后期的生活、思想、感情。这些诗并非一时之作，内容相当丰富深刻。在第一首里，他自叙了作诗的心情：

> 步兵未饮酒，中散未弹琴。索索无真气，昏昏有俗心。涸鲋常思水，惊飞每失林。风云能变色，松竹且悲吟。由来不得意，何必往长岑？

诗中涸鲋思水，惊鸟失林，风云变色，松竹悲吟，说明了他失去故国的处境以及悲凉沉痛的心情。在第二十首里，他更以无比沉痛的诗笔解剖了自己的痛苦：

> 在死犹可忍，为辱岂不宽？古人持此性，遂有不能安。其面虽可热，其心常自寒。……

这种因为屈身事敌而感到面热心寒的心情，经常折磨着他，在他的《拟咏怀》及其他感慨身世的诗里经常流露出来。

他诗里还反复地倾诉了对故国的深沉怀念。这也是他《拟咏怀》的中心主题。例如第十一首：

> 摇落秋为气，凄凉多怨情。啼枯湘水竹，哭坏杞梁城。天亡遭愤战，日蹙值愁兵。直虹朝映垒，长星夜落营。楚歌饶恨曲，南风多死声。眼前一杯酒，谁论身后名？

这首诗追述了梁元帝在江陵败亡的悲剧。三、四两句，写的是南朝人民在国破家亡后被西魏俘掳、屠杀的悲惨情景。《南史·元帝纪》说，江陵陷落后，西魏“乃选男女数万口为奴婢，小弱者俱杀之”。诗人虽然不敢明言，但是从杞梁妻哭倒长城的冤痛悲怆的哭声中，我们可以想见北朝统治者的残酷罪行。直虹、长星两句，写梁元帝的兵败情景，也有很强的暗示力量。最后两句，感慨梁朝君臣只顾眼前享乐，不顾国家安危，心情也极为沉痛。

庾信的《拟咏怀》中也流露了消极悲观的心情。“一朝人事尽,身名不足亲”、“独怜生意尽,空惊槐树哀”、“残月如新月,新秋似旧秋”、“昏昏如坐雾,漫漫疑行海”,这些都是他在觍颜事敌的屈辱境遇中完全丧失生活乐趣的自白。

庾信自悲身世的重要作品,还有《和张侍中述怀》、《伤王司徒褒》等篇,其心情也和《拟咏怀》完全一致。我们必须提到的,是几首寄赠朋友的五言小诗,例如:

> 玉关道路远,金陵信使疏。独下千行泪,开君万里书。
>
> ——《寄王琳》
>
> 故人倘思我,及此平生时。莫待山阳路,空闻旧笛悲。
>
> ——《寄徐陵》

这些诗在寥寥数语中写出他怀念故国的百转千回的痛苦。境界开阔,感慨深沉,超过了谢朓的小诗。

总之,庾信后期的诗无论思想内容或艺术风格都具有和前期迥然不同的面貌。他后期的诗除了表现身世遭遇的痛苦外,还有北方边塞的风沙气息。像“阵云平不动,秋蓬卷欲飞”;“流星夕照镜,烽火夜烧原”;“轻云飘马足,明月动弓弰”(以上均见《拟咏怀》);“胡笳遥警夜,塞马暗嘶群”(《和赵王送峡中军》);“马嘶山谷动,弓寒桑柘鸣”(《伏闻游猎》)等等诗句,都是南朝诗中罕见的。生活和环境的改变,是他的诗风从艳冶转入刚健的决定因素。

庾信在诗歌的形式格律上也有所发展。他的五言新体诗如《对宴齐使》、《寄徐陵》、《秋日》,在声律上已暗合后来唐代的五言律诗和五言绝句。在七言诗形式上,《燕歌行》比鲍照七言篇幅规模更大,《乌夜啼》、《秋夜望单飞雁》、《代人伤往二首》,从句数、章法、对仗看也是唐人七律、七绝的先驱。

用典较多,是他的诗歌的重要特点。有些诗,如前面所举的,用典很有创造性,灵活变化,自然合拍,增强了艺术表现力量。但是有的诗也由于堆砌典故过多,以致语意晦涩。

庾信的诗,初步融合南北诗风,是南北朝最后的一个优秀诗人,也是唐诗的先驱,对唐人的影响最为直接,因此深受唐代诗人的重视。杜甫说:"庾信文章老更成,凌云健笔意纵横。"又说:"庾信平生最萧瑟,暮年诗赋动江关。"正是对他后期作品的正确评价。

庾信到北朝以后不久,王褒(约513—576)也因为江陵败亡被西魏俘掳到了长安,受到西魏和北周统治者的优待,在北朝文坛上也颇有声名。他的名作《渡河北》也寄寓了故国之思:

> 秋风吹木叶,还似洞庭波。常山临代郡,亭障绕黄河。心悲异方乐,肠断陇头歌。薄暮临征马,失道北山阿。

风格的质朴刚健,和他在南朝时的作品也颇有不同。此外如《关山月》的"天寒光转白,风多晕欲生",刻画北方月色也能融合关塞苦寒的心境。

第六章　南北朝的骈文和散文

南北朝时代，由于社会政治的原因，以及文学思潮的影响，形成了骈文畸形繁荣的局面。但是，在一部分历史、地理之类的学术性著作里，散文也还有一定的发展馀地。

第一节　南北朝的骈文

在帝王和贵族左右着文坛的南北朝时代，作家们大多数都生活在帝王、贵族的周围，他们的生活、思想、艺术趣味都受到很大的束缚。为了用华丽纤巧的形式来掩饰空虚贫乏的内容，骈文这种特别注重形式美的文体，便受到当时文人们普遍的欢迎，大大地繁荣起来了。

骈文的形式技巧也比魏晋时代更加精密了。在句法上，不仅讲求对偶，而且把偶句分类归纳为言对、事对、正对、反对等等类型，加以探讨研究。句的字数也渐渐趋向骈四俪六，《文心雕龙·章句篇》说："四字密而不促，六字格而非缓。或变之以三五，盖应机之权变也。"在声律上，骈文虽然不像诗歌那样有"八病"的限制，但也要求平仄配合，"辘轳交往"。其他如用典、比喻、夸饰、物色等等的技巧，《文心雕龙》也各有专篇讨论。

由于文学的发展，特别是文学形式技巧的发展，南北朝作家们开始探索文学和非文学的区别。他们最初是把经、史、诸子划在文学范围之外，又区分文学范围以内的作品为“有韵”的“文”和“无韵”的“笔”两类。后来梁元帝萧绎认为只有“绮縠纷披，宫徵靡曼。唇吻遒会，情灵摇荡”的作品，才可以称之为“文”，至于“退则非谓成篇，进则不云取义”的章表、书记等类的实用骈散文字，则只能称之为“笔”（见萧绎《金楼子·立言篇》）。这就表现出重文轻笔的倾向。他这种理论虽然对文学界限的划分作了积极的尝试，并对文学技巧的发展有一定促进作用，但他所强调的文学独立性，实质上和他哥哥萧纲讲的“立身先须谨重，文章且须放荡”的观点是互为表里的，这就鼓励作家走上忽视文学思想内容的形式主义歧途。同时，他过分地强调形式，重文轻笔，也使原来较多地采用散文形式的各种笔体文章，都纷纷改用“绮縠纷披，宫徵靡曼”的骈体形式，这也促成了骈文更加畸形繁荣的局面。起源于两汉辞赋的骈文，到了南北朝，在形式上和骈赋的关系也就更为密切了。

骈文注重形式美，当然并不等于形式主义。但是，形式主义的作家特别喜欢骈文，形式主义文风的流行促成了骈文的畸形繁荣，而骈文的畸形繁荣又进一步造成形式主义文风的泛滥，却是非常明显的事实。

南北朝时代，除产生了大量的形式主义的骈赋和骈文之外，还有少数作家在不同程度上摆脱宫庭贵族生活的限制和浮艳文风的影响，写出了一些内容比较充实深刻，具有独创风格的骈赋和骈文。

鲍照的《芜城赋》，是他凭吊广陵（今江苏扬州）的作品。

广陵在宋文帝元嘉二十七年、孝武帝大明三年，曾经两次遭受战祸，后一次灾祸是竟陵王刘诞割据叛乱所引起的。鲍照在赋里借用了西汉时代曾在广陵建都的吴王刘濞叛乱失败的故事，讽刺竟陵王叛乱所带来的灾祸。这篇赋描写了刘濞称雄的气焰和悲惨的结局，对比了广陵昔盛今衰的面貌。其中描绘乱后荒凉景象，尤为动人：

> 泽葵依井，荒葛罥涂。坛罗虺蜮，阶斗麏鼯。木魅山鬼，野鼠城狐。风嗥雨啸，昏见晨趋。饥鹰厉吻，寒鸱吓雏。伏虣藏虎，乳血飧肤。崩榛塞路，峥嵘古馗。白杨早落，塞草前衰。稜稜霜气，蔌蔌风威。孤蓬自振，惊沙坐飞。灌莽杳而无际，丛薄纷其相依。

这的确是如姚鼐所说的“驱迈苍凉之气，惊心动魄之辞”。他的《登大雷岸与妹书》，写自己“栈石星饭，结荷水宿，旅客贫辛，波路壮阔”的行役生活，写九江、庐山一带烟云变幻、气象万千的景物，在纵横排奡之中见奇丽峭拔之致，脱尽了一般骈文中常见的华靡、平庸、萎弱的作风。

齐朝孔稚圭(448—501)的《北山移文》，用檄移的文体，假借“钟山之英，草堂之灵”的口吻，对一个“缨情好爵”的虚伪隐士加以口诛笔伐。文中写这位假隐士奉诏出山，给钟山带来了莫大的耻辱，引起了“南岳献嘲，北陇腾笑”。所以当他秩满入京，再经钟山的时候，就引起了山灵无比的愤怒，“于是，丛条瞋胆，叠颖怒魄。或飞柯以折轮，乍低枝而扫迹”。整篇文章都用妙想天开的拟人手法，使山岳草木都充满嬉笑怒骂的声音和姿态。在习用于歌功颂德的骈文中，很少看到这种辛辣有力的讽刺杂文。

江淹是南朝最优秀的骈文作家之一，向来与鲍照齐名。他的代表作《恨赋》和《别赋》是两篇主题和题材很新颖别致的骈赋。它们既非专事体物图貌，也不完全是写志抒情，而是把诗歌中咏史和代言的传统引入辞赋之中。《恨赋》写历史上著名的帝王将相、英雄烈士“饮恨吞声”的死亡，取材和汉魏以来咏史诗传统非常接近，在构思上和他拟古的《杂体诗》也有接近之处。《别赋》写从军边塞的壮士、感恩报主的剑客、服食求仙的道士、桑中陌上的情人等不同身份的人们“黯然销魂”的离别，取材构思又与乐府的代言体相似。这两篇赋有很高的艺术技巧。如《恨赋》写秦始皇的死，着重写他空前煊赫的功业和未完成的雄图，以突出他“一旦魂断，宫车晚出”的无穷遗恨。写嵇康的死，则着重刻画他临刑前那种从容坚定的气度：

> 及夫中散下狱，神气激扬。浊醪夕饮，素琴晨张。秋日萧索，浮云无光。郁青霞之奇意，入修夜之不旸。

《别赋》或刻画临别的衔涕伤神，或描写别后的四季相思。或慷慨悲歌，或缠绵往复。也同样写得参差错落，丰富多采。文词富丽高华，熔铸诗经、楚辞、乐府、古诗的词语句法，能做到浑成无迹，言约意丰，音韵既铿锵优美，句法又错综变化。而且善于在篇中插入富有诗意的白描，使全文映照生姿。例如：

> 下有芍药之诗，佳人之歌。桑中卫女，上宫陈娥。春草碧色，春水渌波。送君南浦，伤如之何！至乃秋露如珠，秋月如

珪。明月白露，光阴往来。与子之别，思心徘徊。

这一段写情人离别的文字，几乎完全采取民歌抒情独白的形式；明转天然的语言，珠圆玉润的音调，也说明作者对南朝民歌有深细的体会。

梁代陶宏景(452—536)、吴均的几篇短札也是历来传诵的写景名作：

> 山川之美，古来共谈，高峰入云，清流见底。两岸石壁，五色交辉；青林翠竹，四时俱备。晓雾将歇，猿鸟乱鸣；夕日欲颓，沉鳞竞跃。实是欲界之仙都，自康乐以来，未复有能与其奇者。
>
> ——陶宏景《答谢中书书》
>
> 风烟俱净，天山共色。从流飘荡，任意东西。自富阳至桐庐，一百许里，奇山异水，天下独绝。水皆缥碧，千丈见底；游鱼细石，直视无碍。急湍甚箭，猛浪若奔。夹岸高山，皆生寒树。负势竞上，互相轩邈，争高直指，千百成峰。泉水激石，泠泠作响；好鸟相鸣，嘤嘤成韵。蝉则千转不穷，猿则百叫无绝。鸢飞戾天者，望峰息心；经纶世务者，窥谷忘返。横柯上蔽，在昼犹昏；疏条交映，有时见日。
>
> ——吴均《与宋元思书》

这些书札虽用骈体，但直叙白描的散行句子颇多。风格简淡清新，没有浮艳气息，可以和二谢山水诗媲美。吴均还有《与施从事书》、《与顾章书》，也都是以善写山水为其特色。

庾信是南北朝骈赋、骈文成就最高的作家。《哀江南赋》是代表他的骈文最高成就的名作。这篇赋是他晚年在北周怀念故国、自悲身世的作品。其内容与他的《拟咏怀》诗是相为表里的。赋的序文说：

> 信年始二毛，即逢丧乱。藐是流离，至于暮齿。燕歌远别，悲不自胜；楚老相逢，泣将何及。畏南山之雨，忽践秦庭；让东海之滨，遂餐周粟。下亭漂泊，举桥羁旅。楚歌非取乐之方，鲁酒无忘忧之用。追为此赋，聊以记言。不无危苦之词，惟以悲哀为主。

这篇赋以叙事体的长篇结构，追叙了他的家世和他前半生的经历。追叙了梁武帝统治下“五十年中，江表无事”的时代，详述了从侯景之乱、梁元帝偏安江陵为西魏所灭，以及梁敬帝被陈霸先篡位等一系列的梁朝衰亡的史实。其中描写江陵亡后，百姓被俘掳到北方途中的景象，尤其动人：

> 水毒秦泾，山高赵陉，十里五里，长亭短亭。饥随蛰燕，暗逐流萤。秦中水黑，关上泥青。于时瓦解冰泮，风飞雹散。浑然千里，淄渑一乱。雪暗如沙，冰横似岸。逢赴洛之陆机，见离家之王粲。莫不闻陇水而掩泣，向关山而长叹。

在骈体的辞赋里，出现这样描写人民流亡的血泪淋漓的现实生活图景，是前无古人的。赋中对梁朝君臣的昏庸、苟安、猜忌、内哄，也作了沉痛的指责。至于怀念故国的深沉感情，更是时时流露，举不胜举。他的《小园赋》，在写对故国的怀念中，更突出地表现了他屈仕异国愿为隐士而不得的痛苦心情。

赋中写他幻想的“数亩敝庐，寂寞人外”的生活，特多白描名句，如“鸟多闲暇，花随四时”、“一寸二寸之鱼，三竿两竿之竹”、“薄晚闲闺，老幼相携；蓬头王霸之子，椎髻梁鸿之妻；燋麦两瓮，寒菜一畦。风骚骚而树急，天惨惨而云低”。这些片断，特别显出了他善于在骈文中运用白描的杰出技巧。徐陵的骈文在梁时曾和他齐名，但最后的成就却远不及他。

第二节　南北朝的散文

当骈文畸形发展的南北朝时代，在史传、地理等学术著作中，还可以看到一些比较质朴的叙事、抒情、写景的散文作品。但是，这些作品仍然在不同程度上受到骈文的影响，和魏晋以前的散文，风格颇有不同。

范晔(397—445)，字蔚宗，顺阳(今河南淅川)人。博涉经史，好为文章，通晓音律，官至太子詹事，后因事被杀。他删削整理自东汉至宋初十几家东汉史籍，写成了《后汉书》九十卷。这部书从创作价值来说，远不及《史记》、《汉书》，但是整理剪裁的功绩，并不在班固之下。他第一次在史书里立《文苑列传》，既表现当时重视文学的新风气，也对后来的史家有一定的影响，对文学研究也是有利的。书中有一些人物传记，写得真切动人。例如《范滂传》里，他对这个婞直刚介的人物深表同情，写范滂被杀以前诀别母亲和儿子的对话，慷慨悲凉，颇有悲剧的色彩：

……其母就与之诀，滂白母曰：“仲博孝敬，足以供养。滂从龙舒君归黄泉，存亡各得其所。惟大人割不可忍之恩，勿增感戚。”母曰：“汝今得与李、杜齐名，死亦何恨！既有令名，复求寿考，可兼得乎？”滂跪受教，再拜而辞。顾谓其子曰：“吾欲使汝为恶，则恶不可为；使汝为善，则我不为恶。”行路闻之，莫不流涕。

这篇传记使青年时代的苏轼深深感动，并不是偶然的。在《逸民列传》的“汉阴老父”一节中，写“老父”对尚书郎张温当面痛斥昏君的言论，也很可以看出范晔的进步观点。范晔对书中一些列传的序论，颇为自负。今天看来，虽然超越前人的精辟见解并不多，但是他赞扬贤明、指斥昏佞的进步倾向，还比较鲜明。论述政局世风的变化，思致也相当周详。笔势之擒纵开合、词句之丽密精炼，和史、汉相比，也有不同的特色。清代史学家王鸣盛称赞他的《党锢列传序》：“说两汉风俗之变，上下四百年间，了如指掌。下之风俗，成于上之好尚。此可为百世之龟镜。蔚宗言之切至如此，读之能激发人。”（《十七史商榷》卷三十八）他的《宦者列传序》不仅细致地分析了宦官易于得宠的种种原因，而且愤怒地指斥了宦官炙手可热的气焰：“手握王爵，口含天宪”，“举动回山海，呼吸变霜露。阿旨曲求，则光宠三族；直情忤意，则参夷五宗。”痛快淋漓的气势，往往寓于整齐丽密的骈文句法之中。他的《狱中与诸甥侄书》也是自述写作甘苦的论文名作，从这里可以看到他是南朝时代最早注意声律、文笔问题的作家之一。

南朝自齐梁以后，散文已日就衰微。北朝这时却出现了两部颇有文学价值的学术著作，这就是郦道元的《水经注》和杨衒之的《洛阳伽蓝记》。

郦道元(？—527),字善长,范阳涿鹿(今河北涿县)人。他很好学,历览奇书,作过州刺史、御史中尉等官职。他的《水经注》是为魏晋时代无名氏所著的《水经》一书所作的注释。但他的注释,实际是一部“别开生面”的著作。他博采了汉魏以来许多山川土风、历史掌故的文献,并根据自己随北魏文帝巡幸长城、阴山,以及自己作冀州、鲁阳、颍川、东荆州等地太守、刺史时“访渎搜渠”的调查记录,叙述了大小一千多条水道的源流经历,以及沿岸的山川景物和故事传说。书中对五胡十六国的君主都直用其名,对刘裕则称为“刘公”、“宋武王”,对晋军则称为“王师”,表现了作者的爱国思想。从《江水注》中对秦代李冰的各种水利建设的歌颂,《河水注》中对秦始皇筑长城造成的人民“冤痛”的同情,也可以看出他对人民利益有一定的关怀。从文学上来看,这部书在描写山川景物上,取得了值得珍视的成就。《江水注》“巫峡”一节、《夷水注》“佷山北溪”一节,都是自古传诵的名篇。“佷山北溪”曰:

> 夷水又迳宜都北,东入大江,有泾渭之比。亦谓之佷山北溪。水所经皆石山,略无土岸。其水虚映,俯视游鱼如乘空也,浅处多五色石,冬夏激素飞清,傍多茂木,空岫静夜听之,恒有清响。百鸟翔禽,哀鸣相和。巡颓浪者,不觉疲而忘归矣。

山水木石,飞禽游鱼,写得有声有色,特别是借游鱼“乘空”的错觉,写水之清澄,明写鱼,暗写水,虚实相兼,尤为高妙。唐代散文家柳宗元《至小丘西小石潭记》写游鱼“皆若空游无所依”的景象，正是借鉴其巧思。其写山水如此隽永传神，我们可以引作者自己的话说：“山水有灵，亦将惊知己于千古矣！”《江水注》中“黄牛滩”一节，写“如人负刀牵牛，人黑牛黄，成就分明”的岩石，写“三朝三暮，黄牛如故”的江水纡回的形势，也非常朴素生动。此外，《河水注》“孟门山”一段，写黄河的“崩浪万寻，悬流千丈；浑洪赑怒，鼓若山腾”，具有非常宏伟的气势。《济水注》中写大明湖上“左右楸桐，负日俯仰。目对鱼鸟，水木明瑟”的风光，又令人心旷神怡。《滱水注》中“阳城淀”一节，写农村儿童们乘舟采菱折芰的生活，“长歌阳春，爱深绿水。掇拾者不言疲，谣歌者自流响”，又别有一番田园水乡的劳动生活气氛。这些虽然都是片段的文字，但可以看出书中所写的景物是丰富多样的。他的散文，或用白描，或施彩笔，也不拘一格。总的来说，都能在比较简洁生动的文字中兼有骈文修辞精细的特色。例如写水的清澈，便有“漏石分沙”、“渊无潜甲”、“俯视游鱼，类若乘空”、“下见底石，如樗蒲矣”等各种不同的形容，的确是“片语只字，妙绝古今”！唐代柳宗元、宋代苏轼等人的山水散文，都曾经受过他的影响。苏轼《寄周安孺茶诗》说：“今我乐何深，水经亦屡读。”可以想见此书吸引人的艺术魅力。

郦道元死后二十多年，杨衒之写出了他的具有文学价值的历史文献《洛阳伽蓝记》。

杨衒之（生卒年不详），北平（今河北完县）人。曾作过北魏的抚军府司马，北齐的期城郡守等官职。北魏自公元四九五年迁都洛阳以后，统治阶级崇信佛教，大量修建佛寺。当极盛时代，“京城表里，凡一千馀寺”。公元五三四年孝静帝被高欢逼迫迁都邺城以后，这些佛寺大半都在兵火中毁灭了。公元五四七年，杨衒之因行役重过洛阳，见“城郭崩毁，宫室倾覆。寺观灰烬，庙塔丘墟”，“恐后世无闻，故撰斯记”。但是，他写这部书的目的，主要不是为佛教作宣传，而是通过这些佛寺历史的追叙，揭露“王公相竞侵渔百姓”（《广弘明集》卷六）的罪恶。例如本书《高阳王寺》及《寿丘里》两节中，他以讽刺的文笔描述了北魏几个王侯穷奢极欲的生活，以及他们的特权思想和贪鄙性格。河间王元琛公开对人说：“晋世石崇，乃是庶姓，犹能雉头狐腋，画卵雕薪。况我大魏天王，不为华侈！”章武王元融看见元琛的豪富气派以后，更气得“不觉生疾，还家卧三日不起”。尤其突出的，是胡太后有一次把宫中绢帛赐给百官，任他们自取。别的官僚都是拿得起多少就取多少，而元融和另一个豪富陈留侯李崇却贪心不足，“负绢过任，蹶倒伤踝”。其他写穷奢极侈的王侯邸第的建筑，也颇寓讽刺之意。本书善于用简短文字叙述故事和人物。《法云寺》一节，写善吹壮士歌的军乐家田僧超，他追随征西将军崔延伯作战，每次临阵，“僧超为壮士声，甲胄之士，莫不踊跃。延伯单马入阵，旁若无人”。用语不多，颇能显示这个民间音乐家所吹军乐的动人力量。同篇中写刘白堕的酿酒，烘托尤为神妙：

> 河东人刘白堕善能酿酒。季夏六月，时暑赫晞，以罂贮酒，暴于日中，经一旬，其酒不动，饮之香美，醉而经月不醒。京师朝贵多出郡登藩，远相饷馈，逾于千里。以其远至，号曰“鹤觞”，亦名“骑驴酒”。永熙年中，南青州刺史毛鸿宾赍酒之藩，

路逢盗贼，饮之即醉，皆被擒获，因此复名“擒奸酒”。游侠语曰：“不畏张弓拔刀，惟畏白堕春醪”。

书中写建筑物也相当精彩。如写永宁寺的九级浮图，“金盘炫日，光照云表；宝铎含风，响出天外”，使我们惊讶于当时劳动人民建筑艺术的高度水平。从波斯国僧人达摩对此寺及浮图的赞叹中，可以看到这在当时是“极佛境界亦未有此”的伟大建筑。书中还记载了许多类似南朝志怪小说的宗教神怪故事。这部书文字基本是散文，但比《水经注》更多骈俪成分。

颜之推（约529—591），字介，琅琊临沂（今山东临沂）人。初仕梁，梁元帝江陵败亡后，由南朝辗转奔窜北齐，官至平原太守。后仕周、隋。学识渊博，阅历深广。所著《颜氏家训》，虽多是用儒家思想教训子弟，但往往插叙他亲身的见闻，从中可以窥见南北士族风尚的不同。文词虽时有骈体，但风格平易亲切。间用讽刺之笔，亦能引人注目。如《教子篇》举北齐一个士大夫公然对人说：“我有一儿，年已十七，颇晓书疏。教其鲜卑语及弹琵琶，稍欲通解。以此伏事公卿，无不宠爱。”《名实篇》叙一个“近世大贵”在居丧服礼时，竟以“巴豆涂脸，遂使成疮，表哭泣之过”。着墨不多，人物的无耻、虚伪的面目已跃然纸上。在《文章篇》中，他记录了一些南北朝作家论文的见解，也发表了他自己对文章的看法，观点颇近刘勰。

总的来说，南北朝是散文中衰的时代，要彻底改变这个局面，还有待于唐代的古文运动。

第七章　魏晋南北朝的小说

第一节　中国古代小说溯源

我国小说虽然到魏晋南北朝时期才粗具规模，却有一个长期的历史发展过程，最早可以溯源到古代的神话和历史传说。神话故事以神为中心，历史传说虽然有现实人物为根据，也往往被涂上神异的色彩。它们是我国志怪小说的源头。我国先秦古籍中保存神话最多的是《山海经》，《穆天子传》中也有一些。魏晋志怪小说《神异经》、《十洲记》固是摹仿《山海经》，但如《汉武帝故事》、《汉武帝内传》讲武帝与西王母故事，则显然是从《穆天子传》中穆王"宾于西王母"的情节发展而来，这些都说明了这种渊源关系。另外，我国先秦史书如《左传》、《国语》、《战国策》等，都具体记述人物的言行，先秦子书如《论语》、《孟子》、《庄子》等，也杂有不少记事成分，写出了一些思想家及其门徒的言论行动。它们都对魏晋以后记录人物琐事的小说有直接的启发和影响。

《庄子·外物篇》说："饰小说以干县令，其于大达亦远矣"，是最早提到"小说"的，但这指的是一些不合大道的琐屑之谈，不是后来所说的小说。班固《汉书·艺文志》说："小说家者流，盖出于稗官，街谈巷语，道听途说者之所造也。"此所指始近于小说。《汉书》曾著录小说家书十五种，一千三百八十篇，这是我国文学史上最早见于著录的小说作品。这些书已大都散佚，只《青史子》还残存几条遗文。十五家书中《封禅文说》以下六家据注文和著录次序可以断定是汉人作品，《伊尹说》以下九家虽然皆称古人，但班固已多目为依托，大约也是汉人或其稍前时代人的作品。这些书中的一部分也不是小说，如《青史子》所存遗文便全是讲礼的；不过其中一部分据注文推测，可能接近小说。如《虞初周说》的作者虞初是汉武帝时的方士，《待诏臣安成未央术》注引应劭曰："道家也，好养生事，为未央之术。"方士好称道方术灵异，未央术乃是神仙长生术。魏晋志怪小说多记方术、神仙之事，它们可能与之相近。除上述诸书外，汉代近似于小说的作品还有"杂史"一类。"杂史"中记载的人物、故事大都有史实作根据，写法也与史传相似，但往往加入了许多想象和附会成分，情节更为曲折，有此描写也更细致，颇富小说意味。如《吴越春秋》、《越绝书》记载伍子胥以及越王勾践的故事，都很生动有趣。

小说发展到魏晋南北朝时期开始繁盛。这时，写作小说几乎成为一种风气，不仅作品的数量多，而且内容丰富，出现了前代所没有的盛况。这个时期的小说，就其内容说，大体可以分为两类：一类是谈鬼神怪异的"志怪小说"，一类是记录人物轶闻琐事的"轶事小说"。

第二节 志怪小说

魏晋南北朝时期志怪小说的大量产生，是有其现实社会原因的。这首先是和当时宗教迷信思想的盛行密切相关。鲁迅《中国小说史略》说:“中国本信巫,秦汉以来,神仙之说盛行,汉末又大畅巫风,而鬼道愈炽;会小乘佛教亦入中土,渐见流传,凡此,皆张皇鬼神,称道灵异,故自晋讫隋,特多鬼神志怪之书。”这段论述很简明扼要。魏晋南北朝时期,社会动荡不安,战乱频仍,宗教迷信思想最易传播。腐朽的士族阶级不敢正视现实,妄想羽化登仙,永世享乐,多信神仙道术之事;有的则信仰佛教,寻求精神的麻醉;而劳动人民渴求摆脱贫困、饥饿和死亡,在统治阶级的愚弄下,也往往把寻求安宁、幸福的希望寄托于不现实的空中楼阁。社会上宗教迷信思想因之盛行,神鬼故事也就不断产生。这是一方面。另一方面,广大人民在极端困迫的生活里,也运用各种方式向压迫、剥削他们的统治阶级展开了英勇的斗争。他们常常把强烈的反抗意志和对理想的追求,通过大胆的幻想,借助于神鬼故事曲折地表现出来。志怪小说中有不少思想内容积极健康的作品,就是这些故事的记录和加工。

魏晋南北朝的志怪小说,数量很多。现在保存下来的完整与不完整的尚有三十馀种。其中比较重要的有托名汉东方朔的《神异经》、《十洲记》,托名郭宪的《汉武洞冥记》,托名班固的《汉武帝故事》、《汉武帝内传》,托名魏曹丕(一作张华)的《列异传》,晋张华的《博物志》,王嘉的《拾遗记》,荀氏的《灵鬼志》,干宝的《搜神记》,托名陶潜的《搜神后记》,宋王琰的《冥祥记》,刘义庆的《幽明录》,梁吴均的《续齐谐记》,北齐颜之推的《冤魂志》等。干宝《搜神记》成就最高,是这类小说的代表。

志怪小说中有不小一部分是道士、佛徒自神其教的作品,即或是文人史家的著述也几乎是抱着同样的目的，如干宝著《搜神记》便自言是为了“发明神道之不诬”。因之，其中不少作品或讲神仙道术，或谈巫鬼妖怪，或夸殊方异物，或言佛教灵异，目的都在证明神仙及幽冥世界的实有和神鬼的威灵，宣扬宗教迷信思想。如《搜神记》中《阮瞻》一篇，叙述“素执无鬼论”的阮瞻被鬼吓坏的故事，显然是在证明鬼神的存在。《蒋济亡儿》一篇，写蒋济亡儿死后在阴间衙门里当差，也很明显是为宗教的迷信思想作宣传。这类作品的作用是把人民带到宗教迷信的幻境里，麻痹斗志，使之屈从命运的安排，为巩固现实的统治服务。它们是志怪小说中的糟粕，对后世影响也很坏。

志怪小说中的优秀作品，可能是民间故事。它们虽然也染上了神异的色彩，但思想倾向却是与前者根本对立的，具有积极浪漫主义的精神。它们是借助神怪的题材，反映广大人民的思想和愿望。其中有直接暴露封建统治者的凶残、表现人民对统治者坚决斗争的，如《搜神记》中的《干将莫邪》，记巧匠莫邪给楚王铸成雄雌二剑后被楚王杀死，其子赤为父报仇的故事。不仅揭露了封建暴君残害人民的血腥罪行，而且突出地表现了我国古代劳动人民反抗压迫的英雄行为。山中行客见义勇为、自我牺牲为子赤复仇的豪侠气概，也体现了劳动人民在反抗压迫的斗争中的团结友爱。书中写行客持子赤头见楚王一段，尤其惊心动魄：

> 客持头往见楚王，王大喜。客曰：“此乃勇士头也，当于汤镬煮之。”王如其言煮头，三日三夕不烂。头踔出汤中，瞋目大

怒。客曰："此儿头不烂，愿王自往临视之，是必烂也。"王即临之，客以剑拟王，王头随堕汤中，客亦自拟己头，头复堕汤中。三首俱烂，不可识别，乃分其汤肉葬之，故通名三王墓。

这种情节看来虽似离奇荒诞，却深刻地表现了在暴君统治下被迫害人民反抗的决心。又如《韩凭夫妇》，叙述宋康王霸占韩凭的妻子何氏，韩凭夫妇先后自杀的悲剧，暴露了封建统治者荒淫和凶残的本性，歌颂了韩凭夫妇生死不渝的爱情，尤其是何氏不慕富贵，不畏强暴的刚强意志。体现了劳动人民贫贱不移、威武不屈的高尚品质。

劳动人民的善良、勇敢、乐于助人、勇于自我牺牲的精神，在志怪小说中也有动人的表现 。如《李寄斩蛇》，写穷苦的女孩李寄，冒着生命危险，砍死大蛇的故事。李寄的形象反映出劳动人民为民除害的勇敢和智慧，同时也说明了官吏的残酷和无能。

反映封建婚姻制度下青年男女为争取爱情幸福而斗争的故事，可以《紫玉韩重》为代表。作品叙述吴王的小女紫玉和童子韩重相爱，私订终身，吴王不许，紫玉愤恨而死。后来韩重在墓前痛哭，紫玉魂灵出现，和他在墓中结为夫妇。这个故事歌颂了他们爱情的坚贞，写出了封建时代青年男女爱情生活的不自由。《王道平》和《河间男女》也是这一类型的故事。其它如《列异传》中的《望夫石》，《搜神后记》中的《白水素女》，《幽明录》中的《庞阿》和《卖胡粉女子》，写的都是封建社会中青年男女婚姻不自由的悲剧故事，赞扬了要求婚姻自由的青年男女，客观上揭露了封建礼教的罪恶，具有反封建的意义。

此外，《幽明录》中《刘晨阮肇共入天台山》一则，记载一个人仙恋爱的神话故事。唐传奇《游仙窟》在构思上显然是受了它的影响。任昉《述异记》中《园客》一则，还在劳动背景中描写了一个动人的人仙的爱情故事。

值得注意的是当道教、佛教大量编造鬼故事，宣传鬼的魔力以恐吓人民的时候，在民间却针锋相对地产生了一些不怕鬼的故事。《搜神记》和《列异传》都收录的"宋定伯捉鬼"，不仅宣传了鬼魅不可怕，而且还借捉鬼的有趣故事，反映出人民的机智。《搜神记》还有好几篇类似这样的故事。如宋大贤对狐魅的一切恐怖手段都持勇敢无畏态度，终于伺机捉杀了狐鬼。安阳城南一书生，镇静而耐心地探询清楚各个鬼魅的来历，待天明以后才逐一锄杀。这类故事正反映了人民在现实生活中对待坏人坏事的勇敢和智慧。此外如《拾遗记》的《怨碑》、《冤魂志》的《弘氏》等篇，揭露了统治者的罪恶，表达了人民的抗议，也都是较好的作品。

魏晋南北朝的志怪小说大都采用非现实的故事题材，显示出浓厚的浪漫主义色彩。但宣传宗教神怪的小说和进步的民间传说故事在本质上是绝不相同的。前者大力渲染神鬼怪异的灵验，麻痹人们的思想，削弱人们的斗志，是消极的浪漫主义。后者植根于黑暗社会人民的现实生活，以幻想的形式，表现了人民反抗强暴的意志和争取美好生活的愿望，它鼓舞人们热爱生活，激励人民为实现自己的理想而坚决斗争，因此是积极的浪漫主义。

处于小说发展初期的志怪小说，在艺术形式方面，一般还只是粗陈梗概。然而也有一些结构较完整，描写较细致生动，粗具短篇小说规模的作品。如《韩凭夫妇》、《李寄斩蛇》等篇中的人物形象已比较鲜明。又如《干将莫邪》,虽篇幅很短,情节却富于变化。在古代小说形成的初期已能达到这样的水平,是非常可喜的。

志怪小说对后世有很大影响。唐代传奇就是在它的基础上发展而来的。沈既济的《枕中记》,李公佐的《南柯太守传》,就渊源于刘义庆《幽明录》的《焦湖庙祝》以及《搜神记》中"卢汾梦入蚁穴"的故事。在中国小说史上,说狐道鬼这一流派的形成,就肇始于这时的志怪小说。如宋洪迈的《夷坚志》、明瞿佑的《剪灯新话》、清蒲松龄的《聊斋志异》、纪晓岚的《阅微草堂笔记》等,都和它有一脉相承的关系。宋人平话中的"烟粉灵怪"故事也都受到它的影响。如《生死交范张鸡黍》、《西湖三塔记》等,就出自《搜神记》相同题材的故事。志怪小说还给后世的戏曲和小说提供了丰富的素材:罗贯中的《三国演义》、冯梦龙的《三言》,都吸收了《搜神记》的若干材料;关汉卿的《窦娥冤》、汤显祖的《邯郸梦》,是《东海孝妇》和《焦湖庙祝》的进一步发展;至于如《干将莫邪》被鲁迅改为历史小说《铸剑》,《董永》为今天黄梅戏《天仙配》的最早蓝本,这更是大家所熟知的。

第三节　轶事小说

记录人物轶闻琐事的小说在魏晋南北朝也很盛行,这和当时社会品评人物的清谈风尚有密切关系,鲁迅说:"汉末士流,已重品目,声名成毁,决于片言。魏晋以来,乃弥以标格语言相尚，惟吐属则流于玄虚，举止则故为疏放。……世之所尚，因有撰集，或者掇拾旧闻，或者记述近事，虽不过丛残小语，而具为人间言动，遂脱志怪之牢笼也。”(《中国小说史略》)这一段话，扼要地说明了轶事小说产生和兴盛的原因。

魏晋的轶事小说，较早的有托名汉刘歆的《西京杂记》，据《唐书·经籍志》著录，实为晋葛洪所撰。这部书内容很庞杂，记述了西汉的宫室制度、风俗习惯、怪异传说等多方面内容，人物轶事只是其中的一部分，但确有一些“意绪秀异，文笔可观”的佳作。如《鹔鹴裘》描写司马相如和卓文君当垆卖酒捉弄卓王孙的故事，就很生动。《王嫱》一则，反映了宫庭生活的腐败和奸臣的弄权纳贿，颠倒黑白，有强烈的批判意义。纯粹记录人物轶事的小说，最早的作品是东晋裴启的《语林》，后来有郭澄之的《郭子》，宋刘义庆的《世说新语》，梁沈约的《俗说》，殷芸的《小说》等。这些书已大都散佚，只在类书中还保有一些遗文。比较完整流传至今的只有《世说新语》，它是魏晋轶事小说的集大成之作，是这类小说的代表作品。

《世说新语》的编撰人刘义庆(403—444)，是刘宋王朝的宗室，袭封临川王。《宋书·刘道规传》说他“性简素”，“爱好文义”，“招聚文学之士，近远必至”。《世说新语》可能就是他和手下文人杂采众书编纂润色而成。梁时刘孝标为此书作注，引用古书四百馀种，更加丰富了本书的内容。

《世说新语》主要是掇拾汉末至东晋的士族阶层人物的遗闻轶事，尤详于东晋。全书按内容分类系事，计有德行、言语、政事、文学等三十六篇。作者显然是从士族阶级的观点来搜集记录这些人物轶事的，因此它的褒贬也就不能不带有严重的阶级局限性，许多是应该严格批判的东西，作者却持着欣赏赞扬的态度，这大大影响了本书的思想性。但从其内容的客观意义来说，仍然比较清楚地反映了士族阶级的精神面貌与生活方式，具有一定的暴露和认识意义。

《世说新语》的大部分篇幅是描写“魏晋风度”“名士风流”，我们从中可以清楚地看到士族名士有意玩弄风度、风流自赏的情态。他们崇尚“自然”，主张适意而行，不受任何拘束。如《任诞篇》记王子猷居山阴，逢夜雪，忽忆剡县戴安道，即时登舟往访，经宿始至，及门而返，人问其故，王曰：“吾本乘兴而行，兴尽而返，何必见戴。”同篇又载刘伶纵酒放达，甚至脱衣裸形在室中，有人看见讥笑他，他却说：“我以天地为栋宇，屋室为裈衣，诸君何为入我裈中？”有一些放诞行为实际已流于纵欲享乐。如同篇记毕卓，他认为“一手持蟹螯，一手持酒杯，拍浮酒池中，便足了一生”。他们又以喜怒忧惧不形于色，为不失名士风度。如《雅量篇》载谢安与人围棋，适得谢玄淮上大捷消息，他看信毕，竟“默然无言”，直到有人问是何事，他才毫不在意地答道：“小儿辈大破贼。”而“意色举止，不异于常”。又如同篇载顾雍集僚属围棋，得到儿子死讯，他虽“以爪掐掌，血流沾褥”，却“神气不变”，直至客散。能欣赏山水也被视为名士风雅。许询“好游山水”，又“体便登陟”，时人便称许他说：“许非徒有胜情，实有济胜之具。”（《栖逸篇》）卫永不谙山水，孙绰便讥议他说：“此子神情都不关山水。”（《赏誉篇》）这些名士又以隐逸为高。《排调篇》载，谢安始隐东山，后出仕为桓公司马，有人赠桓公药草远志，桓问谢：“此药又名小草，何一物而有二称？”郝隆便借机讥讽谢说：“此甚易解，处则为远志，出则为小草。”谢亦有愧色。士族即或身担要职，也要“不以物务婴心”，做个“朝隐”名士。所以《言语篇》记谢太傅登冶城，“悠然远想，有高世之志”。他们大都“托怀玄胜，远咏老庄”，终日“以清谈为经济”。如《文学篇》载：

> 殷中军为庾公长史，下都，王丞相为之集。桓公、王长史、王蓝田、谢镇西并在。丞相自起解帐，带麈尾，语殷曰：“身今日当与君共谈析理。”既共清言，遂达三更。丞相与殷共相往反，其馀诸贤，略无所关。既彼我相尽，丞相乃叹曰：“向来语，乃竟未知理源所归；至于辞喻不相负，正始之音，正当尔耳。”明旦，桓宣武语人曰：“昨夜听殷、王清言，甚佳，仁祖亦不寂寞，我亦时复造心，顾看两王掾，辄翣如生母狗声。”

这正是大官僚名士生活的真实写照。此外，在《言语》、《赏誉》、《品藻》、《任诞》、《排调》等篇中，还记载了士族名士讲究仪容修饰，神态超逸，注意语言“机警多锋”，简约有味，以及好尚服药饮酒等，这些也都是魏晋风流的内容。

两晋是士族门阀社会。士族阶级依据门阀制度垄断了政治和经济，他们又袭取了汉末清议的形式，换上士族阶级的内容，制造一个精神的象牙之塔。一方面以此逃避充满矛盾的现实，一方面以此自命风雅，使士族阶级的壁垒更加森严。但是只要我们了解到这是一个“四郊多垒，宜人人自效”的时代，而士族阶级却一味风流自赏，“虚谈废务，浮文妨要”，也就可以清楚地认识到这个阶级的腐朽本质，看清所谓“名士风流”究竟是怎样一种货色了。

《世说新语》的一些记载还暴露了晋司马氏统治的黑暗恐怖。如《尤悔篇》载王导为晋明帝陈说晋得天下之由，“具叙宣王创业之始，诛夷名族，宠树同己，及文王之末高贵乡公事”，以致明帝听了也覆面着床说：“若如公言，祚安得长？”又《德行篇》载阮籍“言皆玄远，未尝臧否人物”，连司马昭都说他言语“至慎”；此外，《言语篇》载司马景王取上党李喜为从事中郎，问他：“昔先公辟君不就，今孤召君，何以来？”喜对曰：“先公以礼见待，故得以礼进退。明公以法见绳，喜畏法而至耳。”也都透露了司马氏统治的残酷。

《世说新语》另一些记载则暴露了豪门士族穷奢极欲的生活。如《汰侈篇》记石崇和王恺斗富的情形，一个“以粭糒澳釜”，一个“用蜡烛作炊”；一个“作紫丝布步障碧绫裹四十里”，一个“作锦步障五十里”。这种对民脂民膏的大肆挥霍，真是骇人听闻。又载：

> 武帝尝降王武子家，武子供馔，并用琉璃器，婢子百馀人，皆绫罗绔褶，以手擎饮食。烝㹠肥美，异于常味，帝怪而问之。答曰：“以人乳饮㹠。”帝甚不平，食未毕便去……

连皇帝都意不能平，王武子家的奢华程度就可想而知了。

此外，还有一些记载暴露了士族阶级凶残暴虐、贪婪悭吝等本性。如《汰侈篇》载石崇每燕客，常令美人行酒，客饮不尽，即斩美人。一次大将军王敦去作客，竟“固不饮以观其变，已斩三人，颜色如故，尚不肯饮”，当丞相王导责让他时，他却说：“自杀伊家人，何预卿事！”石崇的凶暴，王敦的残忍，都令人吃惊。又《俭啬篇》记司徒王戎,“既贵且富,区宅僮牧、膏田水碓之属,洛下无比。契疏鞅掌,每与夫人烛下散筹算计”,很能说明士族贪得无厌的本色。可是这位“既贵且富”的司徒,却吝啬异常。女儿出嫁时,向他借了数万钱,此后,女儿每次归家,他都颜色不悦,直到“女还钱,乃释然”。他家有好李,怕别人得到种子,竟先“钻其核”而后出售。

除了上述内容之外,《世说新语》也记载和称颂了一些好人好事。《言语篇》“新亭对泣”一则表现了爱国思想:

> 过江诸人每至美日,辄相邀新亭,借卉饮宴。周侯中坐而叹曰:“风景不殊,正自有河山之异。”皆相视流泪。唯王丞相愀然变色曰:“当共戮力王室,克复神州,何至作楚囚相对!”

在当时的士族中,能够对北方国土沦陷发发感慨,并表示恢复的心愿,已是很难得的了。

《简傲》、《方正》、《规箴》等篇还记载了一些不阿附权势的事例。《简傲篇》载,钟会往访嵇康,“康方大树下锻,向子期为佐鼓排。康扬槌不辍,傍若无人,移时不交一言。钟起去。康曰:‘何所闻而来,何所见而去?’钟曰:‘闻所闻而来,见所见而去。’”魏晋易代之际,政治险恶,士族中人即使不是趋附司马氏,也要竭力韬晦,全身远害。嵇康却敢于对司马氏的心腹钟会直言相讥,表现了他的斗争性和锋芒外露的性格。又如《方正篇》载王敦兄王含作庐江郡,贪污狼藉,敦护其兄,于众坐称其兄“在郡定佳”,当时庐江人士都附和称赞,主簿何充却正色说:“充即庐江人,所闻异于此。”以致使“敦默然,旁人为之反侧”。

在士族崇尚清谈遗落世事的风气里,《世说新语》也记录了一些看重事功、反对清言的事例。如《政事篇》载,王导夏月至石头看庾冰,冰正料事,导曰:“暑,可小简之。”庾答曰:“公之遗事,天下亦未以为允。”《轻诋篇》“桓公入洛”一则,记桓温把清谈误国的名士斥为“噉刍豆十倍于常牛,负重致远曾不若一羸牸”的大牛,也很能揭示出清谈名士的本质。

此外,《德行篇》写荀巨伯忠于友情,不肯“败义以求生”;《识鉴篇》写郗超不计小怨,顾全大局;《自新篇》写周处勇于改过为民除害等,也都有一定教育意义。

《世说新语》有着很大的局限性。由于作者的阶级地位和生活、思想的局限,以及当时士族文人风尚的影响,它不但没有接触到广大人民与统治阶级的尖锐矛盾,而且对统治阶级生活的记载也缺乏批判的态度,这不能不大大降低了本书的思想性,并给后世读者带来消极的影响。

《世说新语》在艺术上具有较高的成就。鲁迅说它“记言则玄远冷俊,记行则高简瑰奇”(《中国小说史略》),可以视作本书在艺术上的总的特色。

《世说新语》善于通过富有特征性的细节勾勒人物的性格和精神面貌,使之栩栩如生。如《忿狷篇》描写王蓝田性急,吃鸡子时“以筯刺之,不得,便大怒,举以掷地。鸡子于地圆转未止,仍下地以屐齿蹍之,又不得。瞋甚,复于地取内(纳)口中,齧破即吐之”。通过几个小动作就把王蓝田的性急,绘声绘色地刻画出来了。《世说新语》还善于用对比的手法,突出人物的性格。如《德行篇》记管宁割席的故事:

管宁、华歆共园中锄菜，见地有片金，管挥锄与瓦石不异，华捉而掷去之。又尝同席读书，有乘轩冕过门者，宁读如故，歆废书出看。宁割席分坐，曰："子非吾友也！"

通过管宁、华歆对金钱、对权贵的不同态度，揭示了两人品格的优劣。仅仅六十一个字，却是有情节，有动作，十分紧凑精彩。

善于把记言记事结合，也是《世说新语》在艺术上的重要特色。如《雅量篇》描写晋孝武帝见了彗星后的心情，他深夜入园中对星空举杯祝酒说："长星劝尔一杯酒，自古何时有万岁天子！"这种行动和说话，把他在见到彗星后故作达观的心理完全表露出来了。又如《贤媛篇》记李势妹在南康公主威胁之下所表现的神态和对话，反映了一个妇女不忘故国的悲痛心情。

《世说新语》的语言精炼含蓄，隽永传神。明胡应麟《少室山房笔丛》说："读其语言，晋人面目气韵，恍然生动，而简约玄澹，真致不穷。"就其中一些优秀篇章的艺术成就说，这评语是确切的。

《世说新语》是记叙轶闻隽语的笔记小说的先驱，也是后来小品文的典范，它对后世文学有深远的影响。唐王方庆的《续世说新语》，宋王谠的《唐语林》，孔平仲的《续世说》，明何良俊的《何氏语林》，冯梦龙的《古今谭概》和清王晫的《今世说》等，都深受这部书的影响。《世说新语》中有许多故事或成为诗文中的典故，或成为戏剧家小说家创作的素材。如《玉镜台》(元关汉卿作)、《剪发待宾》(元秦简夫作)、《兰亭会》(明杨慎作,或题许时泉)等戏,就都是从《世说新语》的故事发展出来的;祢衡击鼓骂曹、周处除三害的故事,至今还出现在舞台上。而杨修解"黄绢幼妇"之辞、曹操叫士兵"望梅止渴"和曹植七步成诗等故事,也都为罗贯中写进《三国演义》而成为生动的情节。它如"谢女咏雪"、"子猷访戴"等故事,都成了后世诗文常用的典故。至于后来的许多成语,如"登龙门"、"枕流漱石"、"一往情深"等,也都出于此书。足见《世说新语》在我国文学史上地位的重要。

在魏晋南北朝的轶事小说中,还有记述诙谐言行而富有讽刺意味的《笑林》、《解颐》、《启颜录》等,是后来《笑林广记》一类的渊源。可惜原书失传,只有少数遗文保留下来。

第八章　魏晋南北朝的文学批评

第一节　曹丕的典论论文和陆机的文赋

建安以前，中国没有文学批评的专著。但是，先秦的《论语》、《孟子》、《庄子》、《荀子》，两汉的《史记》、《汉书》、《法言》、《论衡》以及解释《诗经》、《楚辞》的著作里都散存着一些有关文学的言论，这些言论或提出了一些文学批评的根本原则，或评述古代及当代的文学作品，虽然只是一些片段，对后代的文学批评却起了很大的开创、启发、引导的作用。

建安时代，由于政治社会状况及时代思潮的变化，文学创作非常活跃，文学创作的自觉精神有显著的提高，再加东汉桓灵之世品评人物的清议风气的影响，品评文章的风气也逐渐形成。曹丕的《典论·论文》正是在这种风气中产生的比较系统的文学批评论著。他还有一篇《与吴质书》也是有关文学批评的名作。

曹丕在《论文》中首先反对自古以来的“文人相轻”的积习。并用“审己以度人”的态度分别指出了建安七子在各体文章创作上的长处和短处。

为什么这些作家会互有长短呢？曹丕也作了进一步的探索。他认为一方面是因为文体各有特点，一方面是作家的才性不齐。

在论文体上，他指出："夫文本同而末异，盖奏议宜雅，书论宜理，铭诔尚实，诗赋欲丽。此四科不同，故能之者偏也。唯通才能备其体。"各种文体所"同"的"本"是什么，他没有说明。但是他指出了文体四科互相区别的特点，也就为各体文章的创作和批评找到了一个初步的客观的标准。而"诗赋欲丽"一点，更显示了建安文学渐向词采华丽发展的新风尚。

为什么作家在文体上会"能之者偏"呢？他说："文以气为主，气之清浊有体，不可力强而致。譬诸音乐，曲度虽均，节奏同检。至于引气不齐，巧拙有素，虽在父兄不能以移子弟。"这里所说的文气，是一个古人的不确切的词语，很难下一个准确的定义。但是从他以清浊为形容，以音乐的引气巧拙为比喻来看，"气"大致是指作家的才性在文章中的反映。东汉清议论人的品性有清浊之分，所以论文也就"清浊有体"了。才有巧拙，性有清浊，所谓"孔融体气高妙"，"公幹时有逸气"(《与吴质书》)，就是指他们的文章中表现了清高、俊逸的才性。他讲文气重视清高、俊逸，和后代批评家所说的"建安风骨"的观念正是相通的。气的概念虽然不确切，但是他所探索的问题却接近我们所说的作家个性和风格的问题。文气观点的提出正反映了建安文学向个性化发展的新趋势。

曹丕在《论文》里还有意识地提高文学的地位。他不像汉朝的帝王把作家当作"倡优"，把辞赋比为"博弈"，而是把文章看作"经国之大业，不朽之盛事"，并且鼓励文人们更积极地创作，希望他们不要"遂营目前之务，而遗千载之功"，这是很有远见的。他这一论点集中而鲜明地表现了建安时代作家的创作自觉精神，对文学的发展也起了一定的促进作用。

曹丕这篇《论文》，标志着我国古代的文学批评进入了一个新的时期。他不是单纯根据个人主观爱憎来评论文章，而是有意识地去探索并企图解决文学发展中的一些共同的问题。尽管他对这些问题所作的答案还比较简单，但是他启发后来的作家批评家们继续探索解答这些问题的先驱功绩是应该肯定的。后来的陆机、刘勰、锺嵘正是沿着他所开拓的道路继续前进的。

从建安到西晋，文学创作有了很大的变化，文学批评也有了进一步的发展。陆机《文赋》论十种文体的风格特征，显然比曹丕的文体四科区分更细密，标准也有所不同了。他说："诗缘情而绮靡"，明确地肯定了建安以来诗歌向抒情化发展的方向，比曹丕"诗赋欲丽"的提法更进了一步。"赋体物而浏亮"，也是离开汉赋典重宏丽的传统而标举了魏晋小赋的新风格。"论精微而朗畅"，也反映了太康时代玄学盛行的新风气。总的来说，陆机论文体比曹丕更重形式的轻巧绮靡，这鲜明地标志了西晋文风和建安的不同。

陆机《文赋》的序言说："余每观才士之作，窃有以得其用心。夫放言遣辞，良多变矣。妍蚩好恶，可得而言。每自属文，尤见其情。恒患意不称物，文不逮意。盖非知之难，能之难也。故作文赋以述先士之盛藻，因论作文利害之所由。"这一段话清楚地说明他创作《文赋》的动机和目的，主要在于探索才士创作的"用心"，"论作文利害之所由"。

在《文赋》里，陆机生动地描述了作家创作的过程。当作家“遵四时以叹逝，瞻万物而思纷”，产生了创作动机以后，就进入了“收视反听，耽思傍讯。精骛八极，心游万仞”的构思的过程。直到“情曈昽而弥鲜，物昭晰而互进”，沉辞浮藻，联翩而来，算是做到“意”能“称物”了，这才进入“选义按部，考辞就班”的阶段。“或因枝以振叶，或沿波而讨源，或本隐以之显，或求易而得难”，说明选义考辞工作的复杂和曲折。“理扶质以立干，文垂条而结繁”，又指出立意和选辞之间有先后主从的关系，不能本末倒置。所谓选义考辞，正是为了做到“文”能“逮意”。从这些生动的描述中可以看到陆机的确是窥见了才士们创作上用心的甘苦。这是曹丕所没有论到的。可惜他没有指出决定创作成败的利害关键。

除了上述创作过程的一般描述之外，他又详细地研究了立意、修辞的问题。他从积极的方面指出了在“文繁理富”情况下“立片言”为“警策”的必要；指出了立意和遣言，应该“谢朝华于已披，启夕秀于未振”，努力创新，反对“伤廉”、“愆义”的因陈抄袭。从消极方面，他也指出了创作中常见的“唱而靡应”，“应而不和”，“和而不悲”，“悲而不雅”，“雅而不艳”等等的毛病。这些论述中虽不免有琐碎枝节的地方，但是他的确也总结了自建安（特别是曹植）以来创作中积累的一些新的经验，这也是曹丕《论文》中没有涉及的问题，很有积极意义。但是他的立意修辞总的主张是“其会意也尚巧，其遣言也贵妍”，又说明他恰恰忽视了“建安风骨”这个更宝贵的传统。应该说明，他所谓的“会意尚巧”，是指如何巧妙地表达内容，而不是追求内容的高尚、深刻、丰富、充实，因为求内容的高尚深刻，绝不是一个巧不巧的问题。

陆机第一个把创作过程、方法、形式、技巧的问题提上文学批评的议程，功绩是不可磨灭的，但是他忽略文学的思想内容这一本体，偏重谈表现的方法技巧，也是不容讳言的。刘勰《文心雕龙·总术篇》说："昔陆氏文赋，号为曲尽，然泛论纤悉，而实体未该。"《序志篇》又说："陆赋巧而碎乱"，都相当中肯地指出了他的缺点。他的观点在一定程度上助长了当时及后来的文学创作中的形式主义倾向。

西晋末年葛洪《抱朴子·外篇》中论文章的观点，正是陆机这些观点的发挥。他努力反对正统文人以文章为末事的舆论。他认为文章以雕饰为上，近代之文优于古代。又赞美陆机的文章"犹玄圃之积玉，无非夜光"。这同样反映了西晋专重形式华美的文坛风气。

第二节　刘勰的文心雕龙

从西晋到宋齐，文学创作又经历了几次较大的变革，创作的经验和教训更加丰富了。在文学批评方面也增加不少的著作，所有这些，都为刘勰《文心雕龙》这部总结性的文学批评巨著打下了更充实的基础。

刘勰(466？—520？)，字彦和，祖籍东莞莒(今山东莒县)，世居京口(今江苏镇江)。早孤，笃志好学，家贫不能婚娶，依当时著名的和尚僧祐十馀年，博通佛教经论，还参加整理佛经工作。梁以后作过记室、参军等小官，并兼东宫通事舍人，深得太子萧统的器重。晚年出家，更名慧地，不久就死了。

《文心雕龙》是刘勰三十几岁时的作品，创作于齐代。他虽然早年就博通佛教经论,但从这部书来看,他前期的思想基本是儒家,他在《序志》、《诸子》、《程器》等篇中表述自己的人生观,也是“穷则独善以垂文,达则奉时以骋绩”的儒家观点。在《序志篇》里他说:“唯文章之用,实经典枝条,五礼资之以成文,六典因之以致用。君臣所以炳焕,军国所以昭明,详其本源,莫非经典。而去圣久远,文体解散,辞人爱奇,言贵浮诡,饰羽尚画,文绣鞶帨,离本弥甚,将遂讹滥。盖周书论辞,贵乎体要;尼父陈训,恶乎异端。辞训之异,宜体于要。于是搦笔和墨,乃始论文。”这里,他说明了文章的政治社会作用,也说明了他写这部书的动机是为了纠正离开了经典本源的南朝的“浮诡”、“讹滥”的文风。他认为魏晋以来曹丕、陆机、挚虞、李充等人的文学批评论著,都是“各照隅隙,鲜观衢路”,“未能振叶以寻根,观澜而溯源”,所以他觉得自己有责任来纠正这个根本性的缺点。但是他并没有一笔抹煞前人著作,他说:“及其品列成文,有同乎旧谈者,非雷同也,势自不可异也。有异乎前论者,非苟异也,理自不可同也。”这正说明他对前人言论的批判吸收的态度。

《文心雕龙》五十篇,包括总论、文体论、创作论、批评论四个主要部分。总论五篇,论“文之枢纽”,是全书理论的基础。文体论二十篇,每篇分论一种或两三种文体,对主要文体都做到“原始以表末,释名以章义,选文以定篇,敷理以举统”。其分体的详细,论述的系统周密,远远超过曹丕和陆机。创作论十九篇,分论创作过程,作家个性风格,文质关系,写作技巧,文辞声律等类的问题。其详密深刻,也远远超过陆机。批评论五篇,从不同角度对过去时代的文风,作家的成就提出批评，并对批评方法作了专门探讨，也是全书的精彩部分。最后一篇《序志》说明自己的创作目的和全书的部署意图。这部书内容虽然分为四个方面，但理论观点，首尾一贯，各部分之间又互相照应。正像他《附会篇》说的："众理虽繁，而无倒置之乖；群言虽多，而无棼丝之乱。"其体大思精，在古代文学批评著作中是空前绝后的。

在总论五篇中，他阐明了全书理论的基础。《原道篇》根据《易经·系辞》的天道自然观念来说明文章"与天地并生"，"心生而言立，言立而文明"是合乎"自然之道"的。"有心之器"所创作的美丽的文章，是龙凤、虎豹、云霞、草木等"郁然有彩"的"无识之物"的合乎自然的反映（在以后的《明诗》、《情采》、《物色》等篇里，他也继续发挥了这个道理）。但他所说的"道"，就是"形而上者"的"道"，是先天地、日月、山川而生的，主宰一切的客观唯心主义的神秘的最高观念。这个"道"，又是只有圣人才能领会的，圣人们"原道心"、"研神理"之后，就为人类写出了"恒久之至道，不刊之鸿教"的经典，这就是所谓"道沿圣以垂文，圣因文而明道"。不过他这部书究竟是以论文为主，不是一部儒家唯心主义的哲学讲义。就全书的理论观点来看，《宗经篇》的意义显然比《原道篇》更为重要。他之所以强调宗经，有两重意义：第一，强调五经是后代一切文体的本源，例如赋、颂、歌、赞，都源于诗经。作家如能认识这个本源，就可以"禀经以制式，酌理以富言"。这种以五经为文章本源的观点虽然错误，但在论文体形式流变方面，有其值得重视的地方。第二，是体会五经文章的精神风貌的特色，从其中引伸出自己的文学批评的原则标准。他说："故文能宗经，体有六义，一则情深而不诡，二则风清而不杂，三则事信而不诞，四则义直而不回，五则体约而不芜，六则文丽而不淫。”这六义，包括文章从内容到形式的六点要求，每点要求他都指出了合乎经和不合乎经的两个方面，这就是他贯穿在全书中的对文章肯定和否定的最根本的准则。他认为文章只要符合以上六点要求，就算宗经了，可见他的尺度还是比较灵活宽广的。从这两重意义看，他的宗经是要求作家体会经典文章的精神和风格，不是叫他们呆板地模拟经典的形式腔调，更不是简单地抄袭经典的词句。所以《辨骚篇》极力称赞屈原能“取熔经意，自铸伟辞”。《封禅篇》主张“树骨于训典之区，选言于宏富之路；使意古而不晦于深，文今而不坠于浅”。《通变篇》主张“名理有常，体必资于故实；通变无方，数必酌于新声”。换句话说，他是用“经”来指导“文”，不是用“经”来代替“文”。当然，从我们今天的观点来看，《文心雕龙》的价值决不在于他的宗经，而在于他在宗经的神圣外衣下所独立创造发展的一系列的文学批评的观点。他的观点，主要的有以下几方面：

（一）他初步地建立了用历史眼光来分析、评论文学的观念。用他的话说，就是“振叶以寻根，观澜而溯源”。在《时序篇》里，他首先注意从历代朝政世风的盛衰来系统地探索文学盛衰变化的历史根源。例如他论建安文学“雅好慷慨”的风格出于“世积乱离，风衰俗怨”的现实环境。论西晋时代，指出当时作家很多，但因为“运涉季世”，所以“人未尽才”。他最后的结论是“文变染乎世情，兴废系乎时序，原始以要终，虽百代可知也”。当然，他对社会历史发展的解释不可能不抱着唯心主义的观点，对文学兴衰原因的探索，也过分注意帝王和朝政的因素。但是在文学理论上他强调要从文学以外的历史现实的变化中来理解文学的变化,仍然合乎朴素的唯物主义的精神。在《通变篇》里他又系统地论到历代文风的先后继承变革的关系。他说:“暨楚之骚文,矩式周人;汉之赋颂,影写楚世;魏之策制,顾慕汉风;晋之辞章,瞻望魏采。推而论之,则黄唐淳而质,虞夏质而辨,商周丽而雅,楚汉侈而艳,魏晋浅而绮,宋初讹而新。从质及讹,弥近弥淡。何则,竞今疏古,风末力衰也。”把《时序》、《通变》两篇结合起来,可以看出刘勰对文学史的发展过程是具有相当简要清晰的概念的。就每一种文体来说,他也很重视历史发展的追索。《明诗篇》对建安、西晋、宋初诗风面貌的变化,概括相当准确。《诠赋篇》对两汉、魏晋辞赋的盛况,也有相当充分的描绘。这两篇可以说是他心目中的诗史和赋史的提纲。甚至在《丽辞》、《事类》、《比兴》等论语言修辞的专篇中也有文学语言修辞的历史发展观念。由于他对历史事实有广泛观察和深入追溯,他对南朝文风的批判也就显得比较深刻有力,不让人感到是儒家观点的片面说教。这是他超过前代批评家的主要成就。

(二)他从不同角度阐发了质先于文、质文并重的文学主张,比较全面地说明文学内容和形式的关系。在《情采篇》中,他指出:“夫铅黛所以饰容,而盼倩生于淑姿;文采所以饰言,而辩丽本于情性。故情者,文之经;辞者,理之纬;经正而后纬成,理定而后辞畅,此立文之本源也。”因此,他认为创作应该“为情造文”,反对“为文造情”,并且一针见血地揭露了晋宋以来许多作家“志深轩冕,而泛咏皋壤;心缠几务,而虚述人外”的虚伪清高的面目。在《风骨篇》里,他更强调文章要有风有骨。所谓风,是指高尚的思想和真挚的感情。所谓骨,是指坚实的事理内容及清晰的结构条理。他说:“怊怅述情,必始乎风;沈吟铺辞,莫先于骨。”“若丰藻克赡,风骨不飞,则振采失鲜,负声无力。”就是反复地说明必须先有思想然后可以述情,必须先有事义然后可以铺辞。他还引用了曹丕的文气说来阐明文章的风骨正是作家个性风格的主要标志,可见他的风骨论正是曹丕文气说的进一步的发展。在《定势篇》里,他指出要“因情立体,即体成势”,要适应不同的内容来选择文体形式,并适应不同的文体来确定文章的风格面目。在论风格上,他并不一般地反对华美形式,他说“赋颂歌诗,则羽仪乎清丽”,又说“若爱典而恶华,则兼通之理偏”。在文体论各篇中他还具体指出写作的时候应该考虑到文章的政治社会作用和客观效果。例如《檄移篇》指出写战争中的檄文,为了达到“振此威风,暴彼昏乱”的政治目的,就应该写得“事昭而理辨,气盛而辞断”。在《论说篇》他反对陆机“说炜烨而谲诳”的观点,认为“说”并非对待敌人,就应该讲忠信。总之,宗经六义是他对质文关系的基本看法。

(三)他从创作的各个环节,各个方面总结了创作的经验。在《神思篇》里论创作构思过程,发展了陆机的观点。他不仅有非常简练生动的描绘,而且对作家构思过程中主观的“神”和客观的“物”之间的关系有比较准确的概括:“神居胸臆,志气统其关键;物沿耳目,辞令管其枢机。”同时指出要使“关键”、“枢机”活跃疏通,一方面要“虚静”。另一方面更要注意“积学以储宝,酌理以富才,研阅以穷照,驯致以绎辞”,认为这些平时的学识才能修养和生活阅历的准备,是“驭文之首术,谋篇之大端”。在《熔裁篇》里他对写作过程指示更明确具体：“履端于始，则设情以位体；举正于中，则酌事以取类；归馀于终，则撮辞以举要。”在《附会篇》中他用非常生动的比喻说明了文章体制的有机的完整性：“夫才童学文，宜正体制，必以情志为神明，事义为骨鲠，辞采为肌肤，宫商为声气。”这些都是针对南朝形式主义文风而有意识发挥的议论。他关于文章风格的论述，也非常精彩。他认为形成风格的因素，有才（艺术才能）、气（性格气质）、学（学识修养）、习（生活习染）四个基本方面，而典雅、远奥、精约、显附、繁缛、壮丽、新奇、轻靡八种风格的不同，正由于作家在才、气、学、习四个方面存在着差别。这就把人们认为玄虚奥妙的风格问题，作了比较实事求是的说明。在这方面，他也大大地发展了曹丕文气的理论。在有关形式修辞方面，他也往往针对关键问题立论，在《比兴篇》里他指出了两汉以来的作品中存在“日用乎比，月忘乎兴”，只讲形容，不讲寄托的不健康倾向。在《夸饰篇》里指出运用夸饰手法应该准确得当：“饰穷其要，则心声并起；夸过其理，则名实两乖。”诸如此类的论述至今还有值得借鉴的地方。至于那些讲用典、对仗、声律等方法技巧的言论，对我们欣赏古典作品也有很大的帮助。

（四）他初步建立了文学批评的方法论。在《知音篇》里，他发展了曹丕的观点，反对了“贵古贱今”、“崇己抑人”、“信伪迷真”等等的错误批评态度。他认为正确的批评态度，应该“无私于轻重，不偏于憎爱”。他还正面指出批评家应该有深广的学识修养，“凡操千曲而后晓声，观千剑而后识器”。他又提出了六观的方法：“一观位体，二观置辞，三观通变，四观奇正,五观事义,六观宫商。”这六方面虽然更多是从形式上着眼,但是他认为只有“披文”才能“入情”,只有“沿波”才能“讨源”,只有全面地观察形式才能深入内容。最后他还指出任何文章都是可以理解,可以批评的,“岂成篇之足深,患识照之自浅耳”。这里也可以看到他在文学批评上并没有什么神秘的不可知论的观点。

他在评论作家作品上也有不少独立的见解。对南朝文人非常推崇的曹植、陆机等作家,他就有一些不大相同的看法。他在肯定曹植、陆机的成就外,还指出他们文章中不少的疵病。

但是,也应该指出,他受儒家观点的束缚过深,对文学史上那些富于浪漫主义色彩的作家作品评价往往不够正确。在《辨骚篇》中,他一方面对屈原的成就有很高的评价,另一方面,由于拘守宗经六义的尺度,对屈原作品中利用神话故事、大胆想象的地方又有不正确的批评。《诸子篇》对《庄子》等书中某些大胆想象的寓言故事也斥为“踳驳之类”。他的文体论中,为了求全,甚至把和文学关系很远的注疏、谱籍、簿录等文体也收容进来,显得有些芜杂琐碎。相形之下,他对汉魏以来的乐府民歌和小说又几乎没有论述,偶尔提到一两句,也是抱轻视的态度。这些都是比较明显的缺点。

《文心雕龙》的理论对唐以后的作家批评家有相当大的影响。陈子昂革新诗歌标举“风骨”“兴寄”,杜甫、白居易论诗重视“比兴”,韩愈论文主张尊儒、复古,论学习古人应该“师其意不师其辞”,都是直接或间接受到他的理论的启发。清章学诚倡导“战国文体最备”的著名议论,实质上也是继承和发展了他《宗经》等篇的看法。至于刘知几、黄庭坚、胡应麟等著名作家、批评家的一般赞扬，就更难于列举了。

第三节　锺嵘诗品及萧统文选

锺嵘《诗品》是在刘勰《文心雕龙》以后出现的一部品评诗歌的文学批评名著。这两部著作相继出现在齐梁时代不是偶然的，因为它们都是在反对齐梁形式主义文风的斗争中的产物。

锺嵘，字仲伟，颍川长社（今河南长葛）人，生卒年不详。他在齐梁时代曾作过参军、记室等小官。他的《诗品》是梁武帝天监十二年(513)以后写成的。

锺嵘的时代，诗风的衰落已经相当严重。据《诗品序》描写，当时士族社会已经形成一种以写诗为时髦的风气，甚至那些“才能胜衣，甫就小学”的士族子弟也都在忙着写诗，因而造成了“庸音杂体，人各为容”的诗坛混乱情况。王公搢绅之士谈论诗歌，更是“随其嗜欲，商榷不同。淄渑并泛，朱紫相夺。喧议并起，准的无依”。所以锺嵘就仿汉代“九品论人，七略裁士”的著作先例写成这部品评诗人的著作，想借此纠正当时诗坛的混乱局面。

《诗品》所论的范围主要是五言诗。全书共品评了两汉至梁代的诗人一百二十二人，计上品十一人，中品三十九人，下品七十二人。在《诗品序》里，他谈到自己对诗的一般看法：“故诗有三义焉，一曰兴，二曰比，三曰赋。文已尽而意有馀，兴也；因物喻志，比也；直书其事，寓言写物，赋也。宏斯三义，酌而用之,干之以风力,润之以丹采,使味之者无极,闻之者动心,是诗之至也。若专用比兴,患在意深,意深则词踬。若但用赋体,患在意浮,意浮则文散,嬉成流移,文无止泊,有芜漫之累矣。”从这一段话来看,他对诗的看法一是强调赋和比兴的相济为用,一是强调内在的风力与外在的丹采应同等重视。这和刘勰的看法大体接近,仅仅在对比兴的解释和重视程度上略有不同。

锺嵘论诗还坚决反对用典。他在序里说:“若乃经国文符,应资博古;撰德驳奏,宜穷往烈。至乎吟咏情性,亦何贵于用事?”并举出许多诗歌的名句说明“古今胜语,多非补假,皆由直寻”。他并尖锐地斥责了宋末诗坛受颜延年、谢庄影响而形成的“文章殆同书抄”的风气。刘勰并不一般地反对用典,在《事类篇》中他只是主张创作应该以“才为盟主,学为辅佐”,典故要用得准确扼要。不过锺嵘是论诗,刘勰是兼论文笔,包括锺嵘所说的“经国文符”、“撰德驳奏”各种文体,因此很难说刘、锺两人在用典上看法有很大的出入。

锺嵘论诗还坚决反对沈约等人四声八病的主张。他说:“余谓文制,本须讽读。不可蹇碍。但令清浊通流,口吻调利,斯为足矣。至平上去入,余病未能;蜂腰鹤膝,闾里已具。”沈约等提出的四声八病的诗律,人为的限制过于严格,连他们自己也无法遵守,锺嵘批评他们“襞积细微,专相陵架。故使文多拘忌,伤其真美”。这是完全正确的。但是,锺嵘看到这种过分拘忌声病的害处就笼统地反对讲四声、讲格律,就未免有点“因噎废食”了。刘勰在《声律篇》里是积极主张文章要讲究声律的,他并且对应用声律的一些基本原则和难易的关键作了扼要的分析。

锺嵘论诗有一个重大特色，这就是他善于概括诗人独特的艺术风格。他概括诗歌风格主要是从以下几方面着眼：一是论赋比兴，例如说阮籍的诗“言在耳目之内，情寄八荒之表”；说左思诗“得讽谕之致”；说张华诗“兴托不奇”，都是着眼于比兴寄托的。二是论风骨和词采，例如说曹植诗“骨气奇高，词采华茂”；说刘桢诗“真骨凌霜，高风跨俗，但气过其文，雕润恨少”；说张协诗“雄于潘岳，靡于太冲”，“词采葱倩，音韵铿锵”；都是风骨和词采相提并论。三是重视诗味，在序里他已经说五言诗“是众作之有滋味者也”，又说诗应该使人“味之者无极，闻之者动心”，反对东晋玄言诗的“淡乎寡味”。论诗人的时候，他又说张协诗“使人味之亹亹不倦”；应璩诗“华靡可味”。四是注意摘引和称道诗中佳句，在序里他曾经摘引“思君如流水”，“高台多悲风”等名句，称为“胜语”；论谢灵运诗，称其“名章迥句，处处间起”；论谢朓诗，称其“奇章秀句，往往警遒”；论曹操诗也说他“甚有悲凉之句”；都是注意奇警秀拔的诗句的例子。除以上四点以外，他还善于运用形容比喻的词语来描绘诗歌的风格特征，例如评范云、丘迟诗说：“范诗清便宛转，如流风回雪；丘诗点缀映媚，如落花依草。”用语非常新鲜贴切。

锺嵘论诗也有一定的历史观念。他的序里对五言诗的产生和发展也有概括的论述，这也可以说是他心目中的诗史的提纲，不过他着重叙述各代诗人的阵容，与刘勰《明诗篇》着重论述各代诗歌的共同风貌及时代背景有所不同。锺嵘论每个诗人风格，总是指出其“源出”某人，虽然有认流为源的原则错误，但前人的影响也不容否认。在这方面，他提出了一些很值得注意的论点。例如他认为陆机、谢灵运“其源出于陈思”，颜延年“其源出于陆机”；认为左思诗出于刘桢，陶潜诗“又协左思风力”等等，不仅抓住了这些诗人在风格上继承前人的某些比较重要的特点，而且也在一定程度上启示了我们划分诗歌流派的线索。但是，诗人在风格上继承前代作家，关系是比较错综复杂的。锺嵘却常常把这个问题简单化。他说曹植诗出于国风，阮籍诗出于小雅，就是很显明的例子。他说王粲、曹丕诗出于李陵，嵇康诗出于曹丕，陶潜诗出于应璩，我们几乎看不出有什么根据。至于说“仗清刚之气”的刘琨的诗出于“文秀而质羸”的王粲，更显然有些自相矛盾。他论诗不涉及两汉南北朝乐府民歌，是一种偏见。他对建安诗人所继承的传统缺乏正确判断，正和这一点有密切关系。

锺嵘论诗一方面是反对某些形式主义的现象，另一方面也受到南朝形式主义风气的影响。他品评诗人，往往把词采放在第一位，很少涉及他们作品的思想成就。所以，他就把“才高词赡，举体华美”的陆机称为“太康之英”，放在左思之上；把“才高词盛，富艳难踪”的谢灵运称为“元嘉之雄”，放在陶潜、鲍照之上。在划分等级的时候，甚至把开建安诗风的曹操列为下品，把陶潜、鲍照列为中品。这些地方，显然和他序中所说的风力与丹采并重的观点并不符合。他摘句论诗的批评方式，虽然反映了当时创作上“争价一句之奇”的倾向，也开了后代摘句批评的风气。

锺嵘《诗品》是第一部论诗的著作，对后代诗歌的批评有很大的影响。唐司空图，宋严羽、敖陶孙，明胡应麟，清王士祯、袁枚、洪亮吉等人论诗都在观点上、方法上、或词句形式上受到他不同程度的启发和影响。

魏晋以后，由于文学创作的发展，文人们也开始注意文章总集的编选，这些选家往往通过文体源流和作家作品的论述，通过文章的去取体现他们的文学观点，因此这些总集同样具有文学批评著作的价值。现在已经佚失的西晋挚虞的《文章流别集》和东晋初李充的《翰林论》就是魏晋南北朝时代著名的总集。

现存的文章总集，以萧统的《文选》为最早。这部总集是梁昭明太子萧统(501—531)在东宫时延集文人们共同编订的。萧统在文学上主张文质并重，认为文章应该“丽而不浮，典而不野”(《答湘东王求文集及诗苑英华书》)。他曾经为陶渊明作传和编集，可见他的观点和萧纲等人的观点并不一致。他在《文选序》里谈到他选文的标准，认为经史诸子等都以立意纪事为本，不属于词章之作；只有符合“事出于沈思，义归乎翰藻”的标准的文章，才能入选，这也就是说只有善用典故成辞，善用形容比喻，辞采精巧华丽的文章，才合乎他的标准。可见他编《文选》正是企图用南朝文笔之辨的理论来划分文学与非文学的界限。尽管他立的标准并不符合我们的关于文学的科学概念，但也可以说是一个很有积极意义的尝试。《文选》中选录了自先秦到齐梁时期的许多诗文作品，所包括的时代虽然很长，但是由于他选文的标准着重辞采，所以选录的文章仍然是略古详近，很重视南朝作品的。可见萧统虽然也主张文质并重，但他对文质观念的理解以及对文章的实际看法，和刘勰不满南朝文风浮诡、讹滥的观点是颇有差别的。此外,我们也应该看到,萧统所选的文章如孔安国《尚书序》、杜预《春秋左氏传序》及范晔《后汉书》中的一些序论等,也不尽符合他自订的体例。他分析文体过于烦琐,也有形式主义的倾向。

萧统选文时,选入了《饮马长城窟行》等汉代乐府民歌,是值得肯定的,但是所选的篇章毕竟太少,南北朝乐府民歌更一首也没有选。有一些优秀的文人作品也有所遗漏,如陶渊明的诗只选录了八首,这不能不说是缺憾。但是,他选入的多数作品仍然是经过精挑细拣的佳作,因此,他这部书不失为一部代表当时文学观点的好文学选本。

此书自唐初李善加以注释后,就得到广泛的流传,唐以后的文人们往往把它当作学习文学的教科书。杜甫教育他的儿子要"熟精文选理"(《宗武生日》),宋人谚语也说:"文选烂,秀才半"(陆游《老学庵笔记》),可以看出它在后代的广泛影响。后代文人研究《文选》及李善等人的注释,形成"选学",也不是偶然的。

徐陵在梁朝编成的《玉台新咏》,是一部现存的较早的诗歌总集。虽然所收的诗只限于"艳歌",有明显的局限性,但其中保存了《古诗为焦仲卿妻作》(即《孔雀东南飞》)及其他的一些民歌,还是值得我们重视的。

小　　结

魏晋南北朝时期文学最有成就的方面是诗歌，五言古诗的发展尤为突出。它从建安时期奠定了坚实的基础，再经过阮籍、左思、陶渊明等一系列诗人的努力，不仅作家、作品日益增多，而且艺术表现也不断提高，并创造出多种多样的风格，形成了五言古诗兴盛的时期。七言诗也在这一时期确立下来。魏曹丕已有完整的七言诗。到了宋鲍照，更采用这种形式多方面反映现实生活，并改变曹丕的连句韵为隔句韵，在艺术上作了多方面的探索，从而确立了它在诗坛的地位，对后来诗歌有广泛的影响。建安诗人已重视文采，晋宋诗人更发展了对偶，齐梁时沈约等人进一步提出了四声八病的规格，产生了"永明体"这种新体诗。它是我国律诗的开端，经过庾信等人的努力，便具备了后来各体律诗的雏形。所有这些诗歌上的成就都为唐诗的发展和繁荣准备了充分的条件。

从西晋以来，由于门阀士族垄断了文化，一般说来，文学离开人民生活较远，这就特别显出了南北朝乐府民歌的可贵。它继承了诗经国风和汉乐府民歌的现实主义和浪漫主义的传统，表现了人民自己的思想感情和爱憎。南朝民歌清丽婉转，更多地反映了人民的纯洁真挚的爱情生活，具有反封建礼教的精神。北朝民歌粗犷刚健，广泛地反映了北方动乱不安的社会现实和人民深重的苦难。《木兰诗》更是一首杰出的叙事诗。它在创作方法上体现了现实主义与浪漫主义的结合。它的出现充分显示了人民的高度的艺术天才。在诗体方面，南北朝民歌还开创了五、七言绝句体，成为后来唐诗的主要形式之一。

赋在这一时期，虽然数量不少，但已失去了汉赋那样统治文坛的地位。在众多抒情诗人的影响下，抒情小赋跟着发展。它摆脱了汉代大赋铺张堆砌的习气，以短小的篇幅表现作家的思想感情，大大提高了赋的艺术感染力，在赋的发展上是一个进步。这一时期出现了王粲、鲍照、江淹等人一些有名的小赋作品。但在骈文不断发展的情况下，赋逐渐发展为骈赋，已与骈文十分接近。多数的骈赋作品只追求形式美，缺乏思想内容，表现了形式主义倾向。

散文是这一时期最不发达的文体。只有魏晋散文，自然通脱，清新隽永，虽然数量不多，却具有自己的特色，对后代也发生过一定的影响。在六朝追求形式美风气的影响下，散文渐为骈文所代替，除小说及历史、地理等著作外，骈文几乎统治了整个文坛。骈文虽也有少数篇章具有一定思想意义和较高的艺术水平，但主流却是只重形式、轻忽内容的。直到中唐古文运动兴起后，骈文的统治才被动摇。

这个时期出现了大量的志怪小说和记录人物轶闻琐事的小说。它们虽然只是随笔杂记，并非有意识的创作活动，但也有较完整的故事和一些生动的描写，反映了一定的社会生活。特别是志怪小说中的民间故事，具有更深刻的社会意义，艺术成就也更高。这就使我国小说粗具规模，对后来的小说、戏曲产生很大的影响。

《典论·论文》、《文赋》、《文心雕龙》、《诗品》等专著的出现,体现了这时期文学批评和文学理论的成就。在我国古代文学中,它不仅是空前的,后来也难与媲美。它们由单篇发展到整部的著作,由一般的文学批评发展到系统的理论建树。《文心雕龙》和《诗品》尤其标志着我国古代文学批评和文学理论发展的高峰。特别是《文心雕龙》,其理论内容不仅对后代作家有深刻影响,而且某些观点在今天看来也仍有重要价值。

阅 读 书 目

《山海经校注》

袁珂校注　上海古籍出版社 1980 年排印本

《淮南鸿烈集解》二十卷

〔汉〕淮南王刘安编　刘文典集解　中华书局 1989 年排印本(《新编诸子集成》)

《毛诗正义》二十卷

〔汉〕毛公传 郑玄笺　〔唐〕孔颖达正义　上海古籍出版社 1990 年影印本

《诗集传》二十卷

〔宋〕朱熹撰　中华书局 1962 年排印本

《诗经原始》十八卷

〔清〕方玉润撰　中华书局 1986 年排印本

《殷墟卜辞综述》

陈梦家撰　中华书局 1988 年排印本

《金文编》

容庚撰　中华书局 1985 年排印本

《尚书古文疏证》八卷

〔清〕阎若璩疏证　上海古籍出版社 1987 年影印本

《周易古经今注》
高亨注　中华书局1984年排印本
《春秋左传注》
杨伯峻注　中华书局1981年排印本
《国语》二十一卷
〔春秋〕左丘明撰　〔三国吴〕韦昭注　四部丛刊影印杭州叶氏藏明金李校刊本
《战国策》十卷
〔汉〕刘向集录　上海古籍出版社1985年排印本(第二版)
《论语集注》十卷
〔宋〕朱熹集注　中华书局1983年排印本(《新编诸子集成》)
《孟子集注》七卷
〔宋〕朱熹集注　中华书局1983年排印本(《新编诸子集成》)
《墨子间诂》十五卷
〔清〕孙诒让训诂　吴毓江校注　中华书局1993年排印本(《新编诸子集成》)
《老子校释》
〔春秋〕老聃撰　朱谦之校释　中华书局1984年排印本(《新编诸子集成》)
《庄子集释》
〔战国〕庄周撰　〔清〕郭庆藩集释　中华书局1961年排印本
《庄子今注今译》

陈鼓应注译　中华书局1983年排印本
《荀子简释》二十卷
〔战国〕荀卿撰　梁启雄简释　中华书局1983年排印本
《韩非子集释》二十卷
〔战国〕韩非撰　陈奇猷集释　上海人民出版社1974年排印本
《楚辞补注》
〔战国〕屈原等撰　〔汉〕王逸章句　〔宋〕洪兴祖补注　上海古籍出版社1983年排印本
《楚辞集注》八卷
〔战国〕屈原等撰　〔宋〕朱熹集注　上海古籍出版社1979年排印本
《山带阁注楚辞》十卷
〔战国〕屈原等撰　〔清〕蒋骥注　上海古籍出版社1984年排印本
《吕氏春秋校释》
〔秦〕吕不韦撰　陈奇猷校释　学林出版社1984年排印本
《全上古三代秦汉三国六朝文》
〔清〕严可均辑　中华书局1987年影印本
《贾谊集校注》
〔汉〕贾谊撰　吴云 李春台校注　中州古籍出版社1989年排印本
《司马相如集校注》
〔汉〕司马相如撰　朱一清 孙以昭校注　人民文学出版社1996年排印本

《扬雄集校注》

〔汉〕扬雄撰　张震泽校注　上海古籍出版社 1993 年排印本

《史记》一百三十卷

〔汉〕司马迁撰　〔南朝宋〕裴骃集解　〔唐〕司马贞索隐　〔唐〕张守节正义　中华书局 1975 年点校本

《史记会注考证》

〔汉〕司马迁撰　〔南朝宋〕裴骃集解　〔唐〕司马贞索隐　〔唐〕张守节正义　〔日本〕泷川资言会注考证　文学古籍刊行社 1955 年影印日本昭和本

《史记会注考证附校补》

〔汉〕司马迁撰　〔日本〕泷川资言会注考证　水泽利忠校补　上海古籍出版社 1986 年本

《汉书》一百二十卷

〔汉〕班固撰　〔唐〕颜师古注　中华书局 1975 年点校本

《汉书补注》一百二十卷

〔汉〕班固撰　〔清〕王先谦补注　中华书局 1983 年影印虚受堂本

《吴越春秋》十卷

〔汉〕赵晔撰　〔元〕徐天祐音注　《四部丛刊》影印乌程刘氏嘉业堂本

《论衡集解》

〔汉〕王充撰　刘盼遂集解　古籍出版社 1957 年排印本

《张衡诗文集校注》

〔汉〕张衡撰　张震泽校注　上海古籍出版社 1986 年排印

本
《乐府诗集》一百卷
〔宋〕郭茂倩编　中华书局 1979 年排印本
《先秦汉魏晋南北朝诗》
逯钦立辑　中华书局 1983 年排印本
《玉台新咏笺注》十卷
〔南朝陈〕徐陵辑　〔清〕吴兆宜注　〔清〕程琰补删　穆克宏点校　中华书局 1985 年排印本
《古诗十九首集释》
隋树森编著　中华书局 1955 年排印本
《魏武帝魏文帝诗注》
〔魏〕曹操 曹丕撰　黄节注　人民文学出版社 1958 年排印本
《曹植集校注》
〔魏〕曹植撰　赵幼文校注　人民文学出版社 1984 年排印本
《王粲集》
〔魏〕王粲撰　俞绍初校点　中华书局 1980 年排印本
《阮步兵咏怀诗注》
〔晋〕阮籍撰　黄节注　人民文学出版社 1957 年排印本
《阮籍集校注》
〔晋〕阮籍撰　陈伯君校注　中华书局 1987 年排印本
《嵇康集校注》
〔晋〕嵇康撰　戴明扬校注　人民文学出版社 1962 年排印本

《陆士衡诗注》
〔晋〕陆机撰　郝立权注　人民文学出版社 1958 年排印本
《靖节先生集》十卷
〔南朝宋〕陶渊明撰　〔清〕陶澍注　文学古籍刊行社 1956 年影印本
《陶渊明集》
〔南朝宋〕陶渊明撰　王瑶编注　人民文学出版社 1957 年排印本
《谢康乐诗注》
〔南朝宋〕谢灵运撰　黄节注　人民文学出版社 1958 年排印本
《鲍参军集注》六卷
〔南朝宋〕鲍照撰　钱仲联增补集说校　上海古籍出版社 1980 年排印本
《谢宣城集校注》
〔南朝齐〕谢朓撰　曹融南校注集说　上海古籍出版社 1991 年排印本
《江文通集汇注》十卷
〔南朝梁〕江淹撰　〔明〕胡之骥注　李长路 赵威点校　中华书局 1984 年排印本
《何逊集校注》三卷
〔南朝梁〕何逊撰　李伯齐校注　齐鲁书社 1980 年排印本
《庾子山集注》十六卷
〔北周〕庾信撰　〔清〕倪璠注　许逸民校点　中华书局 1980 年排印本

《颜氏家训集解》七卷

〔北齐〕颜之推撰　王利器集解　上海古籍出版社 1980 年排印本

《水经注疏》上、中、下

〔北魏〕郦道元注　〔民国〕杨守敬 熊会贞疏　段熙仲点校　陈桥驿复校　江苏古籍出版社 1989 年排印本

《洛阳伽蓝记校释》

〔北魏〕杨衒之撰　周祖谟校释　中华书局 1963 年排印本

《搜神记》二十卷

〔晋〕干宝撰　汪绍楹校注　中华书局 1979 年排印本

《世说新语笺疏》

〔南朝宋〕刘义庆撰　余嘉锡笺疏　中华书局 1983 年排印本

《古小说钩沉》

鲁迅校录　人民文学出版社 1953 年重印本

《文心雕龙注》上、下

〔南朝梁〕刘勰撰　范文澜注　人民文学出版社 1958 年排印本

《锺嵘诗品校释》三卷

〔南朝梁〕锺嵘撰　吕德申校释　北京大学出版社 1986 年排印本

《文选》六十卷

〔南朝梁〕萧统编　〔唐〕李善注　中华书局 1974 年影印尤刻本